btb

Aus Freude am Lesen

In Prissy Montgomerys Ehe ist es nicht mehr zum Besten bestellt. Seit Monaten schon denkt sie sich immer neue Ausreden aus, nur um Sex mit ihrem Mann Howard zu vermeiden. Doch dann eröffnet er ihr eines Tages, dass er sich scheiden lassen will, und für Prissy bricht eine Welt zusammen. Damit hat sie nun doch nicht gerechnet. Hals über Kopf verlässt sie das gemeinsame Heim in Toronto und verkriecht sich tief gedemütigt bei ihrer Mutter in Paradise Bay – ihrem malerischen Heimatort an der Küste Neufundlands. Zu ihrem Erstaunen trudeln bald die ersten Beileidsbekundungen ins Haus: Offensichtlich hat Prissys Mutter kurzerhand eine Todesanzeige für Howard in die örtliche Zeitung setzen lassen …

Jill Sooley ist in Mount Pearl, in der kanadischen Provinz Neufundland, aufgewachsen. Sie hat Englisch sowie Politik- und Kommunikationswissenschaften studiert. Bevor sie nach New York ging, um dort bei einer PR-Agentur zu arbeiten, war sie in der Öffentlichkeitsarbeit der Regierungen von Neufundland und Labrador tätig. Heute lebt sie mit ihrer Familie auf Long Island und widmet sich verstärkt dem Schreiben. »Die Witwen von Paradise Bay« ist ihr erster Roman, die Filmrechte sind bereits verkauft.

Jill Sooley

# Die Witwen von Paradise Bay

Roman

*Aus dem Englischen von Astrid Mania*

btb

Die kanadische Originalausgabe erschien 2010 unter dem Titel »The Widows of Paradise Bay« bei Breakwater Books, St. John's, Neufundland.

FSC
www.fsc.org
MIX
Papier aus verantwortungsvollen Quellen
FSC® C083411

Verlagsgruppe Random House FSC-DEU-0100
Das für dieses Buch verwendete FSC®-zertifizierte Papier *Lux Cream* liefert Stora Enso, Finnland.

1. Auflage
Deutsche Erstveröffentlichung Juni 2012,
btb Verlag in der Verlagsgruppe Random House GmbH, München

Umschlaggestaltung: semper smile, München
Umschlagmotiv: pugovica_88; Tasia 12; Magdalena Twockowska
Satz: Uhl + Massopust, Aalen
Druck und Einband: CPI – Clausen & Bosse, Leck
SL · Herstellung: BB
Printed in Germany
ISBN 978-3-442-74367-4

www.btb-verlag.de

Für meine Großmutter Ruth,
die ein gutes Buch liebte

# Kapitel 1

## *Prissy*

Ich möchte heute Abend nicht mit meinem Mann schlafen, aber vermeiden lässt es sich wohl nicht. Es ist fast ein halbes Jahr her, dass wir Sex hatten, und Howie scheint wild entschlossen, da wieder anzuknüpfen. Jedenfalls gibt es kaum Zweifel an seiner Absicht. Erstens ist heute Freitag, und zweitens hat Howie unseren Sohn bei einem Freund untergebracht, weil wir reden müssten. Doch Howie redet nur ungern, und so ist »reden« bei ihm meist ein Euphemismus für vögeln oder ficken. Er meint wohl, er könnte mir ein direktes Wort nicht zumuten.

Die Morgensonne scheint hell, ich blinzle ins Licht und ziehe mir wie eine nervöse Braut die Laken bis zum Kinn, obwohl ich wirklich keine Angst vor einer Schändung haben muss. Im Moment jedenfalls nicht. Howie ist schon seit zwei Stunden auf den Beinen und absolviert sein Morgenprogramm: ein kurzer Lauf und eine Dusche, einige Textnachrichten, anderthalb Tassen schwarzen Kaffee und Rührei aus flüssigem Eiweiß, das in einer Art Milchkarton erhältlich ist. Ich muss mich von dem strengen Geruch seiner Sportkleidung abwenden, einem Haufen aus Nylon und Elastan, in dem sich immer noch Howies Schenkel und Waden abzeichnen. Natürlich liegen seine Klamotten auf dem Boden, gleich neben dem Wäschekorb. Ich bin es leid, ihn zu fragen, ob es denn so viel Aufwand sei, seine Wäsche ein paar Zentimeter weiter zu werfen.

Am liebsten würde ich im Bett bleiben, damit ich ihm heute Morgen nicht gegenübertreten muss, aber Howie trödelt absichtlich herum und wartet darauf, dass ich aufstehe und Quentin für die Schule fertig mache. Howies Räuspern dringt aus der Küche, ein kehliger Laut, mehr das Röcheln eines Krebskranken im Endstadium als das Hüsteln eines siebenundvierzigjährigen Mannes, der, zumindest dem Anschein nach, so gesund ist, dass er mit seinen Cholesterinwerten prahlt, als handelte es sich dabei um hochbegabte Sprösslinge. Ich muss an seine Geräusche beim Sex denken, an das Grunzen und Stöhnen, und an die Grimassen, die er zieht, wenn er mit seiner behaarten Brust glitschig-schwitzig auf meiner nackten Haut liegt. Jetzt ist kein guter Moment, sich das vorzustellen, aber es ist bereits zu spät. Rasch überlege ich, welche Unpässlichkeit ich vortäuschen könnte. Einen verdorbenen Magen, eine Pilzinfektion, irgendeine Krankheit? Ich schließe die Augen vor der Morgensonne. Es gab eine Zeit, da konnten wir nicht die Finger voneinander lassen. Ich schlucke schwer an der Erkenntnis, wie viel sich geändert hat.

Das ist doch ganz normal, beschwichtige ich mich. Unsere Ehe hat sich einfach vom leidenschaftlichen ins praktische Stadium entwickelt, das geht den meisten Ehen so. Bei mir rangiert Sex nicht mehr unter den Vorzügen der Ehe. An diese Stelle haben sich andere Annehmlichkeiten geschoben, beispielsweise habe ich jemanden zur Hand, wenn die Toilette verstopft ist, mein Auto alle 6000 Kilometer einen Ölwechsel braucht, die Einfahrt nach einem Schneesturm freigeschaufelt werden muss oder mir jemand etwas hoch oben aus dem Regal oder den Schränken holen soll.

Nicht, dass ich meinen Mann nicht mehr lieben würde oder nicht gerne verheiratet wäre. Im Gegenteil, ich kann mir überhaupt nicht vorstellen, nicht mit Howie verheiratet zu sein. Ich mag die Bezeichnung »mein Ehemann«, weil ich mir dabei immer wie ein kleines Mädchen vorkomme, das Familie spielt. Und auf Briefumschlägen oder Karten »Mr. und Mrs. Howard Montgomery« zu lesen, gibt mir dieses Gefühl, das wohl nur Angestellte kennen, die zum ersten Mal hinter ihrem Namen den Titel Geschäftsführer, Direktor oder Teilhaber sehen. Die förmliche Bezeichnung Mrs. Montgomery verleiht mir fast die Größe und Bedeutung einer Romanfigur.

Auch nach sechzehn Jahren Ehe reagiere ich auf diese Anrede mit der nahezu gleichen Begeisterung wie beim ersten Mal, als wir im Clubhaus der Canadian Legion in Paradise Bay offiziell als Mr. und Mrs. Howard Montgomery vorgestellt wurden. Ich war so glücklich an jenem Tag, in meinem weißen Seidenkleid aus dem Model Shop in St. John's. Tante Sade, die von sich behauptet, spirituell veranlagt zu sein, hatte damals angeblich eine Vision gehabt, in der ich ein weißes Kleid mit herzförmigem Ausschnitt und Tüllrock getragen hätte. Ich hatte mir zwar schon ein schlichtes, gebrochen weißes Kleid mit einer Perlenstickerei am Mieder gekauft, aber nun bestand meine Mutter darauf, es umzutauschen. Mom zerrte mich mit Tante Sade in jedes Brautgeschäft in St. John's, bis Sade ein Kleid fand, das ihrer Vision am nächsten kam und von meiner Mutter so umgeändert wurde, dass es dem Traumbild exakt entsprach. Das alte Kleid hatte mir viel besser gefallen, aber wollte ich es wagen, das Schicksal herauszufordern? Ich war nur dankbar, dass *Howie* vor Sades geistigem Auge erschienen war, sonst hätte meine Mutter am Ende die ganze Hochzeit abgeblasen.

Ich weiß noch, wie meine kleine geschmückte Hand in Howies festem Griff verschwand, während Tanten und Onkel, Cousins, Cousinen und Freunde uns umringten und beglückwünschten. Ich erinnere mich auch gut, wie bewundernd ich auf das attraktive Profil meines Ehemanns geschaut habe, als ihm mein Vater etwas ins Ohr sagte und Howie dazu nickte. Ich hatte gehofft, dass es dabei um mich ginge und Dad zu Howie sagte, er solle gut auf sein kleines Mädchen achtgeben. Doch wahrscheinlich hatte mein Vater Howie bloß einen praktischen Rat gegeben, ihm den Weg zu unserem Hotel in St. John's erklärt und ihn gedrängt, rechtzeitig am Flughafen zu sein.

Als sich Quentin in die Dusche schleppt, erwache ich aus meinen Tagträumen und quäle mich aus dem Bett. Die Hoffnung, Howie zu entgehen, ist dahin. Quentin hat diesen Monat schon zwei Verweise wegen Zuspätkommens erhalten und muss pünktlich zur Schule. Ich schaue auf den Wecker, das LED-Display verkündet 7.23 Uhr. Meine Trägheit schlägt um in Hektik.

Als ich auf der Suche nach einem Kaffee die Küche betrete, sitzt Howie mit der Zeitung am Tisch und trinkt Orangensaft. Er schaut kurz auf, würdigt mein Erscheinen darüber hinaus aber nicht. Weder wünscht er einen guten Morgen noch fragt er, ob ich gut geschlafen oder das Gewitter gehört hätte, und ich frage ihn umgekehrt auch nicht.

Howies Haar ist an den Schläfen noch feucht von Dusche und Rasur. Wenn ich die Arme um seine Schultern legen und seinen Hals küssen würde, würde mich der Duft seines

Aftershaves, eine hölzerne Note, gepaart mit der Frische eines nahenden Regenschauers, umfangen, aber es ist so lange her, dass ich mein Gesicht in seinem Hals vergraben habe, dass mich schon der bloße Gedanke gruselt.

Howie trägt einen dunkelblauen Anzug mit einem strahlend weißen Hemd, frisch aus der Reinigung, dazu eine Krawatte mit Segelbootmuster – so wie man sie wohl in Yachtclubs trägt, sofern man nicht auf dem Wasser ist. Dabei hat Howie keine Ahnung vom Segeln. Mir kommt mein gelbes T-Shirt in den Sinn, das ganz hinten in einer Schublade liegt und auf dem »Surf Hawaii« steht, obwohl ich weder jemals in Hawaii gewesen noch jemals gesurft bin. Ich hatte es gekauft, weil ich geglaubt hatte, die Farbe würde gut zu meinem blonden Haar und der gebräunten Haut passen, und der Spruch hatte mir ein Gefühl von jugendlicher Beschwingtheit vermittelt. Aber als ich es zum ersten Mal trug, schaute Howie mich so skeptisch an, dass ich das T-Shirt peinlich berührt versteckte und nie wieder anrührte.

Warum es mir wichtig ist, dass ihm meine T-Shirts gefallen, weiß ich auch nicht. Es ist einfach so. Jedenfalls widerstehe ich in diesem Moment der Versuchung, ihn einen Heuchler zu nennen. Nicht, weil ich keine Lust auf einen kleinen Streit hätte, sondern weil er gar nicht wüsste, worauf ich anspiele. Er hat die Sache mit dem T-Shirt sicher längst vergessen, wie all die anderen verletzenden Kommentare und Blicke auch.

Segelboote hin oder her, zumindest schaut Howie manierlich aus. Mir dagegen sieht man an, dass ich gerade aus dem Bett gekrochen bin. Mein Haar ist knotig und zu einem provisorischen Pferdeschwanz zusammengebunden, die Zähne sind noch nicht geputzt, und auf dem Ärmel meines verblassten blauen Bademantels prangen Kaffee- und Erdbeermarmeladeflecken.

Ich schütte mir eine Tasse lauwarmen Kaffee ein und greife nach Quentins Rucksack, der an einer Stuhllehne hängt. Ich stecke einen Zehndollarschein für das Mensaessen hinein und entdecke dabei ein Päckchen Zigaretten im Matheordner.

Schnell entsorgen, bevor das Howie merkt! Damit es gar nicht erst zu einem Konflikt zwischen meinem Mann und meinem Sohn kommt, ziehe ich die Zigaretten also vorsichtig aus der Tasche, werfe sie in den Müll und bedecke sie mit einer Einladung zum nächsten Elternausschusstreffen. Eine verantwortungsbewusstere Mutter hätte ihren Sohn sicher zur Rede gestellt, ihm einen Vortrag über die schädlichen Folgen des Rauchens gehalten und ihn generell vor den Gefahren der Sucht gewarnt, aber Quentin würde sowieso nicht auf mich hören. Er würde bloß seufzen und mir sagen, dass ich ihm das alles schon hundertmal gesagt hätte, was stimmt, er würde schwören, dass das nicht seine Zigaretten seien, und sich dann mit dem Geld fürs Mittagessen eine neue Schachtel kaufen. Ich hätte mich mit vierzehn genauso verhalten – um nicht zu sagen, ich habe mich genauso verhalten. Ich schaue verstohlen zu Howie und versuche, mir meinen Mann in den Wirren und Qualen jener Jahre vorzustellen, als rebellischen Teenager. Allein die Idee, er hätte irgendetwas getan, was er nicht tun sollte, ist so absurd, dass ich beinahe lachen muss. Man kann mit ihm überhaupt nichts Wildes oder Verrücktes mehr anstellen, so wie damals, bei unserer ersten Begegnung.

Gewissermaßen zur Bestätigung faltet er seine Serviette zu einem perfekten Viereck und legt sie auf seinen Teller mit dem halb gegessenen Rührei, um zu demonstrieren, dass er fertig ist. Diese Geste – wie ein Punkt am Ende eines Satzes – macht mich wahnsinnig. Howies Tellerrand ist mit Ketchup verschmiert, denn seine jüngste Obsession in Sachen Gesundheit, ein verzweifelter Versuch zur Rettung seiner Prostata, konzentriert sich auf Tomatiges. Neuerdings isst Howie Tomaten in allen Varianten und Sorten – als Ochsenherz, Strauchtomate, Kirschtomate, als Eiertomate, Cocktailtomate, Wildtomate. Ständig schlürft er Tomatensaft, und auf fast alles schüttet er Ketchup. Wann ist er eigentlich so alt geworden? Uns trennen bloß zwölf Jahre, doch manchmal kommt es mir vor wie fünfundzwanzig.

»Ich muss los«, verkündet Howie und wirft sich sein Jackett über. Zwischen seinen Schneidezähnen hängt ein kleiner Essensrest, aber ich mache ihn nicht darauf aufmerksam. Irgendjemand wird es ihm wohl sagen, oder er bemerkt es selbst. Ich habe deswegen zwar ein schlechtes Gewissen, aber ich finde es auch beruhigend, dass Howie nicht so perfekt hergerichtet ist, wie er glaubt.

»Denk daran, ich komme heute früh nach Hause«, schärft er mir nochmals ein. »Quentin bleibt bei Jake, wir sind also allein. Wir müssen dringend reden, Priss.«

»Ja doch«, raunze ich zurück und seufze. »Du hast es mir schon zig Mal gesagt«, füge ich etwas ruhiger hinzu.

Er stellt sein leeres Glas, in dem noch Fruchtfleischreste kleben, in die Spüle. Ich bitte ihn schon lange nicht mehr, das Glas auszuspülen, damit ich das eingetrocknete Fruchtfleisch nicht immer mit den Fingernägeln abkratzen muss, wie ich ihn auch schon lange nicht mehr bitte, seine dreckigen Sachen doch in den Wäschekorb zu legen oder seine Handtücher zum Trocknen aufzuhängen. Er hört eh nicht hin. Ich seufze laut, verdrehe die Augen und wasche selbst das Glas mit unnötigem Kraftaufwand aus. Howie ignoriert meine übertriebene Aktivität, und mein schlechtes Gewissen wegen des verschwiegenen Essensrestes weicht der Schadenfreude.

Dann schiebt er seine breiten Schultern durch den schmalen Durchgang zur Küche. Noch bevor Howie an der Haustür ist, suche ich im Geiste bereits nach der passenden Ausrede für das abendliche Rumgefummel. Ich bin eine regelrechte Expertin im Vermeiden von Sex geworden, und Hinweise auf Probleme im Intimbereich haben sich dabei am besten bewährt. Kopfschmerzen, Erkältungen oder andere allgemeine Krankheiten bewirken nichts, aber die kleinste Andeutung einer Pilzinfektion macht allen Avancen ein rasches Ende.

Oft lüge ich auch schamlos und behaupte, ich hätte meine Tage, weil Howie das Thema so peinlich ist. Ich muss nur das Wort Periode erwähnen, und schon wird er rot. Manchmal kann ich mir selbst die Worte sparen. Dann reicht es, eine Schachtel besonders saugfähiger Maxi-Binden ins Badezimmer zu legen, um Howie für mindestens anderthalb Wochen auf Abstand zu halten. Und jedes Mal, wenn ich Zahnpasta, Shampoo, Seife oder Aspirin kaufe, suche ich zugleich nach Antipilzmitteln und Intimwaschlotionen für die Badezimmerablage. Die Kassiererin fragt sich sicher auch, wieso ich da unten ständig Probleme habe.

Letztes Jahr hatte ich Howie an seinem Geburtstag mit aufregenden Dessous überraschen wollen, die ich spontan in Paradise Bay gekauft hatte. Aber als ich mich abends im Badezimmer umgezogen hatte, wirkten meine Brüste schief, Cellulitis und Schwangerschaftsstreifen traten erst richtig hervor, und außerdem endete das Höschen genau über einem schwellenden großen Pickel auf meinem Po. Die beleidigend unvorteilhaften Dessous wanderten zusammengeknüllt in meine Unterwäsche-Schublade, zu den beigen Baumwollunterhosen und -büstenhaltern, und dann empfing ich Howie in Herrenhemd und Krawatte.

Drei Monate zuvor hatte er sich, nachdem er von der Arbeit gekommen war, fast eine halbe Stunde lang im Badezimmer eingeschlossen. Das tat er vier Abende in Folge, und ich fragte mich schon, ob er einen Magenvirus hätte. Erst als ich eines Morgens die Handtücher zum Waschen holte, bemerkte ich den verräterischen Fleck auf dem Badezimmerteppich. Da wusste ich, was er dort die ganze Zeit getan hatte. Ich rollte die Matte zusammen und warf sie angeekelt in den Wäschekorb und war hinterher fast stolz auf mich, dass ich mit Howie wegen des Flecks nicht geschimpft hatte.

Ich kann nicht sagen, seit wann ich einen solchen Widerwillen vor einem Körperkontakt mit Howie empfinde. Das war wohl ein schleichender Prozess. Irgendwann wurde Sex zu einer meiner vielen häuslichen Verpflichtungen. Ich kochte, spülte, wusch ab, half Quentin bei den Hausaufgaben, und wenn mein Sohn endlich schlief, lagen Howies Hände auf mir. In den ersten Jahren unserer Ehe genoss ich seine Aufmerksamkeit, aber irgendwann wollte ich mich abends nur noch ausruhen, und jeder Vorstoß von Howie wurde zu einer weiteren Pflicht, die ich zu erledigen hatte, bevor ich schlafen konnte und wieder von vorne anfangen musste. Eines Tages war der Punkt erreicht, an dem mich Sex genauso begeisterte wie eine volle Spülmaschine oder ein Korb mit Bügelwäsche.

Mir fallen neuerdings auch Dinge an meinem Mann auf, die mich früher nicht gestört haben. Wenn er beispielsweise Zeitung liest, spielt er immer mit einem kleinen Leberfleck an seinem Hals herum. Beim Essen kaut er fast ausschließlich auf der linken Seite, sodass ich mich wundere, warum die Zähne dort nicht längst verfault sind. Außerdem hält er sich beim Gähnen nur selten die Hand vor den Mund, und ich muss wegschauen, wenn sich dabei die Speichelfäden zwischen seinen Zähnen spannen.

Nachdem Howie zur Arbeit gefahren und Quentin in die Schule gegangen ist, bewege ich mich mit gewohnter Effizienz durchs Haus. Ich räume das schmutzige Geschirr platzsparend in die Spülmaschine, schichte Teller und Kaffeetassen dicht aneinander, damit möglichst viel in die Maschine passt, ohne sie zu überladen. Eigentlich ist es ein Armutszeugnis, dass ich stolz auf meine Fähigkeiten im Befüllen von Spülmaschinen bin, aber es gehört nun einmal zu den wenigen Dingen, in denen ich meinem Mann überlegen bin. *Doch nicht so! Du machst das völlig falsch!* Ich schimpfe nur mit ihm, weil ich das Gefühl brauche, irgendetwas besser zu können.

Im Anschluss mache ich die Betten, die Wäsche und gehe einkaufen. Mein Blick fällt auf den Süßigkeitenstand. Ich muss an unsere erste Begegnung denken. Ich nehme eine Tüte Gummibärchen in die Hand und lächele wehmütig beim Gedanken an jenen Tag. Damals brauchte ich noch keine Ausrede, als Howie mit mir schlafen wollte. Vielmehr war ich bei unserer ersten Begegnung schon nach einer Viertelstunde splitterfasernackt.

*Siebzehn Jahre zuvor:* Ich sortiere lose Süßigkeiten zu Gruppen von jeweils zehn oder fünfundzwanzig Stück, denn wenn die Schule aus ist, strömen die Kinder mit ihrem Kleingeld in Hayward's Laden. Sie sind ganz wild auf Gummibären,

Dauerlutscher oder Saure Ringe. Ich arbeite so konzentriert, dass ich Howie in seinem teuren Anzug mit Krawatte erst bemerke, als er wie eine Erscheinung vor mir steht. In Paradise Bay trägt niemand einen Anzug, außer bei Hochzeiten und Beerdigungen. Mein erstaunlicher Kunde muss also jenseits des 100-Meilen-Radius wohnen. Der Fremde ist ordentlich rasiert, trägt das Haar entgegen der Mode kurz geschnitten und benutzt ein Aftershave, das nach Kiefern und Feldweg duftet. Er riecht zwar, als würde er den ganzen Tag in der freien Natur verbringen, doch er wirkt nicht gerade wie jemand, der sich in den Wäldern heimisch fühlt. So einen Mann habe ich noch nie gesehen. Außerdem ist er dermaßen attraktiv, dass mir die Luft wegbleibt.

Ich bin im Grunde noch ein Mädchen und habe meistens mit Jungs zu tun. Ein Blick auf diesen Mann, und ich weiß Bescheid: Er würde nicht über laute Fürze kichern oder zu »Stairway to Heaven« Luftgitarre spielen. Er ist älter als ich, obwohl ich ihn schwer einschätzen kann. Kommt er aus St. John's? Doch als er mich anspricht, höre ich, dass er vom Festland stammen muss, aus Toronto oder möglicherweise sogar Calgary. Jetzt bin ich umso neugieriger, denn nach Paradise Bay verirren sich nur wenige Touristen, vor allem im März, und Geschäftsreisende hat man hier noch nie gesehen. Er lächelt zu mir herab, ich schaue verlegen zur Seite, erwidere dann aber sein Lächeln.

»Jetzt hab ich mich verzählt«, sage ich vorwurfsvoll, aber ich lächle dabei. Ich habe ihm doch längst vergeben.

»Das tut mir leid«, erwidert er schäkernd. »Ich nehme mir nur rasch etwas zu trinken«, sagt er und weist auf die Kühltheke hinten im Laden. Er drückt sich lange bei den Snack-Regalen herum, begutachtet Chipstüten, Kuchen und

Kekse und stellt dann alles wieder ordentlich an seinen Platz. Als er sich endlich für eine Flasche Orangensaft und einen Beutel gerösteter Erdnüsse entscheidet, hat er fast jedes Produkt aus unserem Sortiment in der Hand gehabt.

»Schöner Tag heute«, sagt er, als ich kassiere.

»Wenn man gerne klatschnass wird, schon«, erwidere ich über das Trommeln des Regens hinweg, den der Wind gegen die Fenster drückt.

»Genau das meinte ich«, sagt er verlegen. »Ich mag Regen«, fügt er hinzu, als würde er jetzt erst die Pfützen auf dem Parkplatz bemerken. Dabei hat es den ganzen Tag über immer wieder geregnet.

»Na, dann bleiben Sie doch, hier regnet's ständig«, sage ich und staune selbst über meinen süßlich koketten Tonfall. Ich lächle schüchtern und spüre, dass er mich ziemlich direkt und unverschämt anblickt, mich von Kopf bis Fuß mustert. Seltsamerweise fühle ich mich unter seinem Blick weder komisch noch verlegen. Vielmehr bringt er meinen Puls zum Rasen. Ich richte mich stolz auf.

»Ein nettes Fleckchen hier«, sagt der Mann.

»Das Paradies ohne Sünde.« Ich winde mich bei meinen eigenen Worten. So ein Spruch könnte von meinem Vater, aber doch nicht von einem achtzehnjährigen Mädchen stammen. Der Fremde lässt sich nichts anmerken.

»Sind Sie von hier?«

»Ähä.«

»Sind alle Mädchen hier so hübsch wie Sie?«

Das Kompliment macht mich so verlegen, dass ich erröte und mich wegdrehen muss. »Nee.« Ich wollte bescheiden klingen, aber wahrscheinlich vermittle ich den gegenteiligen Eindruck.

»Ich bin Howard«, sagt er und streckt mir die Hand entgegen.

Ich habe noch nie jemandem die Hand geschüttelt und überlege einen kurzen Augenblick, welche Hand ich ausstrecken muss.

»Howard Montgomery«, sagt er und nimmt meine Hand.

Ich bestaune, wie meine Hand in seiner warmen, starken Hand verschwindet. »Prissy«, sage ich mit klopfendem Herzen. »Also, so heiße ich nicht wirklich. Alle nennen mich so. Eigentlich heiße ich Priscilla.«

»Also, Priscilla«, sagt er. »Es war mir eine Freude, Sie kennenzulernen.«

»Was führt Sie nach Paradise Bay?«, frage ich. Ich will ihn noch nicht gehen lassen.

»Sie.«

Ich werfe ihm einen Blick zu, der sagt, Sie mögen ja sehr charmant sein, aber auf so einen Spruch falle ich nicht herein. »Ach ja?«

»Nun, eigentlich war ich in Carbonear, um ein paar Gebäude unter die Lupe zu nehmen. Meine Firma will hier in der Region ein Lagerhaus kaufen.« Wie absurd, dass man auf Einkaufstour für Lagerhäuser gehen kann.

»Und da ich der Juniorpartner bin, hat man mich hier rausgeschickt, aber ich lache wohl doch zuletzt, denn Sie, Priscilla, waren die Reise wert.«

»Ich hoffe doch sehr, dass ich schöner als ein Lagerhaus bin«, sage ich, und er lacht zustimmend. Er geht langsam zur Tür, bleibt auf halbem Weg stehen, widerstrebend, und schaut zurück. Von seinen Blicken wird mein Gesicht ganz heiß, und meine Finger kribbeln. Es klingt so schön, wenn er meinen Namen sagt, und meine Hand spürt immer noch warm seinen Händedruck. Mein Herz schlägt schneller, ich atme stockend. Ich glühe innerlich, spanne unbewusst die Oberschenkel an und ermahne mich dabei, zu atmen. Ich schaue mich um. Es ist niemand im Laden, und auf dem Parkplatz steht einzig Howards Mietwagen. Die Schule ist erst in einer Stunde aus und Mr. Hayward den Tag über in St. John's. Ich gehe zur Tür und drehe das Schild um. *Bin in 30 Min. zurück.* Ich gehe langsam zu Howard Montgomery. Er ist sehr groß, ich muss den Kopf nach hinten legen, um ihm ins Gesicht zu schauen.

»Willkommen bei Hayward's. Kann ich etwas für Sie tun?«, flüstere ich. Nur zu gerne kommt er meiner Aufforderung nach. Als er sich zu mir beugt und mich küsst, platze ich fast vor Aufregung. Welche Macht auch immer von mir Besitz ergriffen hat, sie hat ihn ebenfalls gepackt. Er hechelt fast, als er mir die Unterhose über meine zittrigen Beine zieht, mich auf das Regal mit Zwieback und Pfefferminzpastillen hebt und mich dort rasch und fieberhaft liebt.

Er braucht nur wenige Minuten, dann ist er fertig und sieht mit ungläubigem Staunen auf mich herab. Er schließt verlegen seinen Gürtel, nimmt die Autoschlüssel, murmelt, wie nett es gewesen sei, mich kennengelernt zu haben, und stürmt mit hochrotem Kopf aus dem Laden.

Als die Kinder später hereindrängen, um ihre Gröschelchen auszugeben, frage ich mich, ob das alles überhaupt passiert ist. So etwas habe ich noch nie getan, es kommt mir vollkommen irreal vor.

Ich hatte erst zwei Mal Sex, beide Male mit Ryan Vogel. Ich habe nur Lottie davon erzählt, aber Gott weiß, wem Ryan das alles erzählt hat – vermutlich halb Paradise Bay. Lottie fragt immer, ob ich noch gut zu vögeln bin, und lacht über ihre ach so clevere Zweideutigkeit. Gerade Lottie sollte sich lieber ruhig halten, angesichts ihrer eigenen Umstände. Zu Lottie habe ich gesagt, es sei wundervoll gewesen, denn das wollte sie wohl hören, doch in Wahrheit war es schrecklich. Es hat wehgetan; es war kalt und unbequem, und ich fand die ganze Angelegenheit erniedrigend. Ich weiß nicht, wieso Sex mit einem Wildfremden zwischen Stapeln von Marmeladenkeksen weniger erniedrigend sein soll als Sex mit meinem Highschoolfreund auf der Bank im Strandhaus seiner Eltern, aber so ist es halt.

Ich durchlebe die Szene während der nächsten Tage immer wieder, und jedes Mal kribbelt es in meinem Bauch, mein Atem geht automatisch flacher, genau wie in dem Moment, als Howards Lippen auf meinen lagen. Das werde ich niemandem erzählen, nicht einmal Lottie, dieses Erlebnis soll nur mir gehören.

Ich rechne auch nicht damit, ihn wiederzusehen, doch als er zwei Wochen später in Hayward's Laden auftaucht und verkündet, er habe gerade ein Lagerhaus gekauft, und mich fragt, ob ich zur Feier des Tages mit ihm essen gehen wolle, beschließe ich in diesem Augenblick, dass ich Mrs. Howard Montgomery werden will. Das allerdings erfordert ein vollkommen anderes Verhalten als bei unserer ersten Begegnung. Ich werde nun nicht mehr mit ihm schlafen, zumindest so lange nicht, bis er mich fragt, ob ich ihn heiraten will. Aber ich erlaube ihm, seine Hand unter meine Bluse zu schieben, und reibe über seine Hose, bis die Nähte beinahe platzen. Je mehr ich ihn reize, umso mehr Aufmerksamkeit schenkt er mir. Er fährt mit mir nach St. John's und geht mit mir in richtige Restaurants, mit Tischdecken, Weinkarte und Servietten, die man sich auf den Schoß legen kann.

Ich bin total verliebt und erzähle jedem und allen, dass wir heiraten und nach Toronto ziehen werden. Lottie glaubt mir nicht, aber sie ist bestimmt bloß neidisch, weil sich Ches Crocker nicht als der Mann ihrer Träume entpuppt hat. Sie sagt immer, jemand wie Howie sei bestimmt schon verheiratet. Ich nehme ihr das nicht übel, sie tut mir leid, weil sie von einem Typen wie Ches geschwängert wurde, und als Howie mich bittet, seine Frau zu werden, bitte ich sie, meine Trauzeugin zu sein.

Gegen vierzehn Uhr melden sich willkommene Kopfschmerzen, was das Problem mit der Ausrede löst. Dann kann ich mit Howie auf dem Sofa sitzen, meinen Kopf in seinen Schoß legen und er mir die Schläfen reiben und den Kopf massieren. Ich hole die extrastarken Paracetamol aus dem Arzneischrank und lasse die Schachtel gut sichtbar auf der Küchenanrichte liegen. Kurz vor halb sechs ziehe ich die Vorhänge zu, dabei wird es im Juni erst in drei Stunden dunkel. Ich lege mich aufs Sofa, mit einem warmen Waschlappen über der Stirn, und warte auf das Motorengeräusch von Howies Auto.

Doch als Howie dann nach Hause kommt, wirkt er nicht, als wäre er in besonders erotischer Stimmung. Er bleibt mitten im Wohnzimmer stehen und sieht mich an, aber eigentlich sieht er durch mich hindurch. Ihm scheint gar nicht aufzufallen, dass ich in einem dunklen Zimmer liege und sein altes Uni-Sweatshirt trage, obwohl es draußen mindestens 28 Grad warm ist. Die Falten an seinen Augen haben sich seit dem Frühstück tiefer eingegraben. Als Howie nervös im Wohnzimmer hin und her läuft, setze ich mich auf und nehme den Waschlappen von der Stirn. Plötzlich begreife ich, dass Howie tatsächlich reden will. Seinem verstörten Gesichtsausdruck nach zu urteilen, geht es um etwas Unangenehmes. Ich blicke ihn gespannt an.

Ob Howie etwa krank ist, womöglich sterbenskrank? Nach außen hin wirkt er kerngesund. Er sieht nicht aus, als würde er bald fünfzig. Sein Haar ist zwar fast grau, mit einigen dunkelbraunen Strähnen, aber immer noch voll. Er hat keine Rettungsringe um die Taille, was an seinem regelmäßigen Joggingprogramm liegt – drei Mal in der Woche – und seiner Weigerung, Süßes, Klebriges oder Fettiges zu essen. Trotzdem habe ich immer damit gerechnet, dass ich irgendwann Witwe werde. Wenn man einen älteren Mann heiratet, ist das nicht nur wahrscheinlich, sondern geradezu vorhersehbar, aber diese Wahrscheinlichkeit kommt nun doch ein wenig früh. Dabei erleiden so viele Männer in der Blüte ihres Lebens einen Herzinfarkt, bekommen Krebs oder eine andere schwere Krankheit! Howies Vater ist mit zweiundfünfzig gestorben, deshalb strengt sich Howie ja so an, gesund zu leben.

Langsam macht mich die Vorstellung eines Lebens ohne Howie panisch. Was auch geschieht, ich werde für ihn da sein. Ich werde ihn zur Chemotherapie fahren, darauf achten, dass er seine Medikamente nimmt, ihm den Strohhalm halten, wenn er durch spröde Lippen Wasser trinkt, ja, ich werde ihm sogar auf die Toilette helfen, wenn es sein muss. Ich werde sein Fels sein, seine Inspiration, der Mensch, dem er für seine Genesung danken wird, wenn es ihm endlich wieder besser geht. Ich stehe auf und gehe ihm entgegen, nehme ihn in den Arm und lege meinen Kopf an seine Schulter. Ich atme seinen vertrauten Geruch ein und beruhige mich augenblicklich. Es ist eine Geste voller Liebe, die ihm Kraft geben und ihm vermitteln soll: *Wir beide schaffen das. Ich bin für dich da. Du kannst dich auf mich verlassen.*

Zu meiner Verblüffung erstarrt er unter meiner Umarmung, und zu meiner noch größeren Verblüffung entzieht er sich mir. Als er das Wort Scheidung ausspricht, kann ich nur noch fassungslos die Segelboote auf seiner Krawatte anstarren. Plötzlich bin ich selbst auf einem Boot und sinke auf den Grund des Ozeans. Meine Lungen füllen sich mit Wasser, und ich warte verzweifelt darauf, dass mich jemand an die Oberfläche zieht.

## Kapitel 2

# *Lottie*

Von der Bettkante aus betrachte ich meinen schlafenden Mann, doch Liebe oder Zärtlichkeit liegen nicht in meinem Blick. Seit beinahe drei Tagen ist er jetzt im Bett, und im Schlafzimmer riecht es allmählich nach ungewaschenem Mann. Im Geiste mache ich eine Liste mit allem, was ich an ihm hasse, angefangen mit den Geräuschen. Wie aufs Stichwort entflieht seiner Nase ein Wimmern, gefolgt von einem heftigen Schnarchen. Ich hasse fast alles an meinem Mann, vom Geruch seines morgendlichen Atems bis hin zu der entsetzlichen Angewohnheit, sich auf die Fingerknöchel zu beißen, bis die Haut dort wund wird. Ich sollte wohl auch die Tatsache hassen, dass er trinkt – ausgerechnet das tue ich nicht. Es gibt gute und üble Trinker, und Ches gehört eindeutig in die erste Kategorie. Wenn er der Typ Trinker wäre, der Beleidigungen lallt und die Faust schwingt, dann würde ich seine Lust auf Hochprozentiges sicher hassen. Aber Ches ist einer von den Trinkern, die lachen und singen und jeden in den Arm nehmen. Bitter und zornig wird er nur bei völliger Nüchternheit. Dann verhöhnt er mich so sehr, dass mir seine Verachtung wie ein Gewicht auf der Brust lastet.

Um der Fairness willen mache ich auch eine Liste all der Eigenschaften, die ich an meinem Mann schätze und bewundere. Er kann alles reparieren, das steht fest. Natürlich hat das auch Nachteile, denn ich darf niemals etwas Neues kaufen, weil Ches den alten Kram wieder zum Laufen bringt. Meine Waschmaschine wird von zwei Drahtbügeln und einer Wäscheklammer zusammengehalten, aber sie funktioniert klaglos, bei jedem Waschgang. Ich träume davon, dass eines Tages ein Lieferwagen mit glänzenden neuen Geräten vor meinem Haus hält, aber solange es Ches gibt, werde ich wohl den mandelfarbigen Kühlschrank und den Herd benutzen müssen, den meine Eltern hiergelassen haben, als sie meiner Schwester und ihrem Mann nach Calgary gefolgt sind.

Ich bemühe mich sehr, an eine weitere lobenswerte Eigenschaft meines Mannes zu denken, nur fällt mir keine ein. Doch, er hat ein Herz für Tiere. Letztes Jahr wurde unser Hund eingeschläfert, und Ches hat geweint, als hätte er das einzige Wesen verloren, das ihn wirklich geliebt hat, und vermutlich war es so. Ich habe mich immer gewundert, wieso Ches der üble Geruch, der im Fell, im Atem, ja, selbst an den Pfoten des Hundes hing, nie gestört hat, denn Ches ist sehr geruchsempfindlich. Aber alles, was wirklich stinkt, scheint ihn nicht zu stören, dagegen umso mehr die künstlichen Sprays und Deodorants, die diese Gerüche überdecken sollen. Einmal hat Ches sogar gesagt, er könne den Geruch seiner eigenen Scheiße ertragen – er könne ihn sogar mögen –, doch von dem Lufterfrischer mit Orangenblütenduft, den ich im Badezimmer angeschlossen habe, müsste er würgen. Vor Jahren hat er schon verlangt, dass ich unparfümierte Binden kaufe, denn von den deodorierten würde ihm schlecht. Aber wenn dieser widerliche Hund auf seinen Schoß geklettert ist, hat Ches nie über den Gestank geklagt, nur über den Lufterfrischer, den ich hinterher versprüht habe.

Naserümpfend staune ich, wie jemand mit einem so empfindlichen Geruchssinn an sich selbst den Dunst von Zigaretten und Alkohol ertragen kann. Ich seufze schwer und frage mich, wann ich Ches aufgegeben habe, oder, genauer gesagt, wann er sich aufgegeben hat. Ches kann alles heilmachen, nur sich selbst nicht.

»Ches, na los, steh auf«, flüstere ich und stupse ihn noch einmal an. Warum flüstert man eigentlich, wenn man jemanden wecken will, wo es doch viel wirkungsvoller wäre, Töpfe und Pfannen zusammenzuschlagen und den Schlafenden laut zu rufen? Aber wenn ich Ches so aus dem Schlaf reißen würde, würde er mir sicher keinen Gefallen mehr tun. Nun wispere ich ihm schon seit einer halben Stunde zu, endlich aufzustehen, und meine Geduld kommt langsam an ihr Ende.

Er schläft in letzter Zeit fast nur noch. Ganze Tage vergehen, ohne dass Ches sich zeigt, weder zum Frühstück noch zum Abendessen, nicht einmal, wenn im Fernsehen die *Hockey Night in Canada* läuft. Manchmal geht er gleich zur Legion, trinkt dort bis zur Sperrstunde, stolpert singend und kichernd nach Hause und verlangt von mir, dass ich aufstehe und ihm etwas koche. Um drei Uhr morgens habe ich natürlich glasige Augen und bin hundemüde, aber ich stehe trotzdem auf und mache ihm ein Sandwich, denn ich habe Angst, dass er sonst den Herd einschaltet, auf der Couch einschläft und das Haus abbrennt. Im Fernsehen laufen ständig die Warnhinweise der Feuerwehr, und seit ich weiß, wie schnell und wütend eine Pfanne mit Fett brennt, habe ich eine Heidenangst davor.

Ich mustere das Gesicht meines Mannes. Er hat eine leicht aufgeworfene Nase und ein schmales Kinn. Es sind auch die Gesichtszüge unserer Tochter. An ihr sind sie schön, doch bei ihm wirkt es, als wäre er ein schwächlicher Charakter. Männer sollten markante, eckige Kiefer haben, aber Ches hat kaum Kinn, eher ein spitzes Dreieck. Außerdem hat er sich seit über einer Woche nicht rasiert, und sein Barthaar wächst in Büscheln, das verleiht ihm etwas Kränkliches. Auf seinem Hals zeichnen sich Pickelchen ab, wie auf der Haut eines frisch gerupften Hühnchens. Der Schlaf soll doch angeblich noch die harschesten Züge mildern, aber Ches sieht mit den dunklen Schatten unter den Augen und den tiefen Falten um den Mund alles andere als friedlich aus.

Es ist erst zehn Uhr morgens, und unter normalen Umständen würde ich nicht einmal im Traum daran denken, Ches so früh zu wecken. Ich bin versucht, Ches' Geländewagen selbst zu fahren, doch ich kann nicht einmal einen Kleinwagen fahren, und Ches will es mir auch nicht beibringen. Er meint, ich sei zu unkoordiniert, um gleichzeitig mit Kupplung, Pedalen und Lenkrad klarzukommen, und wahrscheinlich hat er recht. Wie oft habe ich schon den Braten im Ofen vergessen und nur auf den Topf mit dem Gemüse geachtet!

»Ches?« Ich werde lauter, nun reißt mir der Geduldsfaden. »Na los, weißt du nicht mehr? Wir müssen in die Stadt und Marianne zur Uni fahren. Heute ist die Wissenschaftsmesse.« Ches reagiert nicht, und ich versuche zu verdrängen, dass Marianne womöglich keine Gelegenheit haben wird, ihre Erfindung vorzuführen. »Du hast es versprochen«, sage ich kläglich, wie ein Kind. »Du weißt doch, wie sehr sich Marianne darauf gefreut hat.«

Gefreut ist gar kein Ausdruck. Unsere Tochter spricht seit Monaten von nichts anderem. Marianne war eines Tages aus der Schule gekommen, völlig aufgeregt, weil sie ein Parfum für die Wissenschaftsmesse entwickeln wollte. In den vergangenen drei Monaten hat sie jeden Nachmittag mit Lupinen, die wild neben dem Trans Canada Highway wachsen, mit Blaubeeren, Meersalz und getrocknetem Tang herumexperimentiert. Auf meine Frage, was für ein Duft das werden soll, hatte sich Marianne zu mir gedreht, die Hand auf den Mund gelegt und mir zugeflüstert: »Das wird frische Luft«, so als stünde die Geschäftsführung von Chanel gleich neben ihr und wollte ihre Idee stehlen. »Daddy sagt immer, wenn man die gute Luft von Neufundland in Flaschen füllen könnte, wäre man ein gemachter Mann.« Im Grunde sucht Marianne die Aufmerksamkeit ihres Vaters, und dieses Experiment ist bloß ein trauriges Buhlen um Anerkennung auf einem Gebiet, zu dem Ches eine sehr entschiedene Meinung hat.

Marianne hat dann tatsächlich einen Duft zusammengebraut, der frisch und überraschend süßlich ist. Er enthält eine Spur von Feuchtigkeit, aber es riecht nicht nach muffigem Keller, sondern nach dem zarten Tau eines Frühlingsmorgens. Jedenfalls brachte das Parfum Marianne eine Fahrt nach St. John's zur Wissenschaftsmesse ein und damit die Chance auf ein Universitätsstipendium.

Ich bin schon seit drei Stunden für das Ereignis angezogen und fühle mich in den schicken Sachen so unwohl, dass ich sie am liebsten gleich wieder ausziehen würde. Ich hoffe, Marianne nicht allzu sehr zu blamieren, aber mein Spiegelbild zeigt mir immer eine müde Frau in den mittleren Jahren, die deutlich älter wirkt als fünfunddreißig. Der hellbraune Hosenanzug spannt, er betont meine breite Taille und die Hüften. Der Stoff ist billig und juckt, aber ich werde mich nicht kratzen. Mein dünnes glattes Haar ist von grauen Strähnen durchzogen und liegt auf der Schulter auf. Ich trage die vernünftigen schwarzen Schuhe, die Marianne so hässlich findet – leider passen meine breiten Füße in nichts Eleganteres. Make-up benutze ich nie, damit komme ich mir albern vor. Als ob mich ein Hauch Farbe auf den Wangen oder schimmernde Lippen attraktiver machen würden! Marianne schämt sich für mich, weil ich dick und altmodisch wirke, aber wenigstens bin ich geduscht und auf den Beinen.

Meine Versuche, Ches zu wecken, werden immer aggressiver. Ich packe ihn an der Schulter und schüttle ihn. »Ches, los jetzt«, dränge ich. »Heute ist die Wissenschaftsmesse in St. John's. Du weißt doch, wie sehr sich Marianne darauf gefreut hat.« Ich halte die Luft an und hoffe, dass Ches aufsteht, ohne herumzustreiten.

Er dreht sich weg und zieht sich das Laken über den Kopf. »Kann nicht«, lautet die gedämpfte Antwort.

Ich beobachte seinen Rücken, warte auf Anzeichen von Bewegung, aber nichts. An seinem Atem erkenne ich, dass er wach ist.

»Ches!« Sein Name wird zum Kreischen. Meine Wut sammelt sich in Schweißtropfen zwischen meinen Brüsten, ich balle die Fäuste so fest, dass sich die Fingernägel auf meinen Handflächen abzeichnen.

»Geht heute nicht«, seufzt er. »Ich dachte, es geht, aber ich kann jetzt nicht aufstehen und durch die Gegend kacheln.«

»Du kannst nicht aufstehen?«, wiederhole ich fassungslos. »Du schläfst, verdammt noch mal, seit drei Tagen! Du stinkst und bist dreckig, du widerst mich an. Also hoch mit dir!« Meine Stimme klingt schrill, und wahrscheinlich steht Marianne hinter der Tür und lauscht.

»Den Preis kriegt eh eins von den chinesischen Kids«, brummt Ches. »Is' doch immer so. Manchmal bist du wirklich dämlich, Lottie. Was glaubst denn du? Dass ein Kind vom Land, das ein Parfum gemixt hat, das Stipendium bekommt? Oder eins von den asiatischen Kindern aus der Stadt, das weiß, wie man den Scheißregenwald rettet? Ersparen wir Marianne doch die Enttäuschung.«

Was soll ich dazu sagen? Wahrscheinlich hat er sogar recht, aber darum geht es nicht. Ich durchsuche seine Jeans, die auf dem Boden liegt, und ziehe das abgenutzte Lederportemonnaie aus der hinteren rechten Tasche. Ich finde nur zwölf Dollar. Verwirrt schüttle ich den Kopf. Ches' Arbeitsunfähigkeitsrente wurde erst vor vier Tagen ausgezahlt, und in den letzten drei Tagen hat er im Bett gelegen.

Ich schleudere ihm das Portemonnaie entgegen, aber es verfehlt sein Ziel, prallt am Bett ab und landet sanft auf dem grünen Teppich, neben einer verdrehten Socke und einer Streichholzschachtel. »Du bist das Hinterletzte«, sage ich mit unverhohlener Verachtung. Ches zieht sich das Laken über den Kopf, als würde er mir zustimmen.

Ich könnte ihn anbrüllen, ihm eine Standpauke halten, ihm vorhalten, als Ernährer versagt zu haben, ein lausiger Ehemann, Vater und ein nutzloses menschliches Wesen zu sein, aber all das ist bereits gesagt. Es gab eine Zeit, in der wir uns täglich Grausamkeiten und Beleidigungen an den Kopf geworfen haben. Er pöbelte, ich sei zu dick, würde das Essen verbrennen und sei überhaupt zu ungeschickt. Im Gegenzug habe ich ihn als faul und nutzlos beschimpft, ihn sogar verspottet, weil er volltrunken auf dem Heimweg von der Legion auf eisglatter Straße ausgerutscht ist und sich den Rücken gebrochen hat. »Und wer ist jetzt hier ungeschickt?«, habe ich gehöhnt, als er sich im Bett vor Schmerzen krümmte. Ich habe ihn angebrüllt, ihm vorgeworfen, dass er nicht während der Arbeit, auf der Eisbahn, gestürzt sei, weil er dann wenigstens finanziell versorgt wäre. »Nicht mal richtig ausrutschen kannst du«, habe ich ihn angefaucht.

Ich liebe meinen Mann nicht auf die Art, wie es die meisten Ehefrauen tun, obwohl ich es viele Jahre lang versucht und auch so getan habe, als ob. Ich weiß nicht, wie ich mich verhalten soll, denn ich hatte nie einen anderen Mann.

*Achtzehn Jahre zuvor:* Prissy hat mich überredet, sie zum Strand zu begleiten, damit sie sich mit Ryan Vogel treffen kann. Es ist einer der seltenen wirklichen Sommerabende, an denen man nach Sonnenuntergang auf die Jacke verzichtet. Das Ganze entwickelt sich zu einer Party. Als wir eintreffen, zischen und knistern schon ein Dutzend Lagerfeuer und sprühen Funken in den Himmel. Ich kenne die meisten Leute von der Schule, und sie scheinen einen Heidenspaß zu haben. Es wird getanzt, mit Bier und Zigarette in den Händen. Prissy drückt meine Hand, als wollte sie bestätigen: »Ich sag doch, das wird super!« Nachher stehen bestimmt alle am Ufer und kotzen, aber im Moment ist die Stimmung absolut euphorisch.

Ryan Vogel entdeckt Prissys Blondschopf ziemlich schnell unter all den braunhaarigen Mädchen und verschwindet gleich mit ihr im Gebüsch, um sie zu befummeln. Ich bleibe alleine zurück, setze mich auf ein Stück Treibholz und schaue ins Feuer. Ich hocke dort so lange, bis mir die Beine vom Sitzen schmerzen, aber gehen will ich auch nicht, um nicht aufzufallen. Ich beobachte, wie sich Paare finden und sich Stellen am Strand suchen, wo sie rummachen können, und wünsche mir, ich wäre jemand anders. Als sich Ches zu mir setzt, muss das ein Versehen sein. Wahrscheinlich ist er über das Treibholz gestolpert.

Ich kenne Ches nicht persönlich. Er ist letztes Jahr von der Schule geflogen, weil er sich vor seiner Matheprüfung drücken wollte und deshalb eine Bombendrohung vorgetäuscht hatte. Meine Mutter hat mir eingeschärft, mich unbedingt von Ches fernzuhalten, weil er innerhalb der nächsten fünf Jahre garantiert im Gefängnis landen werde.

Ob Ches mich ins Gebüsch zerren und vergewaltigen wird? Der Gedanke ist auf eine primitive Art so erregend, dass mein Puls rast. Aber Ches hält mir kein Messer an den Hals. Er bedroht mich in keiner Weise. Stattdessen bietet er mir einen Schluck von seinem Bier an. Ich trinke durstig, der bittere Schaum läuft mir wohlig die Kehle hinunter.

»Wow, Mensch, mach langsam, dir wird noch schlecht«, sagt er und greift nach der Flasche. »Du bist doch sicher nix gewöhnt.«

Ich zucke mit den Schultern, denn ich weiß darauf nichts zu erwidern. Er hat recht, ich bin Alkohol nicht gewöhnt, aber das muss er ja nicht wissen.

Offenbar glaubt er, dass er mich beleidigt hat, denn Ches geht zu einem Kasten Bier, öffnet eine Flasche mit den Zähnen, was mich sehr beeindruckt, und gibt sie mir.

»Hier. Dann mach mal.«

Das ist so gut wie eine Einladung zu einem Drink, und ich fühle mich sehr geschmeichelt, denn Bier ist den Jungs heilig. Ich trinke schnell, und mir wird schwindelig. Er lächelt mir aufmunternd zu, und meine Wangen brennen. Er wirkt gar nicht so furchteinflößend. Im Gegenteil, wenn man sich die zerrissene Jeansjacke und das lange strähnige Haar wegdenkt, sieht er sogar ganz süß aus. Beim Lächeln zeichnet sich auf einer Seite ein Grübchen ab, und seine braunen Augen erinnern mich an einen verlassenen Welpen. Was auch immer in dem Moment in mich fährt, jedenfalls will ich plötzlich unbedingt, dass Ches mich so mag, wie Ryan Vogel Prissy mag. Sie ist zwar dünner und hübscher, aber ich habe andere Vorzüge.

»Findest du mich hübsch?«, frage ich, bevor ich unter dem Einfluss des Biers in einen verlegenen Kicheranfall ausbreche. Ich vergrabe das Gesicht in den Händen, doch ich spüre seine Blicke auf mir. Er denkt über die Frage nach. Wie soll er zu einer Antwort kommen, wenn er mein Gesicht nicht sehen kann? Also nehme ich die Hände weg. Ches starrt auf meine Brüste.

»Du hast große Titten«, sagt er sachlich. »Ihr dicken Mädchen habt fast alle schöne Titten.«

Als unsicherer, pubertierender Teenager will ich seinen vulgären Kommentar für ein Kompliment halten und erröte. Ches nimmt mich bei der Hand und führt mich in den Wald, weg von Prissy und Ryan und den anderen Paaren. Ich folge ihm mit klopfendem Herzen bis zu einer kleinen Lichtung. Im Dunkeln sehe ich alles schwarz-weiß. Ches' Hemd ist eigentlich rot und blau, aber jetzt erscheint es in unzähligen Grautönen. Er bittet mich, ihm meine Titten zu zeigen, und ich gehorche gerne, schiebe mein T-Shirt und meinen BH hoch, damit sich das Mondlicht über meine Brüste ergießt. Ches beäugt sie gierig und fragt, ob er sie berühren dürfe. Als ich es ihm erlaube, fragt er, ob er weitergehen dürfe. Ich finde das sehr höflich von ihm, denn Prissy hat mir erzählt, dass Ryan einfach losgelegt hat, bevor sie begriffen hatte, was da vorging. Ches zieht seine Jeansjacke aus und legt sie unter einen Baum, damit ich meinen Kopf darauf betten kann, und das erscheint mir geradezu galant. Nach diesem Abend bin ich schwanger, aber das weiß ich erst drei Monate später.

Als mir die Folgen meiner Dummheit bewusst werden, überkommt mich maßlose Reue. Ich lege mich ins Bett, presse die Fäuste in meinen Bauch, um dieses grässliche Ding, das da in mir wächst, herauszuzwingen. Dann nehme ich mir vor, mich die Kellertreppe hinunterzustürzen, um das Problem loszuwerden, aber auf der oberen Stufe bleiben meine Füße zögernd stehen, weil ich zu viel Angst habe, mir mehr anzutun als meinem ungeborenen Kind.

Prissy ist die Erste, die es erfährt. Sie tut so, als würde alles gut. Sie verurteilt mich nicht, sieht mich nicht mitleidig an und schüttelt auch nicht enttäuscht den Kopf. Sie nimmt mich in den Arm, sagt, dass ich eine großartige Mutter werde, und fragt, ob sie mir bei der Geburt beistehen dürfe. Ich überspiele meine Kränkung, denn offensichtlich glaubt sie, Ches wolle sich vor der Verantwortung drücken, aber ich habe da ganz konkrete Erwartungen. Als ich mich aufmache, um es ihm zu sagen, verliert Prissy kein Wort. Sie glaubt bestimmt, dass er mich enttäuschen und einfach verleugnen wird.

Ich weiß, wo ich ihn suchen muss. Auf der Eisbahn. Am Wochenende fährt er den Zamboni, um das Eis zu glätten. Ich entdecke Ches vor dem Lagerschuppen. Er lehnt an den blassblauen Brettern und raucht. Seit jener Nacht habe ich nicht mehr mit ihm gesprochen, aber ich denke oft an ihn. Sonntags, so male ich mir aus, fahren wir nach unserer Hochzeit die Küste entlang und halten unterwegs an, um ein Softeis zu essen. Sein Haar ist gewachsen, auf der Oberlippe sprießt ein Bart.

»Hey«, rufe ich. »Kann ich mal mit dir reden?«

Er wirkt nicht besonders erfreut, mich zu sehen. Er zieht ein letztes Mal an seiner Zigarette und wirft sie lässig auf den Boden. Ein Atemhauch kommt aus seinem Mund, von der

Zigarette oder von der Kälte. Ches steckt die Hände in die Taschen. Wir schauen beide auf den verglimmenden Zigarettenstummel. Dass es so unangenehm wird, habe ich nicht erwartet.

»Willst wohl mehr, was?« Er zieht mich an sich, presst sein Becken gegen meins und schiebt eine kalte Hand unter meine Bluse. Fassungslos mache ich einen Satz nach hinten.

»Ich bin schwanger«, platzt es aus mir heraus. »Im dritten Monat.« Er weicht vor mir zurück, als wäre ich eine Aussätzige. Sein Gesicht wird fahl, in seinen Augen steht die Angst. Ich empfinde sogar ein wenig Mitleid, denn ich hatte drei Monate, um das alles zu verdauen, und er erst wenige Sekunden.

»Das wird schon«, sage ich beschwichtigend. »Wir müssen ja nicht heiraten oder so, zumindest nicht gleich. Die Zeiten haben sich geändert. Ich möchte eine moderne Mutter sein und arbeiten, vielleicht sogar zur Berufsschule gehen. Ich dachte an Reisekauffrau oder Dentalhygienikerin.« Ich plappere wild drauflos, denn Ches hat bisher kein Wort gesagt, und das Schweigen ist schwer zu ertragen.

»Glückwunsch.« Er zieht eine Zigarette aus der Hosentasche. »Und warum erzählste mir das? Ich sag nur, alles Gute.«

Er zündet ein Streichholz an, legt die Hände darum, doch der Wind bläst die Flamme gleich wieder aus. Prissy hat so etwas erwartet, denn sie hatte versprochen, uns Brownies zu backen, als hätte sie gewusst, dass ich Trost brauche. Aber noch stehe ich unter Schock. Ich muss daran denken, wie Ches meinen Körper erforscht hat. Er war langsam, sanft, und es war, als wüsste ich etwas über ihn, was niemand sonst weiß. Jetzt komme ich mir vollkommen dämlich vor. Da stehe ich nun hinter der Eisbahn, schwanger und so einsam wie nie zuvor. Ich beiße mir auf die Lippen, um nicht zu weinen, und trotzdem laufen mir heiße Tränen übers Gesicht. Ich renne los, einfach los. Mein Zuhause liegt in der anderen Richtung, aber meine Füße wollen mich einfach nur forttragen, Hauptsache fort. Ches läuft mir nach und ruft mir zu, ich solle warten, doch ich will ihn niemals wiedersehen. Ich haste weiter, trotz Seitenstechen und brennender Lunge. Natürlich holt er mich ein, denn er ist ein magerer Teenager und ich nun mal ein dickes schwangeres Mädchen. Falle ich oder reißt er mich nach unten? Plötzlich liege ich neben Ches auf der kalten Erde, zwischen hohem Gras und Wildblumen, und Ches entschuldigt sich, er habe sich wie ein Arschloch benommen. Er legt seinen Mund auf meinen. Er schmeckt nach Zigaretten und Diesel.

Ich bin in der zwölften Woche schwanger und erlebe meinen ersten Kuss.

Mittlerweile habe ich mich an den Küchentisch gesetzt. Wie soll ich das Marianne bloß beibringen? Sie ist jetzt fast in dem Alter, in dem ich Ches traf. Meine Teetasse stelle ich auf einen Stapel unbezahlter Rechnungen, sie verziert die Umschläge mit einem braunen Kreis. Als ich aufsehe, erblicke ich Marianne. Sie beobachtet mich vom Türrahmen aus, in der einen Hand ihre Postertafel mit den vielen Kästchen, Pfeilen, Bildern und Worten – Marianne nennt das ein Flowchart – und einem kleinen Glasbehälter mit ihrem Parfum in der anderen Hand. Marianne sieht mich wissend an, zuckt mit den Schultern und wendet sich ab. Kein Wort wurde gesprochen, und doch ist alles gesagt. Die Enttäuschung auf dem Gesicht meiner Tochter kann ich schon schwer ertragen, aber dass sie auch noch versucht, ihren Kummer zu verbergen, bricht mir das Herz.

## Kapitel 3

# *Prissy*

Bei Lawlor's, Tankstelle, Mini-Markt und Diner zugleich, geht es gemächlich zu. Es ist fünfzehn Uhr, zu früh fürs Abendessen und zu spät fürs Mittagessen. In einer Nische hinten im Restaurant warte ich mit meinem Sohn auf unsere Deluxe-Hamburger. Lawlor's ist ein altmodischer Ort, mit getäfelten Wänden und Ölgemälden von Schiffen und Leuchttürmen. Ich fühle mich völlig fehl am Platz, dabei bin ich nur wenige Minuten von meinem Elternhaus entfernt. Erst konnte ich nicht schnell genug nach Paradise Bay kommen, aber nun, da ich endlich hier bin, wäre mir jeder andere Ort lieber, vor allem unter diesen Umständen.

Die Kellnerin bringt das Essen. »Lassen Sie sich's schmecken!« Sie ist so schwungvoll, als wäre sie dankbar, dass sie etwas zu tun hat. »Wenn Sie noch was brauchen, sagen Sie's.«

Ich lächle geistesabwesend und danke ihr. Quentin macht aus seinem Widerwillen gegen das Essen keinen Hehl. Er rümpft die Nase, kaum dass uns die Kellnerin den Rücken zugedreht hat.

»Hast du ein Problem damit?«

»Nichts«, grummelt er seine aktuelle Standardantwort.

»Na komm, iss.« Ich nage an einer Fritte herum.

»Kann ich nich. Das ist krass eklig.«

»Was soll daran eklig sein?« Erstaunlich, dass ein Vierzehnjähriger Hamburger und Fritten eklig finden kann.

»Alles viel zu dick«, sagt Quentin, als würde ich das Offensichtliche nicht begreifen.

Quentin ist an schnürsenkeldünne Fritten und Hamburger von McDonald's gewöhnt. Auf unserem Teller aber liegen dicke, goldgelbe Fritten, und zwischen den Brötchenscheiben ist das Fleisch deutlich sichtbar.

»Tja, so muss ein Hamburger eigentlich sein«, erwidere ich.

»Sagt wer?«

»Sage ich. Mein Hamburger schmeckt köstlich«, verkünde ich im Brustton der Überzeugung, obwohl ich erst einen Bissen gegessen habe und schon jetzt Sodbrennen bekomme. So viel Fett habe ich seit Jahren nicht zu mir genommen, nicht seit Howie penibel auf seine Ernährung achtet und erst einmal jeden Aufdruck liest. Dennoch meine ich, das hiesige Essen verteidigen zu müssen, und sei es auch nur, weil Quentin so mäkelig ist. Ich fühle mich selbst wie ein bockiges Kind, dabei hatte ich doch, als ich vor einer halben Stunde auf den Parkplatz gefahren war, ganz die verständnisvolle Mutter sein wollen.

Ich hatte gehofft, in letzter Minute mit Quentin noch ein offenes Gespräch zu führen. Obwohl wir fast den ganzen Tag von Ontario nach Neufundland unterwegs waren, haben wir kaum darüber geredet, warum wir plötzlich ohne Howie nach Paradise Bay aufgebrochen sind, zumal die Schulferien erst nächste Woche beginnen. Ich hatte das beim Essen besprechen wollen.

Aber als die Kellnerin Quentin die Speisekarte mit dem Kindermenü in die Hand drückte, hat er eine so beleidigte

Flappe gezogen, dass es keine Chance mehr auf eine zivilisierte Unterhaltung gab. Ich hatte während des Flugs mehrmals versucht, mit ihm über den Grund unserer plötzlichen Reise zu reden. Ich sperre mich selbst gegen das Gespräch. Ich will auf gar keinen Fall das Wort Scheidung in den Mund nehmen, andererseits finde ich keine vornehme Umschreibung. Beiläufig lässt sich so etwas nicht sagen. *Dein Vater und ich machen im Moment eine etwas schwere Zeit durch, aber das wird schon wieder.* Ich habe den Satz während des Flugs oft im Geiste wiederholt, in der Hoffnung, dass er dadurch irgendwann wahr wird.

Quentin reagiert mit einem lässigen Schulterzucken und nuschelt: »Is' mir egal.«

Nun reißt er ein Tütchen Ketchup auf und quetscht den Inhalt auf den Tellerrand. Er streut erst Salz, dann Zucker auf den Ketchupberg und fährt schließlich mit dem Strohhalm durch die ganze Schweinerei. Wenn sich Quentin unwohl fühlt, spielt er mit dem Essen, eine Unart, die er von seinem Vater übernommen hat und die mich im Moment nur deshalb ärgert, weil sie mich an ihn erinnert.

»Spiel nicht mit deinem Essen rum«, herrsche ich Quentin an und bedaure meinen barschen Tonfall augenblicklich. Ich muss tief Luft holen, um nicht zu weinen.

»Tut mir leid, Schatz«, flüstere ich und versuche, die Tränen zu bannen. »Du kannst mit mir über alles reden, das weißt du, oder? Es ist nicht deine Schuld. Dein Vater und ich, wir lieben dich beide und … keiner von uns …«

»Mum, hör damit auf«, fällt mir Quentin ins Wort. »Tu mir den Gefallen und erspar mir das Thema.« Er verdreht die Augen und stößt einen übertriebenen Seufzer aus.

Wie er so dasitzt, in seinem T-Shirt mit dem aufgedruckten Cannabisblatt und den Baggy Pants, die an beiden Knien Löcher haben, verkörpert er den rebellischen Teenager schlechthin. Er trägt eine Wollmütze, sein langes Haar steht über den Ohren ab. Quentin ist eigentlich blond, wie ich, aber er hat sein Haar gefärbt, zu einem scheußlichen Hellgelb, das mich an Wolle auf Puppenköpfen erinnert. Komplettiert wird das Ensemble durch eine silberne Kette, die von einer Gürtelschlaufe bis zu den Waden hinunterhängt. Ich kann mir vorstellen, was meine Mutter zu diesem Aufzug sagen wird.

»Warum musstest du dich ausgerechnet heute so anziehen?« Dabei zieht er sich jeden Tag so an. »Wie soll ich das deiner Großmutter erklären?« Es ist eine rhetorische Frage, natürlich erwarte ich keine Antwort, zumindest keine ernsthafte.

»Sag ihr, ich bin abhängig und hab meine Jacken und Hosen für 'nen Schuss verkauft.« Quentin pustet durch einen Strohhalm in sein Colaglas und macht Bläschen.

»Das kannst du ihr selbst sagen«, erwidere ich. Ich bin müde und fühle mich von Minute zu Minute älter. Ich hole erneut tief Luft und versuche, mich zu sammeln. »Dann iss wenigstens was zum Nachtisch.« Wehmütig denke ich an die Zeit zurück, als ich Quentins Kummer noch mit Eis mildern konnte.

»Nein, danke, bin satt«, sagt Quentin, fährt mit dem Strohhalm durch den Ketchupberg und zeichnet rote Linien auf das Platzdeckchen mit den Bildern von Bären, Elchen, Karibus und anderen Tieren aus Neufundland.

Ich bin nicht sicher, was ich wirklich von meinem Sohn erwarten kann, aber ich weiß genau, was ich gerne hören würde – das Versprechen, dass er mir unter allen Umständen den Vorzug vor Howie geben wird. Natürlich ist das selbstsüchtig, eigentlich geradezu jämmerlich, aber im Moment würde nichts anderes mir ein wenig Seelenfrieden gewähren. Ich möchte Quentin sagen, dass sein Vater an allem schuld ist, dass er uns betrogen, belogen und verraten hat. Ich möchte das sogar so gerne sagen, dass ich in meinen Burger beißen muss, um die Worte zurückzudrängen. Ich bin erschöpft von dem Flug, der Fahrt, der ganzen Geschichte, am liebsten würde ich mich hinlegen und schlafen, bis der Alptraum vorüber ist.

Wenn ich daran denke, dass ich geheult und Howie angefleht habe, mich nicht zu verlassen, zittere ich vor Scham. Ich habe sogar gesagt, ich würde ihm vergeben, wenn er das mit der blödsinnigen Scheidung vergisst. Ich muss ein Bild des Jammers abgegeben haben. Ich flehe meinen betrügerischen Ehemann unter Tränen an, bei mir zu bleiben! Eine völlig verkehrte Welt. Der Mann, der auf fremdem Terrain gewildert hat, sollte um Gnade winseln und die Vergebung seiner Frau erflehen und nicht auch noch die Scheidung verlangen! Howie hat sich selbst gegen den Vorschlag gesperrt, zu einer Eheberatung zu gehen, aber das passt zu Howie. Wenn er erst einmal eine Entscheidung getroffen hat, bleibt er dabei.

Dass er mit einer anderen Frau zusammen ist, wurde mir daran deutlich, dass er meinen Fragen auswich. Ich wollte jedes Detail wissen, zu seiner Affäre und zu der Frau, die mit meinem Ehemann schläft. *Wie heißt sie? Wie alt ist sie? Wo habt ihr euch kennengelernt? Wann hattet ihr zum ersten Mal Sex? Wie oft? War es gut? Ist sie besser als ich?*

»Hör auf, dich so zu quälen«, hatte Howie gedrängt. Ihm waren die Fragen sichtlich unangenehm.

»Ich quäle mich ja nicht, sondern du!«, hatte ich geschrien.

Er hat mir versichert, seine Untreue sei auf einige wenige Male beschränkt gewesen und die Sache sei vorbei, was die Frage aufgeworfen hat, warum er sich dann noch scheiden lassen will. »Wir sind doch schon lange unglücklich«, war seine Antwort, und ich bin vor Schmerz zusammengezuckt. Howie zeigte sich von meiner Reaktion einigermaßen überrascht. »Ach, Prissy. Wir wissen beide, dass unsere Ehe seit Monaten dem Ende entgegengeht, womöglich seit Jahren.« Aber ich hatte das nicht gewusst.

Ich habe die ganze Nacht nicht geschlafen und nur leise in mein Kissen geweint, um ein Mindestmaß an Würde zu bewahren. Howie hat in Quentins Bett geschlafen, und ich habe ihn im Stillen verflucht, dass er auch noch die Frechheit besaß, ein warmes Bett zu haben, wo er doch auf der Couch hätte liegen müssen, dem Verbannungsort aller betrügerischen Ehemänner. Am nächsten Morgen ist Howie unter dem Vorwand aus dem Haus gegangen, er müsse arbeiten. An einem Samstag! Natürlich war das eine Lüge, aber entweder war es ihm zu unangenehm, in meiner Nähe zu sein, oder er wollte gleich zu seiner Geliebten laufen und verkünden: »Es ist vollbracht! Ich habe sie verlassen! Jetzt müssen wir unsere Liebe nicht länger verheimlichen.«

Ich habe meine Mutter angerufen, weil ich nicht wusste, wem ich es sonst erzählen sollte. Eigentlich hatte ich erwartet, »Ich hab's dir ja immer gesagt« zu hören, dabei hatte mich meine Mutter nie vor Howie gewarnt. Sie war im Gegenteil so von ihm hingerissen, dass sie mir in meinen Ehemann oft verliebter schien als ich. Allerdings behauptet meine Mutter gerne, sie hätte etwas kommen sehen, wenn es tatsächlich eingetreten ist. *Das hätte ich dir vorher sagen können*, ist einer ihrer Lieblingssprüche. Aber nach einer kleinen Weile sagte sie nur: »Komm nach Hause. Wir kümmern uns darum.«

Und das tat ich, ganz die folgsame Tochter. Als Howie von der Arbeit zurückkehrte, hatte ich meine und Quentins Koffer schon gepackt und alles in die Wege geleitet. »Nur für ein paar Wochen«, sagte ich. »Das ist wahrscheinlich das Beste für alle Beteiligten.« Howie hatte geradezu erleichtert gewirkt.

Die Fahrt durch Paradise Bay ist wie die Begegnung mit einem alten Freund. Die Route 80, der Baccalieu Trail, verläuft entlang der Atlantikküste Neufundlands. An ihm reihen sich kleine Ortschaften auf, die teilweise schon vor 400 Jahren entstanden, als üppige Fischgründe die ersten Bewohner lockten. Es ist die reinste Postkartenidylle aus schroffen Felsen und pittoresken Häuschen.

Im Wind flattert Wäsche: Handtücher, Laken, Unterhemden und Babysachen voller Milchflecken. Am Straßenrand fahren Quads, und die unbehelmten Fahrer manövrieren um handgeschriebene Schilder für Brennholz herum. Vor mir taucht Hayward's Laden auf. Ich ziehe eine Grimasse und versuche vergeblich, nicht an meine erste Begegnung mit Howie zu denken. Ein Neonschild kündet vom kältesten Bier der ganzen Bucht und vom Jackpot des Atlantic Lotto, der aktuell bei drei Millionen Dollar steht. Ich konzentriere mich wieder auf die gewundene Straße und suche nach dem Abzweig zum Haus meiner Mutter.

Warum findet man immer erst in Notsituationen heim? Zuletzt war ich vor zwei Jahren hier, zur Beerdigung meines Vaters. Damals ist Howie gefahren, bei kaltem Oktoberregen, ich hatte mein Gesicht gegen das Fenster des Mietwagens gedrückt. Ich hatte ein furchtbar schlechtes Gewissen, weil ich nicht dabei gewesen war, aber das hatte niemand vorhersehen können. Mein Vater war nicht krank gewesen. Er hatte zu Abend gegessen, mit meiner Mutter einen Tee getrunken und sich dann auf die Couch gelegt, um die Nachrichten zu sehen. Kurz vor dem Wetterbericht hatte er die Augen geschlossen und nie wieder geöffnet.

Alle, auch meine Mutter, fanden die Plötzlichkeit seines Todes tröstlich, nur ich hatte mir gewünscht, er wäre vorher krank geworden. Natürlich wollte ich nicht, dass er litt, aber ich hätte gerne ein Warnsignal erhalten, um noch einmal nach Hause zu fahren und mich zu verabschieden.

Als ich in die steile Zufahrt zu meinem Elternhaus einbiege, ist Abendessenszeit. Meine Mutter lebt in einem typischen Neufundlandhaus, es besteht ganz aus Holz und hat an der Rückseite ein tiefgezogenes Dach. Es ist über hundert Jahre alt, aber zum ersten Mal sieht man ihm sein Alter an. Die Farbe blättert ab, Dachziegel fehlen und die Lampe auf der Veranda rostet. Wehmütig blicke ich auf das Paar Schaukelstühle auf der hinteren Veranda. Dort hat mein Vater morgens im Sommer gesessen, seinen Tee getrunken und gen Horizont geblinzelt, als wäre er auf einer einsamen Insel gestrandet und hielte Ausschau nach dem rettenden Schiff.

»Geh'n wir rein oder hocken wir den ganzen Abend im Auto?«, fragt Quentin, und unter den gegebenen Umständen ist sein gereizter Tonfall verständlich.

»Na, dann los«, sage ich und atme tief ein. »Die Koffer können wir nachher holen. Deine Großmutter erwartet dich bestimmt schon ungeduldig.«

Beim Anblick meiner Mutter, die auf die hintere Veranda kommt und vorsichtig die steile Zufahrt betritt, muss ich beinahe weinen. Sie versucht, auf uns zuzulaufen, aber ihre Knie sind zu geschwollen, und die Beine machen auch nicht mit. Ich sollte ihr entgegengehen und ihr diese Mühsal ersparen, doch ich bleibe wie angewurzelt stehen.

Mom stürzt sich gleich auf Quentin und umarmt ihn stürmisch. Sie drückt ihm Küsschen auf die Wangen, wie zu Säuglingstagen. »Geht's meinem Fischlein gut?«, fragt sie und schließt ihn gleich wieder in die Arme. »Mein kleines Möppelchen.« Und weiter geht die Küsserei, auf Kopf, Wangen, Stirn und Mund. Quentin erinnert mich an ein im Scheinwerferlicht erstarrtes Reh, und ich kann mir das Grinsen kaum verkneifen. Er ist mittlerweile etliche Zentimeter größer als meine Mutter, entweder ist er gewachsen oder sie geschrumpft. Quentin wirft mir einen flehentlichen Blick zu. Meine Mutter überschreitet eindeutig seine Grenzen. So viel Zuwendung entspricht nicht der motzigen Art eines Teenagers.

Mom wirkt ungewohnt klein und schwach. Sie ist zierlicher und gebrechlicher geworden, an ihren Armen und Beinen zeichnen sich sogar schon die Knochen ab. Offen gestanden weiß ich gar nicht genau, wie alt sie ist. Sie muss auf die siebzig zugehen, denn mein Vater war zweiundsiebzig, als er starb.

Die Falten um Augen und Mund sind viel ausgeprägter, und ihr einst goldblondes Haar ist nun erbarmungslos weiß. Aber der auffälligste Unterschied zeichnet sich an ihrem Mund ab: Die einst so vollen Lippen, die ständig gelächelt und meine Wangen geküsst haben, sind eingefallen, und der Strichmund verleiht meiner Mutter einen permanent übellaunigen Ausdruck. Sie trägt ein schlichtes Hauskleid aus verblichener blauer Baumwolle und Kniestrümpfe, ihr Markenzeichen, die mittlerweile zu den Knöcheln hinunterrutschen.

»Mom«, sage ich laut, um die Attacke auf ihren Enkel zu beenden. »Es tut so gut, dich zu sehen.« Und das ist keine Floskel. In dem Moment wird mir schlagartig bewusst, wie sehr sie mir gefehlt hat.

Ich blicke zur Hintertür. Sie steht weit offen, und ein wenig erwarte ich, dass mein Vater die Treppen heruntereilt, um unsere Koffer zu holen. Es ist hart, meine Mutter ohne meinen Vater zu sehen. Dabei haben meine Eltern nur wenig gemeinsam unternommen. Dad verbrachte die Wochenenden mit Angeln, Jagen und Kartenspielen, während Mom Blaubeeren einkochte, mittwochabends zum Bingo ging und ansonsten Pullover und Decken strickte, die sie Quentin auch heute noch schickt, obwohl er zu alt dafür ist. »Handgestrickte Pullover sind so was von schwul«, sagt Quentin bei jedem Paket. »Kannst du Oma nicht bitten, mir Geld zu schenken?«

»Na, kommt rein«, sagt Mom. »Wir können ja nicht den ganzen Abend hier rumstehen und den Nachbarn Gesprächsstoff bieten.«

Dabei ist das nächste Haus fast anderthalb Kilometer entfernt.

»Wir müssen nämlich«, fährt sie fort, »weiß Gott Schadensbegrenzung betreiben, schließlich bist du mit Quentin alleine hier, ohne dieses Stück Scheiße, das du geheiratet hast.«

»Mom, bitte«, beschwöre ich sie. »Nicht vor Quentin.«

Sie zuckt mit den Achseln. »Ich hab doch keinen Namen genannt.«

»Quentin weiß, mit wem ich verheiratet bin, Mom.«

»Na schön, na schön«, beruhigt sie mich. »Ich hab eine Überraschung für dich, aber die gibt's drinnen.«

In der Küche riecht es nach einem herzhaften Mahl. Meine Mutter hat für uns gekocht, und ich traue mich nicht, ihr zu sagen, dass wir unterwegs schon gegessen haben. Der Essensgeruch erinnert mich voller Wehmut an Sonntage im Kreis der Familie.

Ich liebe die Küche meiner Mutter, auch wenn die verblichene Tapete, die gelbe Arbeitsfläche aus Laminat und der Linoleumboden furchtbar altbacken wirken. Dieser Ort birgt viele glückliche Kindheitserinnerungen, an lärmende Kartenspiele, bei denen meine Mutter alle Regeln brach, um nur ja nicht zu verlieren, an Onkel Ted, zu dessen Akkordeonspiel Tante Luce und Tante Sade um den Küchentisch herumtanzten. Meine Küche hat Edelstahlfronten und eine Arbeitsfläche aus Granit. Howie, Quentin und ich haben dort, soweit ich mich erinnere, vor Jahren zuletzt gemeinsam gegessen.

»Ach, Quentin, Schatz, ich kann mich gar nicht beruhigen«, sagt Mom schon wieder, nachdem wir uns gesetzt und versucht haben, zum zweiten Mal zu essen. »Du bist so ein gut aussehender junger Mann, aber in dem Aufzug wirkst du, als würdest du von der Sozialhilfe leben. Deine Mutter wüsste gar nicht, wie sie eine Nadel führen soll, aber ich kann das flicken«, sagt sie mit Blick auf den Riss in seiner Jeans. Quentin hält schützend die Hand darüber, weil meine Mutter schon ihr Nähetui holt.

»Das muss so sein«, sagt Quentin. »So was tragen Leute, die in diesem Jahrhundert geboren wurden.«

»Quentin!«, schimpfe ich. Ich will ihn gerade darauf aufmerksam machen, dass wir alle im selben Jahrhundert geboren sind, doch meine Mutter winkt ab.

»Schon okay«, sagt sie lächelnd und berauscht sich weiter am Anblick ihres Enkels. Sie hat ihn seit zwei Jahren nicht gesehen, und er hat sich wirklich sehr verändert. »Du wirst erwachsen«, sagt Mom und strahlt ihn an. »Bald schon sprießen dir ein Bart und Haare auf der Brust. Dabei kommt es mir wie gestern vor, dass du in Windeln zum Strand gerannt bist und gebrüllt hast, weil du Angst hattest, dir würde ein Krebs in die Zehen zwicken. Gott, was hast du damals rumgeheult.«

Meine Mutter gluckst, aber Quentin ist nicht amüsiert. »Kann ich die Glotze anschalten?«, fragt er und steht auf, ohne meine Antwort abzuwarten. »Gibt's hier überhaupt Kabel?« Damit verschwindet er im Wohnzimmer.

Es macht mich nervös, dass Quentin nicht mehr im Raum ist. Jetzt wird mich meine Mutter bestimmt auf meine desaströse Ehe ansprechen, und ich will nicht darüber reden.

»Immer noch ein Stück Zucker?«, fragt sie von der Spüle her, wo sie den Wasserkessel füllt.

»Ja, gerne.« Auch Mom scheint sich ohne Quentin als Puffer unbehaglich zu fühlen. Was soll man auch zu all dem sagen? Sie füllt kochendes Wasser in zwei Tassen und hängt Teebeutel hinein. Sie kommt mit dem Tee an den Tisch, zündet sich eine Zigarette an, inhaliert tief und bläst einen grauen Rauchstrahl in die Luft.

»Hast du's noch nicht aufgegeben?« Das soll nicht wertend klingen, aber sie versteht es so.

»Gott, geht das wieder los?«

»Ich mach mir doch nur Sorgen um dich. Besonders, wo Dad nicht mehr lebt.«

»Hätt ich mal das Glück«, sagt meine Mutter und verdreht die Augen. »Die Zigaretten werden mich bestimmt nicht umbringen. Deine Tante Fran ist an Lungenkrebs gestorben, und dabei hat sie nie geraucht. Bei ihr musste ich immer draußen rauchen, da hätte mir höchstens der Kältetod gedroht.«

Ich ziehe eine Grimasse.

»Jetzt reg dich ab. Ich rauche seit vierzig Jahren und bin noch immer gut in Schuss, oder nicht?«

Ich nicke. Ihr zuzustimmen, ist besser. Einen Streit über das Thema Rauchen gewinne ich sowieso nicht. Mom findet an Zigaretten nichts auszusetzen, bis auf den Preis.

»Also, was gibt's Neues?«, frage ich, als wäre ich auf einem vergnüglichen Heimatbesuch.

»Außer, dass dich dein Mann verlassen hat?«, fragt meine Mutter. »Na komm, Prissy, hier passiert doch nie was.« Sie inhaliert wieder tief. Ich würde das Gespräch gerne in eine weniger verstörende Richtung lenken.

»Wie geht's denn Lottie?« Ich habe so viele Nächte bei Lottie verbracht, wir haben wach nebeneinandergelegen, gekichert und gelacht, bis wir die Augen nicht länger aufhalten konnten. Lottie war für mich wie eine Schwester, und doch haben wir uns voneinander entfernt. Ich weiß kaum noch etwas über sie.

»Lottie ist dick und unglücklich, aber das wär ich auch, wenn ich mit so einem trotteligen Scheißkerl verheiratet wäre.« Mom zieht erneut an ihrer Zigarette. »Nicht, dass du es viel besser getroffen hättest.«

Rauch quillt ihr aus Mund und Nase. Es ist wirklich erstaunlich, wie sie jede Wendung dieses Gesprächs zurück auf das Thema Howie bringen kann.

»Wir machen eine schwere Phase durch, das ist alles.« Ich schaue auf den Grund meiner Tasse. Wieso glauben manche Menschen eigentlich, ihr Schicksal stünde in Teeblättern oder im Kaffeesatz geschrieben? Ich spüre die Blicke meiner Mutter, aber ich sehe nicht hoch.

»Ach, so nennst du das? Eine schwere Phase?« Sie drückt

ihre Zigarette aus, als wollte sie ihre Frage damit akzentuieren, steht auf und holt eine Zeitung von der Anrichte.

»Na, dann lies mal. Das wird dich aufmuntern«, sagt sie so zufrieden wie eine satte Katze.

Vor mir liegt eine Ausgabe des *Telegram*, auf der Titelseite prangt das Foto eines Hausbrands in St. John's. »Die Zeitung?«, frage ich verwirrt. Ich bin müde und nicht in der Stimmung, mich über die Fischindustrie oder die aktuellen Verhandlungen zwischen Regierung und Gewerkschaften zu informieren. »Ich hab jetzt wirklich keine Lust, Zeitung zu lesen.«

Mom ignoriert meinen Einwand und blättert zu einer ganz bestimmten Seite. »Zu deiner Information, Prissy, es geht um die Todesanzeigen.«

Jetzt ist meine Neugierde angestachelt: »Wer ist denn gestorben?«

Mit einem selbstgefälligen Grinsen gibt mir meine Mutter die Zeitung zurück und weist mit gelbem Finger auf die Seite. »Lies einfach«, sagt sie triumphierend und zündet sich eine weitere Zigarette an, obwohl sie die letzte gerade erst ausgemacht hat.

Wessen Tod bereitet meiner Mutter bloß so eine diebische Freude? Widerstrebend schaue ich hin.

*Howard John Montgomery, 1963–2010, aus Toronto, verstarb friedlich in seinem Heim. Um ihn trauern seine Ehefrau Priscilla, geborene Hallorhan, aus Paradise Bay, sowie sein Sohn Quentin. Die Beerdigung erfolgte bereits am Dienstag in Barrie, dem Heimatort des Verstorbenen. Anstelle von Blumen bitten wir um Spenden für die Kanadische Krebshilfe.*

Weil ich es nicht begreife, lese ich den Text noch einmal. Ich bin so verwirrt, dass ich mich frage, ob Howie vielleicht doch heute Morgen gestorben ist. Oder vielleicht lebe ich in einem Paralleluniversum, in dem ein anderer Howard Montgomery eine andere Priscilla Hallorhan geheiratet hat und ein Kind namens Quentin hatte. Wie man es auch dreht und wendet, es ergibt keinen Sinn.

»Das verstehe ich nicht. Howie ist nicht tot«, sage ich entgeistert.

»Na, ich weiß das, aber das müssen die ja nicht wissen«, sagt Mom und weist auf die Hintertür. »Stell dir vor, was da los wäre, die ganze Stadt würde sich das Maul darüber zerreißen, weil Howard fremdgegangen ist und dich und Quentin verlassen hat. Du würdest zum Gespött der Leute. Seit du damals mit ihm abgehauen bist, warten hier doch nur alle darauf, dass du mit eingeklemmtem Schwanz zurückkehrst.«

Meine Mutter spricht weiter, aber ich höre schon nicht mehr zu. »Das stammt von dir?«, frage ich ungläubig. »Ich fasse es nicht.« Ich bin völlig schockiert, dabei sieht es meiner Mutter ähnlich, ihren Beistand auf so ungeheuerliche Weise zu zeigen.

»Natürlich stammt das von mir«, sagt sie mit stolzgeschwellter Brust. »Dafür hab ich fünfzig Cent pro Wort bezahlt. Deshalb bin ich nicht zu sehr ins Detail gegangen. Außerdem, je weniger Details, umso schwerer kommen sie uns auf die Schliche.«

Uns? Seit wann bin ich ihre Komplizin bei diesem Wahnsinn? »Mom, eine Scheidung bedeutet heutzutage keine Schande mehr. Das ist normal.«

»Ich lasse nicht zu, dass meine Tochter zur Witzfigur wird, nur weil ihr Mann sie wegen einer anderen verlassen hat.«

Meine Mutter war immer sehr direkt, und ihre Worte treffen mich bis ins Mark. »Mom, da mache ich nicht mit«, entgegne ich entschieden. »Howie lebt, und nur damit du's weißt, er hat mich nicht wegen einer anderen verlassen. Er ist nicht mal mehr mit ihr zusammen. Er braucht nur etwas Zeit. Hör zu, in ein paar Wochen hat sich alles wieder beruhigt, und dann kommt Howie her und holt uns ab. Er muss halt was mit sich ausfechten. Er wird schon wieder normal«, füge ich mit Nachdruck hinzu, doch wirklich überzeugt bin ich von meinen Worten nicht.

»Red keinen Blödsinn, Prissy, von Howard Montgomery siehst und hörst du nichts mehr.« Mom drückt ihre nicht einmal halb gerauchte Zigarette mit unnötigem Kraftaufwand aus. »Betrachten wir ihn als tot.«

»Nein«, widerspreche ich hartnäckig. »Das war dumm. Das war das Dümmste, was du je getan hast, und das will etwas heißen.«

»Nun sei nicht so, Prissy«, sagt meine Mutter mit weicherer Stimme. »Ich finde es entsetzlich, dass er dir wehgetan hat, ich will doch bloß helfen. Und er hat, weiß Gott, nicht nur dein Herz gebrochen.«

Sie klingt so müde und traurig, dass ich gleich ein schlechtes Gewissen habe, weil ich so harsch zu ihr war. Auf ihre sehr eigene Weise versucht meine Mutter tatsächlich, mir zu helfen. Bei einem Schluck Tee frage ich mich, was ich empfinden würde, wenn Howie wirklich tot wäre. Ich wäre sicher traurig, ja, am Boden zerstört, aber ich käme mir nicht wie eine Verstoßene vor. Erstaunlicherweise geht es mir bei der Vorstellung, Witwe zu sein, schon deutlich besser.

## Kapitel 4

# *Georgia*

In ganz Paradise Bay und entlang des Baccalieu Trail nennt man mich nur noch die Karamell-Dame, obwohl natürlich alle meinen Namen kennen oder zumindest wissen, wer ich bin. Dass ich so bekannt bin, liegt jedoch nicht an meinem Karamell.

Karamell zu kochen habe ich gelernt, weil Joseph eine Schwäche für Süßes hatte. Ich habe mir also die entsprechenden Zutaten gekauft und es so oft probiert, bis mein Karamellkonfekt perfekt war: nicht zu süß, mit weicher Textur und satter Farbe. Es schmolz wortwörtlich im Mund. Joseph unterstützte meine Bemühungen, indem er einen ganzen Block aß und auf Nachschub bestand. Ich hatte das für reine Nettigkeit gehalten, aber als er mein Karamell zu Weihnachten an die Mädchen bei der Deponie verteilte und plötzlich alle möglichen Leute von mir Konfekt wollten, begriff ich, dass mir da etwas gelungen war.

Ich verkaufe jetzt seit fast drei Jahren mein Karamell auf dem Regionalmarkt von Paradise Bay, und Joseph wäre bestimmt stolz auf mich. Dieses Jahr will ich zusätzlich Kuchen anbieten, denn Joseph war verrückt nach Kuchen, besonders im Sommer, mit einem Schlag Vanilleeis darauf. Ich sehe im Geiste vor mir, wie Joseph seine Gabel in die Kuchenkrümel drückt und dann die Zinken sauberleckt, und ich empfinde eine solch schmerzliche Sehnsucht, dass mir schwindlig wird. Also konzentriere ich mich auf Zucker und Butter und verrühre beides, bis die Konsistenz stimmt. Das vertraute Wirbeln des Quirls beruhigt mich, doch da stört das schrille Läuten des Telefons sein Summen. Verwirrt schaue ich auf das Telefon an der Wand. Den Ton habe ich ewig nicht gehört. Hier ruft niemand an, oder, besser gesagt, niemand mehr.

»Hallo?«, antworte ich zögernd und klemme das Telefon zwischen Kinn und Schulter, um mir die Hände in der Spüle abzuwaschen.

»Georgia?«, schallt mir mein Name laut ins Ohr.

Ich erkenne die Stimme nicht, doch die vertraute Anrede lässt vermuten, dass es sich weder um Telefonwerbung noch einen Irrtum handelt. Trotzdem bleibe ich förmlich. »Ja, hier ist Georgia. Darf ich fragen, wer Sie sind?«

»Was soll das vornehme Getue? Hier ist Clara. Clara Hallorhan«, sagt die Anruferin mit wachsender Verstimmung, weil ich nicht sofort reagiere.

Sie klingt so beleidigt, als würden wir jeden Tag um diese Zeit telefonieren und als hätte ich es wissen müssen. Ich kenne Clara nicht gut, aber ich weiß natürlich, wer sie ist. Joseph ist mit ihrer Tochter zur Schule gegangen, aber sie war schon fortgezogen, als ich Joseph kennengelernt habe. Clara sehe ich manchmal in der Stadt, wenn ich Spülmittel oder Papierhandtücher kaufe und sie in der Apotheke auf ihre Medikamente wartet, gelegentlich treffe ich sie auch, wenn sie mit ihrem Sohn bei Lawlor's frühstückt. Wir grüßen uns, aber über etwas anderes als das schlechte Wetter oder die späte Fliederblüte haben wir nie gesprochen.

»Ja, natürlich. Was kann ich für Sie tun?« Weshalb sie auch anruft, Höflichkeitsfloskeln will sie bestimmt nicht austauschen.

Clara räuspert sich. »Ich rufe wegen unserer Familientragödie an – sicher haben Sie es ja in der Zeitung gelesen.«

Ich schweige, ich weiß nicht, wovon sie spricht. Seit das mit Joseph passiert ist, lese ich keine Zeitung mehr. Wenn ich eine in der Hand halte, sehe ich immer Josephs zerquetschten Geländewagen vor mir, ganz gleich, welches Bild wirklich auf der Titelseite prangt.

Clara hält mein Zaudern offenbar für Entsetzen: »Ich weiß, da ist man sprachlos. Was soll man dazu auch sagen?«

Offenbar handelt es sich um schlechte Nachrichten. Ich wappne mich gegen das Schlimmste. Dabei ist das vollkommen töricht, denn das Schlimmste ist längst passiert. Trotzdem reagiert mein Körper, als wäre er auf schlechte Nachrichten trainiert. Mein Herz schlägt schneller, mein Mund wird trocken.

»Tut mir leid, Clara, ich lese keine Zeitung«, erwidere ich ruhig. »Sagen Sie mir doch bitte, was geschehen ist.«

»Nun ja, also, mein Schwiegersohn, der in Toronto. Er kommt nicht oft her, meistens bleiben sie auf dem Festland, unter sich. Ich hab sie selbst seit Arties Tod nicht mehr gesehen. Aber was quatsche ich denn da – also mein Schwiegersohn ist kürzlich gestorben, und Prissy bleibt mit dem Kleinen eine Weile hier, bis sie sich etwas beruhigt hat.«

Mir ist zum Weinen zumute, obwohl ich Prissy und ihrem Mann nur ein einziges Mal begegnet bin. Das muss zehn Jahre her sein, Joseph und ich sind ihnen bei einem nachmittäglichen Strandspaziergang in die Arme gelaufen. Prissy hatte gelächelt und Joseph umarmt, wie man einen guten

Freund umarmt, den man lange nicht gesehen hat. Mir hat es damals einen kleinen Stich versetzt, als diese schöne junge Frau, mit Sand unter den Fingernägeln und Salzwassertropfen auf den feinen Härchen an den Armen, meinen Ehemann doch recht intim berührte. Der kleine Junge hatte Steine ins Meer geworfen, und Prissy hatte versucht, ihm zu zeigen, wie er sie zum Hüpfen bringt. Ihr Mann hatte ihnen so beglückt zugeschaut, dass ich von einer entsetzlichen Ahnung überwältigt wurde. Genauso war es mir ergangen, als ich einmal mit Joseph im Garten gerauft, er mich unter dem Ahornbaum niedergerungen hatte und mit seinem warmen Atem meinen Hals liebkoste und ich vor Lust erzitterte. Wahres Glück ist flüchtig, darauf kann nur die größtmögliche Tragödie folgen. Wieder überkommt mich dieses entsetzliche Gefühl, wenn auch nicht ganz so heftig.

»Oh, mein Gott«, flüstere ich. Ich muss mich an den Küchentisch setzen, meine Füße wollen mich nicht mehr tragen. Meine Finger umklammern den Hörer, mein Atem wird zu einem flachen Keuchen, mein Herz rast.

»Oh, Clara, das tut mir so leid.« Tränen steigen mir in die Augen. Ich würde sie gerne zurückhalten, bis ich aufgelegt habe. »Kann ich irgendetwas tun? Wie geht es Prissy?«

Oh, ich selbst habe es gehasst, wenn ich nach Josephs Tod diese Fragen hören musste. Außer Joseph von den Toten zu erwecken, hätte nichts meinen Schmerz lindern können, und nun stelle ich die gleichen dummen Fragen. Meiner Kehle entweicht ein Schluchzer.

»Große Güte, Georgia, Sie nehmen sich das ja mehr zu Herzen als Prissy.«

Ich atmete ein paar Mal tief durch, um mich zu beruhigen.

»Es geht ihr ganz gut, gemessen an den Umständen. Meine

Tochter ist stark, und im Moment ist Quentin natürlich das Wichtigste.«

»Natürlich«, pflichte ich ihr bei, spreche aber nicht aus Erfahrung. Joseph und ich hatten keine Kinder, und bar einer solchen Verantwortung konnte ich auch unaufhaltsam die Spirale der Depressionen hinabtrudeln. »Wie schlägt sich Ihr Enkel?«

»Quentin? Quentin ist mittlerweile vierzehn und überragt mich und Prissy schon. Aber, ehrlich gesagt, tut er sich schwer. Bis jetzt will er es nicht akzeptieren. Er glaubt immer noch, mit seinem Vater wäre alles in Ordnung und er wäre gesund in Toronto. Wohl die Verleugnungsphase.«

Das kann ich nachvollziehen, auf dem Gebiet kenne ich mich aus. »Wie ist es denn passiert?«, frage ich.

»Er hatte Krebs«, antwortet Clara. »Er hat sich wacker geschlagen, aber am Ende war es doch zu viel. Diese furchtbare Krankheit.«

Ob es schlimmer ist, seinen Mann langsam an den Krebs zu verlieren oder ganz plötzlich, so wie ich? Ich wäge im Geiste die Vor- und Nachteile ab und komme zu keinem Ergebnis. Auf der einen Seite wird man von einem plötzlichen Verlust völlig unvorbereitet getroffen und steht tagelang unter Schock. Ich weiß noch genau, wie Joseph zur Tür ging, mir zuzwinkerte und versprach, es würde nicht spät. Und als ich ihn wiedersah, war er kalt und fahl und leblos. Auf der anderen Seite aber muss es entsetzlich sein, mitanzusehen, wie der eigene Mann immer schwächer wird und allmählich stirbt. Ich werde Joseph zumindest immer groß, stark und gesund in Erinnerung behalten.

»Howard war ein sehr stolzer Mann«, fährt Clara fort. »Schwächen gab es für ihn nicht. Er war schon in Stadium III, als er es Prissy endlich erzählt hat. Da konnte man nur noch dafür sorgen, dass es einigermaßen erträglich verlief.«

»Was für ein Krebs war es denn?« Das ist ja wohl die Standardfrage, sobald die Rede auf diese Krankheit kommt.

»Hodenkrebs«, sagt Clara nach einer Weile. »Ihm wurde der linke Hoden entfernt, aber da war der Krebs schon in den rechten gewandert. Das muss man sich vorstellen, dem armen Kerl haben sie noch vor seinem Tod die Eier abgeschnitten.«

So etwas zu hören ist befremdlich, aber ich weiß aus eigener Erfahrung, dass die Trauer das Denkvermögen beeinträchtigt und man Dinge sagt und tut, die man sich unter normalen Umständen niemals hätte träumen lassen.

»Na, jedenfalls«, fährt Clara fort, »ist er tot und beerdigt, und wir müssen darüber auch gar nicht weiter reden, obwohl wir wahrscheinlich nächste Woche eine kleine Gedenkfeier abhalten werden. Aber ich mache mir Sorgen um Prissy, und deshalb rufe ich an. Ich dachte, es würde ihr helfen, wenn sie mit jemandem reden könnte, der etwas Ähnliches durchgemacht hat. Vielleicht könnte sie Ihnen ab und zu auf dem Markt helfen. Es wäre gut, wenn sie ein wenig unter Leute käme, wenn Sie wissen, was ich meine.«

»Natürlich«, antworte ich leise. »Ich treffe mich gerne mit ihr … um darüber zu reden.« Kaum habe ich aufgelegt, bedaure ich meine Entscheidung schon, denn ich werde keine große Hilfe sein. Ich bin doch selbst erst dabei, meine Trauer loszulassen, und ich habe Angst, dass mich in Prissys Gegenwart die Trauer mit neuer Wucht packt.

Auf der Fensterbank kühlen meine Torten ab. Bei diesem Anblick spüre ich die üblichen Stiche in der Brust. Erdbeer-Rhabarber-Kuchen mochte Joseph am liebsten, und jedes

Mal, wenn ich ihn backe, muss ich daran denken, wie Joseph ab und zu am frühen Nachmittag überraschend nach Hause kam und behauptete, er könne den Kuchen bis zur Deponie riechen. Dann hat er sich ein Stück abgeschnitten, es mit drei Bissen aufgegessen, mir mit seinen erdbeerbefleckten Lippen einen flüchtigen Wangenkuss gegeben, und schon fuhr er wieder zurück zur Arbeit. Ich habe Joseph nie gesagt, dass diese Besuche für mich der Höhepunkt des Tages waren. Warum eigentlich nicht?

Nach seinem Tod habe ich wochenlang Erdbeer-Rhabarber-Kuchen gebacken und zum Abkühlen auf den Tisch gestellt. Ich habe mich hingesetzt und darauf gewartet, dass Joseph durch die Tür stolpert und mich bittet, ihm ein Scheibchen abzuschneiden, womit er ein Viertel vom Kuchen meinte. Ich habe stundenlang reglos verharrt, in meiner fleckigen Schürze, auf das Geräusch seines Geländewagens gewartet und gespannt zur Tür geschaut. Erst wenn es dunkel wurde, bin ich aufgestanden, habe den Kuchen in die Tiefkühltruhe gelegt und den Abwasch gemacht. Im Badezimmer habe ich die Verschlusskappe von Josephs Rasierwasser abgeschraubt, die Flasche unter meine Nase gehalten und daran geschnüffelt. Ich habe mir sein Rasierwasser hinter die Ohren getupft, damit ich ihn an mir riechen konnte. Dann bin ich ins Schlafzimmer gegangen und habe die Betten aufgeschlagen. Ich habe mich an seinen Platz gelegt, denn ich konnte es nicht ertragen, dass seine Hälfte kalt war, mein Gesicht in seinem Kissen verborgen und geweint. Und am nächsten Tag begann alles von vorne.

Ich hatte jegliches Interesse an meinem Äußeren verloren. Ich habe mich fast zwei Wochen lang nicht geduscht, mir nicht einmal die Zähne geputzt. Ich sah in nichts mehr einen Sinn. Joseph war tot, die Beerdigung vorbei, und ich konnte mich ungestört in Selbstmitleid ergehen. Anfangs kamen noch die Nachbarn, um nach mir zu schauen und mir Essen zu bringen, doch mir waren ihre Besuche lästig. Sie störten mich in meinem Elend, aus dem ich nicht herausgerissen werden wollte. Meine ungepflegte Erscheinung brachte sie ohnehin in Verlegenheit, und meine höfliche Entschuldigung, ich könne ihnen kein Stück Kuchen anbieten, weil ich es für Joseph aufheben müsse, war wohl so befremdlich, dass nur die ganz Hartnäckigen weiterhin an meine Tür klopften. Selbst sie gaben es irgendwann auf, mich in blödsinnige Gespräche über Mildred Peach und ihre Blaubeer-Marmelade oder Ches Crocker und seinen Sturz aufs Eis samt der gebrochenen Wirbel zu verwickeln.

Ich habe tagelang über all die Dinge geweint, die Joseph und ich geplant, aber nie getan haben. Wir wollten durch ganz Kanada reisen und in jeder Provinz wenigstens einmal übernachten; wir wollten erleben, wie Josephs geliebtes Eishockeyteam, die Maple Leafs, den Stanley Cup gewinnen, und natürlich wollten wir Kinder haben. Ich habe alle künftigen Feiertage beweint, all die Weihnachtsfeste, Geburtstage und Ostertage, an denen ich allein sein würde. Einmal, aus heiterem Himmel, ist mir eingefallen, dass ich ihn angefahren hatte, weil er seinen dreckigen Teller auf dem Kaffeetisch stehenlassen hatte. Im nächsten Moment schon hatte mich die Reue wie eine Flutwelle mit sich fortgerissen, und ich konnte das Bett tagelang nicht verlassen.

Irgendwann konnte ich die Wochentage nicht mehr auseinanderhalten. Ein Tag glich dem anderen, welche Rolle spielte es da, ob Sonntag oder Freitag war? Dann entglitten mir die Monate. Ich knabberte an weichen Crackern und trockenem Müsli. Drei Tage, nachdem ich die letzte Dosensuppe aus der Vorratskammer gegessen hatte, fuhr ich zum Einkaufen nach St. John's, ich wollte mich nicht über den Hügel zu Hayward's quälen und den mitleidigen Blicken aussetzen. In einem riesigen Sobey's-Supermarkt kaufte ich alles, was Joseph am liebsten gemocht und ich ihm zu Lebzeiten verboten hatte: Oreo-Doppelkekse, Schweinefleisch, Bohnen und tiefgefrorene Frühstückswürstchen. Das ist nicht gut für deine Gesundheit, habe ich ihn immer ermahnt, und nun war er trotzdem tot.

Auf dem Heimweg kam ich an vier Autos vorbei, die am Straßenrand parkten. Es sah nach einem Unfall aus, darum hielt ich an. Bei der Vorstellung, zerbeultes Blech und zersplittertes Glas sehen zu müssen, wurden meine Hände feucht, doch es kam noch schlimmer. Es war kein Unfall. Es war Fred Bishop, wie er leibt und lebt. Und er verkaufte am Rand des Trans Canada Highway, aus seinem Wagen heraus, Rübenkraut, Kartoffeln, Karotten und anderes frisches Gemüse.

Ich sah mir das Schauspiel an, während meine Hände vor Wut zitterten. Ich erbebte vor Zorn. Fred Bishop besaß die Frechheit, seinen Wagen keine drei Kilometer von dem Ort entfernt zu parken, an dem er meinen Mann getötet hatte, und betrieb dort auch noch Geschäfte! Meiner Ansicht nach gehörte er ins Gefängnis, weggesperrt, aber die Polizei hatte befunden, er sei nicht schuldig. Es sei ein Unfall gewesen, hatte es geheißen, aber für mich machte das keinen Unterschied.

Joseph hätte mit mir geschimpft, weil ich Fred die Schuld gebe, aber Joseph hätte Fred alles vergeben, sogar den eigenen Tod. Sie waren beste Freunde gewesen, wie Brüder. Ihre Väter hatten auf demselben Fischerboot gearbeitet, ihre Mütter trafen sich täglich zu Tee und Sandwiches. Sie waren ein ungleiches Paar, Joseph schlank und muskulös, Fred mit schlechter Haltung und schon damals einem Ansatz von Bauchfett. Joseph trug eine goldene Haarkrone, Fred war kahl bis auf einen Kranz aus dunklem Haar, der seinen Hinterkopf umrahmte. Joseph hatte alles, was Fred nicht hatte, und doch gab es keine Eifersucht. »Er ist mein allerbester Kumpel«, sagte Joseph über Fred und Fred über Joseph. »Er hat ein Herz aus Gold, er würde dir das letzte Hemd geben, glaub mir. 'nen netteren Kerl findste nicht.«

Anfangs wunderte ich mich selbst, wieso ich die Begeisterung meines Mannes nicht teilen konnte. Fred war nicht der typische Männerfreund. Er trank selten Bier, lockte Joseph nicht von mir weg, machte keine zotigen Bemerkungen über die weibliche Anatomie und kam fast niemals unangekündigt zu uns. Im Gegenteil, Fred entschuldigte sich für die Störung, war in meiner Gegenwart übertrieben höflich, fast schon förmlich. Eine Zeitlang dachte ich, er wäre eifersüchtig auf mich, weil ich Joseph so sehr in Beschlag nahm, aber wie sich herausstellen sollte, war ich die Eifersüchtige. Ich wurde es leid, ständig dieses *Weißt du noch, damals…* und hinterher das Gelächter und die Kommentare über die guten alten Zeiten zu hören, so als könnte die Gegenwart mit dem Leben, das Joseph vor unserer Ehe geführt hatte, nicht mithalten. Es passte mir nicht, dass Fred Joseph aus Kindertagen kannte und mehr gemeinsame Erinnerungen mit ihm besaß als ich, dass sie über so vieles lachen konnten und auf eine Weise verbunden waren, die mich ausschloss.

Aber am meisten hasste ich die Tatsache, dass Fred der Letzte war, der Joseph lebend gesehen hatte. Fred, und nicht ich, war im Krankenwagen mitgefahren, hatte Josephs Hand gehalten und seine letzten Worte gehört. Als ich endlich im Krankenhaus eintraf, blieb für mich nur noch der Leichnam.

Fred mit seinem Gemüsestand zu sehen, reizte mich bis aufs Blut. Am liebsten wäre ich zu ihm gelaufen, hätte auf ihn eingeprügelt und ihm an den Kopf geworfen, dass er meinen Mann getötet habe. Das hatte ich schon bei der Beerdigung tun wollen, aber aus Respekt für Joseph hatte ich meine Gefühle gezügelt. Nun aber konnte ich mich nicht länger beherrschen. Ich stieg aus dem Wagen, schlug die Tür zu und lief schreiend auf ihn zu.

»Was zur Hölle treibst du hier?«, brüllte ich, wohl wissend, dass ich eine Szene machte. Die Umstehenden ließen die frischen Karotten links liegen und starrten mich an, wie ich mit rotem Kopf und vor Zorn bebend dastand.

»Warum dieses Affentheater, Georgia?« Fred klang barsch, und ich war außer mir, dass er sich auch noch benahm, als wäre mein Verhalten unangebracht. »Du solltest nach Hause fahren«, sagte er wie ein verärgerter Vater zu einem ungehörigen Kind.

»Nein, du solltest nach Hause fahren!«, schrie ich, rasend vor Wut.

Fred biss sich auf die Lippen, als überlegte er sich eine gute Formulierung. »Ich glaube, es ist am besten, wenn du nach St. John's zurückfährst. Wir beide müssen uns wirklich nicht über den Weg laufen.« Ich konnte kaum fassen, dass er es wagte, mich zum Gehen aufzufordern, wo er doch, so fand ich, aus Paradise Bay verbannt gehörte.

Dennoch wandte ich mich ab und ging. Ich konnte Freds erleichterten Seufzer in meinem Rücken regelrecht spüren, aber am nächsten Tag kam ich zurück, mit fünfzig Blöcken

Karamell und einem handgeschriebenen Schild, auf dem in schwarzem Filzstift stand: *Hausgemachter Karamell zu verkaufen*. Fred lief vor Wut violett an.

»Hau verdammt noch mal ab, Georgia, und quäl mich nicht. Ich versuch doch bloß, mir was dazuzuverdienen.«

Ich sah ihm direkt in die Augen und sagte, ich würde von nun an täglich hier aufkreuzen, um ihn daran zu erinnern, was er mir genommen habe. Ich hatte erwartet, dass er mir etwas Obszönes an den Kopf werfen, mir etwas so Entsetzliches sagen würde, dass ich die Stadt verlassen müsste, aber er wurde ganz still. Man konnte beinahe zusehen, wie der Ärger aus seinem Körper wich und an seine Stelle eine Verzweiflung trat, die meiner nahekam. Er rückte seine Baseballmütze zurecht und knackte mit den Fingern.

»Daran brauchst du mich wirklich nicht zu erinnern. Ich denke jeden Tag in jeder verdammten Minute daran.«

Dann stieg er in seinen Wagen und raste mit einer Fuhre frischen Gemüses, das nun vermutlich verrotten würde, davon, und da stand ich nun, allein am Rand des Trans Canada Highway mit einer Kiste voller schmelzenden Karamells. Ich blieb vier Stunden lang in meinem Wagen sitzen und sah den Autos hinterher, dann gab ich mich geschlagen und fuhr nach Hause. Aber am nächsten Tag kam ich mit neuer Entschlossenheit zurück, und Fred ebenso. Er beachtete mich nicht und ich ihn nicht.

Für die Ortsansässigen waren wir ein gefundenes Fressen. Aber die allgemeine Neugier führte dazu, dass ich abends leere Schachteln und eine volle Kasse hatte. Daraufhin brach in Paradise Bay das Geschäftsfieber aus. An einem ungewöhnlich kühlen Sommermorgen erschien Ellie Briggs mit einem Stapel selbstgestrickter Pullover, der sich innerhalb weniger Stunden verkaufte. Andere folgten ihrem Beispiel. Plötzlich hatte jeder etwas anzubieten: Türmatten, Wollstrümpfe, Obstkonserven oder Vogelhäuser im Stil hiesiger Architektur. Die Polizei drohte, den improvisierten Markt zu schließen, weil er zu Verkehrsbehinderungen führte. Ich dachte damals, das wäre das Aus, aber Fred sorgte dafür, dass der Regionalmarkt von Paradise Bay, wie er ihn nannte, auf das Powers' Field ziehen konnte. Fred bewirkte beim Transportminister, dass am Trans Canada Highway zwei Schilder aufgestellt wurden, eines an der Ausfahrt zur Route 80 nahe Whitbourne und eines am Veterans Memorial Highway. Es gelang Fred sogar, den Tourismusminister zu bezirzen, unseren Markt in den örtlichen Touristenführer hineinzusetzen, und dieses Jahr hat Fred öffentliche Mittel aufgetrieben, um offene Zelte zu erwerben, die uns vom Wetter unabhängig machen.

Der Markt motivierte mich, endlich etwas zu unternehmen, wenn auch aus unlauterer Absicht. Ich imitierte Freds lässige Art und sprach mit Wildfremden über das Wetter, die Fischerei und allen möglichen anderen Unsinn, der mir vollkommen gleichgültig war. Auf Außenstehende muss ich ganz normal gewirkt haben, wie eine junge Frau, die eine entsetzliche Tragödie erlitten, aber nun die Kraft gefunden hatte, sich ein neues Leben aufzubauen.

Ob Clara das ebenfalls so sieht? Ob sie mich deshalb gebeten hat, mit Prissy zu sprechen? Ich bringe es nicht übers Herz, Clara zu sagen, dass das alles Fassade ist, dass ich nach jeder Rückkehr vom Markt in der Stille meines Wohnzimmers versinke. Niemand wartet auf mich, niemand fragt, wie mein Tag war, bittet mich, Fish and Chips zu holen oder meine Meinung zu den Nachrichten zu sagen. Mein Dasein ist so traurig und elend, so ungeheuer einsam, wie konnte ich da zustimmen, mich um Prissy zu kümmern? Wie soll ich ihr helfen, ihren Kummer zu überwinden, wo ich doch meine eigene Trauer nicht bewältigen kann?

## Kapitel 5

# *Prissy*

Ich ziehe mir die Decke über den Kopf und drehe mich zur Wand, um der Mittagssonne zu entkommen. Warum kann es nicht regnen oder wenigstens nieseln? Die Sonne scheint so hell, dass Staubkörnchen in den Sonnenstrahlen tanzen, die durch die Musselinvorhänge dringen.

In meinem alten Zimmer werde ich wieder zum Kind. Meine Mutter hat nur wenig verändert, obwohl ich das Haus vor fünfzehn Jahren verlassen habe. Die Wände sind nun in einem zarteren Gelb gestrichen und die Kätzchen-Poster verschwunden, doch alles andere ist unberührt. Die Schäbige Anne lehnt immer noch an dem Patchworkquilt, den meine Mutter und ich in dem Winter genäht haben, als ich nacheinander die Windpocken und die Grippe hatte. Abgesehen von dem rustikalen Regal, auf dem meine mittlerweile vergilbte Auszeichnung in Literatur steht, sind die Wände leer. Ich versuche, tiefer unter die Decke zu kriechen, aber mein Haar bleibt im Weidengeflecht am Bettkopf hängen. Ich muss mich aufsetzen, um mich zu befreien.

Der Wecker zeigt 12:02. Eigentlich müsste meine Mutter jeden Moment ins Zimmer poltern und mir eine Standpauke halten, weil ich schon den ganzen Vormittag mein Selbstmitleid pflege. In Toronto ist es erst halb elf, was ich zu meiner

Verteidigung vorbringen werde, wenn meine Mutter kommt und laut wird. Natürlich sollte ich mich zusammenreißen, besonders wegen Quentin, aber ich kann nicht. Ich muss immerzu daran denken, dass Howie mich nicht mehr liebt, und dieses Wissen zerreißt mich.

Ich setze mich auf die Bettkante und betrachte mein Spiegelbild. Meine Augen sind geschwollen, ich habe ja die halbe Nacht geweint, und die dunklen Ränder lassen mich hager wirken, aber das wird sich ändern, wenn ich erst einmal richtig geschlafen habe. Alles in allem habe ich mich gut gehalten, obwohl sich mit fünfunddreißig ohnehin noch nicht die Spuren der unerbittlich nagenden Zeit zeigen sollten. Meine Haut ist glatt, und ich musste mir auch nie die Haare färben. Der Schnitt könnte ein wenig aktualisiert werden, aber ich binde mein Haar gerne zu einem jugendlichen Pferdeschwanz zusammen oder bändige es lässig mit einem Clip. Howie hat einmal gesagt, dass ihn mein Lächeln verzaubert habe, und bei dem Versuch, es nachzumachen, zittern meine Lippen, und ich breche erneut in Tränen aus.

Howie hatte keine Affäre, weil ich fett geworden bin oder mich gehen ließ. Wahrscheinlich fand er mich schlichtweg langweilig. »Oh Gott, was soll ich tun?«, flüstere ich meinem Spiegelbild so eindringlich zu, als würde ich mich einer realen Person anvertrauen und auf einen Rat warten. Wie schlimm meine Lage wirklich ist, wird mir erst langsam bewusst. Ich habe keine Ausbildung, keine Berufserfahrung, nicht einmal einen Collegeabschluss.

Ich kenne die Gesetzeslage kaum, aber irgendeine finanzielle Entschädigung steht mir bestimmt zu. Howie hat so etwas gesagt. Aus seinem Mund hatte es geklungen, als wäre damit alles wieder gut, und genau deshalb will ich gar nichts von ihm. Jetzt muss ich mich beweisen. Leise regt sich eine Art Motivation. Ich muss einen Job finden, ein Konto eröffnen und mich um einen Sparplan fürs Alter kümmern. Ich werde Howie schon zeigen, dass ich prima ohne ihn zurechtkomme. Ausgerechnet bei dem Gedanken muss ich erneut weinen.

Das Telefon klingelt, aber ich beachte es nicht. Es klingelt seit acht Uhr morgens ununterbrochen, und auch die Türglocke schellt ständig. Ich wusste nicht, dass meine Mutter so beliebt ist, aber hier in Paradise Bay besucht man sich häufig. Ich lege mich wieder hin und versuche, das Klingeln zu überhören.

»Prissy!«, ruft meine Mutter von unten. »Telefon für dich. Es ist Howard.«

Mein Herz macht einen Satz, ich springe so schnell aus dem Bett, dass mir schwindelig wird. Ich renne in den Flur und setze mich an den alten Telefontisch. Es ist faszinierend, dass man vor gar nicht so langer Zeit spezielle Möbel kaufte, damit man sich beim Telefonieren hinsetzen konnte und einen Platz hatte für das gigantische Telefonbuch der einzigen Telefongesellschaft. Der Tisch ist erst fünfzig Jahre alt und schon ein Relikt. Vor einer Woche erst hatte ich genauso über meinen Mann geurteilt. Ich blicke eine Weile auf das glänzende schwarze Wahltelefon, um Atem zu schöpfen. Der Hörer liegt schwer in meiner Hand.

»Hallo!« Ich versuche zu klingen, als hätte ich eben noch in fröhlicher Runde am Küchentisch gesessen und mit Familie und Freunden geplaudert. Mein Herz schlägt schneller, und unter den Armen und zwischen den Brüsten sammeln sich Schweißperlen.

»Prissy«, sagt Howie tonlos, »du solltest doch Bescheid

geben, wenn du gut angekommen bist. Ich habe den ganzen Morgen lang versucht, dich zu erreichen, aber du hast wohl dein Handy ausgeschaltet.«

Ich fühle mich wie ein gemaßregeltes Kind. »Tut mir leid. Ich musste es ausschalten, als ich ins Flugzeug gestiegen bin, und hab wohl vergessen, es wieder anzumachen.«

Ich zupfe an der Tapete herum, genau wie vor sechzehn Jahren, als Howie und ich so lange miteinander telefoniert haben, dass meine Eltern irgendwann brüllten, ich solle endlich auflegen. Damals waren Ferngespräche ein Luxus, den man sich nur an Feier- und Geburtstagen gönnte, und die Telefonetikette erforderte, dass der Angerufene das Gespräch mit dem Satz beendete: »Wir machen besser Schluss, das kostet dich ein Vermögen.«

»Wie geht's Quentin?«, fragt Howie voll väterlicher Besorgnis, was mich aufs Neue provoziert, schließlich ist das doch alles seine Schuld.

»Großartig«, antworte ich ausweichend, denn ich war viel zu sehr mit meinem eigenen Elend befasst, um mich der Not meines Kindes zu widmen. Quentin schläft wahrscheinlich immer noch, im ehemaligen Kinderzimmer meines Bruders.

Es tritt eine unangenehme Gesprächspause ein. Ich mustere die braunen Streifen auf der Tapete und warte darauf, dass Howie irgendetwas sagt. Ich warte vor allem auf sein Eingeständnis, dass er ein Dummkopf ist, mich immer noch liebt und mich anfleht, es noch einmal mit ihm zu versuchen.

»Wann kommst du nach Hause?«, fragt er schließlich, und während ich überlege, ob ich ihn leiden lassen und einige Tage bleiben oder gleich ins nächste Flugzeug steigen soll, meldet sich meine Mutter vom Nebenapparat in der Küche her:

»Sie ist zu Hause, du Hurensohn.«

»Mom, würdest du bitte auflegen!«, rufe ich und komme mir wieder wie ein Teenager vor. Ich warte, bis ihr Telefonhörer klickt. »Ich bin erst gestern Abend eingetroffen, Howie. Was soll das?« Bestimmt vermisst er mich jetzt schon. Unbewusst halte ich den Atem an.

»Nun ja, du bist ziemlich … abrupt aufgebrochen, und wir hatten noch keine Gelegenheit, über die Unterhaltsregelung zu sprechen.« Howie seufzt, als wüsste er nicht, wie er sich ausdrücken soll. »Hör zu, mir ist klar, dass du im Moment bei deiner Familie sein willst, aber wir müssen das irgendwann regeln. Um eine Einigkeit zu erzielen … damit sichergestellt ist … Mir liegt Quentins Wohlergehen am Herzen, und mir ist wichtig, dass er weiß, er kann jederzeit nach Hause kommen.«

Ich bin fassungslos, denn Howies Worte klingen so, als würde ich sein Kind stehlen. Ich bin schockiert, enttäuscht und wütend zugleich. Ich hätte ihm viel zu sagen, aber ich traue meinen Worten nicht und lege lieber sanft den Hörer auf die Gabel, denn ich bin viel zu niedergeschlagen, um gegen die Wand zu treten oder den Hörer aufzuknallen.

Wieder muss ich heftig weinen, ich bekomme zwischen all den Schluchzern kaum Luft. Meine Mutter schleppt sich die Stufen herauf und verflucht bei jedem Schritt ihre schlimme Hüfte. Ich wische mir die Tränen weg, ich ärgere mich über die Einmischung meiner Mutter. Ich möchte alleingelassen werden, in Selbstmitleid baden, und mich schaudert es schon bei der Vorstellung, dass ich mir nun anhören muss, ich solle ihn vergessen, als ginge es um ein desaströses Date und nicht um meine langjährige Ehe.

»Schluss jetzt, Prissy, das reicht«, ruft Mom vom Treppenabsatz her. Weiter kommt sie in ihrer Kurzatmigkeit nicht, und ich habe ein schlechtes Gewissen, weil sie sich meinetwegen so plagt. »Glaub mir, ohne ihn bist du besser dran«, fährt sie fort. »Quentin braucht seine Mutter jetzt, Prissy, also hör auf, kostbare Tränen an diesen nutzlosen Hurensohn zu verschwenden, und komm runter, oder ich komm selbst und hol dich.«

Ich will mich wirklich nicht unten blicken lassen, aber ich habe Angst, dass meine Mutter andernfalls ihre Drohung wahrmacht. »Ich komme gleich«, rufe ich mit schriller, zitternder Stimme. Meine Worte zeigen Wirkung, denn Moms Pantoffeln quietschen die hölzernen Stufen hinab. Widerwillig ziehe ich mir eine Trainingshose und einen alten Pullover an und gehe nach unten. Auf das, was mich dort erwartet, bin ich allerdings nicht vorbereitet.

In der Küche stapelt sich überall Essen, auf der Anrichte und auf dem Küchentisch. Quentin schaufelt sich gerade eine große Portion, es sieht wie Hühnerpastete aus, auf den Teller, und meine Mutter fischt Würstchen aus einem Topf. In der Mitte des Küchentischs prangt ein Truthahn unter Frischhaltefolie. Allein das Essen auf der Anrichte reicht für ganz Paradise Bay.

»Was ist das?«, frage ich. Vielleicht hilft Mom beim alljährlichen Truthahnessen der Gemeinde, aber ich sehe keine Styroporteller, und auch Lasagne gehört, das weiß ich genau, nicht zum traditionellen Truthahnmahl.

»Ach, wen haben wir denn da«, sagt meine Mutter in gespieltem Erstaunen. »Komm und probier mal«, drängt sie und wedelt mit einem Würstchen vor meinem Gesicht herum. »Na los, die sind lecker und würzig.«

Ich würge das Würstchen herunter und habe Mühe, es

im Magen zu behalten. Mom sieht mich erwartungsvoll an. »Die sind gut«, lüge ich, obwohl es sicher besser schmecken würde, wenn mir nicht schon vom bloßen Gedanken an Essen übel würde. »Mom, was ist hier los?«

»Och, nichts«, erwidert sie und weicht meinem Blick aus. Es ist keinesfalls nichts los.

»Vorhin waren nur ein paar Leute hier, um zu kondolieren, nichts weiter«, sagt sie abschätzig. »Im Kühlschrank ist noch mehr.« Sie reicht mir einen Teller. »Iss erst mal den Kartoffelsalat. Der wird am ehesten schlecht.«

»Oh, nein!« Ich schüttle entsetzt den Kopf. »Du willst sagen, das alles hast du für Howie aufgefahren?« Ich richte mich direkt an meine Mutter, damit Quentin das nicht hört, aber er ist so mit seinem Hühnchen beschäftigt, dass er mich wahrscheinlich noch gar nicht bemerkt hat.

»Nein«, entgegnet meine Mutter. »Howie ist tot, und damit kann das ja wohl nicht für ihn sein.« Sie klingt so entschieden, als glaubte sie wirklich, ihr Schwiegersohn hätte gerade erst den Kampf gegen den Krebs verloren. »Das ist für dich und Quentin.«

Ich sehe mich in der Küche um, blicke auf die Tupperware-Behälter, deren Besitzer sich mit Kreppband an Rand und Deckel namentlich verewigt haben. Auf der Mikrowelle liegt ein großer Stapel Beileidsschreiben, alle an mich adressiert. Ich bin entsetzt und zugleich ernstlich berührt. »Mom, das ist nicht richtig. Das kann ich nicht annehmen.« Meine Augen füllen sich erneut mit Tränen. Ich kenne die meisten kaum noch, und dennoch hat jedes Mitglied der Gemeinde mir gegenüber eine großzügige Geste gemacht.

»Natürlich kannst du«, sagt Mom. »Wenn du erst mal von Georgias hausgemachtem Karamell probiert hast, kannst du sowieso nur noch daran denken, wie er dir im Mund schmilzt. Georgia hat netterweise heute Morgen einen großen Block vorbeigebracht und sich auch bereiterklärt, dich eine Weile unter ihre Fittiche zu nehmen. Vielleicht hilfst du ihr ja auf dem Regionalmarkt.«

In meinem Kopf herrscht große Verwirrung, denn weder weiß ich, wer Georgia ist, noch warum sie mich unter ihre Fittiche nehmen sollte. »Wer ist Georgia?«

Als ich höre, dass sie die Frau von Joseph Reid war, steht mir augenblicklich ihr Bild vor Augen. Ich hatte noch niemals jemanden mit so blasser Haut und so schwarzem Haar gesehen – wie eine Figur aus einem englischen Roman des 19. Jahrhunderts.

»Warum um alles in der Welt sollte Georgia mich unter ihre Fittiche nehmen?« Doch ich ahne schon, was meine Mutter im Schilde führt.

»Weil ihr beide junge Witwen seid und sie weiß, was du durchmachst.«

»Woher soll Georgia wissen, was ich durchmache?« Ich bin außer mir. »Ihr Mann ist gestorben, und meiner hat mich gerade verlassen!«

»Nun werd nicht frech. Ich versuche nur zu helfen!«, erwidert meine Mutter trotzig. Sie öffnet sämtliche Tupperdosen und riecht daran. »Georgia verkauft ihr Karamell auf dem Markt, und dieses Jahr will sie zusätzlich Kuchen anbieten. Du brauchst eine Aufgabe, Prissy, sonst liegst du den ganzen Tag lang im Bett und tust dir leid.«

Ich suche verzweifelt nach einer Ausrede, um dem Regionalmarkt zu entgehen – abgesehen von der Tatsache, dass ich keine Witwe bin –, aber so weit kann ich nicht denken. Ich wollte doch bloß ein paar Tage herkommen, um Howies Ankündigung zu verdauen und mich ein wenig zu sammeln, und schon macht mich meine Mutter zur Witwe und Karamellverkäuferin.

Bei einem Behälter mit gebackenen Bohnen rümpft meine Mutter die Nase. »Davon kriegt man die Scheißerei«, murmelt sie, schaufelt mir aber trotzdem einen Löffel auf den Teller. Dann häuft sie Hühnerfleisch daneben, einen Berg Kartoffelsalat und Makkaroni-Auflauf. Erstaunlicherweise reagiert mein Magen auf den Anblick mit einem lauten Grummeln. Ich habe in den letzten beiden Tagen nicht gerade viel gegessen und merke erst jetzt, wie hungrig ich bin. Als mein Bruder Charlie durch die Hintertür in die Küche kommt, nage ich schon an einem Hühnerflügel.

Er eilt auf mich zu und umarmt mich so ungestüm, dass mir die Luft wegbleibt. Ich lache aus ehrlicher Freude und umarme ihn auch. Er sieht wie immer aus, groß und dünn. Sein Haar ist so goldblond wie meins und auch fast genauso lang. Er hat sich ein Ziegenbärtchen wachsen lassen, was ihm einen leicht verwegenen Ausdruck verleiht, dabei ist Charlie völlig harmlos. Mich überrascht seine Freude über unser Wiedersehen, meine eigene allerdings auch.

»Hey, Miss Priss«, sagt Charlie, und ich lächele wehmütig beim Klang des Spitznamens, den ich als Mädchen so gehasst habe. »Scheiße, Mann, wie geht's dir?«

Mein Bruder hat eine ziemlich derbe Ausdrucksweise, meint es aber nicht so – falls das überhaupt möglich ist. Jedenfalls sagt er nie, dass sich jemand verpissen oder ins Knie ficken solle. Charlie benutzt das Wort Sch… als eine Art universelles Adjektiv, mit dem sich beinahe alles beschreiben lässt. Ihm ist entweder scheißkalt oder scheißwarm, er ist scheißhungrig oder scheißmüde, Scheißgeld hat er nie, und bei Tisch lässt er sich das Scheißsalz geben. Nach einer Weile fällt es einem nicht mehr auf, aber Quentin kichert über Charlies obszöne Ausdrucksweise. Ich könnte Charlie bitten, sich in Quentins Gegenwart zu mäßigen, doch das wäre vergebliche Liebesmüh. So drückt er sich nun einmal aus.

Über die Essensberge jedenfalls scheint sich Charlie nicht zu wundern. Er nimmt sich gleich einen Teller und schaufelt ihn voll. »Ich bin scheißhungrig wie ein Bär«, sagt er zwischen einem Brötchen und einem Truthahnschenkel. Ich vergesse immer, was für einen erstaunlichen Stoffwechsel er hat. Charlie ist geradezu dürr, doch auf seinem Teller häufen sich Berge. Wenn meine Mutter ihn ließe, würde er zum Nachtisch noch den gesamten Block Karamell essen. Als ich hinüber zu meinem Sohn blicke, sehe ich Charlie als Teenager vor mir. Ich fahre meinem Bruder liebevoll übers Haar. Er sieht mich misstrauisch an, solche Gesten sind ihm nicht geheuer.

»Wie schlägst du dich, Priss?« Er wirkt voll des Mitleids, und das gibt mir endgültig den Rest. Schließlich bin ich die große Schwester, die Reife, Vernünftige von uns beiden.

»Ach, egal«, sage ich und ziehe eine Grimasse. Ich versuche, die Tatsache, dass mich mein Mann nach sechzehn Jahren Ehe verlassen hat, mit einer Handbewegung abzutun, so als hätte ich einen Job verloren, den ich sowieso leid war.

»Ich kann das mit Howie echt nich fassen.« Charlie hat meinen Wink offensichtlich missverstanden und redet sich richtig in Rage. »Also, als Mom mir das erzählt hat, hab ich nur gesagt: ›Scheiße, das darf doch nich wahr sein!‹. Aber was will man machen? Und das war sicher nicht das erste Mal. Der betrügt dich bestimmt schon seit Jahren.« Charlies Worte verderben mir schlagartig den Appetit. Ich schiebe den Teller weit von mir.

Meine Mutter eilt zu meiner Verteidigung herbei und gibt Charlie einen Klaps auf den Hinterkopf, der durch die ganze Küche hallt. »Was verdammt ist mit dir los? Ehrlich, Charlie, manchmal glaub ich, du hast kein Hirn, sondern Scheiße im Kopf. Deshalb hast du auch keine Freundin, weil du einfach nicht weißt, wie man mit Frauen spricht.«

»Ist schon okay, Mom. Vergiss es, bitte.« Ich hasse es, wenn am Küchentisch darüber geredet wird, und eigentlich möchte ich gar nicht darüber reden.

»Ich wollte nichts unterstellen«, sagt Charlie.

Ich trinke einen Schluck Tee, damit meine Hände etwas zu tun haben. »Ist schon okay«, wiederhole ich. »Wechseln wir das Thema.«

Das scheint auch in Charlies Sinn zu sein, und er schaufelt sich Kartoffelsalat in den Mund. »Und, wie lang willst du bleiben?«

Warum stellen mir alle dieselbe Frage? So muss ich gleich wieder an das Telefonat mit Howie denken, und mir wird erneut übel. Der intensive Essensgeruch macht die Sache nicht angenehmer. Ich konzentriere mich auf meine Hände und spiele mit meinem Verlobungsreif und meinem Ehering.

Howie hatte mich mit dem Verlobungsring an Bord eines Bootes, das er für eine Walbeobachtungstour gechartert hatte, überrascht. Er war vor versammeltem Familien- und Freundeskreis auf die Knie gesunken, aber dann hatte eine Welle das Boot seitlich getroffen, und Howie war, noch bevor er den Brillanten hervorzaubern konnte, »auf den Arsch geplumpst«, wie mein Vater gesagt hätte. Howie musste sich Landratte nennen und das Gespött des Bootes über sich ergehen lassen, doch am Ende war es ihm gelungen, sich auf ein Knie zu stützen und mich zu bitten, ihn zu heiraten. Dem war ein Chor aus Aaahs und Ooohs gefolgt, aber meine intensivste Erinnerung ist der Gesang der Buckelwale, die mich drängten, Ja zu sagen, dabei brauchte ich keine Entscheidungshilfe. Ich war so glücklich wie nie zuvor. Ich hätte mir niemals träumen lassen, dass dieser Tag hier einmal kommen würde.

»Hör auf zu heulen, Prissy«, sagt Mom. Mir war gar nicht bewusst, dass ich weine. »Nach dem Gedenkgottesdienst wird's dir besser gehen. Der Pastor hat eine geschmackvolle Andacht versprochen.«

»Gedenkgottesdienst?«, frage ich fassungslos. Dabei ist mir klar, was meine Mutter geplant hat, und allein bei der Vorstellung schaudert es mich.

»Nur eine stille Andacht, Prissy«, erwidert sie. »Im kleinen Kreis. Ich hab die Lieder schon ausgesucht, und Barb Donovan singt ›Amazing Grace‹. Eine Stimme wie ein Engel hat diese Frau.«

Meine Mutter verblüfft mich immer mehr. Sie hat Howie von Herzen geliebt, immer furchtbar viel Wirbel um ihn gemacht. Ich hatte sogar Angst, sie würde mir die Schuld für mein Ehedrama geben – doch nichts dergleichen. Stattdessen hat sie Howies Existenz einfach ausgelöscht, und auf eine perverse Weise finde ich das rührend.

»Mom, ich weiß wirklich zu schätzen, was du vorhast, aber du musst dem Pastor, und allen anderen auch, die Wahrheit sagen. Ich habe ja schon ein schlechtes Gewissen, einen Kartoffelsalat zu essen, der aus Anteilnahme für mich gemacht wurde.«

»Ach, das ist noch gar nix«, sagt Charlie und kaut dabei auf etwas Quicheartigem herum. »Ich hab heut Morgen auf der Post gehört, dass die Kollekte vom Sonntag wohl an Priss und Quentin gehen soll.«

»Krieg ich dann 'ne Xbox?«, fragt Quentin hoffnungsvoll, denn ich hatte ihm verboten, seine mitzunehmen. Dass er die kommenden Wochen ohne seine Spielkonsole verbringen sollte, hatte ihn weit mehr aus der Fassung gebracht als das Ende der Ehe seiner Eltern oder der plötzliche Aufbruch nach Neufundland.

Die bevorstehende Kollekte bringt mich in eine ungeheure Verlegenheit. »Oh, Gott, nein«, murmele ich und lasse den Kopf beschämt sinken. »Mom, bitte, du musst das klarstellen.«

Doch ihrem Gesichtsausdruck nach zu urteilen wird sie weder wanken noch weichen. »Gütiger Herr im Himmel«, sagt sie mit unverhohlenem Ärger. »Warum bist du so undankbar?« Sie setzt sich an den Küchentisch, zündet sich eine weitere Zigarette an und bläst den Rauch in zwei Schwaden durch die Nase aus. »Ich tu das alles nur, um dich und Quentin zu schützen, und du sitzt da und spielst die Heilige. Ich versuch zu retten, was zu retten ist, da könntest du wenigstens Danke sagen.«

Meine Mutter ist ernstlich betroffen, und ich fühle mich noch elender. Ich kann es im Moment niemandem recht machen. »Danke«, flüstere ich schicksalsergeben. Ich bin noch keine vierundzwanzig Stunden hier, doch meine Lage hat sich in der kurzen Zeit schon deutlich verschlimmert.

## Kapitel 6

# *Lottie*

Ich glaube, Ches hat eine Affäre, aber mir ist es, ehrlich gesagt, egal. Ich bemühe mich, so zu fühlen, wie ich fühlen sollte – schockiert, wütend, verraten, verletzt –, aber ich empfinde nichts dergleichen. Allenfalls verspüre ich Erleichterung, weil er endlich aus dem Bett gestiegen ist, Anstalten macht, das Haus zu verlassen, und ich mir sein Gewimmer über Rückenschmerzen und Kopfweh nicht länger anhören muss.

Er hat sich mir noch nicht offenbart, aber welchen Grund sollte es sonst für seine Erscheinung geben? Er ist kaum wiederzuerkennen. Er hat sich zum ersten Mal seit Wochen rasiert und riecht nach Seife oder Aftershave, jedenfalls nicht nach Kippen, deren Gestank ich sonst mit Ches verbinde. Er trägt eine braune Hose und den Seemannspullover, den ich ihm letztes Jahr auf dem Regionalmarkt gekauft habe.

»Wo zur Hölle willst du hin?«, frage ich misstrauisch.

»St. John's«, sagt er, und da weiß ich, dass irgendetwas im Busch ist. Ches hasst St. John's mit all den Straßen und Ampeln. Er hat seinen Werkzeugkasten, einen großen, sperrigen Metallkoffer, in der Hand und holt einige Werkzeuge heraus. Ich bin sprachlos vor Verblüffung, als Ches durchs Haus geht und all die Reparaturen erledigt, um die ich ihn seit Monaten bitte. Er zieht den Kaltwasserhahn an der Küchenspüle nach, damit ich nicht mehr das ständige metallische Tropfen hören muss. Er befestigt den Knauf an unserer Schlafzimmertür, dichtet die Haustür ab und wechselt die Glühbirne im Kühlschrank. Das ist der endgültige Beweis für seine Untreue, denn warum sollte Ches all das tun, wenn nicht aus schlechtem Gewissen heraus?

Nachdem er fertig ist, klimpert er mit den Schlüsseln in seiner Tasche herum. »Na, also ich geh dann jetzt«, sagt er, und ich glaube in seiner Stimme ein leichtes Zittern zu hören. Ich spüre seine Nervosität und interpretiere sie als Bammel vor dem ersten Mal. Ich spiele mit dem Gedanken, ihn nach seinen Plänen zu fragen, ihn zu drängen, sich das gut zu überlegen, aber ich sage nichts.

»Gut, dann mal los.«

»Bleib nicht meinetwegen auf«, sagt er beim Gehen, was ich sehr komisch finde, denn es ist erst halb zehn Uhr morgens, und ich würde sowieso nicht seinetwegen wachbleiben. Seltsamerweise nimmt er seinen Werkzeugkasten mit, bleibt kurz an der Tür stehen und sieht auf das Schulfoto von Marianne, das im Flur hängt.

Dann bin ich alleine, und trotz aller Bemühungen, das Alleinsein zu genießen, fühle ich mich einsam. Zur Ablenkung werde ich für Prissy einen Makkaroni-Auflauf backen und zu ihr gehen, um zu kondolieren. Prissy liebt Makkaroni-Auflauf. Wann immer ich zum Abendessen bei ihr war, musste ihre Mutter uns welchen machen. Prissy spießte die Nudeln einzeln auf die Gabel und tunkte sie dann in Ketchup, deshalb brauchte sie ewig, und am Ende war ihr Essen eiskalt. Vermutlich hat sie mittlerweile einen etwas gehobeneren Geschmack, also koche ich nach einem Rezept, das ich beim

Arzt aus einer Frauenzeitschrift herausgerissen habe. Dafür muss man drei verschiedene Sorten Käse reiben, und nach einer Weile reißt mir die Haut an den Fingern auf. Dann mache ich eine Mehlschwitze, erhitze Vollmilch und lasse den Käse darin schmelzen, gieße die Flüssigkeit über die Nudeln und schiebe alles für fünfunddreißig Minuten in den Ofen, bis der Auflauf eine braune Kruste hat und die Sauce blubbert.

Ich denke währenddessen viel an Prissy. Ich versuche, Mitgefühl aufzubringen, aber das gelingt mir genauso wenig, wie Eifersucht zu empfinden. Wahrscheinlich bin ich emotional vollkommen abgestumpft. Ich liebe Prissy wie eine Schwester und war zugleich auch immer neidisch auf sie. Das Schicksal hatte Prissy in einer Weise begünstigt, von der ich nur träumen konnte. Sie war hübsch und schlank, konnte essen, was sie wollte, sie hatte wohl ein Hufeisen oder eine Hasenpfote oder einen anderen Glücksbringer besessen. Dass es ihr gelungen war, einen Wildfremden bei Hayward's auf dem Snackregal zu vögeln, war die eine Sache. Dass der dann auch noch vermögend, attraktiv und bis über beide Ohren in sie verliebt war, so etwas brachte nur Prissy zuwege. Sie mag Howie zwar verloren haben, aber er ist bestimmt der Typ, der sich um alles gekümmert und für sie und Quentin vorgesorgt hat. Ich will mir gar nicht ausmalen, welchen Schlamassel mir Ches hinterlassen würde, sollte er einmal sterben.

Als die Auflaufform so weit abgekühlt ist, dass ich sie mit bloßen Händen anfassen kann, gehe ich rüber zu Prissy. Draußen ist es überraschend heiß, und als ich endlich den steilen Weg zur Hintertür bewältigt habe, bin ich völlig verschwitzt und leicht außer Atem.

Clara empfängt mich an der Tür, mit Zigarette in der Hand und einem feuchten Geschirrhandtuch über der Schulter. Bei einem kräftigen Zug an der Zigarette fallen ihre Wangen ein, und ihre Lippen verschwinden. »Hallo, Lottie«, sagt sie. »Dachte mir schon, dass du heute kommst.«

»Ich hab Makkaroni-Auflauf gemacht, für Prissy«, erkläre ich, als brächte ich regelmäßig Essen zu Clara.

»Makkaroni haben wir schon«, sagt Clara, »aber noch eine Portion schadet wohl nicht.«

»Darin sind drei verschiedene Sorten Käse«, sage ich zu meiner Verteidigung und blicke auf meine geschundenen Finger. »Das ist kein Fertiggericht.«

»Stimmt mit Fertiggerichten irgendwas nicht? Ich hab dir und Prissy oft Fertiggerichte gemacht und hab nie Klagen gehört.«

Clara schüchtert mich heute noch genauso ein wie damals als Kind. »Ich hab nicht gesagt, dass mit Fertiggerichten was nicht stimmt«, stottere ich. »Ich dachte nur, Prissy hätte gern was Feineres.«

»Prissy ist noch immer die Alte, Lottie«, sagt Clara, drückt die Zigarette auf der Veranda aus und nimmt mir die schwere gläserne Auflaufform ab. »Aber sie will sicher deine feinen Makkaroni kosten.«

»Kann ich sie sehen?«

Clara schüttelt zögernd den Kopf. »Heute besser nicht. Prissy ist sehr durcheinander und Besuchern noch nicht gewachsen. Und sie muss erst aufstehen.«

Ich schlucke schwer. Ich war Prissys beste Freundin. *Ich* sollte mich schützend vor ihre Tür stellen. »Natürlich«, flüstere ich. »Richte ihr bitte mein Beileid aus.« Ich wende mich ab und gehe den Hügel hinunter. Ich trage wieder schwer, auch ohne die Glasform.

Zu Hause überfällt mich eine ungewohnt träge Stimmung.

Ich schlüpfe in Ches' karierten Bademantel – er zieht ihn nie an, und deshalb riecht er auch nicht nach ihm – und koche mir eine Kanne Tee. Es ist erst halb zwei, aber mir kommt es vor, als wäre ich seit Tagen auf den Beinen. Ich mache den Fernseher an. Bei *Der Preis ist heiß* bietet ein Kandidat auf einen Satz Golfschläger. Ich versuche mitzuspielen, aber ich habe keine Chance, denn schon Dosensuppe ist in Kalifornien viel günstiger als hier bei Hayward's. Ich frage mich, was Ches zu all dem sagen würde. Wahrscheinlich hätte er bloß Augen für die Assistentinnen und würde sagen, dass die eine einen tollen Arsch und die andere einen tollen Vorbau hat.

Ich irre mich beim Preis für einen Kühlschrank und muss dabei an all die häuslichen Pflichten denken, die auf mich warten. Ich schalte den Fernseher aus, gehe in die Küche und stürze mich auf den Abwasch. Boden und Arbeitsfläche sind mit Käseraspeln übersät. Ich will das Rezept gerade zerknüllen, denn ich werde wohl nicht noch einmal Makkaroni-Auflauf mit frischem Käse machen, als mir der Artikel auf der Rückseite ins Auge springt.

*Gönnen Sie sich eine Auszeit!*, steht in großen Lettern über dem Bild einer Frau, die von sanftem Kerzenschimmer umgeben in der Badewanne ruht. Ihr Intimbereich wird von Schaum bedeckt, und auf ihrem Gesicht liegt ein Waschlappen. Ich verdrehe die Augen. So ein extravagantes, fast schon sündiges Verhalten käme für mich nie in Frage. Außerdem ist der Wasserhahn in meinem Badezimmer rostig, und der Fugenkitt schimmelt, trotz hartnäckigen Scheuerns.

Ich muss an meine Schwester denken. Sie lebt mit unseren Eltern und ihrem Mann in Calgary. Ich habe sie nie besucht, aber meine Mutter schwärmt mir bei fast jeder Gelegenheit von ihrem Jacuzzi vor. Meine Schwester hat überhaupt alles richtig und auch noch in der richtigen Reihenfolge gemacht: College, Beruf, Heirat, Haus und Kinder. Ich habe alles falsch und auch noch in der falschen Reihenfolge gemacht, und daher kann ich es meinen Eltern kaum verübeln, dass sie zu meiner Schwester nach Calgary gezogen sind, anstatt hier bei mir in Paradise Bay zu bleiben. Ich werfe ihnen das nicht vor, aber ich vermisse sie, oder vielmehr ihr Idealbild, besonders wenn ich sehe, wie andere Mütter und Töchter gemeinsam durch die Stadt bummeln, einkaufen oder bei Lawlor's Teepause machen. Mir ist natürlich bewusst, dass wir nichts dergleichen unternommen hätten, auch wenn meine Eltern in Paradise Bay geblieben wären. Sie behaupten zwar das Gegenteil, aber sie haben mir niemals verziehen, dass ich schwanger geworden bin und Ches geheiratet habe. Auf jedem Hallo segelt ein Vorwurf mit, wie eine Feder, die einem Kissen entweicht.

Gegen vier Uhr nachmittags klopft die Polizei an meine Tür. Die Mienen der Beamten sind düster, und ich weiß, dass sie eine schlechte Nachricht bringen, die mein Leben unwiederbringlich verändern wird. Meine Ohren klingeln, mein Mund ist trocken, ich muss mich an der Tür festhalten, damit ich nicht umkippe. Die Tränen fließen, noch bevor die Polizei ein Wort gesagt hat. Als es heißt, Ches sei tot, weine ich vor Erleichterung, dass es nicht Marianne ist.

## Kapitel 7

# *Georgia*

Ich hasse Beerdigungen, doch damit stehe ich in Paradise Bay alleine. Beerdigungen gelten als wichtige gesellschaftliche Ereignisse und als willkommene Anlässe für Familientreffen. Verwandte, die man seit Jahren nicht gesehen hat, fliegen ein, aber nicht um zu trauern, sondern um die Hinterbliebenen wiederzusehen. Man umarmt sich, lacht und wärmt bis zum Erbrechen die immer gleichen Geschichten auf. Ich habe nie die Begeisterung teilen können, mit der hier viele die Todesanzeigen lesen, auf der Suche nach irgendeiner Beziehung zum Verstorbenen, als gälte es, zu einer exklusiven Festlichkeit zugelassen zu werden.

Ches' Beerdigung wird aufgrund der ungewöhnlichen und tragischen Umstände seines Todes aus dem Rahmen fallen. Ein Selbstmord bietet reichlich Stoff für Klatsch und Tratsch, besonders in einer kleinen, eng verwobenen Gemeinschaft. Niemand wird lachen oder in Erinnerungen an Ches' wilde Jugend schwelgen, niemand wird beklagen, wie sehr er sich verändert hat. Alle werden wispern und Fragen stellen.

Ein wenig kann ich mich in Ches hineinfühlen, denn ich weiß, wie es ist, wenn man sterben will. Ich habe auch mit dem Gedanken an Selbstmord gespielt, allerdings nur flüchtig und gelegentlich, und in letzter Zeit immer seltener. Ich habe mich dann gefragt, ob mich das unangetastete Fläschchen Schlaftabletten, das mir Dr. Ferguson nach Josephs Tod verschrieben hat, töten würde. Wie lange es dauern würde, bis der Tod kommt, und ob ich mir dessen bewusst und es wirklich so schmerzfrei wäre, als würde man einschlafen. Ich weiß nicht, warum ich diesen Gedanken nicht ernsthafter verfolgt habe, denn im Vergleich zu Ches habe ich sehr viel weniger, wofür es sich zu leben lohnt. Ich habe keine Kinder, keine Familie, und auf mich wartet mein toter Ehemann. Aber ich wünsche mir meinen Tod dennoch weniger vorsätzlich. Andere träumen von einem Lottogewinn, ich von Eierstockkrebs oder Ertrinken.

Überall heißt es, was für eine Schande es sei, dass sich ein junger Mann wie Ches umgebracht hat, und natürlich bedaure ich ihn für das, was er durchlitten hat. Doch mein Herz ist bei Lottie und Marianne. Ich kenne den Schmerz des Verlassenseins zu gut, ich trage ihn jeden Tag, ich sprühe mich damit ein, als wäre es mein Lieblingsduft.

Während ich zu Ches' Beerdigung in die Kirche St. Augustine gehe, frage ich mich, was Joseph zu Ches' frühzeitigem Ableben gesagt hätte. Er würde wahrscheinlich beim Frühstück, über einem Schälchen Honey Loops, den Kopf schütteln und sagen, wie schrecklich das alles sei. Mehr nicht. Er würde nicht spekulieren, denn Joseph war kein Freund des »Was wäre, wenn«. Was passiert ist, ist passiert, würde er sagen. Könnte ich doch an sein Motto glauben! Die letzten fünf Jahre meines Lebens waren ein einziges »Was wäre, wenn«. Ob Joseph die Tatsachen genauso hinnehmen würde, wenn ich gestorben wäre?

Ich schaue hoch zur prägnanten Turmspitze von St. Augustine und halte den Atem an. St. Augustine ist die einzige

Kirche in Paradise Bay, und sie mag noch so schön, pittoresk und alt sein, für mich wird sie immer der Ort sein, an dem ich mich von Joseph verabschiedet habe. Ich bin auf dem Weg zu Ches' Beerdigung, doch ich kann nur an Josephs Begräbnis denken. Ich bin seinem Sarg durch den Mittelgang mit gesenktem Haupt gefolgt, um den neugierigen Blicken zu entgehen. Ich habe die Reihen der Sitzbänke gezählt, um nicht das Undenkbare denken zu müssen. Ich habe Freds Augen auf mir gespürt, sein Flehen um Vergebung, aber ich habe mich geweigert, seinem Blick zu begegnen und die Last von ihm zu nehmen. Ich erinnere mich noch, wie langsam ich hinter den Sargträgern hergeschritten bin, und am deutlichsten erinnere ich mich an die Symbolik dieser Schritte. In diesem Moment wurde mir schmerzhaft bewusst, dass ich von nun an alleine durchs Leben gehen würde, dass ich nie mehr eilen würde, um mit Josephs langbeinigen Schritten mitzuhalten, und dass ich keine Hand mehr halten könnte, um seinen schnellen Gang zu bremsen. In dem Moment hätte ich am liebsten losgeheult, doch das tat ich nicht. Ich habe weiter die Bankreihen gezählt, und als ich aus der Dunkelheit der Kirche hinaus ins Sonnenlicht trat, habe ich immer wieder die Autos auf dem Parkplatz gezählt, um nicht bei jeder Beileidsbekundung, bei jedem Mal zusammenzubrechen, wenn ich hörte, Joseph sei ein guter Mann gewesen und nun an einem besseren Ort – als wäre es besser, in einem Sarg zu liegen, statt draußen auf dem Meer in seinem Boot zu sitzen.

Ich habe während der gesamten Beerdigung nicht ein Mal geweint, das habe ich erst getan, nachdem wir Joseph der Erde übergeben und alle mein Haus verlassen hatten. Erst da habe ich geschrien, geweint und getobt, habe ich Schüsseln an die Wand geschleudert, damit nicht nur mein Herz brach.

Ich weiß nicht, warum mich St. Augustine immer nur an diesen Tag erinnert, wo ich mit diesem Ort doch auch so glückliche Erinnerungen verbinde wie etwa meine Hochzeit. Warum kann ich beim Anblick der Kirche nicht einen gut aussehenden Joseph vor mir sehen, der in seinem schwarzen Anzug und mit einem breiten Lächeln am Altar auf mich wartet? Warum sehe ich nicht mich in meinem schlichten weißen Seidenkleid, das Haar in schwarzen Wellen ums Gesicht gelegt, in dem Gefühl, das sei alles zu schön, um wahr zu sein? Mir kommen auch nicht all die Weihnachtsmessen in den Sinn, bei denen Joseph und ich uns ein Gesangbuch geteilt und gemeinsam Weihnachtslieder gesungen haben, bevor wir nach Hause zu unserer Bescherung gegangen sind. All diese Bilder wirken wie aus einem Traum, doch die Beerdigung steht mir gegen alle Gesetze der Zeit ganz lebhaft vor Augen. Nichts ist verblasst.

Ich schwelge, oder vielleicht quäle ich mich auch nur, in Erinnerungen an den Tag unseres Kennenlernens. Ich schließe die Augen, und da stehe ich wieder, auf der Route 80, vollkommen orientierungslos und verzweifelt auf Rettung hoffend.

*Zehn Jahre zuvor:* Ich bin auf dem Weg nach Heart's Content, um den berühmten Leuchtturm für den Kalender einer Bank zu fotografieren. Es ist mein erster freier Auftrag, bei dem ich keine Firmenangestellten porträtieren oder Honoratioren beim gestellten Händeschütteln oder Durchschneiden eines roten Bands fotografieren muss, und vor lauter Vorfreude schenke ich der Warnung vor einem Schneesturm keine Beachtung. Ich gehe davon aus, dass ich vor dem Unwetter fertig werde, aber der Sturm kommt unerwartet schnell näher. Als mir bewusst wird, dass ich das Ende des Sturms lieber abwarten sollte, kann ich schon nirgendwo mehr halten. Es wird dunkel, in dem Schneetreiben verschwimmt die Straße, und die Zivilisation hat auch vor zehn Kilometern aufgehört. Ich könnte rechts ranfahren, aber das scheint mir bedrohlicher, als mich weiter vorzukämpfen, obwohl ich keine Ahnung habe, wohin ich fahre.

Ich frage mich gerade, ob ich überhaupt noch auf der Route 80 bin, da fährt das Auto in eine Schneebank. Ich kämpfe gegen die aufsteigende Panik an, atme tief ein und aus und beschwöre mich, ruhig zu bleiben. Die Räder drehen hoffnungslos durch, im Vorwärts- wie im Rückwärtsgang. Ich steige aus und versuche, die Reifen freizuschaufeln, bis meine Finger taub sind, aber ohne Erfolg. Erschöpft, einem Heulkrampf nahe, steige ich wieder ins Auto. Ich fühle mich wie der letzte Mensch auf Erden. Ich erwarte, lebendig, bei versperrter Autotür, unter Schneemassen begraben zu werden, und bemühe mich entschieden, langsamer zu atmen und Sauerstoff zu sparen. Ich weiß nicht, wie lange ich dort gesessen habe, bis ich plötzlich die Lichter des Schneepflugs sehe. Ich springe vor das riesige gelbe Monster, das vor mir abrupt zum Stehen kommt.

»Was zur Hölle tun Sie hier draußen, Missus?«, ruft Joseph über Windgeheul und Schneegestöber hinweg. »Haben Sie nicht mitgekriegt, dass uns ein Nor'easter plattmacht?«

Die Frage ist ziemlich blöd, denn offensichtlich stecke ich mitten im Schneesturm fest. Ich spiele mit dem Gedanken, eine sarkastische Antwort zu geben, aber ich bin so erschöpft, durchgefroren und vor allem erleichtert, dass die Dankbarkeit siegt.

»Ich stecke fest, mich muss jemand mitnehmen«, sage ich,

und schon hievt er mich mit Leichtigkeit hinauf in die Fahrerkabine des Schneepflugs, als würde er regelmäßig gestrandete Frauen am Highway auflesen. Nach einem Kilometer Fahrt merke ich, dass ich ihm weder ein Ziel genannt habe, noch er danach gefragt hat.

»Ich habe ein Zimmer in einem Motel in Heart's Content reserviert«, sage ich, nur fällt mir der Name nicht ein, und die Unterlagen liegen im Handschuhfach. Aber viele Motels kann es in dieser Gegend nicht geben.

Er kichert amüsiert. »Dann haben Sie sich ziemlich verfahren«, sagt er. »Die Ausfahrt nach Heart's Content war vor sechs Kilometern. Willkommen in Paradise Bay.«

»Könnten Sie mich hinbringen?«

»Sieht das hier wie ein Taxi aus?«

»Hören Sie, ich bezahle Sie dafür«, flehe ich.

»Sparen Sie sich Geld und Atem, Missus«, sagt er. »Das liegt nicht auf meiner Strecke. Wenn ich den Umweg mache, hab ich die Gewerkschaft am Hals.«

»Was soll ich denn tun?« Allmählich fürchte ich, dass ich vom Regen in die Traufe gekommen bin. »Liegt an Ihrer Route irgendein Hotel?«

Er lacht lauthals, dabei habe ich wirklich nichts Komisches gesagt. »Nein, meine Liebe, hier gibt es nirgendwo Hotels, aber Sie können bei mir übernachten.«

Ich rutsche Richtung Tür und werfe ihm einen Blick zu, der einen schwarzen Gürtel in Karate oder einen Polizeichef als Vater signalisieren soll. Ich mustere meinen Fahrer, damit ich ihn der Polizei beschreiben kann, falls er mich anfällt, aber er trägt Schneeanzug und Mütze, und so kann ich weder seinen Körperbau noch seine Haarfarbe erkennen.

»Ich beiße nicht«, sagt er belustigt. »Ich werde nicht einmal da sein. Ein Sturm zu später Stunde bedeutet Überstunden, und ich hab die Nachtschicht. Ich setze Sie bei mir ab und schaufle Ihr Auto frei, dann lasse ich es Ihnen morgen früh bringen, und Sie können wieder los.« Er schaut zu mir herüber, ich sitze immer noch dicht an die Tür gepresst, und wirft mir ein Lächeln zu, das bis zu den Augen reicht, die weder grün noch blau, sondern eine Mischung aus beidem sind. »Entspannen Sie sich, Missus. Ich tu Ihnen nix.«

Ich nicke widerstrebend, mir bleibt ohnehin keine Wahl. »Ich heiße Georgia«, sage ich, denn es ist seltsam, Missus genannt zu werden.

Er nickt und lächelt mich an. »Ein hübscher Name, Missus. Ich heiße Joseph.«

Die restliche Fahrt verläuft in einem angenehmen Schweigen. Sein Haus ist klein, aber gemütlich, wie eine Skihütte, und ich fühle mich dort sofort heimisch. Ich lausche dem Knistern des Feuers, das er rasch gemacht hat, bevor er wieder hinausgegangen ist, um dem Sturm zu trotzen. Ich lege mir eine Decke um, ihr entströmen Fichtengeruch und ein Hauch Petroleum. Ich nehme mir fest vor, bis zum Morgen wachzubleiben, aber nach wenigen Minuten schon sinke ich in den Schlaf.

Geweckt werde ich vom Geruch frisch gebrühten Kaffees und brutzelnden Specks. Mir scheinen Sonnenstrahlen ins Gesicht, also ist der Sturm wohl vorüber. Draußen vor dem Fenster wartet das reinste Winterwunderland, frischer Schnee bedeckt den Boden, Äste biegen sich unter seinem Gewicht. Mein Auto steht in der Auffahrt, winzig klein wirkt es neben dem hohen Schneetunnel, aber das ist längst nicht der beeindruckendste Anblick, der mich an diesem Morgen begrüßt. Joseph hackt mit leichter Hand Feuerholz, er schwingt die

Axt über sein goldenes Haupt, die Muskeln zeichnen sich unter seinem dünnen Baumwollhemd ab, und sein heißer Atem steht wie eine sanfte Rauchwolke in der kalten Luft. Ich bin hingerissen. Mir ist, als wäre ich in einem Märchen aufgewacht. Ich bin Aschenputtel, Dornröschen und Schneewittchen zugleich. Mein Herz schlägt schneller und pumpt das Blut mit Leidenschaft durch meinen Körper. Diesen Mann könnte ich ein Leben lang anschauen.

Joseph und ich reden und essen und lachen und essen, bis der Tag davongleitet und sich die Sonne erneut senkt. Ich könnte fahren, aber ich will nicht fort. Wieder schlafe ich friedlich unter den weichen Decken seines Gästezimmers.

Am nächsten Morgen begleitet er mich nach Heart's Content, und beim Anblick des wundervollen Leuchtturms und der schroffen Küste halte ich ehrfürchtig den Atem an. Seeluft strömt in meine Lungen, ich fühle mich lebendiger als je zuvor. Ich mache über fünfzig Fotos von der Gegend, doch auf meinem Lieblingsbild ist Josephs Schatten zu sehen, der sich lang und schlank vor dem aufragenden Leuchtturm abzeichnet. Joseph ist der schönste Mann, den ich je gesehen habe, und ich warte den ganzen Tag, während wir lachen und reden, auf das böse Erwachen, darauf, dass er ruppig oder gewalttätig wird oder seine Frau erwähnt, denn das alles ist zu schön, um wahr zu sein. Als er mich schließlich unter dem Sternenhimmel küsst, strömt so viel Wärme durch meinen Körper, dass ich kaum glauben mag, dass es draußen friert.

»Bleib bei mir«, flüstert er.

Ich nicke, in mir tobt ein Sturm der Gefühle, ich bin fast unfähig zu sprechen. Aber, so denke ich, wir können ja später noch reden, uns bleibt ja das ganze Leben. Doch uns blieben fünf Jahre.

Das Läuten der Kirchenglocken, das die Nachzügler mahnt, holt mich in die Wirklichkeit zurück. Ich muss mich zwingen, aus dem Auto auszusteigen. Meine Beine sind taub, mein Atem geht stoßweise und verrät, wie nervös ich bin, obwohl ich es zu überspielen versuche. Zwei Trauergäste gehen um das Baugerüst herum, das vor langer Zeit aufgestellt wurde, um den blättrigen Putz zu restaurieren. Mittlerweile gehört es selbst zur Fassade. Ich trete durch die einladenden roten Türen. Mit zitternder Hand glätte ich mein dunkles Haar und folge den anderen aus der warmen Junisonne in die kühle, muffige Kirche.

Ich sehe Lottie und Marianne an passender Stelle in der ersten Reihe. Marianne weint, ihre zarten Schultern zittern unter heftigen, schweren Atemzügen, doch Lottie sitzt mit versteinerter Miene dort und schaut ins Leere, vom Kummer ihrer Tochter wie unberührt. Hat sie es überhaupt schon begriffen, oder glaubt sie noch, dass Ches zu Hause auf sie wartet, bei einem Toast und Tee?

Ich entdecke einen blonden Haarschopf neben einem weißen Haupt. Das müssen Prissy und ihre Mutter sein. Clara hat mich vor drei Tagen schon angerufen und gebeten, mit ihrer Tochter zu sprechen, aber ich habe nichts unternommen. Ich habe mehrmals die Nummer gewählt und immer vor der letzten Zahl aufgelegt, mit trockenem Mund und Herzklopfen wie ein Teenager, der seine Angebetete um ein Date bitten will. Welche tröstlichen Worte soll ich denn sprechen? Die Zeit macht es bloß schlimmer, vor allem, wenn man die Wahrheit begreift. Was soll ich ihr sagen? Dass ein unerträglich langer Tag in den nächsten übergeht, bis man eines Tages nicht mal mehr aufstehen kann, weil einen nur noch Einsamkeit erwartet?

Ich schaue noch einmal zu Lottie und dann wieder zu Prissy, und irgendetwas regt sich in mir. Vielleicht liegt es daran, dass ich in einer Kirche bin. Das Gefühl erfüllt mich ganz und gar. Vielleicht hat Clara recht. Vielleicht lautet meine Aufgabe, Menschen wie Prissy und Lottie zu helfen, aber was noch wichtiger ist, vielleicht ist es an ihnen, mir zu helfen. Ich bete zu Gott. Mein letztes Gebet liegt lange zurück. Damals habe ich Gott angefleht, mir Joseph wiederzubringen, aber da war es zu spät, solch ein Wunder zu erbitten. Ich hätte am Vorabend beten sollen, ich hätte jeden Abend dafür beten sollen, dass er Joseph beschützt. Ich hatte geglaubt, es gäbe nichts mehr zu erbitten, doch ich hatte unrecht. Ich senke den Kopf und bitte darum, dass wir von unserem Schmerz geheilt werden, Prissy und Quentin, Lottie und Marianne, und vor allem ich.

# Kapitel 8

## *Lottie*

Zwei Tage vor der Beerdigung kommt Prissy zu mir. Die Neuigkeit hat sich herumgesprochen, dabei stand die Todesanzeige noch gar nicht in der Zeitung. Dass Ches Selbstmord begangen hat, wird darin nicht erwähnt. Das Beerdigungsinstitut hatte mir zu der Formulierung »plötzlich verstorben« geraten, dies sei bei solchen Situationen angebrachter. Es ändert nichts, alle wissen längst, was Ches getan hat. Wenn es niemand mitbekommen soll, darf man sich nicht an der Eisbahn umbringen.

Prissy klopft mit einer Schale unter Frischhaltefolie an. Ich bin versucht, mich wie Clara zu verhalten, das Essen anzunehmen und Prissy abzuweisen, doch ich bitte sie herein.

»Es ist Lasagne«, sagt Prissy und stellt das Essen auf die Anrichte. Auf dem Kreppband steht »Mildred Peach«. Prissy hat also nicht für mich gekocht, sondern reicht bloß Reste weiter. Ich bin fassungslos, aber wahrscheinlich hat Clara ihrer Tochter die Schüssel in die Hand gedrückt. *Sinnlos, was zu kochen, wo hier mehr als genug rumsteht. Hier, nimm die Lasagne. Die mag ich sowieso nicht.* Und Prissy läuft wie ferngesteuert her. Sie hat immer getan, was ihre Mutter ihr sagte – abgesehen von ihrem Entschluss, nach Toronto zu gehen.

»Soll ich's dir warmmachen?«

Ich schüttle den Kopf.

»Wie geht es dir?«, fragt Prissy. Sie zögert, mich zu umarmen, wir haben uns seit Jahren nicht gesehen und stehen uns ein wenig befremdet gegenüber.

»Ich glaub, ich hab's noch nicht richtig begriffen«, erwidere ich. »Und wie geht es dir?«

»Ganz gut.« Sie sieht sich nervös im Haus um, späht auf alle Indizien, die einen plötzlichen und unerwarteten Tod erkennen lassen. Auf dem Beistelltisch liegt eine Packung Zigaretten, über der Sofalehne ein auf links gedrehtes Unterhemd und im Flur ein achtlos hingeworfenes Paar Schuhe. »Soll ich dir beim Aufräumen helfen?«, fragt sie, aber ich schüttle erneut den Kopf. Ich bin noch nicht bereit, Ches' Sachen wegzupacken, weil ich noch nicht weiß, ob ich sie einlagern, der Heilsarmee geben oder sie wieder in den Schrank hängen soll.

»Es tut mir so leid«, flüstert Prissy, und mir scheint, sie meint damit mehr als den Tod meines Mannes. Vielleicht tut es ihr leid, dass ich von Clara abgewimmelt wurde, dass wir uns aus den Augen verloren haben, oder es geht um etwas vollkommen anderes.

»Ich auch«, flüstere ich, überrascht, Tränen auf meinem Gesicht zu spüren. Ich habe noch nicht um Ches geweint, und selbst jetzt sind es bloß Tränen der Scham. Ich wünschte, er wäre unter anderen Umständen gestorben – durch Ertrinken, einen Unfall mit dem Schneemobil oder dem Auto, eine Krankheit. Wäre er doch an dem Abend gestorben, als er sich den Rücken gebrochen hat, wäre er doch mit dem Kopf aufgeschlagen! Prissy schlingt die Arme um mich, und ich weine etwas heftiger in ihr graues Sweatshirt. Es spielt keine Rolle mehr, dass ich sie seit Jahren nicht gesehen habe, sie mir keine eigene Lasagne gebracht hat oder mir am Vortag die Tür zu ihrer Trauer verwehrt wurde. Ich bin nur dankbar, weil sie da ist und nicht fragt, warum sich mein Mann umgebracht hat.

Ich weiß es selbst nicht. Ich weiß nur, dass Ches doch keine Affäre hatte. Er ist nicht nach St. John's gefahren, um sich mit einer anderen Frau zu treffen. Er ist nicht einmal bis St. John's gekommen, sondern gleich am nahegelegenen Hafen vorbei zum Lagerschuppen hinter der Eisbahn gefahren, wo ich ihm damals gesagt habe, dass ich ein Kind erwarte. In dem Wissen, dass um diese Tageszeit niemand dort sein würde, hat Ches den Zamboni auf das Eis gefahren, seinen Geländewagen im Schuppen geparkt und alles so hergerichtet, dass er genug Kohlenmonoxid einatmen konnte, um seinem Leben ein Ende zu bereiten. Ich frage mich, ob er diesen Ort aus praktischen Gründen gewählt hat. Der Schuppen ist ein kleiner, geschlossener Raum und für ein solches Vorhaben geeignet. Aber vielleicht hat er ihn auch gewählt, weil ich ihm dort vor all den Jahren von meiner Schwangerschaft erzählt habe? Hat er auf sein Leben zurückgeblickt und festgestellt, dass es in diesem Moment schon zu Ende war? Er hat keinen Abschiedsbrief hinterlassen und keine Erklärung.

Ches' Beerdigung kommt einer außerkörperlichen Erfahrung nahe. Ich höre den Pastor, ich sehe den Sarg, ich weiß, dass ich auf der Beerdigung meines Mannes bin, und dennoch habe ich den Eindruck, als liefe all das im Fernsehen. Den Trauergästen scheint es ähnlich zu gehen. Um mich herum werden, wie Kommentare zu einem Fernsehspiel, verschiedene Meinungen und Theorien geäußert. Einige spekulieren, Ches sei möglicherweise schwul gewesen, was andere für eine ungeheuerliche Unterstellung halten, da Ches sehr oft abschätzige Bemerkungen über Schwule gemacht habe. Umso mehr Grund zu der Annahme, dass er selber einer war, sagen wieder andere.

Es heißt auch, Ches sei pädophil gewesen, als Kind sexuell missbraucht worden, habe angeblich Krebs im Endstadium gehabt, an Depressionen gelitten und für die Hells Angels mit Drogen gedealt.

Ich habe Gerede erwartet, aber nicht geahnt, welch wilde Blüten die Fantasie treiben würde. Ich kann mit Bestimmtheit sagen, dass Ches' Leben nicht annähernd so interessant war, wie es jetzt geschildert wird, und trotzdem weiß auch ich nicht, wieso er sich umgebracht hat.

Nach der Beerdigung begleiten mich Prissy und Georgia nach Hause. Sie bewegen sich auf eine mir im Moment unmögliche Weise effizient und planvoll durchs Haus, was dennoch guttut. Georgia hantiert in meiner Küche herum und sortiert das Essen, das mir die Nachbarn gebracht haben, nach der Speisenfolge – Sandwiches, Salate und Schinkenaufschnitt in den Kühlschrank, Karamell, Brownies, Brötchen und Reiskräcker in den Brotbehälter. Ich kann sie vom Sofa aus nicht sehen, höre nur das Knistern der Alufolie. Wahrscheinlich quillt mein Kühlschrank vor Essen über, und es wird längst verdorben sein, wenn ich wieder so etwas wie Hunger empfinde. Ich hätte sie beinahe gebeten, einiges für Ches aufzuheben.

Prissy hat den Staubsauger gefunden, kommt aber mit dem Schalter nicht zurecht. Ich schäme mich zu sehr, ihr zu sagen, dass sie den Knopf fünf Sekunden lang drücken, dann loslassen und wieder drücken muss, doch am Ende ist mir ihre Ratlosigkeit noch peinlicher, und so erkläre ich es ihr.

»Ches hat ihn repariert«, ergänze ich. »Er konnte alles reparieren. Er versteht echt viel von Technik. Ich glaube, er wusste genau, was er mit dem Wagen machen musste, damit er … du weißt schon.« In meiner Stimme schwingt Stolz mit. Kaum zu fassen, dass ich meinen Mann für das Wissen preise, wie man sich vergiftet. Prissy sieht mich mitleidig an. Dieser Blick ist mir zuwider, ich brauche kein Mitleid. Ich brauche allenfalls eine Erleichterung meines Gewissens, weil ich mich ein klein wenig mitverantwortlich fühle. »Ich dachte, er hätte eine Affäre.«

Prissy wird schlagartig bleich, allerdings verstehe ich nicht, wieso sie meine Worte derart erschüttern.

»Ich dachte, er wollte an dem Tag zu ihr, und ich habe nicht versucht, ihn aufzuhalten, weil es mir egal war, falls er eine andere gevögelt hätte.«

Prissy beißt sich auf die Unterlippe, sie weiß nicht, was sie sagen soll, aber es berührt mich nicht. So wie ihr geht es allen.

»Ich hätte etwas ahnen müssen, denn Ches hat in letzter Zeit nur noch im Bett gelegen«, fahre ich fort. »Er hatte an nichts mehr Interesse, er wollte nicht einmal auf einen Drink in die Legion gehen oder sich ein Hockeyspiel anschauen. Ich wusste, dass es ihm nicht gut ging, und es war mir egal. Es ist mir auch jetzt noch egal. Ganz im Ernst, ich würde mich wahrscheinlich selbst heute nicht anders verhalten. Ich glaube, ich würde ihn wieder losziehen und sich umbringen lassen.« Stimmt das wirklich, oder bin ich bloß wütend und beschämt?

»Du hast jedes Recht, auf ihn wütend zu sein«, sagt Prissy heiser. »Es ist in Ordnung, dass du sauer bist.«

Wieso weiß sie so genau, was ich empfinde, selbst nach

all den Jahren im fernen Toronto? Ich weiß nicht, was Ches durchgemacht hat. Ich weiß nicht, ob die Gerüchte wahr sind, und es spielt auch keine Rolle.

Ich denke an all das, was ich nun alleine bewältigen muss, und werde von neuer Wut erfasst. Wenn nun die Waschmaschine wieder streikt? Und Spinnen? Ches hat sie mit einem Knäuel Toilettenpapier aus der Badewanne geholt. Und er war auch immer zur Hand, wenn der Deckel auf einem Glas Marmelade zu fest saß. Ich weiß nicht, was ich ohne ihn tun soll, und komme mir bei dem Gedanken selbstsüchtig und weinerlich vor. Mein Ehemann hat gerade Selbstmord begangen, und mich beschäftigt nur, welche Unannehmlichkeiten mir daraus erwachsen.

Ich habe kein Wort gesagt, aber Prissy sieht mich an, als könnte sie meine Gedanken lesen. Vielleicht liegt es daran, dass wir seit Kindertagen eng verbunden sind oder sie gerade denselben Verlust erlitten hat. Jedenfalls kniet sie sich so auf den Teppich, dass wir uns von Angesicht zu Angesicht gegenübersitzen.

»Ich fand es auch schön, wenn Howie mir geholfen hat«, flüstert Prissy. »Dafür musst du dich nicht schämen. Das ist menschlich.«

Bevor ich ins Bett gehe, schaue ich nach Marianne. Sie schläft, ihre Brust hebt und senkt sich gleichmäßig. Ich streiche ihr das Haar hinter die Ohren, so wie früher. Das alles war hart für Marianne, viel härter als für mich. Ich löse ein Fotoalbum aus ihren Händen und blättere darin herum. Marianne hat das Album vor vielen Jahren angelegt, bei einem Schulprojekt zum Thema Familie. Auf den ersten Bildern sieht man Marianne als winziges Baby, in meinen, in Ches' Armen und denen meiner Eltern. Ich stoße auf ein Bild von Marianne mit ihrem einst so geliebten und nun vergessenen Barbie-Haus. Ches hatte an Weihnachten zwei Stunden lang daran herumgebaut. Ich stoße auf Bilder von Ches, am Strand, mit Marianne auf den Schultern, die zu müde war, den restlichen Weg selbst zu gehen. Einige Bilder zeigen auch mich, aber ich bin immer beschäftigt, ich hänge Wäsche auf, koche oder bügele.

Und dann gibt es da noch ein Bild, das zu groß für die Schutzhülle ist. Ches und ich an unserem Hochzeitstag. Wir stehen auf den Stufen vor St. Augustine, kurz nach dem Gottesdienst. Mein braunes Haar schimmert in der Sonne leicht rötlich und ist zu sanften Locken frisiert, die auf den Schultern aufliegen. Ich bin beinahe im fünften Monat, aber das Kleid kaschiert es gut. Ches ist frisch rasiert, hat das Haar ordentlich auf die Seite gekämmt und trägt einen schwarzen Anzug mit weißem Hemd und schmaler schwarzer Krawatte. Er hat den Arm besitzanzeigend um meine Schultern gelegt und flüstert mir, meinem Gesichtsausdruck nach zu urteilen, etwas Amüsantes zu. Ich weiß nicht, ob ich die beiden auf dem Foto beneiden oder für das, was kommen würde, bemitleiden soll.

# Kapitel 9

## *Prissy*

»Ich sterbe bald.«

Diese Bemerkung lässt meine Mutter beim Abendessen so beiläufig fallen, wie man verkündet, dass man müde oder hungrig sei oder kurz ins Bad müsse. Mehr sagt sie dazu nicht, macht ihre Zigarette aus und kümmert sich dann um den Abwasch.

Ich sehe Charlie mit gerunzelter Stirn an und hoffe in meiner Verwirrung, dass er mich aufklären kann, aber er schaut ungewöhnlich düster und genauso verstört drein wie ich. Quentin wirkt verschreckt und beäugt seine Großmutter nervös, als drohte sie jeden Augenblick tot umzufallen. Die Stimmung ist jäh umgeschlagen. Vor wenigen Augenblicken noch hatten wir alle gelacht, sogar ich, was unter den gegebenen Umständen erstaunlich ist.

Charlie hat sich in den letzten anderthalb Wochen als mein Stärkungsmittel erwiesen. Irgendwie schafft er es, zu fast allen Mahlzeiten zu erscheinen, obwohl er nicht mehr hier im Haus wohnt. Er flucht, trinkt zum Frühstück schon Bier und schildert seine Anekdoten so lebhaft, als wäre man dabei. Manchmal habe ich das Gefühl, Howie arbeitet und ich mache Urlaub und warte darauf, dass er mich abholt, sobald er freibekommt.

Heute hat Charlie die Séance geschildert, die Lottie und ich einst abgehalten haben, um die Seelen der irischen Prinzessin Sheila NaGeira und ihres verwegenen Piraten Peter Easton zu beschwören. Ich weiß, dass wir uns im Schutz der Dunkelheit auf den Friedhof von St. Augustine geschlichen hatten, aber Charlie erinnert sich noch an vieles, was ich längst vergessen habe, etwa dass wir uns die Nägel schwarz lackiert und uns als Wahrsagerinnen verkleidet hatten, mit den Paisleytüchern unserer Großmütter auf dem Kopf. Er meinte sich sogar an die genauen Worte unserer Geisterbeschwörung zu erinnern. Erst als er vorgeführt hat, was für Gesichter wir beide gemacht hätten, als eine Gruppe betrunkener Jungs hinter der Kirche auftauchte und Gespenster spielte, ist mir aufgegangen, dass Charlie überhaupt nicht dabei war.

Die Ankündigung meiner Mutter katapultiert uns alle in die Gegenwart zurück. Ich stelle meine Teetasse ab und lege mein Rosinenschnittchen vorsichtig wieder in die Plastikdose, neben einen Marmeladendonut und eine Kokoskugel. Ich dränge Charlie mit verzweifelten Blicken, etwas zu sagen, aber er ist damit beschäftigt, sich Marmelade und Puderzucker aus seinem Ziegenbärtchen zu wischen. Ich mustere einen Riss in der Vinyltischdecke. Wenn ich gar nichts sage, wird es uns meine Mutter vielleicht erklären und mir damit eine Gelegenheit für Fragen geben.

Ich will nicht, dass meine Mutter stirbt, vor allem jetzt nicht, wo schon alles andere in meinem Leben auseinanderfällt. In diesem Chaos brauche ich ihre Hilfe, doch das ist natürlich furchtbar egoistisch. Vor lauter Scham muss ich mich regelrecht zwingen, sie anzusehen, aus Angst, sie könnte meine Gedanken lesen.

Aber meine Mutter hat uns den Rücken zugewandt. Sie

beugt sich über die Spüle und wäscht mit ihren geschwollenen arthritischen Händen das Geschirr in heißem Seifenwasser. Ich sollte aufstehen, sie drängen, sich zu setzen, sich auszuruhen, auf ihre Gesundheit zu achten, doch ich sehe nur hilflos zu, wie meine Mutter Hühnerknochen von einem Teller schabt. Sie spannt Frischhaltefolie über eine Schüssel mit restlichen Kartoffeln, um sie am nächsten Morgen in Schmalz zum Frühstück zu braten. Das hat sie während meiner Kindheit mindestens einmal wöchentlich getan, und die Banalität dieser Gesten ärgert mich so sehr, dass mein Mitgefühl der Wut weicht. Nur Mom kann diese Bombe platzen lassen und danach Alltag spielen. Man verkündet nicht seinen nahenden Tod und räumt dann den Tisch ab! Man weint oder setzt eine tapfere Miene auf, aber ganz sicher spült man nicht das Geschirr.

Nun hatte meine Mutter immer einen Hang zum Drama. Sie drängt sich ins Rampenlicht und tut dann so, als wäre ihr all das Interesse unangenehm. Ich glaube sogar zum Teil, dass sie Howies Tod nicht etwa vorgetäuscht hat, um mich zu schützen, sondern weil ihr das mehr Aufmerksamkeit garantiert als die Wahrheit, der Ehebruch. Sie ärgert sich auch, dass sie den Gedenkgottesdienst wegen Ches' Selbstmord verschieben musste. »Warum hat dieser Hurensohn mit seinem Selbstmord so lang gewartet?«, war ihre Reaktion, und: »Ich weiß nicht, wieso auf einmal alle über Ches Crocker reden. Es gibt ja kein anderes Thema mehr.« Wahrscheinlich ist sie neidisch, weil man nicht mehr über uns spricht.

Natürlich sollte ich Mom fragen, was mit ihr nicht stimmt und warum sie glaubt, bald sterben zu müssen, was genau der Arzt gesagt hat und welche Behandlung es für ihre wie auch immer geartete Krankheit gibt, aber je länger das Schweigen dauert, umso wütender werde ich. Womöglich ist Mutters Krankheit nur eine Finte, damit ich in Sachen Howies Tod bei der Stange bleibe. Fremd sind meiner Mutter solche Methoden nicht.

Sie war immer schon »dem Tode nahe«. Wenn Charlie und ich Streit hatten, ich fünf Minuten zu spät nach Hause kam oder nicht gut in der Schule war, legte Mom die Hand auf die Brust und klagte, dass ich sie frühzeitig ins Grab bringen würde. Ich hatte ständig Angst, sie mit irgendetwas zu enttäuschen und zur Waise zu werden. *Ich lebe nicht ewig*, lautete Mutters Mantra. Das sagte sie so oft, dass ich fest davon überzeugt war, sie würde weder meine Hochzeit noch die Geburt ihres Enkels erleben, von meiner Scheidung ganz zu schweigen. Dass sie ihr bevorstehendes Ableben seit fünfundzwanzig Jahren ankündigt, ist ermüdend, vor allem, da ich momentan in einer wirklichen Krise stecke.

»Ach, du stirbst schon wieder?« Meine Kälte und mein Sarkasmus erstaunen mich selbst. »Du stirbst seit fünfundzwanzig Jahren mindestens einmal pro Jahr. Bist du nicht auch letztes Jahr um diese Zeit gestorben? Vielleicht solltest du es endlich einmal tun.«

Kaum habe ich das gesagt, tut es mir leid. Meine Worte hängen wie eine düstere Rauchwolke in der Luft, nur leider lässt sie sich nicht mit einer Handbewegung verscheuchen. Charlie sieht mich an, als hätte ich den Verstand verloren, was ich allmählich selbst glaube, und Quentin kann ich bei der Vorstellung, wie verletzt ich wäre, wenn er so etwas zu mir gesagt hätte, nicht einmal anschauen. Mom umkrallt den Spüllappen. Am liebsten würde ich mich in Luft auflösen und wünsche mir fast, meine Mutter würde mich wegen dieser Unverschämtheit aus dem Zimmer schicken.

»Richtig, ich war letztes Jahr krank«, sagt sie leise und wohlüberlegt. »Aber ich glaube kaum, dass du dir ein Urteil darüber anmaßen darfst, denn du hast dir ja nicht einmal die Mühe gemacht, nach mir zu sehen.«

Ich weiß, ich sollte mich entschuldigen und es damit gut sein lassen, aber jetzt bin ich so weit gegangen, jetzt muss ich es auch zu Ende bringen, und daher erwidere ich im gleichen Tonfall: »Dir wurde ein Nierenstein entfernt. Ohne einen Schnitt.«

»Immerhin hätte ich daran sterben können, oder?«, fragt sie ruhig. Ich will gerade entgegnen, dass ich noch nie gehört habe, irgendjemand sei an einem Nierenstein gestorben, doch sie lässt mich nicht zu Wort kommen. »Jedes Mal, wenn eine alte Frau wie ich ins Krankenhaus kommt, besteht das Risiko von Komplikationen. Davon abgesehen hatte ich einen ausländischen Arzt, und ich muss dir ja nicht sagen, wie die sind. Nicht zu vergessen, dass ich mich hinterher scheiße gefühlt habe und es nett gewesen wäre, du wärst hergekommen und hättest mir unter die Arme gegriffen, aber du hattest ja Besseres zu tun. Du bist doch auch jetzt bloß hier, weil du nirgendwo anders hin kannst.«

Mom hat recht, aber das zu hören, ist unglaublich verletzend. Mein eben noch schlechtes Gewissen verwandelt sich augenblicklich in Wut.

»Ach, darum geht es also?«, frage ich trotzig. Jeder Anschein einer freundlichen Unterhaltung ist zerstört. »Du bist wütend, weil ich damals nicht wegen des Eingriffs hergeflogen bin, jetzt verstehe ich. Dabei hat mir Charlie gesagt, du kämst wieder in Ordnung, oder, Charlie?« Ich wende mich Beistand suchend an meinen Bruder, aber er scheint sich zwischen den Fronten so unbehaglich zu fühlen, dass ich das Vorhaben aufgebe, ihn zu meinem Verbündeten zu machen.

»Ich habe dich im Krankenhaus angerufen. Ich habe dir Blumen geschickt. Ich konnte damals schlecht wegfahren. Quentin steckte mitten in den Prüfungen, und Howie hatte diese große Sache bei der Arbeit, und ich …«

»Oh, es tut mir so leid, Prissy«, fällt mir meine Mutter ins Wort. »Ich werde versuchen, zu einem für dich passenderen Zeitpunkt zu sterben. Sag mir, wann es geht, und ich sehe, was sich machen lässt.«

*Zum Beispiel jetzt?*, liegt mir auf der Zunge, aber ich besitze genug Verstand, mir diese Bemerkung zu verkneifen. Ich seufze übertrieben laut und verdrehe die Augen. Vor Quentin sollte ich mich nicht so aufführen, doch in Gegenwart meiner Mutter werde ich automatisch wieder zum Kind. Ich hole tief Luft und beschließe, über mich selbst hinauszuwachsen und mich wie eine fürsorgliche Tochter zu verhalten.

»Na schön, Mom. Fangen wir noch einmal an. Warum erzählst du uns nicht, was der Arzt gesagt hat, und dann sehen wir weiter.«

»Oh, ich war nicht beim Arzt«, sagt sie, und da würde ich sie vor lauter Frust am liebsten anschreien.

»Ich weiß es einfach. Ich weiß nicht genau, wann es so weit ist. Falls ich eines Morgens nicht zum Frühstück nach unten komme, bin ich wohl im Schlaf gestorben, so Gott will.« Mom blickt himmelwärts. »Und falls du an dem Tag nichts Besseres vorhast, kannst du ja vielleicht das Beerdigungsinstitut anrufen und dich um die Sache kümmern.«

Ich sollte das mit Fassung tragen, sie ein wenig aufmuntern, aber ich bin es so leid, das immer gleiche Gespräch über ihren Tod zu führen.

Mom setzt sich zu mir, Charlie und Quentin an den Tisch. Sie wirkt ernst. »Ich glaube nicht, dass es zu früh ist, über die Zukunft zu sprechen. Ich will kein Aufhebens. Beerdigungen kosten heutzutage ein Vermögen. Ihr solltet das Geld besser für euch ausgeben statt für einen teuren Sarg, in dem ich nur verrotte. Ich würde euch ja bitten, mich in zwei Säcke zu packen und am Mülltag an den Straßenrand zu legen, aber ich habe mich auf der Deponie erkundigt, und das ist wohl nicht erlaubt. Hier kommst du ins Spiel, Charlie.«

Ich bin darauf gefasst, dass meine Mutter meinen Bruder bittet, ihren Leichnam im Schutz der Nacht auf der Deponie zu entsorgen, doch sie will etwas ganz anderes.

»Charlie«, sagt Mom, »ich möchte, dass du mir einen Sarg machst.« Ich verschlucke mich an meinem Tee und warte auf Charlies vehementen Protest, aber zu meinem Erstaunen nickt er wie ein gehorsames Kind. »Draußen liegt noch Holz. Euer Vater wollte damit vor seinem Tod ein Boot bauen, es ist also gutes Holz. Das nimmst du, einverstanden? Du warst immer so ein geschickter Handwerker.«

Charlie lächelt geschmeichelt. »Ich schreiner dir den besten Scheißsarg von ganz Paradise Bay.«

Ich sehe erst zu meinem Bruder, dann zu meiner Mutter, bevor ich einen Blick auf meinen Sohn wage. Quentin sieht verstört aus, was ich ihm nicht verübeln kann. Diese Seite hat er an seiner Familie noch nicht erlebt, und selbst in meinen Ohren klingt die Unterhaltung absonderlich.

»Mom, so etwas Groteskes habe ich noch nie gehört, nicht einmal aus deinem Mund«, sage ich und stehe auf. »Du stirbst doch nicht, noch lange nicht.«

»Sieh den Tatsachen ins Auge, Prissy. Du warst lange weg, und ich bin nicht mehr wie früher.«

Das jedenfalls stimmt. Meine Mutter ist eindeutig älter, weißhaariger und faltiger geworden, und besonders wenn sie sich unbeobachtet glaubt, wirkt sie regelrecht gebrechlich.

Mom zündet sich eine Zigarette an, inhaliert tief und wendet sich dann mir zu. »Charlie steht gut da. Er hat 'nen vernünftigen Job und ein Haus. Aber um dich sorg ich mich, Prissy.«

Mein Magen macht einen Satz, als stünde ich in einem Aufzug, der zu plötzlich und zu schnell nach unten rast. Charlie war immer das Sorgenkind der Familie. Charlie war immer schlecht in der Schule, hat mit den falschen Freunden herumgehangen und wurde sogar aus seinem Ferienjob bei Dee's Fischbude gefeuert, weil seine Freunde dort rumlungerten und Gäste verschreckten. Ich dagegen war immer die Reife, die niemals Ärger machte, einen anständigen Mann geheiratet hat, das Haus in Schuss gehalten und ein Kind großgezogen hat. Bei der Vorstellung, dass ich es bin, um die sich meine Mutter in ihrem hohen Alter Sorgen machen muss, dreht sich mir der Kopf.

»Du und Quentin, ihr könnt natürlich so lange bleiben, wie ihr wollt. Aber wenn ich sterbe, sollst du das Haus bekommen.« Die Miene meiner Mutter wird weich, es ist ihr sehr ernst. Ich bin seltsam berührt von ihrer Geste und male mir schon ein Leben als alleinerziehende Mutter aus, die ihren Sohn durch die Höhen und Tiefen des Kleinstadtlebens führt.

»Vergiss es«, meldet sich Quentin plötzlich. Er hat noch kein einziges Wort gesagt, außer Charlie als Pimmel zu beschimpfen, weil mein Bruder meinen Sohn zu Beginn des Essens wegen seiner gefärbten Haare hochgenommen hatte. Er steht abrupt auf und macht Anstalten, das Zimmer zu verlassen.

»Wo willst du hin?«, frage ich. Für ein weiteres renitentes Familienmitglied reicht meine Geduld nicht aus.

»Nirgendwohin«, nuschelt er und fügt leise hinzu: »Leider.«

Mich packt die Wut, doch sie richtet sich gegen den Falschen. Das alles ist nicht Quentins Schuld, meine allerdings auch nicht. Howie ist dafür verantwortlich, aber das kann ich vor Quentin nicht äußern. Mein Kopf ächzt unter den Ereignissen der letzten Woche, unter dem Schmerz über Howies Untreue, dem Gefühl der Erniedrigung und dem schlechten Gewissen wegen meiner Rolle als falsche Witwe, besonders gegenüber einer Freundin, die wirklich Witwe wurde. Und jetzt steht auch noch das Schreckensszenario der sterbenden Mutter vor mir. Meine Schläfen pochen. Um etwas Druck abzulassen, kneife ich mir in die Nasenspitze. Ich stehe auf und gehe kommentarlos zur Hintertür hinaus. Egal wohin, einfach raus.

Der Himmel verdüstert sich, die Luft ist feucht. Ohne Jacke ist es kalt, ich muss die Arme um mich schlingen. In der Ferne, über der Bucht, liegt eine Nebelbank. Typisches Kapelan-Wetter, hätte mein Vater gesagt und einen Eimer genommen, um die flinken kleinen Fische vor der felsigen Küste einzusammeln. Ich mache mich auf zum Strand, spüre den sanften Nebel auf meinem Gesicht und die klare kalte Luft in meinen Lungen. Ich sehne mich nach meinem Vater mit seiner ruhigen, gelassenen Art. Er hätte meiner Mutter die Idee mit der falschen Todesanzeige ausreden können, und ihm wäre es äußerst unangenehm gewesen, über meine gescheiterte Ehe zu sprechen, wahrscheinlich hätte er dazu gar nichts gesagt. Aber zum Glück muss er nicht miterleben, dass mein Leben in Trümmern liegt. Was zwischen Howie und mir passiert ist, hätte ihm das Herz gebrochen.

Ich steigere das Tempo und gehe mit raschem Schritt die enge, gewundene Straße zum Strand hinunter. Meine Turnschuhe glänzen feucht, als ich durch hohes Gras streife. Ich komme an grünen, gelben, blauen, roten, sogar rosafarbenen Häusern vorbei. Ihre Bewohner winken mir von der Treppe her zu und bitten mich hinein, zu Tee und Keksen. Ich winke zurück und lehne höflich ab. Frauen in Hauskleidern, mit Lockenwicklern auf dem Kopf, nehmen rasch die Wäsche von der Leine, bevor der Regen kommt. Kinder fahren auf ihren Rädern die engen Straßen entlang und mustern neugierig die Fremde in ihrem Revier. Plötzlich steht mir mein eigenes Haus in Chestnut Circle vor Augen. Es hat überhaupt keinen Charakter, wie auch sonst keines der Häuser in dem Viertel.

Ich beginne zu laufen, meine Füße bewegen sich sicher über den feuchten Asphalt, über einen schmalen Pfad und rutschige Felsen, und dann bin ich da, vor mir liegt der Ozean. Das Rauschen und der Rhythmus der Wellen beruhigen mich im Nu. Ich setze mich auf einen Felsen und beobachte, wie sich das Meer hebt und senkt, bis die Sonne untergeht und sich der Nebel in einen steten Regen verwandelt. Ich bin schon zwei Stunden fort, und womöglich macht sich meine Mutter allmählich Sorgen.

Klatschnass und müde schleppe ich mich die Auffahrt hinauf. Ich will nur noch unbemerkt ins Haus und nach oben schlüpfen, um unter den weichen Decken meiner Kindheit Trost zu finden. Ich mag nicht über Moms Gesundheit sprechen, und ich möchte auf gar keinen Fall hören, wie sie Vorkehrungen für ihre Beerdigung trifft. Zum ersten Mal seit meiner Ankunft will ich einfach nur schlafen.

Als ich mich ins Haus schleiche, zündet sich Mom mit einem brennenden Stummel schon die nächste Zigarette an. Sie wirkt verstört, und ich fühle mich dafür verantwortlich. Ich will mich für mein langes Fortbleiben entschuldigen, aber ich komme nicht dazu.

»Es gibt schlechte Neuigkeiten«, sagt sie.

»Außer deinem bevorstehenden Ableben?«, frage ich sarkastisch.

»Wegen Quentin«, flüstert sie. »Er ist verschwunden.«

## Kapitel 10

# *Georgia*

In zweiundzwanzig Minuten ist Joseph seit fünf Jahren tot, und damit ist er schon drei Monate länger tot, als unsere Ehe gedauert hat. Ich frage mich nicht zum ersten Mal, ob ein Leben voller Schmerz ein akzeptabler Preis für viereinhalb Jahre Glück ist. Ich wusste immer, dass uns Unheil drohte, besonders in jenen Momenten völliger innerer Zufriedenheit, wenn ich in seinen Armen eingeschlafen bin oder nach dem Abendessen meine Füße unter dem Tisch in seinem Schoß geborgen habe.

Exakt zur Minute von Josephs Tod warte ich wie jedes Jahr auf ein Zeichen. Ich warte darauf, dass es im Zimmer kalt wird oder das Bett unter Josephs unkörperlicher Gegenwart einsinkt, aber er kommt nie, und ich bin immer so beleidigt, als hätte er meinen Geburtstag oder unseren Hochzeitstag vergessen. Ich nehme seine Todesurkunde zur Hand, weil ich in dem Moment einen offiziell dokumentierten Beweis benötige, dass es Joseph wirklich gegeben hat und er nicht das Produkt meiner Fantasie ist. Zahllose Details entschlüpfen meiner Erinnerung, er entfernt sich immer weiter von mir. Ich bemühe mich, den melodischen Klang heraufzubeschwören, den seine Stimme hatte, wenn er mich um einen Gefallen gebeten hat, aber ich kriege den Tonfall nicht in den Kopf.

Stattdessen wandern meine Gedanken zu dem Zeitpunkt und dem Ort, die ich niemals vergessen werde.

*Fünf Jahre zuvor:* Ich bin zu spät gekommen. Die Ärzte meinen, Joseph sei wahrscheinlich schon bei dem Aufprall ums Leben gekommen, und diese Mitteilung soll mir wohl ein Trost sein. Ich schreie nicht, weine nicht und zeige auch sonst keine übermäßige Reaktion. Ich will ihn nur ein letztes Mal sehen.

Sein lebloser Körper ist mit trockenem Blut bedeckt, Augen und Nase sind schwarz und geschwollen. Ich bitte die Krankenschwestern um eine Eispackung, um die Schwellung zu lindern, und sie sehen mich mit einer Mischung aus Mitleid und Beklommenheit an. Ich betrachte die Gras- und Schlammflecken auf Josephs Trainingshose und frage mich, wie ich den Dreck herausbekommen soll. Im Geiste durchstöbere ich die Waschküche. Ich habe noch Gallseife und eine ganze Flasche Fleckenlöser, aber nicht genügend Bleiche, und ich brauche eindeutig mehr. Das ist Josephs Lieblingstrainingshose, und die will er Sonntag bestimmt wieder anziehen.

Eine Stunde zuvor hatte Joseph noch mit Fred und den anderen Jungs von der Paradise-Bay-Deponie Baseball gespielt. Drei Stunden zuvor hatte ich ihn noch ausgeschimpft, weil er zum Spaß mit meiner Teigrolle und einem Teigball geübt hatte, er hatte nur verlegen zurückgegrinst, bis ich ihn zur Tür hinausgescheucht und gesagt hatte, er solle mit einem richtigen Ball spielen.

Ich stehe wohl eine ganze Weile dort und mache mir Gedanken über die Grasflecken, bis mir aufgeht, dass ich Joseph noch nicht berührt habe. Ich habe Angst, er könnte kalt sein, wo sich Joseph doch immer warm anfühlt. Ich wärme mir ständig die Hände an seiner Brust und nachts, unter der Decke, die Füße an seinen Beinen. Als ich ihn schließlich berühre und spüre, wie kühl seine Haut ist, wird mir Josephs Tod schlagartig bewusst, und endlich zeige ich die Reaktion, auf die der Arzt und die Schwestern gewartet haben. Ich heule und schluchze und schüttle den Kopf, und die Krankenschwestern wirken eindeutig erleichtert, dass ich sie nicht länger um Eispackungen bitte.

Dann erscheint Fred wie aus dem Nichts, zieht mich von Joseph fort und hält mich an den Schultern. Seine Hose ist zerrissen, durch ein Mullviereck an der linken Schläfe dringt Blut. Seine Augen sind vom Weinen gerötet.

»Es tut mir so leid, Georgia«, weint er. »Ich habe ihn getötet. Es tut mir so leid, so leid, so leid.« Er wiederholt die Worte pausenlos, als würde er darauf warten, dass ich endlich sage, ist schon gut. Aber nichts ist gut. Was soll ich denn dem Menschen sagen, der meinen Ehemann gegen einen Baum gefahren hat? *Mach dir keinen Kopf. Und bei meinem nächsten Mann passt du einfach besser auf.*

»Lass mich los«, sage ich noch, dann schreie ich die Schwestern an, dass sie Fred fortbringen sollen.

Um Mitternacht stehe ich im Schlafanzug auf dem Friedhof. Ich hatte nicht vorgehabt herzukommen, es mir sogar versprochen, aber ich würde andernfalls keinen Schlaf finden, ständig auf die Uhr schauen und den Schrecken dieser Nacht immer wieder durchleben. Es ist neblig und nieselt, und vielleicht fühle ich mich deshalb wie in einem Horrorfilm, jedenfalls habe ich das unbestimmte Gefühl, nicht allein zu sein. Ich spüre jemanden hinter mir. Jetzt ist wohl endlich der Zeitpunkt gekommen: Joseph wird sich mir zeigen. Doch als ich mich umdrehe, steht dort nicht Joseph, sondern ein Junge im Teenageralter. Sein Haar ist in einem scheußlichen Gelb gefärbt, er trägt viel zu große Hosen, und aus seinem T-Shirt ragen dürre Ärmchen hervor.

Das muss ein Grabschänder sein, denn was sollte ein Teenager sonst um diese Zeit auf einem Friedhof wollen, wenn nicht obszöne Botschaften auf Grabsteine sprayen, trinken oder kiffen? Bei der Vorstellung, jemand würde das Grab meines Mannes besudeln, zittern meine Glieder vor Wut.

»Was zur Hölle tust du hier?«

»Eigentlich nichts«, nuschelt der Junge, steckt die Hände in die Taschen und sieht auf seine feuchten Stoffturnschuhe.

»Hast du denn keinen Respekt vor den Toten? Findest du das lustig, fremde Gräber zu beschmieren?«

»Nein«, erwidert er entschieden und schüttelt den Kopf. »So ’ne Scheiße mach ich nicht.«

»Was tust du dann um diese Zeit hier?«

»Das könnt ich Sie auch fragen. Ich bin immerhin angezogen.«

Ich hatte ganz vergessen, dass ich im Schlafanzug hergekommen bin. »Ich besuche das Grab meines Mannes. Heute ist ein wichtiger Gedenktag.« Ich muss völlig irre wirken, wie ich nachts bei Nieselregen im Schlafanzug auf dem Friedhof stehe, um einen Toten zu ehren.

Sein Kopf fährt hoch, er sieht mich an. »Sind Sie die Frau, deren Mann sich an der Eisbahn vergast hat?«

»Nein, mein Mann ist vor langer Zeit gestorben, bei einem Autounfall.«

»Das is’ echt übel… Sagen Sie… würden Sie mir ’n Bier besorgen? Ich war schon in zwei Läden und hab auch Geld, aber meinen Ausweis nicht mit.« Dabei ist er viel zu jung, um zu trinken, und selbst für den Führerschein ist er nicht alt genug. »Ich geb Ihnen ’nen Zwanziger«, ergänzt er, als ich nicht gleich reagiere.

»Wieso willst du denn ein Bier?«

Er sieht mich erstaunt an. »Das ist doch klar, oder?«

Ich muss lächeln. Dem Jungen gelingt es tatsächlich, mich abzulenken und den Grund, weshalb ich hergekommen bin, beiseitezuschieben. Irgendetwas an ihm wirkt vertraut, aber erst als ich seine blauen Augen sehe, weiß ich, was. »Du bist der Sohn von Prissy?«

»Nein«, erwidert er zu rasch.

»Weiß deine Mutter, wo du bist?«

»Vielleicht«, nuschelt er wieder, die blauen Augen auf seine Schuhe geheftet. »Sagen Sie ihr nicht, dass ich Sie um Bier gefragt hab, okay? Sonst flippt sie voll aus.«

»Sie hat so viel durchlitten. Warum machst du ihr auch noch Stress, läufst nachts weg und handelst dir Ärger ein?« Der Junge zuckt lässig mit den Schultern. In mir regt sich Mitleid. Er musste schon einiges verschmerzen, und doch liegt noch so vieles vor ihm und auch vor Prissy. »Das mit deinem Vater tut mir sehr leid«, sage ich.

»Mein Vater ist ein Arsch!« Zum ersten Mal während unserer Unterhaltung sieht er mir in die Augen und spricht deutlich.

»Es ist okay, wütend auf ihn zu sein, weil er gestorben ist. Du fühlst dich deshalb sicher verraten und verletzt.«

»Quatsch von wegen tot«, schnauft er. »Mein Alter vögelt nur rum, mehr nicht. Das Ganze ist kompletter Schwachsinn. Also, kaufen Sie mir jetzt ein Bier oder nicht?«

Mir klappt der Kiefer runter, und ich starre dämlich

geradeaus. Diese Worte wollen erst einmal verdaut werden. Prissy ist letzte Woche zwei Mal mit mir zum Markt gekommen, und ich finde ihre Gesellschaft sehr angenehm, obwohl sie sich weigert, über Howie zu reden. Weder seine Krankheit noch die Beerdigung noch ihre Zukunft sind ein Thema. Sie bleibt lieber auf sicherem Terrain und unterhält sich über das Wetter oder den Erfolg unseres Markts. Für einen Moment ziehe ich in Erwägung, der Junge habe die Wahrheit gesagt, verwerfe den Gedanken aber gleich wieder. Schließlich hatte Clara erwähnt, wie schwer das alles für ihren Enkel sei und dass er die Wahrheit bis jetzt nicht akzeptieren könne. Ich habe mich auch monatelang geweigert, über Joseph zu sprechen, und glaubte wochenlang, Joseph wäre noch irgendwo am Leben. Der arme Junge versucht nur, mit der Tatsache zurechtzukommen, dass sein Vater nicht wiederkehrt.

»Okay«, sage ich. »Ich besorg dir ein Bier. Komm ins Auto.«

Er kann sein Glück kaum fassen, aber natürlich halte ich nicht am 24-Stunden-Supermarkt. Der Junge verflucht mich leise. Als ich vor dem Haus seiner Großmutter anhalte und seine Mutter völlig aufgelöst die Auffahrt hinunterläuft und dabei unentwegt seinen Namen ruft, sieht er mich mit einem so waidwunden Blick an, dass es mir das Herz bricht.

# Kapitel 11

## *Prissy*

Ich bekomme vor lauter Nervosität kaum mit, was bei Howies Gedenkgottesdienst vor sich geht, denn ich habe wahnsinnige Angst, er könnte in seine eigene Trauerfeier platzen. Ich sehe es schon vor mir, wie alle nach Luft schnappen und mit dem Finger auf uns zeigen, und zum krönenden Abschluss werden meine Mutter und ich öffentlich gesteinigt. Ich habe Mom natürlich nicht erzählt, dass ich Howie, nachdem Quentin weggelaufen war, vom Auto aus angerufen habe. Ich hatte angenommen, mein Sohn sei deshalb spurlos verschwunden, um *nach* Hause zu laufen, nicht von zu Hause fort. Ich vermutete Quentin auf dem Weg zum Flughafen. Hier war es zwar fast Mitternacht, aber in Toronto erst halb elf, und ich hatte gehofft, Howie würde die späte Stunde nicht bemerken.

»Hast du von Quentin gehört?«, fragte ich, sobald er an sein Handy ging.

»Nein.« Danach war eine Pause, während der wir beide spürten, wie im anderen Panik aufstieg. »Prissy, ist alles in Ordnung?«

»Ja«, erwiderte ich ein wenig zu schnell. »Alles bestens. Er wollte dir nur erzählen, dass er heute einen Elch beobachtet hat. Das Tier ist durch den Garten gelaufen, wir konnten es ganz deutlich vom Küchenfenster aus sehen.« Jetzt tat ich es mit dem Lügen schon meiner Mutter gleich, aber ich wagte nicht zuzugeben, dass unser Kind vermisst wurde, noch nicht.

»Prissy…« Howie klang sehr skeptisch. »Gib mir Quentin.«

»Er schläft«, sagte ich. »Er ruft dich später an.« Dann habe ich aufgelegt, und Howie hat noch vier Mal angerufen, aber ich bin nicht mehr ans Handy gegangen.

Vor lauter Erleichterung darüber, dass Georgia Quentin gesund und heil bei uns abgeliefert hatte, hatte ich völlig vergessen, Howie zurückzurufen und ihm zu versichern, dass wirklich alles bestens sei. Darum habe ich jetzt diese Höllenangst, mein Mann könne auf der Suche nach seinem Sohn Zeuge seiner eigenen Beerdigungsfeier werden.

Ich halte den Kopf tief gesenkt, sodass es wirkt, als würde ich beten. Fast alle Plätze in St. Augustine sind gefüllt, und ich spüre die vielen Blicke in meinem Rücken. Am liebsten würde ich unter die Bank schlüpfen und mich dort verstecken. Ich fühle mich wie eine Blenderin und muss mir auf die Zunge beißen, um nicht aufzustehen und allen die Wahrheit ins Gesicht zu schleudern. Ich bin jetzt seit elf Tagen in Paradise Bay, und wenn ich noch ein einziges Mal umarmt werde und die Beileidsformel höre, muss ich schreien.

Mom hingegen sonnt sich in all der Aufmerksamkeit. Sie lächelt im richtigen Moment ein schickliches Lächeln, umarmt die Kondolierenden in der passenden Weise und nickt zu meinem Entsetzen sogar bei dem Vorschlag, ich solle den nächsten Single-Abend in der Legion besuchen. Es stört sie kein bisschen, dass Howie gar nicht tot ist, und sie scheint auch meine wütenden Blicke nicht zu bemerken, wenn sie der Geschichte ständig neue Wendungen hinzufügt. Ich kann nur noch ungläubig schauen, als sie erzählt, Howies Ärzte hätten versucht, ihn in ein Programm für Experimentalmedizin aufzunehmen, der Krebs hätte jedoch, als die Krankenhausverwaltung endlich zustimmte, schon gestreut. Je mehr Einzelheiten sie erfindet, umso mehr scheint sie selbst daran zu glauben.

Barb Donovan singt »Amazing Grace«, also muss die Messe ihrem Ende entgegengehen. Zum ersten Mal während der gesamten Gedenkfeier schaue ich auf, weil ich das Gefühl habe, dass Barb nur für mich singt und ich das würdigen sollte. In dem Moment sehe ich es: Oberhalb des Altars, gleich unter dem Kruzifix, steht eine Staffelei mit einem riesigen Foto von Howie, umgeben von rosa und weißen Nelken. Er wirkt darauf so jung, dass er mich einen Augenblick lang an den Mann erinnert, in den ich mich einmal verliebt habe.

Ich erkenne das Bild sofort, ich habe es nämlich selbst aufgenommen, bei unserem ersten Besuch in Paradise Bay, gleich nach Quentins Geburt. Quentin war erst wenige Monate alt, und ich hatte ständig die Kamera in der Hand, machte Schnappschüsse von meinem Kind mit seiner Großmutter, seinem Großvater, mit Onkel Charlie, mit jedem, der ihn auf dem Arm halten wollte. Kurz bevor ich dieses Bild geschossen habe, hatte sich Quentin in den Arm meiner Mutter gekuschelt, und ich hatte diese Szene so oft fotografiert, dass mich meine Mutter schließlich fortscheuchte, damit ich das Baby nicht weckte.

Ich war nach draußen gegangen. Howie und mein Dad saßen in den Gartenstühlen und tranken in der Sonne des späten Nachmittags Bier. Ich konnte nicht hören, worüber sie sprachen, aber Howie lachte so sehr, dass ich ein Foto machte, unwillkürlich mitlächeln musste und mich dann zu ihnen gesellte.

Ich rutsche auf der harten Holzbank hin und her und frage mich beklommen, womit mein Vater Howie damals so zum Lachen gebracht hat, und seltsamerweise fließen dabei die Tränen. Mein lautes, herzerweichendes Schluchzen hallt an den Steinwänden der Kirche wider und schallt zurück in den Chorraum. Ich bin ebenso beschämt wie entsetzt, aber ich kann mich nicht bremsen. Meine Mutter wirft mir einen erstaunten Blick zu und legt mir eine Hand auf die Schulter. Ob zur Beruhigung oder Ermunterung, weiß ich nicht.

Als der Gottesdienst endlich vorüber ist, bin ich völlig erschöpft und unendlich erleichtert, es hinter mir zu haben. Ich will nur noch nach Hause und Quentin in meinen Armen wiegen, so wie früher.

Aber als wir zu Hause ankommen, würde ich mich doch lieber in Luft auflösen. Denn in der Auffahrt parkt eine schwarze Limousine, und am Steuer sitzt Howie. Ich parke hinter ihm, er steigt aus, und Mom fleht Jesus um Hilfe an.

»Was zur Hölle macht der hier?«, fragt sie.

Ich beiße die Zähne zusammen und greife mir an den Magen, weil ich mich jeden Moment auf den Fahrersitz zu erbrechen drohe, und das im alten Chrysler meines Vaters. Dieses Desaster habe ich verursacht, und ich gestehe bereitwillig. »Ich hab ihn angerufen.«

»Du hast ihn zur Gedenkfeier eingeladen?« Meine Mutter schaut mich entgeistert an.

»Natürlich nicht. Als Quentin neulich abgehauen ist, dachte ich, er wäre vielleicht auf dem Weg nach Hause, und darum hab ich Howie angerufen. Da hat er wohl Angst gekriegt.«

Howie lehnt an der Tür seines Mietwagens, als würde sie ihn aufrechthalten. Er lehnt sich ständig irgendwo an – an Türrahmen, Anrichten oder Geländer – und markiert wie selbstverständlich den großen Macker. Er wartet darauf, dass wir aussteigen und ihn endlich begrüßen, aber wir rühren uns nicht, und Howie wird bestimmt langsam misstrauisch.

»Mir nach«, sagt meine Mutter, und bevor ich etwas erwidern kann, steigt sie aus und eilt auf Howie zu.

»Howard, welch eine Überraschung. Komm rein«, sagt sie und legt eine Hand auf seinen Arm. »Bei der Kälte friert einem ja der Arsch ab.« Es ist tatsächlich ein wenig kühl, doch meine Mutter will nur sicherstellen, dass niemand Howie sieht. Als sie ihn ins Haus drängt, merkt man von ihrer schlimmen Hüfte nichts. Ich folge langsam und danke Gott, dass wir keine Trauergäste erwarten.

»Clara«, sagt Howie freundlich in der Küche. »Es ist schön, dich zu sehen.« Warum spielt er bloß so ein Theater? Wir wissen doch, dass er sich unter diesen Umständen nicht freut. Die Situation ist für alle Beteiligten sogar ausgesprochen unangenehm. Da Howie mich noch nicht begrüßt hat, hat Gott vielleicht auf wundersame Weise mein Flehen erhört und mich verschwinden lassen, oder mein Mann redet einfach nicht mehr mit mir. Endlich spüre ich seinen Blick auf mir. Als Howie meine förmliche schwarze Kleidung und die geschwollenen Augen registriert, schaut er sehr verwirrt aus.

»Ist es gerade ungünstig?«

»Wenn du so fragst, ja«, erwidert meine Mutter. »Wir kommen von einer Beerdigung.«

»Das tut mir leid«, sagt Howie. »Wer ist denn gestorben? Jemand, den ich kannte?«

»Niemand von Bedeutung«, sagt sie mit lässigem Schulterzucken. »Und, hast du deine Freundin mitgebracht?«

Das kommt so überraschend und ist mir so peinlich, dass ich meine Mutter für ihre Frechheit nicht einmal zu tadeln weiß.

Howie seufzt, ignoriert den Vorwurf aber, sodass ich mich frage, ob nicht wirklich eine Frau in St. John's im Hotel auf ihn wartet. Bei dem Gedanken wird mir so schwindelig, dass ich mich an der Arbeitsplatte festhalten muss.

»Ich wollte nur meinen Sohn sehen«, sagt Howie und wendet sich an mich. »Wo ist Quentin? Alles in Ordnung mit ihm?«

Charlie hat Quentin heute Morgen abgeholt, denn bei der Gedenkfeier war für mich Schluss, ich habe es nicht zugelassen, dass er dorthin mitkommt. »Alles bestens«, antworte ich, als ich endlich die Sprache wiederfinde. »Er ist mit Charlie unterwegs, aber er müsste bald zurück sein. Bitte …« Ich weise auf einen Stuhl. »Du kannst hier warten. Ich mach uns Kaffee.«

»Vielleicht gehe ich besser zu Lawlor's und warte da.« Howie sieht auf die Uhr. »Ich komm in einer Stunde wieder.«

»Du wirst nichts dergleichen tun«, insistiert meine Mutter. Ihre verdrießliche Miene verrät, dass sie es keinesfalls gutheißt, Howie bei sich zu bewirten, aber sonst würde er vielleicht bei Lawlor's über einer Portion Fish and Chips erkannt. »Die beiden kommen jeden Augenblick zurück.«

Nach einem kurzen Moment der Unentschiedenheit gibt Howie dankbar nach und setzt sich an den Küchentisch.

»Aber gib ihm keins von den Rosinentörtchen, Prissy. Die mag ich am liebsten, und viele sind nicht mehr da.« Mit dieser Bemerkung verlässt meine Mutter die Küche. Jetzt nehme ich die Rosinentörtchen natürlich erst recht aus dem Brotkasten und stelle sie auf den Tisch. Es sind noch so viele übrig, dass am Ende der Woche ein Viertel bestimmt trocken oder verschimmelt ist.

»Du musst ihr das nachsehen«, sage ich und versuche, das Zittern in meiner Stimme zu unterdrücken. »Sie ist wütend auf dich. Das verstehst du sicher, angesichts der unglücklichen Umstände.« Derart gestelzt oder gezwungen habe ich noch nie mit meinem Mann geredet.

Howie nickt verständnisvoll, schenkt mir ein halbes Lächeln und nimmt mir die dampfende Tasse ab. Ich habe den Kaffee nach seinem Geschmack gemacht, sehr stark. Howie trinkt in kleinen Schlucken. Natürlich ist er wegen Quentin hier, aber in mir regt sich trotzdem die leise Hoffnung, dass Howie auch mich sehen will. Als hätte er meine Gedanken gelesen, legt er eine warme Hand auf meine. Ich könnte ewig so sitzen bleiben.

»Mit dir alles in Ordnung?«, fragt er und fährt sanft mit dem Daumen über meine abgekauten Nägel. Er trägt keinen Ehering. Ich ziehe die Hand weg, seine Berührung ist plötzlich unerträglich.

»Ja, mir geht's super.« Ich versuche nach Kräften, fröhlich zu klingen. »Also, was machst du in Paradise Bay, Howie?«

Er seufzt, reibt sich mit Daumen und Zeigefinger die Stirn, und da weiß ich schon, dass ich die Antwort nicht hören will. »Ich habe gestern mit Quentin telefoniert, und mir scheint hier doch einiges vorzugehen, was ich ausgesprochen beunruhigend finde.«

Mein Herz schlägt schneller, denn ich wusste nicht, dass Quentin mit seinem Vater gesprochen hatte, und ich habe erst recht keine Ahnung, was er ihm erzählt hat. Er hat ihm sicher das mit dem Nachruf verschwiegen, aber mir fällt auch nichts ein, was Howie so beunruhigen könnte, dass er unangekündigt herfliegen würde. »Zum Beispiel?«

»Quentin sagt, du sprichst davon, hierzubleiben, in diesem Haus. Er ist auch mein Sohn, Prissy, und ich lasse dich nicht einfach mit ihm herziehen. Es ging um zwei Wochen.« Er wirkt sehr erregt, und ich schwanke, ob ich ihn beruhigen und den Waffenstillstand halten oder ihn verhöhnen und noch mehr aufstacheln soll.

»Ich schwöre, ich hab keine Ahnung, wovon du sprichst«, erwidere ich. »Quentin ist vierzehn und missversteht vieles. Das solltest du ja wohl wissen. Mom hat nur gesagt, dass ich nach ihrem Tod das Haus bekommen soll, mehr nicht. Du kennst sie doch. Jedes halbe Jahr plant sie ihren Tod. Ich ziehe mit Quentin nirgendwohin.« Howie sieht schlagartig erleichtert aus, darum setze ich gleich hinterher: »Fürs Erste jedenfalls.« In seinen Augen steht die blanke Angst, und ich genieße meine Macht. Am liebsten würde ich ihm deutlich ins Gesicht sagen, dass Quentin sowieso nicht bei ihm in Toronto leben, sondern hier, bei mir sein will, aber ich schäme mich, dass ich überhaupt mit so einem Gedanken spiele. »Irgendwo muss ich ja hin«, sage ich ziemlich verdrießlich.

»Du kannst das verdammte Haus haben«, sagt Howie. »Ich hab dir hundert Mal gesagt, ich werd schon für dich sorgen.«

»Das ist wirklich ausgesprochen nobel«, speie ich ihm entgegen, »aber ich kann sehr gut für mich selber sorgen.« Ich hatte erwartet, dass er mir widersprechen, mich sogar auslachen würde, aber er tut etwas noch viel Schlimmeres: Er grinst mich auf unerträglich überhebliche Weise an und nickt dazu so gönnerhaft, als wäre ich ein Kind und hätte behauptet, später werde ich Superheld.

»Fick dich!«, schreie ich, und es ist mir egal, ob mich meine Mutter in dem Zimmer, in das sie sich geflüchtet hat, hören kann. »Ich brauch weder dein Geld noch deine Hilfe noch sonst was, um für mich und meinen Sohn zu sorgen.«

An Howies Hals schwillt eine Ader an und zeichnet sich violett unter der Haut ab. Er sagt kein Wort, aber sein blasierter Gesichtsausdruck macht mich wütender als alles, was er sagen könnte. Ich habe ein solches Verlangen, dieses Grinsen aus seinem Gesicht zu tilgen, dass ich erst weiß, was ich tue, als meine Hand auf seiner Wange liegt. Meine Finger prickeln, meine Handfläche schmerzt, und wir sind beide plötzlich so still, dass man das Summen des Kühlschranks hören kann. Auf Howies Gesicht ist der Abdruck meiner Hand zu sehen, und ich will mich gerade entschuldigen, da kommen Charlie und Quentin durch die Hintertür.

»Alles okay, Prissy?«, fragt Charlie, und ich liebe meinen Bruder in diesem Moment mehr als jemals zuvor. Er legt Quentin schützend eine Hand auf die Schulter, und wenn ich Charlie jetzt bitten würde, mit Howie nach draußen zu gehen und ihm eine ordentliche Abreibung zu verpassen, würde er das sicher gerne tun.

»Alles bestens«, sage ich.

»Hey, Dad«, sagt Quentin zögernd.

»Hey, Kumpel«, antwortet Howie, als würde er mit einem jüngeren Quentin sprechen. Sein Tonfall ist gezwungen. Seine Augen wirken dunkler, aber vielleicht ist er auch nur bleicher. In der Küche meiner Mutter wirkt er unsicher und angreifbar, er weiß nicht einmal, wie er mit seinem eigenen Kind sprechen soll. Trotzdem empfinde ich keinerlei Mitgefühl, allenfalls eine perverse Befriedigung angesichts seiner Lage. Ich schäme mich kein bisschen.

»Ich bin hier, um dich zu sehen«, sagt Howie zu Quentin. »Wollen wir zu Lawlor's fahren? Und etwas essen? Ein Sandwich?« Je unsicherer er wird, desto kürzer werden seine Sätze.

Dann taucht wie aus dem Nichts meine Mutter auf, um eilends die Lage zu retten. Sie hat die Beerdigungskluft abgelegt und trägt einen rosa Bademantel über ihrem Hauskleid. »Bei Lawlor's gibt's Ungeziefer!«, gellt sie. »Da krabbelt's überall, das sag ich euch. Dauert sicher nicht mehr lange, bis das Gesundheitsamt den Laden dichtmacht.«

Natürlich hat sie das nur erfunden. Wir haben selbst noch vor drei Tagen bei Lawlor's gegessen. Aber es ist fast halb fünf, und um diese Zeit herrscht Hochbetrieb. Wahrscheinlich sind viele Besucher unserer Gedenkfeier zum Essen dort, und deshalb können wir Howie und Quentin auf keinen Fall zu Lawlor's fahren lassen.

»Also, heut Abend gibt's Schweinekoteletts, und zwar mehr als reichlich. Niemand braucht aus dem Haus zu gehen, wo wir hier so viel zu essen haben. Howard, zieh den Mantel aus und hol mir ein paar Kartoffeln und Zwiebeln aus dem Keller.« Howie sieht meine Mutter verdutzt an und beißt sich, wie immer, wenn er ratlos ist, auf die Lippen. »Na los«, sagt sie und gibt ihm einen sanften Schubs. »Du kennst dich hier doch aus.«

Eine Stunde später sitzen wir im Esszimmer, weil die Küche nur vier Stühle hat. Davon abgesehen, dass mich Charlie einmal um den Scheißpfeffer bittet, redet einzig meine Mutter – über den Regionalmarkt und wie er den Tourismus ankurble und wann die beste Zeit zum Blaubeerpflücken sei. Dann quatscht sie endlos über Rezepte für Rote Bete und die neuen Rubbellose des Atlantic Lotto. Wir anderen vier sitzen schweigend da, kauen auf unseren zähen Schweinekoteletts herum und warten darauf, dass der Abend vorübergeht. Doch plötzlich bringt meine Mutter ein etwas kontroverseres Thema zur Sprache.

»Also«, sagt sie und schiebt die Kartoffeln auf ihrem Teller hin und her. »Ich glaube, Quentin würde sehr gerne den Sommer hier verbringen.«

Howie schüttelt den Kopf, aber meine Mutter lässt ihn nicht zu Wort kommen.

»Hör mir einfach zu«, wirft sie ein. »Quentin ist zur Hälfte Neufundländer, und das arme Kind kennt sich in seiner Kultur kaum aus. Niemand hat ihm beigebracht, wie man Kabeljau mit einem Blinker fängt, ein vernünftiges Fangnetz knüpft, einer Elchspur folgt oder die zweite Strophe unserer Lokalhymne ›I'se the B'y‹ singt.«

»Ich selber kann auch nix von dem Scheiß und lebe schon mein ganzes Leben hier«, schnauft Charlie, woraufhin meine Mutter ihm einen vernichtenden Blick zuwirft.

»Artie hat immer davon geträumt, seinen einzigen Enkel mit zum Fischen und Campen zu nehmen und ihm seine Heimat nahezubringen, aber er kam ja nicht mehr dazu.« Sie legt sich eine Hand aufs Herz und schaut gen Himmel. »Er hat nur eines im Leben bedauert, nämlich dass er nie wirklich Großvater sein konnte, weil Quentin so weit fort war. Er hat sich so gewünscht, Quentin würde seine Wurzeln kennen. Du weißt, wie sehr Artie dieses Kind geliebt hat.«

Meine Mutter tut, was sie am besten kann – sie legt den Keim für Schuldgefühle, und offensichtlich wirkt es schon, denn Howie kaut wieder auf seinem Mundwinkel herum.

»Es wären ja bloß die Sommermonate, Howard«, zieht Mom ihren Köder vorsichtig ein. »Im September geht Quentin wieder in Toronto auf die Schule.«

Howie wendet sich an Quentin. »Willst du das denn, Kumpel?«

Quentin zuckt mit den Schultern, was bei einem Vierzehnjährigen wohl so viel wie Ja heißt. Ich würde am liebsten aufspringen, triumphierend in die Hände klatschen und Mom als meine Anwältin anheuern, aber ich hole lieber den Blaubeerkuchen aus der Küche und teile ihn unter uns auf.

Ich muss daran denken, wie Howie vor sechzehn Jahren eines Abends ebenfalls unangekündigt erschien, wenn auch aus ganz anderen Gründen. Er hatte mich überraschen wollen und einen Tisch in St. John's reserviert, und auch damals hatte ihn meine Mutter nicht gehen lassen. Er bräuchte heimische Kost, hatte sie insistiert und ihn bezirzt, zu bleiben. Damals hatte sie den kläglichen Versuch unternommen, ihm die komplizierten Regeln ihres geliebten Kartenspiels 120 beizubringen, aber Howie war ein hoffnungsloser Fall. Wir haben furchtbar lachen müssen, weil er so ein schlechter Spieler war und ständig den Wert der Asse vergaß und auch die Regeln des Ansagens nicht verstand. Als Charlie erschien und wir Howie daraufhin erklärt haben, wie man paarweise spielt, hat der arme Kerl vor Verzweiflung die Hände in die Luft geworfen und konnte über sich selbst am meisten lachen.

Doch als ich nun beobachte, wie er sich einen violetten Fleck aus dem Mundwinkel wischt, ist das Gefühl des Triumphs dahin.

## Kapitel 12

# *Lottie*

»Willst du denn nicht reinschauen?«

Marianne meint die große braune Papiertüte vor mir auf dem Küchentisch. Darin sind alle Dinge, die in Ches' Wagen gefunden wurden, mit Ausnahme von Ches selbst. Laut Polizei gehört die Tüte mir, aber bevor sie mir übergeben wurde, musste ich erst noch unterschreiben. Als ob irgendjemand darauf Anspruch erheben würde! Eine Papiertüte also enthält mein gesamtes Erbe. Sie erinnert mich an die Wundertüten, die mir meine Eltern früher bei Hayward's kauften. Ich habe keine Ahnung, was ich finden werde, aber sehr wahrscheinlich werde ich genauso enttäuscht wie damals, als in meiner Tüte eine kaputte Plastiktrillerpfeife und billiger Krimskrams lagen, den Mr. Hayward auf normalem Wege nicht verkaufen konnte. Trotzdem schaue ich die Tüte erwartungsvoll an, wie ein Kind, das ein Weihnachtsgeschenk auspacken will. Marianne hofft sicher auch, etwas Bedeutsames zu finden.

»Nachher«, sage ich. Marianne sieht geknickt aus.

»Bist du denn nicht neugierig? Das ist doch alles, was von ihm übrig ist.«

Ich weiß zwar, dass die Tüte keinen Abschiedsbrief enthält, trotzdem bin ich leicht nervös, weil ja vielleicht doch etwas Geheimnisvolles darin liegt, etwas, das ich mir nicht erklären kann, eine fremde Telefonnummer oder eine unbekannte Adresse. Das ist nahezu unmöglich, denn sonst hätte mich die Polizei dazu befragt. Dennoch zögere ich, die Tüte vor den Augen meiner Tochter zu öffnen, falls dort eine Enthüllung wartet, auf die sie nicht vorbereitet ist. Was, wenn Ches in illegale oder unmoralische Machenschaften verstrickt war?

»Ich glaube, ich weiß, warum Daddy es auf diese Weise getan hat«, sagt Marianne.

Mir ist nicht klar, ob sie die Art seines Selbstmords oder überhaupt den Grund dafür meint, daher frage ich bloß: »Warum?«

»Weil er nicht wollte, dass wir ihn finden«, sagt Marianne. »Er wusste, dass wir ihn nicht bei der Eisbahn suchen würden, aber wenn er es zu Hause getan hätte, wäre eine von uns beiden früher oder später über seine Leiche gestolpert. Ich glaube, er wollte Rücksicht auf uns nehmen.«

Ich kann nicht fassen, dass Marianne die selbstsüchtige Handlungsweise ihres Vaters zu einem heroischen Akt verklärt. »Ja, nun, das war wirklich sehr rücksichtsvoll von deinem Vater, sich an der Eisbahn und nicht im Badezimmer oder Schlafzimmer umzubringen.« Ich erlaube mir den sarkastischen Tonfall. »Hat er auch Rücksicht auf dich genommen, als er dich zur Halbwaise gemacht hat? Nimmt er Rücksicht, indem er uns Berge von Rechnungen hinterlässt, die wir nicht bezahlen können?« Ich bin wütend auf Ches, und es ist entsetzlich, dass ich das an Marianne auslasse, aber ich bin es so leid, dass sie ihn bei jeder Gelegenheit verteidigt. »Willst du wirklich sehen, was er uns hinterlassen hat?« Ich greife mir die Tüte und kippe ihren Inhalt auf den Küchentisch.

Vor uns liegen eine Tüte Pfefferminzbonbons, in der drei

Stück fehlen, eine leere Packung Zigaretten, eine Straßenkarte von Neufundland und Labrador, die niemals auseinandergefaltet wurde, die Quittung für eine Flasche Ginger Ale und einen Beutel Doritos, ein paar Münzen, eine Zeitung, einige Servietten mit dem Logo von McDonald's, eine *Eagles Greatest Hits*-CD, sein Portemonnaie, eine halb benutzte Rolle Klebeband sowie ein Gummischlauch.

Letzteres zieht unser Interesse auf sich. Mein Herz schlägt langsamer, als würde ich das gleiche Gas einatmen, das Ches getötet hat. Das muss der Schlauch sein, mit dem Ches voriges Jahr die Waschmaschine repariert hat, doch der Anblick ist so verstörend wie der eines blutverschmierten Messers oder einer schmauchenden Waffe. Ich verstehe nicht, warum die Polizei mir das gegeben hat, denn so etwas müsste als Beweismittel gelten und in irgendeinem Labor aufbewahrt werden. Die Familie des Verstorbenen möchte dieses Ding sicher nicht im Haus haben, aber ich bringe es auch nicht fertig, es anzufassen und wegzuwerfen. Marianne sieht mich mit einer Mischung aus Enttäuschung und Entsetzen an. Natürlich hatte sie auf etwas anderes gehofft – wie ich auch. Wir wollen begreifen, warum sich Ches getötet hat, doch da ist noch eine andere Sehnsucht im Spiel. Wir wollen sehen, dass wir ihm etwas bedeutet haben, denn Ches hat bei seinem Selbstmord wohl nicht einen Augenblick daran gedacht, was das für seine Frau und sein Kind heißt. Und wir brauchen ein Zeichen, das uns sagt, dass wir keine Mitschuld tragen, dass kein Wissen und kein Handeln das hätten verhindern können. Aber wir gehen leer aus.

## Kapitel 13

# *Prissy*

Charlie behauptet, Quentin wäre an dem Abend, als er fortgelaufen ist, auf Alkohol und Drogen aus gewesen. Doch Beweise hat mein Bruder nicht – abgesehen von der Tatsache, dass Quentin im Teenageralter ist und momentan nur unter der Aufsicht seiner sehr abgelenkten Mutter steht. Für mich gilt daher: im Zweifel für den Angeklagten. Überhaupt finde ich Charlies Bemerkung ärgerlich, denn wer sagt, dass Quentin nicht ein Unfallopfer reanimiert oder einen entlaufenen Hund gerettet hat? Es ist mir ein Rätsel, weshalb Charlie immer gleich das Schlimmste annehmen muss, aber als ich ihm diese Frage stelle, lacht er mich aus. »Kein Wunder, dass Howie so lange unbemerkt herumvögeln konnte«, sagt er.

Diese Bemerkung ist so verletzend, dass meine Haut vor Hitze kribbelt. Charlie hat doch keine Ahnung von dem Leben meines Mannes oder meines Kindes. Ich könnte natürlich Georgia fragen, was an dem Abend los war, denn bisher habe ich ihr nur überschwänglich dafür gedankt, dass sie meinen Sohn heil nach Hause gebracht hat. Aber, ehrlich gesagt, bleibe ich lieber ahnungslos. Ich will nicht hören, dass sich mein Sohn betrinken wollte, und auch nicht, dass mein Mann eine Affäre hatte. Wer immer den Satz geprägt hat, das

Schlimmste sei, nichts zu wissen, muss irre sein. Ich halte es da mit der alten Weisheit: Selig sind die Unwissenden.

Doch Charlie bleibt bei seiner Behauptung, und als Quentin endlich zum Frühstück herunterkommt, muss mir Charlie natürlich unbedingt beweisen, dass er recht hat.

»Hey, kleiner Scheißer«, sagt er. »Hast du getrunken, als du neulich abends weg warst?« Währenddessen sucht er, wie zur Veranschaulichung, im Kühlschrank nach einem Bier. Er macht den Deckel ab, und es zischt. Charlie setzt sich gierig die braune Flasche an den Hals, ich trinke noch etwas Kaffee. Es ist erst halb zehn. Ich betrachte meinen Bruder mit Missbilligung und Widerwillen zugleich.

Quentin schüttelt den Kopf. »Schön wär's. Und ich dachte, ich seh aus wie neunzehn.«

»Nich mal annähernd«, erwidert Charlie. »Warum fragst du nicht deine Mom? Als ich in deinem Alter war, hat sie mir immer Bier besorgt, in Carbonear, mit ihrem gefälschten Ausweis.«

»Charlie!«, weise ich ihn scharf zurecht.

»Aber mach dich drauf gefasst, da musst du was für tun«, fährt Charlie unbeeindruckt fort. »Deine Mutter hat mir im Gegenzug all ihre Haushaltspflichten aufgebrummt. Ich hab so oft für sie den Scheißabwasch gemacht, ich hatte schon die reinsten Spülhände.«

»Mom, bitte«, quengelt Quentin. »Ich spüle auch.«

»Hast du den Verstand verloren?« Die Frage richtet sich aber an beide. Charlie hat unrecht. Ich glaube, dass Quentin an jenem Abend aus dem gleichen Grund davongelaufen ist, aus dem ich an jenem Abend davongelaufen bin. Weil unsere Familie auseinanderbricht, meine Mutter ständig über ihren Tod spricht, wir nicht da sind, wo wir sein sollten, und er ein verängstigtes Kind ist. In diesem Moment sitzt mir kein hormongeplagter Teenager gegenüber. Ich sehe weder seine picklige Stirn noch die braunen Haare, die auf den Unterarmen sprießen. Ich sehe nur meinen kleinen Jungen, mit weicher Haut und vertrauensvollem Blick, und es bricht mir das Herz, dass er etwas durchmacht, das ich nicht mit ein paar Küssen heilen kann.

»Quentin, Schatz, möchtest du darüber reden?«

»Was?« Er gähnt laut und legt demonstrativ müde den Kopf auf den Küchentisch.

»Darüber, warum du neulich abends weggelaufen bist.«

»Nö, eigentlich nicht«, antwortet er in seine Brust.

Meine Mutter hat sich noch gar nicht in unser Gespräch eingemischt. Sie schlägt Eier in eine Schüssel und verrührt sie energisch. »Wie viele Eier willst du, Charlie, äh … Artie … Jesus … Quentin?« Meine Mutter schüttelt frustriert den Kopf.

»Soll ich ein Namensschild tragen?«

Mich überrascht weniger, dass mein Sohn so sarkastisch sein kann, sondern dass meine Mutter solche Probleme hat, sich unsere Namen zu merken. In letzter Zeit nennt sie mich häufig Sade, Fran oder Luce, und sie spricht Charlie so oft mit Artie an, dass er sich schon gar nicht mehr die Mühe macht, sie zu verbessern.

»Quentin, das reicht«, sage ich ruhig. »Also, würdest du mir bitte sagen, wo du neulich abends warst?«

»St. Augustine.«

Charlie grinst triumphierend. Bei der Kirche hängen immer die betrunkenen Teens herum, aber das konnte Quentin nicht wissen.

»Und was hast du da gemacht?«

»Gebetet«, sagt Quentin rundheraus. »Als Waise hat man ’nen Haufen Kram mit Gott zu klären. Dads plötzlichen Tod muss man erst mal wegstecken.«

»Eine Waise hat *gar* keinen Elternteil mehr«, korrigiere ich und übergehe seinen hämischen Kommentar. Ich will ihn eigentlich nicht fragen, aber nun muss ich es wissen. »Quentin, hast du versucht, Alkohol zu kaufen? Oder Drogen oder …« Was gibt es denn sonst noch?

»Nee«, sagt Quentin, und ich möchte ihm das so gerne glauben. »Ich wollte keine Drogen *kaufen*. Ich wollte mich anbieten, ’ne kleine Gefälligkeit gegen ’nen Schuss. Du glaubst nicht, was ein Vierzehnjähriger unter Perversen wert ist.«

Und Charlie lacht noch darüber! »Deshalb hat dich Georgia nach Hause gebracht? Wir wissen ja, dass das Mädel einsam ist, aber ich finde sie doch ein bisschen alt für dich.«

»Würg!«, macht Quentin, lacht aber auch.

Er sieht überhaupt nicht verängstigt, nervös oder verstört aus. Allerdings kann ich nicht beurteilen, ob es ihm wirklich gut geht oder er mir nachstrebt und schon genauso perfekt seine Gefühle verbergen kann.

Als ich abends auf der Veranda sitze, Tee trinke und dem fernen Rhythmus des Ozeans lausche, stelle ich im Geiste eine Liste zusammen. Worüber muss sich eine alleinerziehende Mutter eines Jungen im Teenageralter Sorgen machen? Die Liste ist erschreckend lang: Drogen, Alkohol, Gangs und Tätowierungen. Tödliche Krankheiten, chronische Krankheiten, sexuell übertragbare Krankheiten. Alkohol am Steuer, Autounfälle, Motorradunfälle, Bootsunfälle. Mich treibt sogar der Gedanke an E.-Coli- und Salmonelleninfektionen um.

Wenn ich mit Quentin in Paradise Bay bleiben würde,

könnten wir wohl einige Risikofaktoren vermeiden. Paradise Bay ist immer noch wie eine ferne Insel, hier hat eine traditionelle Lebensweise überdauert, gegen die der Alltag in Toronto schwierig und gefährlich wirkt. Irgendwie erscheint mir die Vorstellung, dass Quentin hier mit Alkohol oder Drogen experimentieren könnte, weniger bedrohlich.

Ich hatte immer geglaubt, dass ich eines Tages nach Paradise Bay zurückkehren würde, aber nicht alleine. Ich hatte davon geträumt, Howie und ich würden ein altes Haus am Meer renovieren, gemeinsam kochen und an einem Abend wie diesem auf der Veranda sitzen, um den Wellen zu lauschen. Ich bin so in Gedanken versunken, ich merke gar nicht, dass sich meine Mutter in den anderen Schaukelstuhl setzt.

»Er fängt sich schon wieder«, sagt Mom.

»Was?«

»Quentin. Ich sagte, er fängt sich schon wieder. Wo warst du mit deinen Gedanken, Prissy?«

»Nirgendwo.« Es ist mir peinlich, dass sie mich bei meinen Tagträumereien ertappt hat.

»Hast wieder an ihn gedacht, wie?«

»An wen?«

»Howie. An wen sonst?«

»Nein, nun, ein wenig«, gebe ich zu. »Ich dachte gerade, dass es immer anders kommt, als man denkt.«

»Glaubst du etwa, ich hätte erwartet, meine Tochter würde mit ihrer Familie ans andere Ende von Kanada ziehen? Ich hätte niemals damit gerechnet, dass du dich aus dem Staub machst, aber du hattest ja nichts anderes im Kopf, du wolltest nur mit ihm zusammen sein. Du warst so verliebt, du wärst ihm auch in die Hölle gefolgt.«

Ich lächle traurig. Es stimmt. Damals hatte ich die Konsequenzen nicht bedacht. Ich war verknallt, und dann lockte die aufregende Stadt, in der ich mit Howie eine Familie gründen wollte. Ich hatte nicht gesehen, dass es meine Mutter traurig machen würde, wenn es plötzlich sonntags Essensreste gab oder sie *Coronation Street* alleine anschauen musste. Mir war nicht in den Sinn gekommen, dass Mom eines Tages alt würde und beim Einkaufen, Waschen oder Treppensteigen Hilfe bräuchte. Ich hätte niemals gedacht, dass sie einmal alleine leben würde, noch dazu in einem Haus, in dem immer Trubel geherrscht hat.

»Deinen Vater hat das damals beinahe umgebracht«, sagt sie. »Ich hab nie erlebt, dass dein Vater laut geworden wäre, bis auf das eine Mal, als Howie um deine Hand angehalten hat.«

Das ist ein erschütterndes Geständnis. Ich hatte immer gedacht, dass Dad Howie liebte, denn umgekehrt war es so. Ich erinnere mich gut daran, wie Howie auf den Tod meines Vaters reagiert hat. Er blieb vollkommen stoisch, organisierte uns für den nächsten Tag einen Flug und nahm meiner Mutter noch von zu Hause aus die Last ab, das Begräbnis zu organisieren. Er ging in sein Arbeitszimmer und regelte alles. Er kümmerte sich effizient und gewissenhaft um jedes Detail und fühlte sich in dieser Rolle offenkundig wohl, doch als der Sarg in das frische Loch hinabgelassen wurde, als mein Mann auf die feuchte Erde schaute, waren seine Augen zum ersten Mal gerötet und vor Tränen nass. Ich habe still seine Hand gedrückt und ihm damit gesagt, ich bin für dich da, damit er im Stillen trauern konnte.

Bei jeder unserer Reisen nach Paradise Bay war Howie bei Tagesanbruch aufgestanden und Dad und Charlie aufs Meer gefolgt. Wenn sie Stunden später zurückkamen, quollen die Eimer meines Vaters und Bruders vor Fischen über, nur Howie trug verlegen den leeren Eimer, in dem seine Köder gewesen waren, hinter ihnen her. Er ließ unseren Spott mit heiterer Gelassenheit über sich ergehen und tischte uns im Gegenzug seine Geschichten von dem einen Fisch auf, der ihm entwischt war. Natürlich gab es immer genug frischen Fisch für alle, und so saßen wir dann abends bei einem guten Mahl und ein paar Bier zusammen.

Dass mein Vater meinen Ehemann abgelehnt haben soll, ist wirklich schockierend. »Was willst du denn damit sagen?«, frage ich mit vorwurfsvollem Unterton. »Dad und Howie haben sich prima verstanden.« Allmählich werde ich wütend. »Du kannst nicht im Rückblick die Beziehung zwischen Dad und Howie ändern, nur weil du Howie nicht mehr leiden magst.« Mir kommt das Foto von Howies Gedenkfeier in den Sinn. Howie und Dad haben ständig miteinander gelacht. »Howie hat Dad geliebt und umgekehrt«, füge ich hinzu.

Meine Mutter nickt zustimmend. »Am Ende, ja«, sagt sie ruhig und schaukelt vor und zurück. »Anfangs konnte dein Vater Howie nicht ausstehen. Ihm war schleierhaft, was du an ihm gefunden hattest, denn Howie konnte nicht angeln, kein Zelt aufbauen und auch kein Schneemobil fahren.«

Für mich sind das lächerliche Gründe, einen Menschen abzulehnen, aber für Dad, den es mit Leib und Seele ins Freie zog, war ein Mann von Howies Schlag wohl nur schwer zu akzeptieren.

»Ach, in Wahrheit war dein Vater eifersüchtig, weil er nicht mehr der wichtigste Mann in deinem Leben war, auch wenn er das niemals zugegeben hätte.«

Beim Gedanken an meinen Vater wird mir warm ums Herz. Auch meiner Mutter fühle ich mich in diesem Moment ungewöhnlich nahe, gleichzeitig aber ist mir diese seltene Offenheit und Ehrlichkeit ein wenig unangenehm.

»Wann hat Dad denn seine Meinung geändert?« Mein Vater war ein so verträglicher Mensch, es scheint unvorstellbar, dass er sich über irgendjemanden oder irgendetwas hätte ärgern können.

»Wie ich schon sagte. Als Howie gekommen ist und uns gefragt hat, ob er dich heiraten dürfe.« Sie bricht in spontanes Gelächter aus, die Falten an ihren Augen graben sich tiefer ein. »Sag bloß, das hat dir Howie nie erzählt?« Sie gluckst leise in sich hinein. »Nein, hat er wohl nicht.«

Gespannt beuge ich mich vor. Was weiß ich noch nicht über die beiden Männer in meinem Leben, die ich am besten zu kennen glaubte? »Erzähl du's mir«, dränge ich.

»Howie ist von Toronto hergekommen, in seinem Sonntagsstaat, um in aller Form um deine Hand anzuhalten. Das war in der Woche, in der Lottie ihr Baby gekriegt hat und du bei ihr in Carbonear warst. Howard hat wohl gedacht, mit so einer altmodischen Geste würde er uns alte Säcke erweichen, aber darauf ist dein Dad nicht reingefallen. Er sagt also zu Howie, er könnte am besten draußen auf dem Meer nachdenken, und dort sollten sie über alles reden. Howie erwidert, dass er nichts zum Wechseln dabeihat, weil er abends zurückfliegen will. Dein Vater ignoriert das einfach. Er stellt sich in Gummistiefeln an die Tür und sagt: ›Na, was, willst du meine Tochter heiraten oder nicht?‹ Also folgt Howie deinem Vater runter zum Kai, alles in seinem schicken Anzug. Dann nimmt dein Vater ihn richtig ran. Er muss das Benzin in den Motor füllen, Köder kaufen und das Boot vom Kai losbinden, aber Howie fällt beim Versuch, an Bord zu kommen, ins Wasser, und dein Vater muss ihn ins Boot ziehen. Als die beiden zurückgekehrt sind, war Howie klitschnass, hat nach Fischabfällen gestunken, seinen Flug verpasst, und sein Anzug war auch ruiniert.«

Gebannt lausche ich jedem einzelnen Wort. Ich kann nicht fassen, dass ich von diesem einschneidenden Ereignis nichts wusste! Howie hatte mir nur erzählt, er habe mit meinem Vater gesprochen und dessen Segen erhalten.

Mom fährt fort. »Danach hat dein Vater Klartext geredet. ›Ich versteh ja, dass du in meine neunzehnjährige Tochter verknallt bist. Sie ist ja auch jung, schön und unschuldig.‹«

Ich lege eine Hand auf den Mund. Was hätte Dad wohl gesagt, wenn er von meiner ersten Begegnung mit Howie gewusst hätte? Unschuldig war ich wirklich nicht.

Womöglich hat meine Mutter denselben Gedanken, denn sie lächelt mich so seltsam an. »Dann hat dein Dad losgebrüllt. Howie sei ein Scheißperverser, der hinter jungen Mädchen her sei, woraufhin Howie deinen Vater einen verdammten Hurensohn genannt und ihm geschworen hat, dass er dich heiraten würde, ob es uns nun passt oder nicht.«

Bei der Vorstellung, wie sich mein sturer Vater und mein wütender Mann, klatschnass, voller Schlamm und Fischschuppen, anschreien, muss ich laut lachen.

»Plötzlich wurde Howie sehr emotional.« Mom legt mir eine knorrige Hand aufs Knie. »Er könne sich ein Leben ohne dich nicht vorstellen, er wolle noch in zehn, zwanzig, und so Gott will, fünfzig Jahren bei dir sein. Und was er am meisten an dir lieben würde, wäre, dass du ihm das Gefühl gibst, der stärkste und klügste Mann der Welt zu sein. Er fände es toll, dass du über seine Witze lachst, auch wenn sie nicht komisch wären, und dass du dir immer etwas einfallen lassen würdest, um ihn zu überraschen. Aber wirklich umgehauen hätte ihn, wie du ihn bei eurer ersten Begegnung angestrahlt hättest. So hätte ihn bis dahin niemand angesehen, und in dem Moment hätte er das Gefühl gehabt, alles sei möglich. Da hat sich dein Vater kopfschüttelnd geschlagen gegeben und nur noch gesagt: ›Wenn du ihr wehtust, bring ich dich um.‹ Und das hat er so gemeint. Ein Glück, dass dein Vater das nicht mehr erleben muss, sonst hätte ich mir die falsche Todesanzeige sparen können, wenn du verstehst.«

Ich höre kaum richtig zu, sondern bin gedanklich in einer anderen Zeit, damals, als mir Howie den Hof gemacht hat, wie mein Vater das nannte. Ich hatte meinen zukünftigen Ehemann regelrecht vergöttert. Ständig hatte ich ihn mit Geschenken überrascht, manchmal waren es nur kleine Dinge, um ein Lächeln auf sein Gesicht zu zaubern – eine Kaffeetasse mit der Aufschrift »Bester Angler der Welt«, weil Howie niemals etwas fing, ein Zeitungscartoon, weil Howie meinen Vater heimlich Hägar getauft hatte, oder ein Stein vom Strand, weil wir an einem unserer ersten Dates Steine über das Wasser hatten hüpfen lassen und Howie mir später gesagt hatte, das sei das schönste Date seines Lebens gewesen.

Ich hatte mir tagsüber Gedanken gemacht, was ich ihm abends Interessantes beim Telefonieren erzählen könnte. Ich hatte sogar den Tonfall geübt, in dem ich die Höhepunkte meines Tages aufzählen wollte. Und wenn Howie zu Besuch kam, hatte ich am Fenster gewartet, und wenn sein Wagen die Auffahrt hochfuhr, war ich die Stufen hinunter in den Garten geeilt und hatte mich ihm in die Arme geworfen.

Dann wandern meine Gedanken zu den letzten zehn, zwölf Jahren. Sie verschwimmen zu einem weißen Rauschen aus haushaltlichen Pflichten und ehelichem Nebeneinander. Wir besprechen nur noch das Nötigste. Wir sind einander fremd, unsere Unterhaltungen hangeln sich an verkümmerten Fragen und einsilbigen Antworten entlang. Unsere Ehe ging eindeutig dem Ende entgegen, wahrscheinlich seit vielen Jahren schon. Warum aber war mir das nicht bewusst?

# Kapitel 14

## *Georgia*

Ich habe Lottie und Prissy eingeladen, ihnen den Anlass dafür aber verschwiegen. Sie kämen sicher nicht, wenn sie wüssten, dass ich eine Selbsthilfegruppe für junge Witwen gründen will. In meiner Vorstellung sitzen Lottie, Prissy und ich beisammen und sprechen darüber, was es heißt, seinen Mann zu verlieren, beraten, was wir gegen die Einsamkeit tun können und wie sich Feiertage, Jahrestage oder ähnliche Hürden meistern lassen. Wir tauschen uns aus, lachen und weinen gemeinsam und gehen gestärkt aus dieser Erfahrung hervor. Doch als ich mir ins Bewusstsein rufe, dass weder Prissy noch Lottie bisher über ihre Situation reden wollten, dämpfe ich meine Erwartungen. Was ist der Sinn einer Selbsthilfegruppe, wenn sich niemand preisgeben mag?

Ich mache mich also besser auf eine gewisse Beklommenheit gefasst. Prissy wird sich kaum für eine Gruppe begeistern, deren Hauptanliegen in dem besteht, was sie vermeidet. Über Howie zu sprechen. Auch Lottie redet nicht viel über Ches, und wenn, sind es abfällige Bemerkungen. Anscheinend will nur ich, die schon am längsten Witwe ist, über ihren toten Ehemann sprechen. Es enttäuscht mich sehr, dass die beiden bisher so zurückhaltend waren, denn ich hatte mir das Gegenteil erhofft. Verzweifelt klammere ich mich an die

Vorstellung, dass Lottie und Prissy meine Rettung sind. Ich hänge über einem Abgrund, die Finger in einen Felsen gekrallt.

»Ich kann nicht lange bleiben«, warnt Lottie gleich, als sie kurz nach Prissy eintritt.

Ich fühle mich unter Druck gesetzt, und anstatt den Zweck unseres Beisammenseins vorsichtig zur Sprache zu bringen, lächle ich nervös und eröffne ihnen, was ich vorhabe. »Nun … ich habe euch beide heute Abend eingeladen, weil … nun, ich dachte, da wir drei im selben Boot sitzen, könnten wir vielleicht eine Selbsthilfegruppe für junge Witwen ins Leben rufen. Wir könnten uns alle paar Wochen treffen und … darüber reden, was wir durchmachen.« Ich streiche mir eine Haarsträhne hinters Ohr und ziehe sie gleich wieder ins Gesicht.

Meine Ankündigung ruft nicht die erhoffte, sondern vielmehr die befürchtete Reaktion hervor: Niemand applaudiert, umarmt mich oder lächelt auch nur zustimmend. Lottie sieht so verwirrt aus, als hätte sie mich gar nicht verstanden. Dann schaue ich verstohlen zu Prissy. Sie ist bleich und entsetzt. *Sie* hat mich verstanden.

»Bevor du Nein sagst«, dränge ich, weil Prissy schon mit zitternden Händen dasitzt und den Kopf schüttelt, »wir können das langsam angehen, du bestimmst das Tempo. Das Wichtigste ist doch erst einmal, unter Menschen zu sein, die wissen, was du empfindest und durchmachen musst.«

»Du weißt nicht, was ich durchmache«, sagt Prissy trotzig und beißt auf der schon blutig gekratzten Nagelhaut herum.

Mir liegt auf der Zunge zu sagen, dass ich sehr wohl weiß, was sie durchmacht, aber das stimmt ja nicht. Jeder trauert anders, und ich muss auch kein Kind alleine großziehen.

Lottie hingegen lacht aus vollem Halse und schlägt vor, lieber eine Selbsthilfegruppe für Verheiratete als für Verwitwete zu gründen. »Mir ging es mit dem lebenden Ches viel schlechter als mit dem toten«, ergänzt sie mit Nachdruck, doch das glaube ich ihr nicht.

Ich schaue in mein Heft, in das ich die fünf Phasen der Trauer geschrieben habe, die Tagesordnungspunkte für unser Treffen: *Schock und Verleugnung, Wut, Einsamkeit, Verhandeln, Heilung.*

Ich weiß noch immer nicht, in welchem Stadium ich mich selbst befinde, denn an manchen Tagen erlebe ich schon morgens all das zugleich, und an anderen Tagen stehe ich einfach unter Schock.

»Prissy, wie ging es dir an dem Tag, als du von Howies Diagnose erfahren hast?« Es ist Zeit, sie ein wenig anzuschubsen, denn auf keinen Fall soll sie meinem Muster folgen. Ich hatte mich kategorisch geweigert, über Joseph zu sprechen, und seit fünf Jahren nun steckt mein Leben in diesem unerträglichen Schmerz fest. »War es ein Schock? Hast du es in dem Moment glauben können? Kannst du es jetzt glauben?«

Ich bin die Anwältin, sie die starrköpfige Zeugin, und sie wird während meines Kreuzverhörs zusammenbrechen. Und wenn sie erst einmal zugegeben hat, dass sie sich hilflos, wütend oder einsam fühlt, kann ich ihr helfen, den Heilungsprozess einzuleiten, obwohl ich nicht sicher bin, ob es dabei um sie, um mich oder uns beide geht.

»Ich hab doch gesagt, ich will nicht darüber reden«, blafft Prissy.

»Das musst du«, beharre ich. »Du musst das rauslassen. Es ist okay, aufgebracht und wütend zu sein, oder was immer du empfindest.«

»Ich muss los.« Prissy steht auf, ich dränge sie zu bleiben, verspreche ihr, keine weiteren Fragen über Howie mehr zu stellen, bis sie schließlich nachgibt.

»Aber dieser Selbsthilfegruppe trete ich nicht bei«, fügt sie mit unverrückbarer Entschlossenheit hinzu.

»Denk wenigstens darüber nach. Ich will dir doch nur helfen.« Ich kann nicht verhehlen, dass ich betroffen bin, und Prissy sieht mich schuldbewusst an. »Ich hätte mir eine solche Gruppe nach Josephs Tod gewünscht. Leider gab es so etwas nicht.«

Prissy fühlt sich immer noch sichtlich unwohl, doch dann erscheint ein Leuchten auf Lotties Gesicht.

»Hat deine Gruppe einen Namen?«, fragt sie.

»Einen Namen?«, wiederhole ich mechanisch. Darüber hatte ich mir keine Gedanken gemacht. »Wozu brauchen wir einen Namen?«

Lottie sieht mich an, als wäre ich beschränkt. »Damit wir öffentliche Fördermittel beantragen können. Wenn Fred Bishop einen Zuschuss für den Regionalmarkt erhält, dann kann unsere Gruppe so was auch.«

Die Idee, öffentliche Zuschüsse zu beantragen, war mir nicht gekommen, und darum geht es mir auch gar nicht. Ich wollte bloß meine Gedanken und Gefühle mit Lottie und Prissy teilen, damit sie die Trauer bewältigen können, damit ich die Trauer bewältigen und eines Tages aufwachen kann und keine 100 Pfund an meinen Beinen hängen. Ich denke über Lotties Vorschlag nach. Die winzig kleine Möglichkeit, dass Josephs Tod doch nicht gänzlich sinnlos gewesen wäre, wenn irgendjemand irgendwo von unserer Selbsthilfegruppe profitieren könnte, tröstet mich ein wenig. »Wie wäre es mit Junge Witwen aus Paradise Bay?«

Lottie wiederholt den Namen immer wieder, als würde sie einen neuen Pullover anprobieren und nach einer Weile feststellen, dass er kratzt.

»Die Jungen Witwen aus Paradise Bay«, sagt sie noch einmal und verzieht das Gesicht. »Das würde zu JWPB.« Sie schüttelt den Kopf. »Nein, das geht nicht. Die Buchstaben müssen etwas ergeben, was man sich merken kann. Wie heißt das noch, wenn eine Abkürzung etwas bedeutet, so wie BUND oder DORV-Zentrum?«

»Akronym«, sagt Prissy.

»Richtig, wir brauchen einen griffigen Namen, den man sich gut merken kann und der im Fernsehen gut rüberkommt. Wir kriegen niemals Geld für eine Gruppe, die sich die Jungen Witwen aus Paradise Bay nennt. Erstens ist das viel zu lang, und zweitens darf Paradise Bay im Namen nicht auftauchen. Du musst viel größer denken.«

Ich bin verblüfft, dass sich Lottie mit Strategien auskennt, um an öffentliche Gelder zu kommen. Aber ich stehe dem Antrag grundsätzlich skeptisch gegenüber. Mir erscheint das verfrüht. Wir haben bisher gar nichts erreicht, wir können noch nicht einmal im kleinen Kreis darüber reden, warum wir hier sind. Meiner Meinung nach sollte uns erst einmal ein Durchbruch gelingen, bevor wir losziehen und öffentliche Mittel beantragen. All das will ich gerade äußern, doch da wirft Lottie schon Vorschläge für einen besseren Namen in die Runde.

»Witwen in Nöten, also WIN, könnte gehen, andererseits, ich weiß nicht. Mir gefällt in Nöten nicht, denn dabei denkt man an Hilflosigkeit, was dem Sinn und Zweck einer Selbsthilfegruppe widerspricht. Was meint ihr?«

Ich halte das, offen gestanden, für einen sehr passenden

Namen, denn ich bin unentwegt in Nöten, aber mir ist natürlich klar, worauf sie hinauswill. »Wie wäre es mit Witwen-Therapie-Angebot, also WITA?«, entgegne ich. Daran sollte Lottie nichts auszusetzen haben, doch ich irre mich.

»Dann ginge allenfalls Witwen-Therapie-Zentrum, und das wird zu WITZ«, wendet sie zweifelnd ein, aber wenigstens bringt sie Prissy damit zum Lachen. Ich höre sie zum ersten Mal lachen, und der melodische Klang heitert mich gleich auf. Auch wenn wir nicht über unsere Trauer gesprochen haben, ist es großartig, dass Prissy lacht und grinst.

»Dann wissen zumindest alle, was für ein alberner Haufen wir sind.« Prissy muss so sehr lachen, dass ihr Tränen in die Augen steigen, sie wedelt mit der Hand vor dem Mund herum, um die Fassung wiederzuerlangen. Doch schon steckt ihr Lachen Lottie und mich an.

»Ich hab's!«, ruft Lottie und schnipst mit den Fingern. Prissy und ich grinsen erwartungsvoll. Was kann denn noch lächerlicher als WITZ sein? »Witwen-Hilfe-Programm, also WIHP! Was meint ihr?« Prissy und ich nicken zustimmend. Lottie lächelt aufgeregt und klatscht in die Hände. »Wir müssen uns Richtlinien geben und Aufnahmebedingungen für eine Mitgliedschaft erarbeiten. Wenn wir das ernstnehmen, gibt es viel zu bedenken.«

»Das allerdings«, füge ich hinzu. Da wären eine heikle Beziehung zu den Schwiegereltern, die irgendwann vollständig abbricht, die Wut auf den toten Partner, weil er im Sommer den Rasen nicht mehr mähen kann, und die Einsamkeit, die man so lange hinnimmt, bis sie bestimmt, wer man ist. Aber an diese Dinge denkt Lottie nicht.

»Zunächst einmal«, sagt sie, »wie alt ist eine junge Witwe? Vierzig, fünfzig? Wir müssen irgendwo die Grenze ziehen, sonst locken wir am Ende die Pflegefälle mit Magensonde an. Und was ist mit Männern? In der Regel sterben die Männer zuerst, aber manchmal ist es umgekehrt. Wollen wir eine Gruppe für Witwen oder auch für Witwer sein? Und wenn jemand wieder heiratet? Bleibt man bis zum Tod dieses zweiten Mannes ausgeschlossen?«

Ich bekomme Kopfschmerzen. »Ich wollte mich bloß mit euch treffen und darüber reden, was wir durchmachen«, sage ich. »Ich wollte daraus kein Großprojekt machen.«

Lottie steht auf und zieht ihren Mantel an. »Georgia, Süße, ich halte das für eine fantastische Idee.« Das glaube ich ihr sofort. Ihre Augen funkeln, so aufgeregt habe ich sie selten gesehen. »Wie du schon gesagt hast, so etwas gab es bisher nicht. Und darüber könnte ich den ganzen Tag reden. Aber nicht über Ches, jedenfalls noch nicht.«

Vielleicht überstürze ich es ja, vielleicht dränge ich mit meiner Einladung und meiner formellen Tagesordnung zu sehr. Womöglich werden sich die Themen von ganz alleine ergeben, wenn wir uns zwanglos treffen. Lottie entschuldigt sich bei mir, als glaubte sie, meine Gefühle verletzt zu haben, und wendet sich zum Gehen. Sie habe Marianne versprochen, um neun zu Hause zu sein.

»Sie hat schon mal Angst, so ganz alleine zu Hause«, sagt Lottie, und ich nicke verständnisvoll.

Als Lottie fort ist, schauen Prissy und ich uns verunsichert an. Sie wappnet sich wohl innerlich, um das Thema Howie abzuwehren, aber ich will es gar nicht ansprechen.

»Ich wollte dir dafür danken, dass du Quentin neulich nachts heimgebracht hast«, sagt Prissy. »Vor lauter Erleichterung hatte ich noch gar keine Gelegenheit, dir richtig zu danken.« Sie lächelt scheu und trinkt einen Schluck Tee.

Prissy hat, was ihren Sohn betrifft, noch viel vor sich. Er ist in einem sehr sensiblen Alter. Er steht auf der Schwelle zum Mann-Sein und hat das Vorbild verloren. Ich wünschte, Joseph wäre da, um dem Jungen zu helfen. »Wie geht es Quentin?«, frage ich. »Ich mache mir seinetwegen Sorgen«, ergänze ich, bevor Prissy antworten kann. »Er scheint das alles besonders heftig zu verleugnen. Er hat behauptet, sein Vater würde noch leben und in der Gegend herumvögeln. Ich meine, es ist nicht ungewöhnlich, dass ein Kind …«

Ich breche mitten im Satz ab. Prissy weicht das Blut aus dem Gesicht, sie birgt ihre schockierte Miene in zitternden Händen. Sie schüttelt den Kopf und murmelt vor sich hin, dass es ihr unendlich leid tue. Ich begreife erst nach einer Weile, was sie damit meint, und dann versetzt es mir einen Schlag in die Magengrube: Prissy möchte nicht über Howies Krankheit sprechen, weil es gar keine Krankheit gibt. Sie zuckt zusammen, wenn man sie fragt, wie sie mit dem Tod ihres Mannes zurechtkommt, weil es gar keinen Todesfall gibt. Ich bin verwirrt, wütend, ich falle aus allen Himmeln. Meine Finger lösen sich vom Felsen, und ich stürze von der Klippe, an die ich mich törichterweise so unerschütterlich geklammert habe. »Wie konntest du?«, frage ich atemlos.

»Das war nicht meine Idee, das schwöre ich«, sagt Prissy entschuldigend. »Ich bin nach Hause gekommen, um Abstand zu gewinnen, und kaum sitze ich am Küchentisch, wedelt Mom mit der Todesanzeige vor mir herum. Sie hat geglaubt, das würde es mir leichter machen. Mir war in dem Moment völlig klar, dass das Quatsch ist, aber ich habe mich trotzdem darauf eingelassen. Und es war auch, ehrlich gesagt, leichter, so zu tun, als wäre Howie nicht mit einer anderen Frau zusammen.«

Ich kann kaum klar denken. Ich sehe Prissy vor mir, wie sie während der falschen Gedenkfeier mit Tränen in den Augen vor dem Kruzifix sitzt. Wie sie in der ersten Reihe schluchzt und eine Schau abzieht, die ihresgleichen sucht.

»Was hast du dir dabei gedacht, Prissy? Wenn du wüsstest, wie es ist, seinen Ehemann zu verlieren, würdest du nicht so tun! Und nicht auch noch andere zu Mitleid und Hilfe anstiften!« Diesmal zittern meine Hände, aber vor Wut.

Prissy steht auf und zieht ihre Jacke an, doch ihre Hände gehorchen nicht, sie wollen den Reißverschluss nicht zuziehen. Schließlich gibt sie auf und sieht mir direkt in die Augen. »Ich habe meinen Mann verloren«, sagt sie ruhig, und in ihren Augen blitzt Wut. »Du kannst von Glück sagen, dass Joseph so früh gestorben ist. Denn damals war er noch die Liebe deines Lebens. Deine Ehe wird ewig bei dieser Idylle verharren, als ihr glücklich und verliebt wart. Du wirst immer die trauernde Witwe sein, die ihren Mann in der Blüte seiner Jahre verloren hat.«

Niemand hat je gewagt, so mit mir zu sprechen. Ich kann Prissy nur fassungslos ansehen.

»Wenn Howie vor ein paar Jahren gestorben wäre, hätte ich reagiert wie du, ich wäre außer mir vor Kummer. Aber damals hatte sich Howie ja noch nicht entschieden, einer anderen das Bett zu wärmen, mich nicht mehr zu lieben und mich abzulegen, weil ich ihm nicht mehr genügte. Du hast es leicht. Du hast nicht versagt. Joseph ist nie von der Arbeit gekommen, um dir zu sagen, dass eure Ehe vorbei ist. Du weißt doch gar nicht, was passiert wäre, wenn Joseph nicht in jener Nacht gestorben wäre. Vielleicht hätte auch er mit einer anderen rumgemacht? Du weißt es nicht und wirst es niemals wissen, und darum beneide ich dich aus tiefstem Herzen.«

Und dann ist auch Prissy fort, und ich bin alleine mit meinem Buch über Trauer und drei leeren Heften.

Abends wälze ich mich stundenlang im Bett herum und denke über Prissys Worte nach. Gibt es eine Gewähr, dass wir glücklich geblieben wären? Ich stelle mir vor, Joseph hätte mir gesagt, dass er nicht länger mein Mann sein will. Ich muss mich aufsetzen und die Augen öffnen, um das Bild zu verscheuchen. Ich kann Prissys Schmerz nicht nachempfinden, aber sicher ist er so roh wie meiner. Und darum werde ich ihr Geheimnis hüten. Vorerst. Voller Bedauern schlafe ich ein. Aber zum ersten Mal seit langer Zeit denke ich dabei nicht an mich.

# Kapitel 15

## *Prissy*

Ich fühle mich trotz meiner schrecklichen Worte zu Georgia erstaunlich gut. Ich habe ja nur die Wahrheit gesagt, und das kommt dieser Tage nicht oft vor. Selbst die unangenehmen Nachwirkungen bleiben aus. Weder in der Stadt noch am Strand wirft man mir böse Blicke zu oder grinst mich hämisch an. Alle begegnen mir unvermindert mit großem Mitgefühl, und ich bin beinahe enttäuscht, dass mir bisher niemand auf die Schliche gekommen ist. Das überrascht mich sehr. Ich war fest davon ausgegangen, dass Georgia mein schreckliches Geheimnis verraten würde, aber nun hütet sie es, auch wenn sie sicher Bedenken hat, und damit geht es ihr beinahe wie mir.

Ich war drauf und dran, Quentin zur Rede zu stellen und zu fragen, was er sich dabei gedacht habe, Georgia so etwas zu erzählen, aber ich kann doch mein Kind nicht tadeln, weil es die Wahrheit sagt. Und Quentin, scheint mir, hat den Vorfall ohnehin vergessen. Er verbringt so viel Zeit mit Charlie, dass ich eifersüchtig werde. Ich habe versucht, Quentin zu allen möglichen Unternehmungen zu bezirzen, aber was ich auch vorschlage, er rümpft nur die Nase. Ein gemeinsamer Bummel über den Markt? »Der Markt ist öde«, nuschelt er und sieht dabei nicht einmal in meine Richtung, aber nüchtern betrachtet ist das für einen Vierzehnjährigen tatsächlich langweilig. Daher habe ich vorgeschlagen, gemeinsam wandern oder reiten zu gehen, eine Bootstour zu den Eisbergen oder den Walen zu machen, zu campen oder zu angeln, doch er findet das eine so schwul wie das andere. Als er sagt, Seekajaken sei etwas für Schwachmatiker, begreife ich endlich, dass er keine Einwände gegen die Aktivitäten als solche hat, sondern gegen die Person, die sie vorschlägt.

Wenn nämlich sein Onkel ruft: »Na komm, kleiner Scheißer, dreh'n wir 'ne Runde!«, strahlt Quentin. Er vergöttert Charlie, und Charlie genießt es offensichtlich, dass ihm jemand in blinder Hingabe folgt. Ich kann mir ungefähr vorstellen, was Howie sagen würde, wenn er wüsste, dass Charlie Quentin auf dem Motorrad durch die Gegend fährt, denn es macht auch mich ein wenig nervös. Aber ich vertraue darauf, dass mein Bruder aufpasst, und ich würde schon deshalb nicht Nein sagen, weil mein Sohn so viel Spaß bei diesen Touren hat. Die beiden gehen Fish and Chips essen, verbringen den Tag in den Wäldern und fahren mit Quads über Feldwege. Sie brausen auf Charlies Motorrad die Küste entlang, bis nach St. John's, zum Signal Hill und den Ruinen von Fort Amherst. Heute jedoch sind sie schon seit vier Stunden in der Werkstatt meines Vaters und treiben Gott weiß was.

Ich mache das Abendessen, denn Quentin hat mich ausdrücklich gebeten, ihm Spaghetti zu kochen. Dieser Wunsch kommt einer Umarmung gleich. Dass es etwas gibt, das nur ich für ihn tun kann, vermittelt mir das Gefühl, gebraucht zu werden – ein Gefühl, das ich seit Jahren nicht hatte, nicht seit Quentin klein war und ich vor dem Schlafengehen die Monster aus seinem Zimmer verscheuchen musste.

Warum bin ich nicht schon früher auf die Idee gekommen, ihm etwas zu kochen! Es muss daran liegen, dass ich selbst seit einer Ewigkeit keinen richtigen Hunger mehr hatte. Mom kocht mit Leidenschaft all meine Lieblingsgerichte aus Kindertagen: mit Malzessig besprenkelte Bratkartoffeln, Bratwurst mit Ketchup oder die Erbsensuppe, die so sämig und salzig ist, dass man abends völlig ausgedörrt ist. Ich habe auf nichts wirklich Appetit, aber ich will meine Mutter auch nicht vor den Kopf stoßen, und so esse ich immer genug, um sie zufriedenzustellen. Quentin hat da weniger Bedenken. Er rümpft über jedes Essen die Nase. Wenn es Kohl gibt, fragt er, wer gefurzt hat, und wenn seine Großmutter Fleischbällchen und Kartoffelküchlein formt, tut er so, als müsste er würgen.

Ich hatte gedacht, Mom wäre froh, einen Abend frei zu haben und die Küche zu räumen, doch sie verfolgt jeden meiner Schritte mit Argwohn. »Was ist das?«, fragt sie kritisch, als ich Kapern und Basilikum in den Einkaufswagen lege. Als ich eine Knoblauchknolle nehme, fragt sie, ob wir Vampire vertreiben oder Abendessen kochen wollen. Sie möchte wissen, warum ich die Sauce selbst mache, obwohl es bei Sobey's in Gang sieben eine riesige Auswahl an Fertigsaucen gibt. Am liebsten würde ich erwidern, dass es auch Bratensauce in Gläsern gibt, die zu kaufen meiner Mutter aber im Traum nicht einfallen würde. Mom beäugt mich, während ich schneide, würfle und rühre, und sagt nur hin und wieder »Iiih«. Es ist, als hätten meine Mutter und mein Sohn die Rollen getauscht. Und wie kann jemand, der Fischkonserven isst, etwas so Harmloses wie Tomatensauce widerlich finden?

Ich sollte meiner Mutter keinen Vorwurf machen. Sie kennt nur Fleisch, Kartoffeln, Salz und Pfeffer, verständlich also, dass sie sich gegen den Geschmack von Knoblauch sperrt oder das kräftige Aroma von frisch geriebenem Parmesankäse scheut.

Als Charlie und Quentin endlich aus dem Schuppen kommen, lasse ich die Sauce vor sich hin köcheln. Die beiden riechen nach frischem Holz und ziehen eine Spur Sägemehl hinter sich her.

»Gott, ich fall fast um vor Scheißhunger«, sagt Charlie. »Was gibt's denn?« Er schiebt sich einen Keks, der seit dem frühen Nachmittag auf der Kunststofftischdecke liegt, in den Mund.

»Frag deine Schwester«, sagt Mom und bläst eine Rauchwolke Richtung Küche. »Sie bekocht euch heut Abend, obwohl ich nicht glaube, dass ihr von Tomaten und Spaghetti was auf die Rippen bekommt.«

»Na, ich will doch diesen Sommer Fleisch auf die Knochen kriegen.« Zur Bekräftigung spannt er seinen Bizeps an. Mom und ich müssen lachen.

»Scheiße, was gibt's da zu lachen?«

»Ach, Charlie, da sieht man ja an Karfreitag noch mehr Fleisch«, sagt Mom und drückt ihre Zigarette im Aschenbecher aus.

»Kann ich was dafür, dass ich so dünn bin?«, erwidert Charlie, als wäre Dünnsein ein Makel. »Dabei ess ich wie ein Pferd.«

»Heute Abend wirst du wie ein Kaninchen essen müssen«, sagt meine Mutter. Ich beiße mir auf die Zunge. Ich will keinen Streit anfangen und Quentins Abend ruinieren. »Du weißt, dass ich diese fremdländische Küche nicht mag«, fährt Mom fort, der ihre bisherige Klagelitanei wohl noch nicht reicht. »Davon krieg ich immer die Scheißerei.«

Ich verdrehe verzweifelt die Augen. Ich weiß nicht, was

mich wütender macht, die Tatsache, dass meine Mutter Spaghetti als fremdländische Küche bezeichnet, oder die Unterstellung, dass sie von meinen Kochkünsten Durchfall bekommen wird. »Soll ich lieber Fish and Chips holen?«, keife ich und werfe den Holzlöffel in die Spüle. Eine Spur Tomatensauce zieht sich vom Herd bis zur Spüle über den Linoleumboden, und schon nehme ich ein Papiertuch und bücke mich.

»Beruhig dich, Prissy«, sagt Mom. »Große Güte, du warst immer so empfindlich. Man konnte nicht mal Buh! sagen, sonst wärst du gleich heulend in dein Zimmer gerannt.«

Ihre Bemerkung verletzt mich sehr, und ich will schon entsprechend reagieren, doch nur eine sehr empfindliche Person wäre wohl wegen solch einer Bemerkung gekränkt.

»Wann gibt's denn Essen?«, fragt Charlie. »Riecht echt scheißgut.«

»In 'ner halben Stunde«, erwidere ich.

Charlie seufzt, als müsste er noch drei Tage auf die nächste Mahlzeit warten. »Ich hab 'nen Scheißhunger«, sagt er, womit er den Kochprozess auch nicht beschleunigt. »Gott, Prissy, es ist fast fünf. Mom hat das Essen sonst immer um halb fünf fertig. Um die Zeit hätte sie längst gespült.«

Mom strahlt über so viel Lob. »Klar, aber dafür haben wir heute nicht schon um acht wieder Hunger«, sage ich mit einem kleinen Seitenhieb auf meine Mutter, denn manchmal hat sie das Abendessen bereits um vier Uhr fertig, aber sie giftet gleich zurück.

»Bei dem, was du kochst, sterben wir um halb sieben schon wieder vor Hunger.«

Ungeduldig sehe ich nach dem Topf. Auf der kleinen Elektroplatte dauert es eine Ewigkeit, bis das Wasser kocht.

»Also«, sage ich, um das Thema zu wechseln, »was habt ihr da draußen gemacht?«

»Wir machen Omas Sarg«, antwortet Quentin.

Ich halte in meiner Bewegung inne und drehe mich fassungslos zu meinem Bruder um. »Was bitte? Was bitte macht ihr?« Vor Wut würde ich am liebsten eine Schimpftirade loslassen, und gleichzeitig bin ich sprachlos. Ich spiele mit meinen Händen herum, um meinem Bruder nicht ins Gesicht zu schlagen.

Charlie sieht zur Seite und windet sich auf seinem Stuhl. Er weiß, dass er mein Kind nicht in diese groteske Sache hineinziehen sollte. »Quentin hat echt Talent zum Schreinern und viele gute Ideen. Das is'n richtiger Künstler.«

Welche Ideen mag mein vierzehnjähriger Sohn wohl zur Herstellung eines Sarges beitragen können? »Dann macht doch einen Tisch«, sage ich ausdruckslos.

»Na, auf einem Tisch könnt ihr mich nicht beerdigen«, mischt sich Mom ein. »Ich finde es wunderbar, dass Quentin hilft.« Und zum ersten Mal an diesem Tag lächelt sie zufrieden. Mir gibt das den Rest. Man sollte meinen, sie würde es genießen, mit einem Glas Wein in der Küche zu sitzen, während ich koche, aber nein. Das Einzige, was ihr ein Lächeln entlockt, ist die Tatsache, dass ihr Sohn und ihr Enkel einen Sarg für sie schreinern.

»Klar doch.« Ich grinse höhnisch. »Du … du … du hast überhaupt keine Ahnung, was du da sagst, oder?« Ich verliere jeden Moment die Beherrschung, aber da hebt Charlie die Hände. Er will Frieden stiften, dabei bin ich seinetwegen überhaupt erst so wütend geworden.

Als die Pasta endlich fertig ist, ist mir der Appetit vergangen. Quentin und Charlie essen ihren Teller leer, was mich ein wenig aufheitert – doch dann drängt Charlie meine Mutter, wenigstens etwas zu probieren. Mit den Worten: »So übel ist das gar nicht.« Es klingt, als hätte ich ihm Essen mit abgelaufenem Verfallsdatum vorgesetzt. Am Ende hockt meine Mutter, wie ein bockiges Kind, vor Toast und Tee.

# Kapitel 16

## *Lottie*

Nachdem ich einen weiteren Vormittag erfolglos mit der Jobsuche verbracht habe, treffe ich mich mit Georgia bei Lawlor's zum Mittagessen. Es ist viel los, es dauert lange, bis wir unsere Bestellung aufgeben können. Ich nehme einen Kaffee – in meinem Portemonnaie sind nur noch wenige Dollar und ein paar Zerquetschte. Georgia wählt Erbsensuppe, einen Gartensalat und ein Stück Kokoscremetorte, das sie zusammen mit der Suppe haben möchte. Mir erscheint das ziemlich ungewöhnlich, aber sie könne, so erklärt sie mir, kaum noch etwas schmecken, wenn sie nicht zuvor Süßes gegessen habe, da sie ständig backe und daran gewöhnt sei, das Dessert zuerst zu essen.

»Willst du gar nichts bestellen?«, fragt sie.

»Ich hab schon gegessen«, lüge ich. Von den vielen Gerüchen knurrt mir der Magen, was zum Glück im allgemeinen Trubel niemand bemerkt. Ich hätte mich gar nicht mit Georgia zum Essen treffen sollen, doch sie hatte am Telefon ganz verzweifelt geklungen.

»Alles okay?«, frage ich, denn sie sieht so aus, wie sie sich angehört hatte. Sie wickelt ihr Besteck in die Papierserviette und wieder aus. Offensichtlich ist sie mit den Gedanken irgendwo anders.

»Ich wollte dich etwas fragen«, sagt Georgia sehr nervös. Ängstlich verknotet sich mein Magen. »Wenn Joseph nicht in jener Nacht gestorben wäre … glaubst du, dass wir dann immer noch glücklich wären?« Georgia sieht beschämt zur Seite, und zu Recht. So eine dumme Frage, denn das spielt doch wirklich keine Rolle.

Aber irgendetwas muss passiert sein, sonst hätte sie diese Frage nicht gestellt. Georgia hat noch niemals etwas geäußert, was man als Zweifel an ihrer Ehe deuten könnte. Sie spricht immer nur davon, dass sie und Joseph füreinander bestimmt gewesen seien und das Schicksal sie in jener Nacht des Schneesturms zusammengeführt habe. Dass sie sich vor dem Traualtar absolut sicher gewesen sei und sich bei Joseph immer so behütet gefühlt habe. Niemals hat sie ihre gemeinsame Zukunft skeptisch betrachtet.

»Warum fragst du?«

»Neulich abends, als wir uns getroffen haben … Nachdem du weg warst, haben Prissy und ich noch ein wenig gequatscht, und sie hat so eine Andeutung gemacht. Wenn Joseph nicht gestorben wäre, meint Prissy, wären wir vielleicht gar nicht so glücklich geworden, wie ich glaube. Und seitdem frage ich mich, ob ich Joseph und mein Leben mit ihm verkläre. Vielleicht waren wir gar nicht das perfekte Paar. Was, wenn Prissy recht hat? Ich habe bis zu diesem Moment niemals an meiner Ehe gezweifelt.«

Weiß der Teufel, warum Prissy auf solche Ideen kommen sollte. Georgia scheint deswegen immer noch den Tränen nahe. So etwas kann Prissy unmöglich gesagt haben. »Vielleicht hast du sie missverstanden«, wende ich ein, aber Georgia schüttelt den Kopf.

»Nein, ich habe sie nicht missverstanden.«

»Georgia«, sage ich, »es spielt keine Rolle, denn Joseph ist tot. Warum zerbrichst du dir den Kopf über etwas, das vielleicht passiert wäre, vielleicht auch nicht?« Ich versuche wirklich, Geduld und Mitgefühl aufzubringen, doch es fällt mir schwer. Ich habe zu viele andere Dinge im Kopf, mein leeres Bankkonto, all die Rechnungen, auf denen fett *Letzte Mahnung* steht, und meine schwindenden Essensvorräte. Ich würde gerne hier sitzen und mit Georgia alle möglichen Szenarien erörtern, aber ich kann mir den Luxus, den ganzen Tag hinter einem toten Mann herzujammern, nicht einmal in Gedanken leisten. Wenn ich nicht so große Geldsorgen hätte, würde ich vielleicht auch mehr über Ches und die Gründe für seinen Selbstmord nachdenken – andererseits wäre ich bald verrückt, wenn ich nur noch darüber nachgrübeln würde, warum sich mein Mann umgebracht hat.

»Was, wenn er mich eines Tages nicht mehr geliebt hätte?« Georgias Stimme zittert allein bei der Vorstellung dieser vagen Möglichkeit.

Ehrlich gesagt finde ich schon, dass Georgia ihre Ehe idealisiert. Kein Mann auf der Welt hat nicht wenigstens eine nervende Unart. Joseph hat doch sicher auch seine dreckige Wäsche herumliegen lassen und seine Körperhaare im Waschbecken verstreut, aber entweder hat Georgia so etwas vergessen, oder es hat sie niemals gestört. Es gibt keine Gewähr, dass sie einander noch geliebt hätten, aber das zu sagen, bringe ich nicht fertig. »Natürlich wärt ihr noch glücklich«, sage ich. »Ihr beide wart füreinander bestimmt.«

Georgia hat gehört, was sie hören wollte, und wirkt erleichtert. Mein Kaffee kommt, mit einem Päckchen Zucker und einem Plastikdöschen Kaffeeweißer. Ich bin an den bitteren Geschmack nicht gewohnt, und Georgia sieht mich komisch an, weil ich nicht wie üblich Tee trinke. Ich erkläre ihr, dass meine Jobsuche festgefahren ist und ich dringend Koffein für einen Energieschub brauche.

»Wie läuft es denn?«

»Mies. Hier in der Gegend gibt's kaum Jobs, und außerdem hab ich keinerlei Berufserfahrung.« Die Arbeitssuche ist nicht nur eine ernüchternde, sondern eine geradezu beschämende Erfahrung. Tag für Tag ziehe ich von Geschäft zu Geschäft, durch Carbonear, Bay Roberts und jedes Städtchen im Umkreis. Ich fülle Bewerbungsformulare aus, bei deren Anblick ich mich schon geschlagen gebe. Und wenn ich meine Bewerbung, auf der ich außer Namen, Adresse und Telefonnummer keine Angaben machen konnte, einem Angestellten in die Hand drücke, der halb so alt ist wie ich, brennt mein Gesicht vor Scham. Ich habe keine Ausbildung, keine Berufserfahrung, keine Ehrenämter, nicht einmal eine E-Mail-Adresse.

Ich hatte sogar schon mit dem Gedanken gespielt, meine Eltern anzurufen und um ein Darlehen zu bitten, aber dann war mir aufgegangen, dass von meiner Familie niemand zu Ches' Beerdigung gekommen war. *Mom und Dad schaffen die weite Reise nicht.* So zumindest hatte meine Schwester sie entschuldigt. Ihre eigene Ausrede hatte gelautet, sie müsse zu Hause bleiben und sich um unsere Eltern kümmern, denn sie könne sie nur wenige Stunden alleine lassen. Damals hatte es mich nicht weiter berührt, denn ich war völlig betäubt, und Ches hätte sich sowieso nicht gefreut.

Es ist lange her, dass ich meine Eltern um Geld gebeten habe. Damals war Marianne erst wenige Monate alt, und Ches und mich hatten die Kosten für Windeln und Babynahrung eiskalt erwischt. Ich hatte Billigprodukte gekauft, um Geld zu sparen, aber Marianne brauchte alles in null Komma nichts auf. Ich war damals so erschöpft, dass ich kaum über das nächste Fläschchen und die nächste Windel hinausdenken konnte, aber als ich mich eines Tages dabei beobachtete, wie ich ein Fläschchen mit Wasser verdünnte, damit es für die Nacht reichte, wurde ich panisch. Nicht, dass Ches das Geld vertrunken hätte, damals noch nicht. Wir hatten einfach keins, es war Sommer, und Ches arbeitete nur im Herbst und Winter und manchmal im Frühling, wenn es kalt genug für die Eisbahn war. »Ich kann meine Eltern fragen«, sagte ich damals. »Sie werden ihr einziges Enkelkind schon nicht verhungern lassen.« Doch das machte Ches so grimmig, dass er mit der Faust die Schlafzimmerwand durchschlug und sagte, meine Eltern sollten sich zum Teufel scheren. Ich konnte ihm keinen Vorwurf machen. Meine Eltern hassten Ches. Nicht, weil er mich geschwängert hatte. Das konnten sie ihm verzeihen. Was sie nicht verwinden konnten, war die Eheschließung.

Ich fütterte Marianne die nächsten drei Male mit Kuhmilch und sah mit unerträglich schlechtem Gewissen zu, wie sich meine kleine Tochter vor Schmerzen krümmte und dann die Hälfte wieder ausspuckte. Die Grenze war erreicht, als ich Marianne eines Morgens zwei Stunden lang in ihrer nassen Windel liegen ließ, weil ich nur noch zwei saubere hatte. Bei der Vorstellung, dass sich Mariannes babyweiche Haut an der uringetränkten Windel scheuerte, musste ich weinen. Ich fragte mich, was Ches eher ertragen könnte: sich an meine Eltern zu wenden oder an das Sozialamt. Beides bedeutete einen Angriff auf seinen Stolz, aber das Wohlergehen meiner Tochter war wichtiger. Schließlich bat ich meinen Vater um Hilfe und drängte ihn zugleich, es Ches nicht zu sagen.

Mein Vater versuchte mich zu überzeugen, Ches zu verlassen, doch ich war voller idealistischer Hoffnung, dass wir es schaffen würden. Am Ende lenkte mein Vater ein und gab mir 200 Dollar.

Ches fand es heraus. Das war leicht, denn plötzlich klagte ich nicht mehr über Geldsorgen. Wenn ich ihn weiter bedrängt hätte, wäre es ihm wahrscheinlich kaum aufgefallen, aber ich hatte nicht die Energie, ständig mit ihm zu streiten. Er war, wie erwartet, stinksauer, nahm mir das Geld ab und ging zur Legion. Er betrank sich so sehr, dass er auf dem Rückweg im Straßengraben schlappmachte und von drei Saufkumpanen nach Hause getragen werden musste. Ich verließ ihn am nächsten Tag, noch während er seinen Rausch ausschlief. Ich blieb einen Monat mit Marianne bei meinen Eltern, versprach meiner Mutter, nicht zu Ches zurückzugehen, und wusste innerlich, dass ich es am Ende doch tun würde.

Als Ches zu uns kam, sah er furchtbar aus, als würde er ohne uns verkümmern. Er war bleich, unrasiert und hatte abgenommen. Er wollte unbedingt Marianne auf den Arm nehmen, was schon seltsam war, denn sonst hatte er meine Bitte, mir Marianne abzunehmen, immer abgelehnt, besonders wenn sie weinte, quengelig war oder eine frische Windel brauchte.

»Ich mache einen Lehrgang«, verkündete er. »Sicherungsposten. Dann find ich auch im Sommer Arbeit. Im Sommer wird immer irgendwo gebaut, und ich kann sicher hier und da mal ein paar Stunden arbeiten. Wir kommen schon klar«, versprach er und schluckte nervös. Sein Adamsapfel wanderte an seinem stacheligen Hals auf und ab. Natürlich hat er sich niemals bei einem Lehrgang angemeldet, sich niemals um einen Job im Baugewerbe bemüht, aber in dem Moment hatte ich das Gefühl, dass er mich brauchte, obwohl er mir versicherte, *er* wolle sich um *uns* kümmern. Ich packte meine Sachen, und meine Eltern brüllten dazu, ich würde diese Entscheidung bereuen. Natürlich hatten sie recht, aber ihnen ging es weniger um mein Wohlergehen als darum, recht zu behalten.

Ches hat mich gebraucht, weil nur ich ihm das Gefühl gegeben habe, etwas wert zu sein. Das ist lange her, und in letzter Zeit war mir Ches kaum etwas wert. Ich habe meinen Mann nicht getötet, aber ich fühle mich trotzdem verantwortlich. Und nun sitze ich ohnmächtig da mit all meinen Schulden, finde keine Arbeit, und gestern Abend ist auf der hinteren Veranda auch noch eine Glühbirne kaputtgegangen, und ich habe nicht die geringste Ahnung, wie ich sie wechseln soll. Ches beobachtet mich sicher vom Himmel oder von der Hölle aus und lacht sich ins Fäustchen. *Na, wer ist hier der Dumme?*

Nach einer halben Stunde bekommt Georgia endlich die Suppe und den Kuchen, obwohl die Suppe wahrscheinlich schon seit Stunden auf dem Herd steht. Die Kellnerin wirkt gehetzt und entschuldigt sich. Es fehle an Personal.

»Meine Freundin Lottie sucht gerade einen Job«, informiert Georgia die Kellnerin und öffnet dabei ein Paket Cracker. Mir ist das furchtbar peinlich. »Vielleicht kann sie ja mit dem Geschäftsführer sprechen.«

»Ich sag ihm hinten Bescheid«, erwidert die Kellnerin und rauscht unter den mitfühlenden Blicken eines Lokals voller hungriger, aber geduldiger Menschen davon.

Als Georgia ihre Suppe aufgegessen hat, ziehe ich meine Jacke an. Ich will endlich nach Hause und mir etwas Toast machen.

»Du kannst jetzt nicht gehen«, beharrt Georgia. »Du hast noch nicht mit dem Geschäftsführer gesprochen.«

»Der stellt mich sowieso nicht ein«, sage ich niedergeschlagen. »Ich hab keine Erfahrung als Kellnerin, und wer will schon jemanden einstellen, den man erst anlernen muss?« Ich kenne doch die Argumente, ich habe sie allein heute dreizehn Mal gehört.

»Natürlich hast du Erfahrung«, sagt Georgia, und ich frage mich, ob sie unter Wahnvorstellungen leidet. »Du warst wie lange verheiratet, sechzehn Jahre? Und hast eine Tochter im Teenageralter? Ist das etwa keine Erfahrung?«

Ich schließe die Augen und höre plötzlich, wie Ches mich herumkommandiert: *Lottie, die verdammten Eier sind zu weich. Lottie, hol mir gefälligst Eis für mein Soda. Warum ist keine Zitrone in meinem Tee? Du musst die Mayonnaise auf die eine, die Butter auf die andere Hälfte streichen.* Dann meldet sich Marianne: *Noch was Limonade, bitte. Mom, der Sirup vermatscht meine Pfannkuchen. Ich will die Sauce aber nur auf den Kartoffeln. Mir ist die Gabel runtergefallen. Kannst du mir die Kruste vom Brot abschneiden?* Andere zu bedienen ist möglicherweise das Einzige, was ich wirklich kann. Es dauert noch fast zwei Stunden, bis es endlich leerer wird und der Geschäftsführer Zeit für mich hat. Fünf Minuten später stellt er mich ein.

# Kapitel 17

## *Georgia*

Ich breche früh meine Zelte auf dem Markt ab, denn es zieht Nebel auf, und in einer halben Stunde werde ich wohl nicht einmal mehr die Person am Nachbarstand erkennen. Es ist kaum zu fassen, dass in wenigen Wochen wieder eine Saison vorüber sein soll und mich ein weiterer langer, einsamer Winter erwartet. Ausgerechnet die heftigen Schneestürme und eisigen Temperaturen, die Joseph und ich so liebten, hasse ich jetzt regelrecht. Im Winter kann Paradise Bay sehr trostlos und einsam sein. Mir vorzukommen, als wären Joseph und ich die einzigen Menschen auf der Welt, war wunderbar, aber mir vorzukommen, als sei ich die letzte Überlebende, ist unerträglich.

Im Rückspiegel schwinden Zelte und Besucher. Warum denke ich schon jetzt an den langen Winter? Es ist erst Ende August, vor uns liegen noch viele schöne Tage. Ich schalte das Autoradio an, meine Lieblingssendung läuft, die Talkshow des Ex-Politikers Gerald Gosse, dessen Vornamen die Anrufer immer in eine Silbe drängen: Jerld. Ich höre mir gerne die verschiedenen Meinungen an, sei es zu Politik, Wirtschaft, Bildung oder irgendeinem anderen Thema. Ich mag die Sendung wohl deshalb so, weil ich annehme, dass es den Anrufern wie mir geht und sie auch nicht den Luxus kennen, ihre Gedanken mit jemand anderem zu teilen.

Nach einer kurzen Teppichwerbung dröhnt Geralds Stimme erneut aus dem Radio. »Da sind wir wieder. Und wir haben eine Anruferin auf Leitung zwei.« Nach einer Pause folgt ein unsicheres »Jerld? Hallo?«.

»Legen Sie los, Sie sind auf Sendung«, animiert er die Anruferin.

»Sind Sie das, Jerld?«

»Ja, liebe Zuhörerin, und sagen Sie mir doch, wie Sie heißen und woher Sie anrufen.«

»Ich bin Lottie aus Paradise Bay.«

Mir klappt der Kiefer herunter, ich stelle lauter, gespannt und nervös zugleich.

»Was haben Sie auf dem Herzen, Lottie? Wollen Sie den bevorstehenden Besuch des Premierministers kommentieren?«, fragt Gerald. »Oder lieber das Blaubeerfestival in Brigus?«

»Nein, nein«, erwidert Lottie. »Ich will über Witwen reden.«

Wieso hat Lottie, die mir gegenüber so verschlossen ist, keine Hemmungen, bei einem Radiosender anzurufen und ihre Lebensumstände mit der ganzen Provinz zu teilen?

»Witwen? Na gut, worum geht es denn dabei? Sind Sie selbst Witwe?«, fragt Gerald.

»Bin ich.« In Lotties Stimme schwingt Stolz mit. »Mein Mann hat sich vor siebenunddreißig Tagen umgebracht.«

Es gibt nicht viel, was Gerald Gosse die Sprache verschlägt, aber das Radio bleibt fast fünf Sekunden lang still, bis er sich so weit erholt hat, dass er sein Beileid bekunden kann.

»Ist schon okay«, antwortet Lottie. »Ich bin einer Selbsthilfegruppe beigetreten, dem Witwen-Hilfe-Programm, kurz WIHP. Angefangen hat das hier in Paradise Bay, durch meine

Freundin Georgia Reid, die schmerzlich erfahren musste, dass es so etwas nicht gab. Ihr Mann ist vor fünf Jahren gestorben, und sie ist noch immer am Boden zerstört.«

Was Lottie anschließend sagt, höre ich nicht mehr. Mir stockt der Atem, ich starre das Radio an, als ob ich Lottie mit meinem Blick zum Schweigen bringen und daran hindern könnte, mich noch mehr öffentlich zu demütigen. Sie hat meinen Vor- und Nachnamen bekanntgegeben und der ganzen Provinz meine Trauer enthüllt. Ich spüre regelrecht die gerührten Blicke aller Zuhörer, sehe ihre mitleidsvollen Mienen vor mir. Die Vorstellung beschäftigt mich so sehr, dass ich die Kurve, die ich seit Jahren wie selbstverständlich nehme, übersehe. Die Reifen rutschen über den Straßenrand, auf eine steile Klippe zu, von der es einhundert Meter tief hinabgeht, ins Meer. Es gibt zwar ein Schutzgeländer, aber das wird mein Auto bei dieser Geschwindigkeit kaum bremsen. Das Herz schlägt mir bis zum Hals, ich schließe die Augen und warte auf das Gefühl des freien Falls. Eine nervöse Aufregung erfasst meinen Körper, im Bruchteil einer Sekunde gehen mir unendlich viele Dinge durch den Kopf. Es ist schon eine gewisse Ironie des Schicksals, dass sowohl Joseph als auch ich bei einem Autounfall ums Leben kommen. Ob Joseph mich auf die andere Seite begleiten wird? Wie werde ich ihn erkennen? Kann ich ihn sehen und berühren, oder werde ich einfach seine Präsenz spüren und wissen, dass er da ist? Werde ich wirklich Licht und einen Tunnel sehen? Und die drängendste Frage: Werde ich endlich von der klaffenden Wunde an meinem Herzen erlöst, die so gar nicht heilen will? Angst habe ich keine.

Aber mein Auto gelangt gar nicht bis zum Schutzgeländer, sondern streift einen vorstehenden Felsen. Der Wagen kommt abrupt zum Stehen, ich werde leicht nach vorne geschleudert, dann zwingt mich der Sicherheitsgurt zurück in den Sitz. Mein Herz pumpt immer noch Blut durch meinen Körper und transportiert Sauerstoff in mein flimmerndes Gehirn, das wissen will, was da gerade so entsetzlich schiefgegangen ist. Kein Tunnel, kein weißes Licht, nirgendwo ein Zeichen von Joseph. Ich habe mir nichts gebrochen, nichts geprellt, nichts geschnitten. Nicht einmal der Airbag hat sich ausgelöst, obwohl das Auto über die Straße hinausgerutscht ist und jetzt an der Böschung vom Nebel eingehüllt wird.

Ich kann mich nicht rühren, aber mich lähmt keine Verletzung, sondern Enttäuschung. Ich umklammere das Lenkrad, bis meine Knöchel weiß werden. Ich heule, verfluche Gott und alle Heiligen, in meinem Zorn verfluche ich sogar Joseph, weil er mich nicht geholt hat. Ich sollte aussteigen und mir den Schaden besehen, doch ich will nicht. Über mir fahren Autos vorbei, aber in dem dichten Nebel kann mich niemand sehen.

Ich kann nicht sagen, wie lange ich dort sitze, es muss ziemlich lange sein, denn es ist fast dunkel, als Freds panische Miene vor dem Wagenfenster erscheint. Er öffnet die Tür, löst den Sicherheitsgurt, befreit meine Finger vom Lenkrad und zieht mich aus dem Wagen. Seine Augen tasten mich Zentimeter für Zentimeter ab, seine Hände fahren über meinen Körper, auf der Suche nach Knochenbrüchen, Schnittwunden oder Prellungen. Ich lache dabei, und der hohle Klang ist fürchterlicher als die grässlichste Wunde.

»Ich habe nichts«, sage ich teilnahmslos. »Nicht mal einen Kratzer. Ich hatte wohl Glück.« Plötzlich finde ich die Ironie der Situation zum Schreien komisch und lache, kichere und bekomme Schluckauf, bis ich völlig erschöpft bin. Ich spüre

Freds Augen auf mir, er sieht mich voller Besorgnis an, und dafür hasse ich ihn noch viel mehr. Zwischen uns ist Schweigen, durchbrochen nur vom Meeresrauschen. Es klingt wie eine friedvolle Meditations-CD, dabei gibt es in meinem Leben keinen einzigen Hort des Friedens.

Tief aus meinem Innern entlasse ich ein Klagen, das hinab bis zum Meer wandert, von den zerklüfteten Felsen zurückgeworfen wird und zu mir zurückhallt. Ein grauenvoller Klang.

Ich protestiere nicht, als Fred mich am Ellbogen zu seinem Wagen führt. Ich weiß nicht, wohin wir fahren, und es interessiert mich auch nicht, aber als er in meine Einfahrt biegt, wird mir bewusst, dass ich auf keinen Fall dort hineingehen und die Last des Schweigens spüren will, die mich dort jeden Abend empfängt.

Fred scheint das zu spüren. Er bringt mich ins Haus, setzt mich aufs Sofa und macht mir Tee. Erst als er mir einen Quilt aus meinem Wäscheschrank holt und um die Schultern legt, merke ich, dass ich zittere. Ich höre, wie er den Kessel aufsetzt und Teebeutel, Zucker und Tassen aus den Schränken holt. Seit über fünf Jahren war er nicht in diesem Haus, und doch weiß er noch genau, wo alles steht, und bedient sich in den Schränken, als hätte er sein Leben hier verbracht. Ich höre seine Stimme, aber er spricht nicht mit mir. Er telefoniert.

»Er steht an der Nebenstrecke, etwa drei Kilometer vor Powers' Field. Kannst ihn von der Straße aus nich sehen, Al, du musst den Reifenspuren folgen. Schlepp ihn in die Werkstatt und guck mal, ob man ihn reparieren kann. Sieht aus, als wär's nur die Stoßstange und die linke Rückleuchte. Danke, mach's gut.« Das Telefon wird wieder auf die Basisstation gestellt, dann pfeift der Teekessel.

Fred reicht mir eine dampfende Tasse und setzt sich neben mich aufs Sofa.

»Soll ich jemandem Bescheid sagen?«, fragt er.

Ich schüttle den Kopf. »Ich habe niemanden, jetzt nicht mehr.« Meine Worte werden Fred wahrscheinlich wehtun, dabei wollte ich ihn nicht beschuldigen. Ich habe bloß eine Tatsache benannt. »Ich könnte hier Wochen tot rumliegen, bis es irgendjemand merkt.« Auch das ist eine Tatsache, an der es nichts zu rütteln gibt.

»Red doch nicht so ’nen Quatsch«, sagt er. »Du stehst unter Schock. Da ist man ein bisschen betäubt.«

Doch betäubt bin ich wirklich nicht. Betäubte spüren nichts, und diese Beschreibung trifft auf mich absolut nicht zu. Ich spüre alles – den Schmerz, die Einsamkeit, die Trauer, den Verlust – und das so intensiv, als würde mir ständig ein Messer ins Fleisch schneiden. »Du weißt nicht, was ich darum geben würde, betäubt zu sein, und wenn es nur einen Tag lang wäre. Nichts zu fühlen wäre für mich das größte Geschenk auf Erden.«

Freds Gesicht wird vom Schirm seiner Baseballkappe verschattet, aber ich weiß auch so, dass ihm das unangenehm ist. Ich habe nie ein offenes Wort mit Fred gewechselt, nicht einmal, als Joseph noch lebte, und nun, da ich Fred mein Innerstes entblöße, weiß er damit nicht umzugehen. Ich betrachte seine Hände, sie liegen gefaltet in seinem Schoß, braun und dreckig von der Arbeit auf der Farm. Er hat große Hände. Mein Blick wandert von seinem Schoß hinauf zum Hals, bis meine Augen auf den Bartstoppeln ruhen, die nach der morgendlichen Rasur schon wieder gesprossen sind.

Zu meinem Erstaunen nehme ich ihn auf einmal intensiv als Mann wahr. Wie es wohl wäre, seine Stoppeln auf meiner

Wange zu spüren, seine großen Hände auf meinem Rücken? Mich hat so lange schon niemand mehr berührt, und ich sehne mich so verzweifelt danach, wie von Joseph im Arm gehalten zu werden, dass mir heiß wird und meine Haut erwartungsvoll kribbelt. Ohne nachzudenken, drücke ich meine Lippen auf seine, aber er weicht zurück, als hätte ich ihm den Mund verbrannt.

»Bist du komplett irre geworden?«, platzt es aus ihm heraus.

»Tut mir leid«, stammele ich beschämt. Ich weiß nicht, warum ich so aufrichtig bin, wahrscheinlich, weil ich meinen Schmerz in Fred spüre. »Ich wollte nur einmal etwas anderes fühlen, nicht immer diesen andauernden Schmerz. Und ich glaube, du willst das auch.«

Nach diesem Eingeständnis gibt Fred meinem Wunsch nach, nimmt meinen Kopf unbeholfen in seine großen Hände und küsst mich. Tief in mir rührt sich etwas, ich ermutige Fred sanft, mit der zaghaften Erforschung meines Körpers fortzufahren. Ich bin erstaunt, welche Hitze mich durchstrahlt, und noch erstaunter, wie heftig mein Körper auf Freds Berührungen reagiert. Ich spüre, dass Fred hart wird, ich höre ein Stöhnen, das ich kaum als meine Stimme erkenne. Ich hätte nicht geglaubt, jemals wieder Lust zu empfinden, und doch liege ich erhitzt, hechelnd und nackt unter ihm und flüstere ihm Ermutigungen ins Ohr. Als Fred aber verschwitzt und erschöpft auf mir zusammensinkt, ziehe ich mich beschämt zurück.

Ich hatte während des Liebesakts nicht ein Mal an Joseph gedacht. Was für eine furchtbare Erkenntnis! Hätte ich mir vorgestellt, mit Joseph zu schlafen, ihn mit geschlossenen Augen vor mir gesehen, wäre mein Handeln beinahe verzeihlich. Doch ich war ganz bei der Sache, und Joseph ist mir überhaupt nicht in den Sinn gekommen. Erst jetzt, nackt unter meinem Quilt, wird mir Josephs Anwesenheit bewusst. Er ist hier, durch das Hochzeitsfoto auf dem Beistelltisch, hier durch das Barometer, das er vor vielen Jahren aufgehangen hat, um den nächsten Nor'easter vorherzusagen. Sein *Farmer's Almanac* liegt an seinem Platz auf dem Regal, einige Seiten haben Eselsohren, die Spuren von Josephs Händen. Die Schuldgefühle brodeln, ich kann kaum noch atmen.

Fred zieht seine Jeans an, seine behaarte Brust ist noch bloß. Ich habe ein so entsetzlich schlechtes Gewissen, weil ich meinen Ehemann betrogen habe, dass ich in die weichen Falten des Quilts heule. Fred kniet sich vor mich und bietet mir eine tröstende Hand, aber ich scheue seine Berührung, ich ekele mich vor ihm beinahe so sehr wie vor mir. Ich will, dass er geht, doch er steht nur dort mit den Händen in den Hosentaschen, als wüsste er nicht, was er tun soll.

»Ich kann mich nicht erinnern, dabei je eine Frau zum Weinen gebracht zu haben, aber ein gutes Zeichen ist das sicher nicht«, sagt er leichthin. Mir ist nicht nach Scherzen zumute.

»Du musst gehen«, flüstere ich. »Bitte, bitte geh.«

Er rührt sich noch immer nicht. Womöglich muss ich ihn gewaltsam hinauswerfen. »Alles okay?«, fragt er unsicher. »Ich könnte losgehen und uns was zu essen holen, und dann könnten wir drüber reden«, sagt er und zieht sein T-Shirt an. »Bei Dee gibt's super Fish and Chips. So in knuspriger Panade, mit hausgemachten Fritten, aus hiesigen Kartoffeln, und das weiß ich genau, weil Dee sie mittwochs bei mir kauft.«

»Ich habe gesagt, du sollst gehen«, sage ich mit mehr

Nachdruck. Glaubt er wirklich, dass mit Fish and Chips alles wieder in Ordnung kommt? »Ich möchte jetzt einfach nur alleine sein.«

»Hör zu, ich weiß, das ist seltsam, aber Joseph, er würde …«

»Nein!« Ich unterdrücke ein Schluchzen. »Wage es ja nicht, seinen Namen zu nennen. Und sag mir nicht, was sich Joseph wünschen würde, denn ich weiß, was er sich wünschen würde. Er würde hier sein wollen, bei mir. Also mach mir bloß nicht vor, dass er das hier gewollt hätte.«

Nun aber ist es Fred, der wütend wird und sich im Recht wähnt. »Ich mache niemandem etwas vor«, sagt er ruhig, und dann bin ich wieder alleine.

## Kapitel 18

# *Prissy*

Ich war zwar darauf gefasst, meinen Sohn betrunken zu erleben, schließlich hatte die Polizei mehrmals die Formulierung »unter Alkoholeinfluss« gebraucht, aber der Anblick, der sich mir auf der Polizeiwache in Carbonear bietet, bestürzt mich doch. Quentin wirkt wie ein Stromer, er riecht vage nach Erbrochenem und nach Doritos. Sein Freund, den ich nur als Boner kenne, ist auch dort. Ich schäme mich, weil ich meinem Sohn überhaupt erlaubt hatte, etwas mit einem anderen Kind zu unternehmen, von dem ich gar nichts weiß. Weder seinen Namen noch den seiner Eltern, keine Adresse, Telefonnummer, Notfallkontakt, nichts. Ich war so froh, dass Quentin sich einem anderen als seinem Onkel angeschlossen hatte, dass mir all diese Informationen unnötig erschienen. Boner hatte einen netten Eindruck gemacht, und die beiden wollten ja auch nur in der Stadt etwas essen und ein wenig herumbummeln.

Ein Polizist liest mir vor, welche Vorwürfe gegen meinen Sohn erhoben werden: Trunkenheit in der Öffentlichkeit, Alkoholkonsum bei Minderjährigen und Diebstahl. Quentin hat immerhin den Anstand, zerknirscht auszusehen, selbst in seinem alkoholisierten Zustand.

»Haben Sie Fragen, Ma'am?«, erkundigt sich der Polizist.

Fragen? Natürlich habe ich Fragen. Unzählige Fragen. Zum Beispiel, wie Boner wirklich heißt, oder wie es meinem Sohn gelungen ist, vor einem Supermarkt in einen Lieferwagen zu schlüpfen und daraus zwei Sechserpack Bier und eine Schachtel Doritos zu stehlen. Ich will wissen, was nun mit Quentin geschehen wird. Wie die Strafe für all diese Vergehen lautet und ob mein Sohn vor Gericht erscheinen muss. Ich habe so viele Fragen, dass ich sie kaum überblicken kann, und dennoch verlangt es mich nicht wirklich nach Antworten.

»Nein.« Ich will nur mein Kind mitnehmen und die Polizeiwache so schnell wie möglich verlassen. Ich unterschreibe ein Formular, mit dem ich bestätige, dass mein Kind in meine Obhut übergeben wird, und ein weiteres, auf dem ich verspreche, ihn zu einem späteren Zeitpunkt zu einer Anhörung zu bringen. Als ich gerade gehen will, kommt Boners Vater. Wir beäugen uns misstrauisch. Natürlich hält jeder das Kind des anderen für den schlechten Einfluss und das eigene für den kleinen Engel. Quentin gilt offensichtlich als die üble Saat, da er aus Toronto stammt, gefärbte Haare und keinen Vater hat.

»Noch eines«, sagt der Polizist. »Ihr Sohn behauptet, sein Vater sei verstorben.«

Aus reiner Gewohnheit nicke ich. Doch das geht zu weit. Die Nachbarn anzulügen, ist zwar verwerflich, aber nicht ungesetzlich. Die Polizei zu belügen, wage ich nicht. Nachdem mein Sohn gerade verhaftet wurde, lande ich womöglich im Gefängnis oder, was wahrscheinlicher ist, stehe zumindest als unfähige Mutter da.

»Nun, nicht wirklich. Wir … wir lassen uns scheiden«, sage ich. »Sein Vater befindet sich momentan in Toronto.«

Der Polizist sieht mich misstrauisch an, und ich fürchte schon, dass er meine Personalien überprüft oder mich festsetzt. »Ich muss den Vater benachrichtigen«, erklärt er, und ich nicke resigniert und kritzle Howies Nummer auf einen Zettel.

Als wir endlich zu Hause sind, lege ich Quentin aufs Sofa, decke ihn zu, mache mir einen Tee und warte darauf, dass Howie anruft und mir Fragen stellt, die ich nicht beantworten kann. Ich bin so wütend auf Quentin, dass ich ihn am liebsten schütteln, ihn fragen würde, was er sich in drei Teufels Namen dabei gedacht habe, so eine Dummheit zu begehen, aber meine Mutter bemüht sich sehr, den Vorfall herunterzuspielen.

»Die Jugend experimentiert nun mal rum«, sagt sie. »Wir haben früher alle Dummheiten angestellt. Selbst du.«

Ich werfe ihr einen ärgerlichen Blick zu. »Verhaftet worden bin ich nie«, frische ich ihre Erinnerung auf.

»Nein, aber geheiratet hast du.«

Ich will sie gerade fragen, wie sie das denn meint, da klingelt mein Handy. »Das ist Howie.«

»Du hast es ihm erzählt?« Mom ist fassungslos.

»Gar nichts hab ich ihm erzählt. Das war die Polizei.«

Meine Mutter schüttelt den Kopf, als hätte ich das Ende der Welt verkündet. Dass Howie von Quentins Verhaftung weiß, verkraftet sie weit schlechter als die eigentlichen Eskapaden.

»Hallo«, sage ich.

»Prissy, was ist passiert?« Howie klingt unerwartet ruhig. Doch er war immer sehr ausgeglichen, und wenn er jetzt nicht losschreit, wird ihn nichts aus der Fassung bringen.

»Quentin hat ein bisschen Ärger am Hals«, antworte ich und frage mich, was bei mir wohl als »viel Ärger« gilt.

»Das habe ich dem Bericht der Polizei entnommen«, entgegnet Howie sarkastisch.

»Jetzt schläft er gerade.« Hat sich nicht mehr auf den Beinen halten können, trifft es besser. »Ich rede morgen früh mit ihm. Vielleicht sollten auch wir so lange warten.« Ich bin erschöpft und erschlagen und nicht in der Stimmung, solch eine Unterhaltung mit Quentins Vater zu führen.

»Prissy?« Howie zögert. »Es wird sowieso bald Zeit.«

»Zeit wofür?«

»Der August geht zu Ende. Der Sommer ist vorbei, Prissy. Quentin muss in wenigen Wochen wieder zur Schule. Er sollte nach Hause kommen.«

Ich erwidere nichts, ich verdaue noch immer, was ich gerade gehört habe. Der Sommer hat doch gerade erst begonnen! Ich bin jetzt nicht bereit, Quentin gehen zu lassen. Ich bin selbst nicht bereit, nach Toronto zurückzukehren und mich all dem zu stellen. Im Moment kann ich mir gar nicht vorstellen, jemals zurückzugehen.

»Ich komme übermorgen und hole ihn«, sagt Howie so autoritär, dass ich mich nicht widersetze. Außerdem hatten wir es im Juni so verabredet.

»Das ist für ihn im Moment das Beste«, fährt Howie fort, als hätte ich ihm widersprochen. »Er sollte in seiner vertrauten Umgebung sein, bei seinen Freunden, in seiner Schule.«

Ich nicke bedächtig und höre Howie vor Erleichterung seufzen, als hätte er meine Reaktion gesehen. Ich schaue zu Quentin. Er liegt fix und fertig auf dem Sofa und schläft. Meine Wut verraucht. Ich küsse ihn auf die Wange und vermisse ihn jetzt schon.

## Kapitel 19

# *Lottie*

Im Restaurant sind fast nur Stammgäste. Umso mehr fällt der Fremde auf, der das Lokal betritt und sich hinten in eine ruhige Nische setzt. Irgendwie kommt er mir bekannt vor, aber mir fällt absolut nicht ein, woher. Ich nehme Stift und Notizblock und gehe zu dem neuen Gast, um ihm das Frühstücksangebot aufzusagen, das sich in dem Monat, in dem ich hier nun schon arbeite, noch kein einziges Mal geändert hat.

Kaum zu glauben, dass ich einen ganzen Monat durchgehalten habe! Ich war fest davon überzeugt, ich würde nach einer Woche gefeuert – falls ich nicht selbst gekündigt hätte. Meine Uniform saß zu knapp und beengte mich, aber es war mir zu peinlich, um Ersatz zu bitten. Meine Füße schmerzten nach jeder Schicht, an den Fersen bildeten sich Blasen. Aber mir bereiteten gar nicht so sehr die körperlichen Strapazen Sorgen, sondern meine vielen Fehler. Ich brachte Vollmilch statt fettarmer Milch, normalen Kaffee statt entkoffeiniertem. Ich servierte einem Diabetiker ein Schokoladeneclair und setzte einem Vegetarier einen Fleischteller vor.

Auch mit der Kasse hatte ich Probleme. An meinem zweiten Tag gab mir ein Gast elf Dollar, seine Rechnung belief sich auf $ 5,78. Ich gab ihm die Ein-Dollarmünze zurück, denn zehn Dollar reichten ja, aber er bestand darauf, dass ich den Dollar nahm. Ich dachte, es wäre Trinkgeld, bedankte mich und steckte die Münze in meine Schürzentasche. Der Gast lachte und sagte, er wolle doch bloß einen Fünf-Dollarschein zurück. Ich bin feuerrot geworden, als er mir daraufhin das Wechselgeld vorrechnete und mich fragte, ob ich neu sei, wobei »neu« wie inkompetent klang.

Aber als der erste Gehaltsscheck kam, hielt ich den Umschlag so selig in Händen wie einen Lottoschein mit sechs Richtigen. Die folgende Schicht arbeitete ich mit neuer Entschlossenheit, und nachdem ich meine Abrechnung auf Heller und Pfennig erledigt und mich vom Dienst abgemeldet hatte, ging ich zur Bank und eröffnete ein Konto, ein eigenes Konto. Dann kam das Scheckbuch mit der Post, in braunes Papier eingewickelt, wie ein Weihnachtspäckchen. Ungeduldig riss ich das Papier auf und fuhr mit den Fingern über meinen Namen, der dort in Großbuchstaben stand.

Der neue Gast in seiner einsamen Nische liest eine Broschüre mit dem Titel *Einführung in das Jugendstrafrecht*. Als er mich hört, versucht er rasch, das Heft verschwinden zu lassen, als hätte ich ihn beim Lesen eines unanständigen Magazins ertappt. Er könnte Fernsehreporter sein, er wirkt so seriös. Er trägt eine Stoffhose, die unter dem Knie endet, und ein blaues, enges T-Shirt, das seine gute Figur betont. Sein Haar ist kurz geschnitten und von grauen Strähnen durchzogen, besonders an den Schläfen. Er trägt eine Sonnenbrille, und ich frage mich, wie er in dem dunkel vertäfelten Lokal überhaupt lesen kann. Er kommt mir immer bekannter vor, und ich zermartere mir das Gehirn.

»Guten Morgen«, sage ich. »Interessiert Sie unser Frühstücksangebot?«

»Nur Kaffee«, sagt er und weist auf die Stelle hinter der Theke, wo die Kannen warten.

»Ach was, Sie seh'n so hungrig aus.« Ich muss ihn unbedingt dazu verleiten, länger zu bleiben, denn vielleicht fällt mir doch noch ein, wer er ist. »Das Tagesangebot sind zwei Eier nach Wahl. Also Rührei oder Spiegelei, wir pochieren keine Eier. Die Gäste aus St. John's wollen immer Eggs Benedict, aber so einen Firlefanz machen wir hier nicht. Also, zwei Eier, als Rühr- oder Spiegelei, mit Speck oder Wurst und Toast mit Marmelade und Butter. Cheez Whiz oder Erdnussbutter kosten zehn Cent extra. Dazu gibt's Saft und wahlweise Kaffee oder Tee.«

»Ich möchte Kaffee.«

»Und wie hätten Sie die Eier gerne?«

»Ich will keine Eier. Nur Kaffee.«

»Oh.« Ich bin enttäuscht und ausgesprochen verwirrt, denn ich hatte verstanden, dass er Kaffee statt Tee zu seinem Frühstück wollte. »Also wollen Sie das Frühstücksangebot gar nicht?«

»Nein, kein Frühstücksangebot. Nur Kaffee bitte.« Der leicht ärgerliche Unterton in seiner Stimme kränkt mich.

»Ich kann den Koch bitten, den Grill anzuwerfen, wenn Sie lieber Mittag essen wollen. Er macht Ihnen bestimmt einen Hamburger oder ein Truthahnsandwich. Dazu hätten wir Fritten oder Kartoffelbrei, und bei uns gibt's die besten Fritten weit und breit, denn wir kaufen sie vor Ort, von Fred. Er sitzt übrigens da drüben an der Theke«, sage ich und weise mit dem Stift auf Fred. »Schon komisch, dass er jetzt für seine eigenen Kartoffeln zahlt, finden Sie nicht?«

»Könnte ich bitte einfach einen Kaffee haben?« Der ärgerliche Unterton wird deutlicher.

»Schön, dann nur einen Kaffee«, sage ich freundlich, aber mir gefällt sein Ton nicht, und deshalb muss ich ihn noch ein wenig piesacken. »Wie darf ich Ihnen den Kaffee servieren? Mit Vollmilch, zwei- oder einprozentiger Milch, entrahmter Milch, fettarmer Sahne, normaler Sahne, Kondensmilch oder laktosefreiem Kaffeeweißer? Mit Zucker, Süßstoff oder Honig?«, frage ich mit ebenso süßer Stimme.

»Schwarz, bitte.«

Ich nehme mir die Kaffeekanne und mustere den Mann von der Theke aus. Alles an ihm erscheint mir vertraut – sein Gesicht, die Stimme, seine Bewegungen –, und doch fällt partout nicht der Groschen, wer er ist. Ich schenke ihm ein und lächle. »Und Sie wollen ganz sicher nichts essen? Ein Muffin? Kaffeegebäck? Nicht mal Erdnüsse?« Er schenkt mir ein halbes Lächeln, schüttelt den Kopf und wendet sich wieder seiner Broschüre zu.

»Was lesen Sie denn?«, frage ich.

»Nichts«, grummelt er und legt den Unterarm schützend über den Umschlag. »Danke«, sagt er herablassend. Ich gehe lieber, bevor er sich über mich beschwert. Als er mit dem Portemonnaie in der Hand zur Kasse kommt, bin ich noch immer ratlos.

»Bei Ihnen alles in Ordnung?«, frage ich.

»Alles bestens, danke.«

»Das macht einen Dollar fünfundzwanzig.«

Er reicht mir einen druckfrischen Zwanzig-Dollarschein, und da kommt mir eine großartige Idee. »Darf ich Ihren Ausweis sehen?«

Er schaut mich an, als wäre ich geistig umnachtet. Er hat offensichtlich die Nase gestrichen voll. Die Zeit der Höflichkeit ist vorbei.

»Ausweis? Wieso?«

»Hier sind falsche Zwanziger im Umlauf, und wir müssen uns schützen. Wenn ich Falschgeld annehm, wird's mir vom Lohn abgezogen.« Ich lächle freundlich und lobe mich innerlich für meine Schlagfertigkeit.

Der Mann sieht mich fassungslos an, seufzt vor Wut, folgt aber meiner Bitte und greift in sein Portemonnaie. Er reicht mir einen Führerschein, ausgestellt in Ontario, auf den Namen Howard John Montgomery. Ich lese den Namen, schaue auf das Foto und runzle verwirrt die Stirn. Ich versuche verzweifelt, mir das zu erklären.

Ich kämpfe gegen eine Ohnmacht und halte mich an der Theke fest. Die kleine Laminatkarte entgleitet meiner Hand und segelt sanft auf den Tresen. Ich lege eine Hand über den Mund, mustere Howie von Kopf bis Fuß und frage mich, warum ich ihn nicht gleich erkannt habe – abgesehen davon, dass ich natürlich nicht erwartet hatte, bei meiner Frühstücksschicht auf einen Toten zu treffen. Er wirkt älter und grauhaariger, aber ansonsten unverändert.

»Verzeihung?«, fragt er. »Ist alles in Ordnung? Ich habe bestimmt auch Kleingeld, falls der Schein ein Problem ist.«

Aus irgendeinem Grund kann ich nur an meinen Makkaroni-Auflauf denken. Jede Zutat war selbstgemacht. Ich habe auf meiner stumpfen Reibe Käse gehobelt, bis mir die Finger bluteten, ich habe am Herd gestanden und die Milch vorsichtig erhitzt, damit sie bloß nicht anbrennt, ich habe die Kruste gleichmäßig gebräunt, die Auflaufform in Folie gepackt und bin damit zu Prissy gegangen, nur um dort von Clara abgewiesen zu werden. Als mir das Ausmaß von Prissys Lügen bewusst wird, brennen mir die Wangen. Sie hat sich nicht nur Howies Tod ausgedacht, sondern auch noch eine Todesanzeige aufgegeben und eine Gedächtnisfeier arrangiert! Kein Wunder, dass sie niemandem in die Augen schauen kann, wenn die Sprache auf Howies Tod kommt.

Am meisten verstört mich die Tatsache, dass Prissy mich nicht eingeweiht hat. Sie war meine beste Freundin, meine einzige Freundin. Sie hätte mir ihr Geheimnis doch anvertrauen können, aber stattdessen hat sie auch mich getäuscht, und das schmerzt.

»Du weißt nicht mehr, wer ich bin, oder?«, sage ich leise, obwohl ich mich wirklich sehr verändert habe. Ich bin dicker, runder geworden, und von mir hat eine Müdigkeit Besitz ergriffen, die nahezu jede andere Eigenschaft ausgelöscht hat.

Der arme Kerl wirkt vollkommen verwirrt. »Nein, es tut mir leid«, sagt er. »Sollte ich?«

»Ich hab dich auch nicht gleich erkannt. Ich bin Lottie«, sage ich, lächle ihn an und strecke ihm die Hand entgegen. »Lottie Crocker. Ich war eure Trauzeugin.«

Seine Miene verrät, dass er mich wiedererkennt. »Oh, ja, natürlich«, sagt er augenscheinlich erleichtert. »Wie geht es dir?«, fragt er höflich.

»Mein Mann hat sich diesen Sommer umgebracht, aber davon abgesehen geht's mir gut.«

Howie tritt unbehaglich auf der Stelle, was ich ihm nicht verübeln kann. Der Tod macht grundsätzlich sprachlos, und bei Selbstmord erübrigen sich Phrasen wie »Er ist nun an einem besseren Ort«, »Seine Zeit war eben abgelaufen« oder »Gottes Wege sind unergründlich«. Howie wippt mit verschränkten Armen auf dem Absatz vor und zurück, während ich das Wechselgeld aus der Kasse nehme.

»Was genau ist zwischen dir und Prissy vorgefallen?«

»Das hat Prissy dir doch sicher längst erzählt.« Er schiebt die Hände in die Taschen.

»Prissy hat gesagt, du seist tot.«

Howie wirkt nicht, als wäre er leicht erregbar, aber wenn die zukünftige Exfrau den Tod ihres Mannes vortäuscht, ist es wohl schwer, ruhig zu bleiben. Seine Augen weiten sich, er zieht die linke Augenbraue hoch. »Verzeihung, wie war das?«

»Sie hat mir gesagt, du seist tot. Die ganze Stadt hält dich für tot.« Nun kann ich mich nicht mehr bremsen. »Prissy hat sogar eine Todesanzeige in die Zeitung gesetzt, in der stand, du seist an Krebs gestorben, und Clara erzählt überall, du hättest Hodenkrebs gehabt. Es gab sogar eine Gedenkfeier für dich. Sie war wundervoll, nicht zu übertrieben oder so, aber Prissy hatte schon immer Geschmack. Das weißt du ja am besten.«

Vorbei ist es mit der Fassungslosigkeit. Howie kocht vor Wut.

»Ich weiß nicht, was du ihr angetan hast, aber sie muss mächtig wütend auf dich sein.«

Er schluckt, dann dreht er sich um, obwohl ich noch sein Wechselgeld in der Hand halte. Er hat es wohl vergessen, oder es ist ihm egal. Jedenfalls möchte ich jetzt nicht an Prissys Stelle sein.

## Kapitel 20

# *Prissy*

Seit Howie angekündigt hat, dass er kommen und Quentin holen will, habe ich einen Knoten im Magen. Ich sollte die letzten Stunden unseres Sommers genießen, Quentin im Arm halten, mit ihm lachen, ihm sagen, wie sehr ich ihn liebe, wie stolz ich auf ihn bin, aber das erscheint mir angesichts seiner Verhaftung am Vortag etwas unangebracht. Ich fühle mich bei unserem gemeinsamen Frühstück, als säße ich im Todestrakt. Beim Gedanken an den bevorstehenden Tod kann man wohl kaum seine Henkersmahlzeit genießen.

Howie hat am Vorabend angerufen und gesagt, er wolle am Morgen herkommen, nach einem Anwaltstermin. Jetzt ist es fast elf Uhr, und ich rechne jeden Moment damit, dass er Quentin meinen Armen entreißt. Mein Magen zieht sich schmerzhaft zusammen. Ich versuche, nicht auf Quentins gepackten Rucksack zu schauen, der an der Hintertür wartet.

Charlie macht Anstalten aufzubrechen. Angeblich muss er zur Arbeit, aber er ist noch niemals morgens zur Arbeit geeilt. Er will sich nur die Abschiedsszene ersparen.

»Halt die Ohren steif, kleiner Scheißer«, sagt er, fährt seinem Neffen durchs Haar, und weg ist er.

Selbst Mom bleibt ungewöhnlich still. Ob es ihr, als ich mit Howie fortgezogen bin, so ergangen ist wie jetzt mir?

»Hast du deine Zahnbürste eingesteckt?«, frage ich.

Quentin zuckt mit den Schultern, was Ja oder Nein heißen kann, es scheint sowieso nicht wichtig. Ich will nur irgendetwas sagen, denn je länger wir schweigen, umso abgestandener wird die Luft.

»Du solltest dir am Flughafen Kaugummis kaufen«, rate ich. »Das hilft bei der Landung.«

Er gähnt.

»Und, freust du dich, deine Freunde zu sehen? Sie warten bestimmt ungeduldig auf dich.« Ich lächle freundlich, doch er zuckt nur wieder mit den Schultern. Allmählich bin ich es leid, mit mir selbst zu reden.

»Verdammt, Quentin, jetzt gib mir eine Antwort.«

»Lass ihn in Ruhe, Prissy«, schimpft meine Mutter. »Außer dir will niemand quatschen.«

Ich auch nicht, aber es ist besser, als um den Tisch herumzusitzen und auf das Ende der Welt zu warten.

»Ich will doch nur wissen, dass es ihm gut gehen wird«, sage ich zu meiner Mutter, als wäre Quentin nicht anwesend.

»Was kümmert's dich?«, fragt Quentin. Ich bin fassungslos. Er hat tatsächlich etwas geäußert, was einen kleinen Hinweis auf seine Gefühle gibt.

»Natürlich kümmert es mich«, sage ich sanft. »Warum nimmst du das Gegenteil an?«

»Weil sich niemand die Mühe macht, zu fragen, was ich will.«

Das ist allerdings wahr. Ich habe Quentin weder gefragt, ob er überhaupt nach Paradise Bay fahren, noch, ob er den Sommer mit mir verbringen wollte, noch, ob er bereit sei, wieder in Toronto bei seinem Vater zu leben. Ich habe alle Entscheidungen für ihn getroffen, gemeinsam mit Howie. Dafür gibt es gute Gründe, aber wie kann ich die Quentin erklären, ohne ihm den Eindruck zu vermitteln, dass ich ihn bevormunden will? Und bei all dem auch auf seine Gefühle Rücksicht nehmen will? Schließlich wäre es nicht fair, ihn zu zwingen, sich zwischen Vater und Mutter, die ihn beide lieben, zu entscheiden. Eine solche Last kann man einem Vierzehnjährigen nicht aufbürden, und darum versuchen wir, in seinem Sinne zu handeln.

»Quentin, ich habe all das nur getan, weil ich dich liebe und dich schützen will.« Das klingt trotzdem nach Bevormundung, aber ich komme nicht mehr dazu, mich näher zu erklären.

»Das ist doch Bullshit.«

»Das ist kein Bullshit«, erwidere ich. »Ich habe nur in deinem Interesse gehandelt, auch wenn du das nicht verstehst.«

»Genau das habe ich dir gesagt, Prissy, als du hergekommen bist«, sagt Mom zu mir. »Aber da wolltest du nicht auf mich hören.«

Ich verstehe wirklich bis heute nicht, inwiefern die Todesanzeige und die Gedenkfeier in meinem Interesse liegen könnten. »Und wovor willst du mich beschützen?«, frage ich kämpferisch, aber in diesem Moment erscheint ein ausgesprochen zorniger Howie.

»Prissy!«, brüllt er. »Mach auf und lass mich rein!« Er hämmert blindlings gegen die Tür. »Mach auf, Prissy, verdammt noch mal!« Außer sich vor Wut schlägt er gegen die Glasscheibe. Wenn ich ihm nicht auf der Stelle öffne, wird er womöglich die Tür eintreten.

»Spar dir die Worte, du oller Prahlhans«, ruft Mom. »Is' eh nicht abgeschlossen.« Howie tritt schäumend vor Wut in die Küche. Er war doch ganz gelassen, als er von Quentins

Verhaftung erfahren hatte, darum verstehe ich nicht, weshalb er jetzt so aufgebracht ist.

Offensichtlich weiß er nicht, wohin mit seiner Wut. Howie hat noch nie die Beherrschung verloren, nicht einmal, als ich vergessen hatte, dass er den Seniorpartner der Firma zum Essen mitbringen wollte und ich ihn an der Tür in Jogginghose und mit einer angenagten Pizza in der Hand empfangen habe. Er hechelt regelrecht, an den Schläfen rinnen Schweißbahnen hinunter. Selbst seine Haltung wirkt kampfbereit, die Füße stehen weit auseinander, die Hände sind zu Fäusten geballt. Er scheint große Mühe zu haben, seine rasenden Gefühle zu kontrollieren, und das kann ich ihm gut nachfühlen.

Quentin schluckt heftig, ich habe plötzlich Angst um ihn. Howie glaubt im Gegensatz zu mir an die strenge Liebe, aber im Moment spüre ich bei ihm keine Liebe, nicht einmal Strenge. Er wirkt geradezu gewaltbereit, und ich frage mich, ob ich ihm Quentin in diesem Zustand überlassen soll.

»Was ist denn los, Prissy? Hast du ein Gespenst gesehen?« Er lächelt mich an, kalt.

»Was meinst du damit?« Unglücklicherweise weiß ich genau, was er meint, und mir dämmert, dass ich der Grund für seinen Zorn bin. Ich kann Howie nicht anschauen und konzentriere mich auf den Boden – vielleicht tut er sich ja auf und verschluckt mich. Mein Herz schlägt so laut, dass es bis in meinen Kopf dröhnt.

»Hast du es genossen, allen zu erzählen, ich sei tot?« Howies Stimme klingt gefährlich ruhig.

»Das ist doch bloß ein Missverständnis«, flüstere ich.

»Wohl eher Wunschdenken«, wirft meine Mutter ein, aber Howie bringt sie mit einer Geste zum Schweigen. Dass meine Mutter gehorcht, erstaunt mich. Die einzige Person, die meiner Mutter den Mund verbieten konnte, war mein Vater, und auch das nur selten.

»Wenn's dir nichts ausmacht, Clara, möchte ich lieber mit der trauernden Witwe sprechen«, sagt Howie.

»Mom, Quentin, würdet ihr uns kurz entschuldigen?« Ich ziehe Howie zur Hintertür hinaus. Ein Windstoß wirbelt mir das Haar ins Gesicht, ich zittere, aber nicht vor Kälte. Wir stehen uns gegenüber, doch niemand spricht. Howie ringt um Beherrschung, ich schaue auf meine Füße.

»Es tut mir leid«, flüstere ich. »Es war nicht meine Idee, das schwöre ich.«

»Komm mir nicht mit dieser Scheiße, Prissy, ich bin's nämlich leid!«, brüllt er und hält mir drohend einen Finger vors Gesicht. »Du kannst nicht mit meinem Sohn an den Arsch der Welt ziehen und so tun, als wär ich tot!«

Auf seinem Gesicht zeichnet sich eine plötzliche Erkenntnis ab, gefolgt von neuer Wut. »Als ich damals hier war – da lief meine sogenannte Gedenkfeier.« Er fährt sich mit den Fingern durchs Haar und lacht mich grausam an. »Habt ihr euch hinterher schön über mich amüsiert? Ein paar Bier gekippt und gemeinsam darüber gelacht, was für ein Arschloch ich bin?«

»So war es nicht, Howie. Es war schön, geschmackvoll. Alle haben Gutes über dich gesagt. William Harnum hat mir sogar ausdrücklich erzählt, dass du ihm einmal geholfen hast, Feuerholz in seinen Laster zu laden. Er hat gesagt, du seist sehr … nett, für jemanden vom Festland.« Howies ungläubiger Gesichtsausdruck verrät mir, dass ich mich nicht so ausgedrückt habe, wie ich wollte. In seinen Ohren klinge ich bestimmt komplett wahnsinnig.

»Weiß Quentin das?«

Mein Schweigen ist Antwort genug, aber er will es unbedingt aus meinem Mund hören.

»Ich habe dich etwas gefragt. Weiß Quentin das?«

Ich verlagere nervös mein Gewicht aufs andere Bein. »Ja.«

Howie ballt die Fäuste und schüttelt fassungslos den Kopf. »Du machst mich echt fertig, Prissy, und als Mutter hast du vollkommen versagt.«

Er hat ja recht. Ich habe die ganze Stadt über das Schicksal von Quentins Vater belogen. Seit Quentin in meiner Obhut ist, hört er auf den Namen kleiner Scheißer, ist er weggelaufen und verhaftet worden. Das Produktivste, was er in der ganzen Zeit vollbracht hat, war sein Beitrag zum Sarg seiner Oma. Ich bin eine Rabenmutter. Ich blinzle die Tränen fort, aber das erweicht Howies Herz nicht. Seine Miene bleibt reglos.

»Sag meinem Sohn, ich warte im Wagen auf ihn«, faucht er. »Und beeil dich mit dem Verabschieden.«

Ich sehe ihm nach, sein Rücken wird immer kleiner, dann wende ich mich zum Haus. Dort steht Quentin. Offenbar wurde er Zeuge dieses hässlichen Streits zwischen seinen Eltern.

»Bin wohl nicht der Einzige, den man auf frischer Tat ertappt hat«, sagt er, lächelt mir verschwörerisch zu und wirft sich den Rucksack über die Schulter. Er gibt mir einen Kuss auf die Wange und geht langsam zum Mietwagen seines Vaters. Beim Öffnen der Autotür sagt Quentin zu ihm: »Tot warst du mir irgendwie lieber.« Ich möchte lächeln, doch ich kann nicht. Dabei hat Quentin, seit unserer Ankunft hier, mir gegenüber noch keine so nette Geste gezeigt.

Ich stehe machtlos da und winke, bis mein Arm schmerzt. Als das Auto verschwunden ist, breche ich in Tränen aus.

## Kapitel 21

# *Georgia*

Ich habe seit vier Tagen das Haus nicht verlassen, nicht seit ich mit Fred geschlafen habe. Ich habe kaum das Bett verlassen. Mich plagen derart heftige Schuld- und Schamgefühle, weil ich die Erinnerung an meinen Mann verraten habe, dass ich in den Keller und an die Kisten mit Josephs Sachen gegangen bin. Ich brauche jetzt seine Dinge um mich. Seinen Mantel habe ich vor den Schrank gehängt, seine Lieblingsturnschuhe auf die Türmatte gestellt. Seine Kaffeetasse habe ich wieder ins Regal geräumt, neben meine, und seine Brieftasche, mit dem abgelaufenen Führerschein und der Krankenversichertenkarte, habe ich ans Tischende gelegt, als hätte er sie vergessen und käme sie gleich holen. Ich habe mir Josephs Lieblingssweatshirt angezogen. Es ist mir zu groß, und die Ärmel reichen mir fast bis zum Knie, doch wenn ich mich darin einwickle und mich sehr konzentriere, kann ich unter dem muffigen Dunst des Kellers vage Josephs Geruch erahnen. Ich bitte ihn immer wieder um Verzeihung, ich sage ihm, wie leid es mir tut und was für ein entsetzlicher Fehler es war. Mir ist wohl bewusst, dass mein Benehmen etwas Abwegiges hat. Ich habe den Eindruck, mir selbst dabei zuzusehen, wie ich den Verstand verliere, aber ich kann nicht anders.

Es hämmert laut an der Tür. Ich habe Angst, dass es Fred ist. Er hat gestern zwei Mal vorbeigeschaut, aber ich habe mich im Bett verkrochen und mir die Laken über den Kopf gezogen, bis sein Wagen so laut und schnell davongebraust ist, dass ich regelrecht vor mir gesehen habe, wie Freds matschiger Stiefel seine Wut am Gaspedal ausgelassen hat. Als ich die gedämpfte Stimme einer Frau höre, öffne ich die Tür. Prissy steht dort, wütend und verzweifelt. Meine verschwollenen, roten Augen, mein ungewaschenes Haar oder die Tatsache, dass ich Männerkleidung trage, scheint sie gar nicht zu bemerken.

»Wie konntest du?«, bestürmt sie mich. Aus jedem Wort trieft Abscheu. Sie drängt sich an mir vorbei und stellt sich neben Josephs Liegesessel.

Wie hat sie das von mir und Fred bloß herausbekommen? Wahrscheinlich erzählt er es überall herum und prahlt mit seiner Eroberung. Ich fühle mich noch viel schlechter als vor fünf Minuten, was eigentlich kaum möglich scheint.

»Ich weiß nicht«, flüstere ich. »Ich wollte gar nicht. Es ist einfach passiert, und ich fühle mich entsetzlich. Ich schäme mich so«, sage ich und weine in meine Hände.

Da ich ihre Anschuldigung untermauert habe, weiß Prissy offenbar nicht mehr, was sie noch tun soll. Sie setzt sich aufs Sofa und schaut unendlich traurig und verloren aus. Ihre Reaktion auf meine Begegnung mit Fred erstaunt mich schon. Ich kann es mir nur so erklären, dass Prissy selbst ein Auge auf Fred geworfen hatte. Das wäre eine unwahrscheinliche Paarung, aber eine andere Theorie habe ich nicht.

»Es tut mir leid, es wird nie wieder vorkommen. Ich wusste ja nicht, dass du ihn magst, das schwöre ich.«

»Ich mag ihn nicht, ich hasse ihn«, stöhnt Prissy. »Jetzt ist Quentin fort, und Howie wird das beim Scheidungsprozess gegen mich verwenden. Ich kann mich dann glücklich schätzen, wenn ich meinen Sohn künftig zu Weihnachten sehen darf. Ich hoffe nur, du bist jetzt zufrieden.«

Natürlich bin ich nicht zufrieden, nur verwirrt. »Prissy, wovon in Gottes Namen redest du?« Doch Prissy hat keine Gelegenheit, mir zu antworten, weil Lottie an die Tür klopft und hereinkommt.

»Hey, Georgia«, sagt Lottie. »Alles okay? Fred war heute Morgen bei Lawlor's und sagt, dass du seit Tagen nicht auf dem Markt gewesen bist. Er hat mich gedrängt, nach Feierabend bei dir vorbeizuschauen. Aber Gott weiß, warum.« Als Lottie Prissy bemerkt, ändert sich ihr Benehmen schlagartig.

»Na, wenn das nicht meine beste Freundin ist, die notorische Lügnerin«, sagt Lottie. »Und, was heckst du jetzt wieder aus?«

Prissy blinzelt verwirrt, dann schaut sie Lottie an, als ginge ihr ein Licht auf. »Also, du warst das«, sagt Prissy ruhig und bedacht. »Durch dich hat Howie das mit der Todesanzeige erfahren.«

Lottie bestätigt Prissys Vermutung mit einem bösen Lächeln. »Du hättest sein Gesicht sehen sollen, als ich ihm von der Gedenkfeier erzählt hab.«

»Ich kann nicht fassen, dass du mir so etwas angetan hast«, sagt Prissy und schüttelt ungläubig den Kopf. »Du hast mein Leben ruiniert.«

»Du hast selbst dein Leben ruiniert«, giftet Lottie zurück.

Allmählich ahne ich, was vorgefallen ist.

»Warum hast du mich verraten?«, fragt Prissy mit der gleichen Inbrunst, mit der Jesus sich an Judas gewandt haben mag. »Ich dachte, wir wären Freundinnen.«

»Warum hast du mich belogen, Prissy? Ich hab dir Makkaroni-Auflauf gemacht ... aus frischen Zutaten«, fügt sie bedeutungssteigernd hinzu.

»Und ich hab dir Lasagne gemacht.«

»Mildred Peach hat die Lasagne gemacht, verdammt noch mal!«, kreischt Lottie, und Prissy gibt augenblicklich Ruhe.

»Mom hat mir gesagt, sie hätte die Lasagne gemacht«, sagt Prissy kleinlaut.

»Klar, deine Mutter macht ja ständig Lasagne«, erwidert Lottie sarkastisch. »Wenn ich daran denke, wie ich mit dir gelitten hab! Ich war total pleite und hab trotzdem für die Kanadische Krebshilfe gespendet! Du solltest dich schämen, Prissy. Ich hoffe, du bekommst zur Strafe selbst Krebs.«

Auf einmal wirkt Prissy nicht mehr wie ein waidwundes Tier. So habe ich sie noch nie erlebt. Die Augen werden zu schmalen Visieren, die Lippen spitzen sich wütend, sie wird zur Jägerin, bereit, es Lottie mit gleicher Grausamkeit heimzuzahlen. Sie macht mir Angst. »Wenigstens hat sich mein Mann nicht umgebracht, weil er mich und unsere Ehe nicht mehr ertragen konnte!«

Bevor der Streit ausartet, unterbreche ich ihn auf die einzige Weise, die mir einfällt – ich posaune mein entsetzliches Geheimnis heraus: »Ich habe vor vier Tagen mit Fred Bishop geschlafen.«

Prissy und Lottie verstummen. Sie drehen sich zu mir, als würden sie erst jetzt bemerken, dass eine dritte Person im Raum ist.

»Was? Warum?«, fragt Lottie. »Ich dachte, du hasst ihn.«

»Tu ich auch.«

»Und warum hattest du dann Sex mit ihm?«

»Deine Schuld«, sage ich zu Lottie. »Ich hab im Radio gehört, wie du dich lang und breit über Witwen ausgelassen hast, und ich war so schockiert, dass du in der Sendung über mich gesprochen hast, dass ich von der Straße abgekommen bin. Irgendwann hat mich Fred entdeckt und nach Hause gefahren.«

Prissy hat offensichtlich keine Ahnung, wovon ich spreche, doch Lottie scheint amüsiert. »Ist das eine Masche? Schläfst du immer nur mit Männern, die dich am Straßenrand aufgabeln?«

Die Parallelen zwischen meiner Begegnung mit Fred und meinem ersten Treffen mit Joseph hatte ich bisher gar nicht wahrgenommen. Diese Erkenntnis wühlt mich noch mehr auf. Ich breche in Tränen aus. Erst jetzt bemerken Prissy und Lottie all die Dinge, die sie in ihrem Ärger übersehen hatten: die abgewetzte Brieftasche auf dem Tisch, den Hockeyschläger neben der Haustür, gleich neben Josephs Turnschuhen, und an mir das Sweatshirt mit dem Logo der Paradise-Bay-Mülldeponie.

»Georgia, das ist gespenstisch«, sagt Lottie. »Joseph ist tot, du musst nach vorne schauen. Er ist tot, er kommt nicht wieder. Auch Ches ist tot und kommt nicht wieder.«

Prissy sagt nichts, denn jetzt wissen wir ja, dass Howie nicht das gleiche Schicksal ereilt hat. Irgendwie finde ich das noch trauriger.

Lottie beginnt damit, Josephs Sachen einzusammeln und in Kisten zu verpacken, während Prissy mir ein Bad einlässt. Ich will nicht, dass sie Josephs Sachen anfassen, aber ich sehe trotzdem schweigend zu, wie sich Lottie durchs Haus bewegt und mit sicherem Blick alle Dinge meines Mannes herauspickt. Sie ist so schnell und gründlich, als hätte sie das bereits geübt. Ob es in ihrem Haus noch irgendetwas von dem armen Ches gibt? Oder hat Lottie schon alle Spuren seiner Existenz getilgt?

## Kapitel 22

# *Prissy*

»Howie hatte eine Affäre?« Lottie ändert ihre Betonung nur so leicht, dass aus der Feststellung eine Frage wird. Ich nicke bestätigend. Ich hatte nicht mit Lotties Besuch gerechnet, nicht nach unserem hitzigen Wortgefecht, und doch sitzen wir nun in der Küche meiner Mutter bei Tee und Marmeladenkeksen zusammen, wie so unzählige Male zuvor. Als sie mit einem Fertiggericht als Friedensangebot vor der Tür stand, musste ich lachen. Ich hatte befürchtet, sie würde nie wieder mit mir sprechen, nachdem ich sie wegen Howie belogen und ihr auch noch die Schuld an Ches' Selbstmord gegeben hatte. Vor lauter Erleichterung nehme ich sogar in Kauf, dass sie mich über meine Ehe aushorcht.

Als sie »Mit wem hat er denn geschlafen?« fragt, muss ich passen. Ich habe eine vage Vorstellung, wie sie aussehen könnte, aber im Grunde weiß ich nichts. Sie könnte jung oder alt sein, mit langem oder kurzem Haar. Dick oder dünn, groß oder klein, europäischer Abstammung oder sonst was. Ich zucke mit den Schultern.

»Du hast keine Ahnung?« Lottie ist fassungslos. »Hast du ihn denn nicht gefragt?«

»Natürlich habe ich ihn gefragt«, antworte ich patzig. »Er ist mir ausgewichen. Ich weiß nur, dass er sie bei der Arbeit kennengelernt hat.« Damit kommt jede Frau in Frage. Howie vermietet Räumlichkeiten an alle möglichen Firmen, an Architekten, Anwälte, Hypothekenbanken, Buchhalter. Es könnte eine der vielen Frauen sein, die bei einer der Firmen angestellt sind, oder die Sekretärin, die ihm jeden Morgen Kaffee macht.

»Zum Beispiel die Sekretärin?«, fragt Lottie, als könnte sie meine Gedanken lesen. Es klingt furchtbar klischeehaft, und ich wollte nie, dass meine Ehe klischeehaft wird. Sie sollte märchenhaft sein. Beklommen stelle ich fest, dass sie zu einem abgedroschenen Stereotyp geworden ist.

»Also, wie geht's weiter?«, fragt Lottie. »Du bleibst 'ne Weile hier, lässt ihn zur Strafe ein wenig schmoren und wartest darauf, dass er zu dir zurückkommt?«

»Er kommt nicht zu mir zurück«, murmele ich. Lottie hört vor lauter Verblüffung auf zu kauen und tut so, als würde sie interessiert den Aufdruck auf der Kekspackung lesen.

»Dann ist er ein Idiot, und du bist ohne ihn besser dran«, sagt sie. Ihre Meinung rührt mich, auch wenn ich sie nicht teile. »Ich muss arbeiten. Ich hab heut die Abendschicht.« Lottie steht auf und stellt ihre leere Tasse in die Spüle. »Du kriegst das schon hin, Priss. So wie immer«, sagt Lottie, und ich ringe mir ein halbes Lächeln ab.

Lottie ist gerade fünf Minuten fort, da klopft es an der Tür. Bestimmt hat Lottie etwas vergessen. Ich öffne die Hintertür, aber dort steht ein junger Mann, in Anzug und Krawatte. Meine Mutter ruft genervt vom Wohnzimmer herüber, das sei sicher einer von den Zeugen Jehovas, und ich solle ihm die Tür vor der Nase zuknallen. Doch der Mann hält keine Bibel in der Hand, sondern einen großen braunen Umschlag.

»Priscilla Montgomery?«, fragt er. Mein Herz klopft nervös, als ich meinen vollen Namen aus dem Mund eines Fremden höre. Mein Mund ist trocken, ich kann nicht sprechen, also nicke ich. Er reicht mir den Umschlag, sagt, dass ich hiermit die Klage erhalten hätte, und wendet sich zum Gehen.

Ich spüre regelrecht den fragenden Blick meiner Mutter. »Das ist von Howie«, sage ich und schließe die Tür. »Genauer gesagt, von seinem Anwalt. Das sind die Scheidungspapiere, Mom«, erkläre ich angesichts ihrer verwirrten Miene. Am liebsten würde ich den Umschlag samt Inhalt ungelesen zerfetzen und in den Mülleimer stopfen. Aus den Augen, aus dem Sinn. Doch ich werfe den Umschlag auf den Küchentisch, setze mich betrübt hin und blicke ihn an.

»Willst du nicht reinschauen?«, fragt Mom, und ich zucke unsicher die Achseln.

»Ich hab Angst«, gebe ich zu. »Was, wenn er das alleinige Sorgerecht will? Ich würde es nicht ertragen, Quentin zu verlieren«, sage ich mit zitternder Stimme.

Ich hole vorsichtig die Papiere aus dem Umschlag und lege sie vor mir auf den Tisch. In den ersten beiden Zeilen werde ich als die Beklagte bezeichnet, was mir unter den gegebenen Umständen sehr passend erscheint.

»Ich kann das nicht lesen«, sage ich und schiebe die Papiere weg. Ich stecke mir eine Zigarette zwischen die Lippen und kämpfe mit dem Feuerzeug, bis mir meine Mutter die Zigarette aus dem Mund schlägt.

»Was machst du da, verdammt? Ich hab nur noch drei Kippen übrig, und die verschwende ich nicht an jemanden, der sich nichts daraus macht.«

Ich brauche einen Anwalt, aber wie heuert man einen an?

Ich blättere mit einer Begeisterung durch die Gelben Seiten, mit der man nach Onkologen, Abtreibungsärzten, Beerdigungsinstituten oder Zwangsvollstreckern suchen würde. Es spielt eigentlich keine Rolle, wen ich engagiere. Howie wird sowieso seinen Willen bekommen. Er ist clever und kennt alle möglichen Leute. Er hat sicher längst den besten Anwalt aus ganz Toronto an seiner Seite, und wenn ich mir vorstelle, wie mich ein Anwalt in den Zeugenstand ruft und zu Howies vorgetäuschter Gedenkfeier befragt, erscheint mir mein Verhängnis unausweichlich.

Ich greife nach dem Telefon. Meine Mutter glaubt, ich würde einen Anwalt anrufen, aber ich rufe Quentin an, denn noch darf ich das. Ich habe Angst, dass mir eines Tages ein Richter auferlegen wird, Quentin nicht mehr zu kontaktieren, was natürlich lächerlich ist. Sogar cracksüchtige Mütter dürfen ihre Kinder sehen. Ich habe Quentin seither jeden Tag angerufen. Zum Glück gibt es Handys, so muss ich nicht mit Howie reden. Wir wechseln immer nur wenige Worte, und ich will sowieso bloß seine Stimme hören.

»Hey, Süßer, hier ist Mom. Ich wollte nur Hallo sagen.«

»Hey«, antwortet er.

»Wie war's heute in der Schule?«

»Total scheiße. Mr. McFadden ist ein Arsch.«

Mr. McFadden ist Quentins Klassenlehrer. Ich muss lächeln, weil mein Sohn immer mehr nach meinem Bruder klingt.

»Du fehlst mir. Und deine Oma vermisst dich auch. Onkel Charlie sagt, er zählt die Tage, bis er wieder mit dir angeln kann.« Ich muss daran denken, wie Quentin als eifriger Fünfjähriger seinen ersten Fisch an den Haken bekommen hatte und mit vor Aufregung roten Pausbäckchen dastand, während mein Vater stolz lächelnd von dem Fang berichtete. Nun ist Quentins Gesicht meilenweit weg und der Abstand zwischen uns ein unüberwindlicher Abgrund.

»Wir sehen uns bald, ja? Mach's gut.«

Meine Mutter, die mich die ganze Zeit beobachtet hat, wirkt sehr aufgewühlt. »Was wirst du jetzt tun?«

Es ist so uncharakteristisch für meine Mutter, mir einmal nicht zu sagen, was ich tun soll, dass mich ihre Ratlosigkeit vorübergehend aus der Fassung bringt. Moms Ideen sind gewöhnlich ziemlich schräg und irre, aber wenigstens hat sie welche. Wenn meine Mutter mir nicht mehr sagt, was ich tun soll, gerate ich ins Schlingern, denn ich weiß nicht weiter. Im Grunde geht es mir seit jenem Abend im Juni so, seit mich Howie mit seiner Ankündigung kalt erwischt hat. Seither hinterfrage ich alles und meide Entscheidungen von größerer Tragweite. Ich zweifle an jedem einzelnen Tag der letzten sechzehn Jahre, gehe im Geiste unzählige Gespräche mit meinem Mann durch und frage mich, ob ich mich die ganze Zeit in ihm getäuscht oder er sich über Nacht verwandelt hatte.

Das Einzige, woran ich nie gezweifelt hatte, war Howie, und wenn die Entscheidung für ihn ein Fehler war, ist alles sinnlos. Ich hatte mich entschieden, mich als Howard Montgomerys Ehefrau zu definieren, und wenn ich ihn verliere, verliere ich mich selbst. Jetzt zählt nur noch eines: Quentin. Ich bin wild entschlossen, nicht auch noch ihn zu verlieren. In einem seltenen Moment der Klarheit weiß ich, was ich tun muss.

»Meine Ehe ist vorbei, Mom«, sage ich mit stockender Stimme. »Howie kommt nicht mehr zurück, der Tatsache muss ich endlich ins Auge blicken. Ich muss nach Toronto.« Meine Entschiedenheit und Bestimmtheit überraschen mich selbst. »Und zwar morgen.« Ich muss mich dem endlich stellen. Ich will nicht endlos mit Howie darüber streiten, wer was bekommt. Ich will es beenden, und ich kann die Dinge nicht anpacken, wenn ich am Küchentisch meiner Mutter sitze und mich vor der Wirklichkeit verstecke. »Ich muss das regeln, Mom, je früher, desto besser. Es löst sich nicht von alleine, und wenn ich es mir auch noch so sehr wünsche.«

Meine Mutter sieht mich an, als hätte ich nun vollends den Verstand verloren. Ich ignoriere ihr Flehen, in Paradise Bay zu bleiben, und abends habe ich bereits gepackt und den ersten Flug am nächsten Morgen gebucht. Ich werde rechtzeitig da sein, um mit Quentin mittagessen zu gehen. Gegen zehn Uhr lege ich mich ins Bett. Vor lauter Vorfreude kann ich nicht schlafen.

Endlich döse ich ein, doch mein Schlummer wird von einem Poltern unterbrochen, gefolgt vom Pfeifen des Wasserkessels. Das Pfeifen wird immer lauter, der Kessel droht zu explodieren. Benommen schlage ich die Decke zurück und laufe die Treppen hinunter. Das Herz schlägt mir bis zum Hals.

»Mom?«, rufe ich und renne in die Küche. Meine Mutter liegt seltsam verrenkt auf dem Boden, zwischen den Scherben einer Teetasse und Zuckerkristallen. »Mom!« Ich rufe und schreie und schüttle sie, aber sie rührt sich nicht, und der Kessel pfeift so laut, dass mir fast das Trommelfell platzt.

## Kapitel 23

# *Lottie*

Meine Knie und Fußknöchel pochen. Ich bin seit dreizehn Stunden auf den Beinen. Ich möchte nur noch ein Fußbad nehmen und ein wenig schlafen, denn in sechs Stunden beginnt meine nächste Schicht. Doch schon von draußen vor meiner Haustür höre ich das Telefon. Es muss etwas passiert sein, denn es ist beinahe elf Uhr abends.

»Hallo?«, antworte ich zögernd.

»Lottie!« Prissys Ruf klingt wie eine Mahnung, wach zu bleiben. Ihre Stimme ist adrenalingetränkt, mein Herz schlägt schneller.

»Was ist los?«

»Du musst Charlie holen. Ich glaube, er ist auf der Eisbahn und spielt Hockey. Er geht nicht ans Handy. Ich bin im Krankenhaus in Carbonear. Ich fürchte, Mom liegt im Sterben.«

»Okay«, sage ich entschieden, obwohl sich mein Magen beim Gedanken an die Eisbahn zusammenzieht und meine Eingeweide rumoren. »Ich bring ihn zu dir.«

Nur Augenblicke später stehe ich beklommen vor der Eisbahn. Alles erinnert mich an Ches. Monatelang habe ich hier wie ein enthemmtes Groupie rumgehangen und zugeschaut, wie er den Zamboni fuhr, so wie andere Mädchen ihre Freunde bewundern, wenn sie Tore schießen oder die gegnerischen Spieler an die Bande drängen. Wenn in den Spielpausen alle auf die Toilette gingen oder draußen rauchten oder sich etwas zu essen holten, saß ich vorne auf meinem Sitz und schaute zu, wie Ches fachmännisch über das Eis kurvte, wie er seine Kreise immer weiter einengte, bis nur noch ein winziges Stückchen Eis im Innern der Bahn übrig war. Nachdem Ches fertig war, lag das Eis spiegelglatt und glänzend da, fast unberührt. Ich habe immer gedacht, dass es unglaublich befriedigend sein muss, etwas, das kurz zuvor noch voller Kratzer und Kerben war, in eine unbeschriebene Tafel zu verwandeln.

Als ich das Haupttor öffne, schlägt mir ein Schwall kalter Luft entgegen. Mir ist, als hätte ich die Tür zu einer Zeitmaschine aufgestoßen. Ich werde mich am Beginn der dritten Spielphase mit Ches an der Snackbar treffen. Wir werden Fritten mit Sauce bestellen, die es auf einem gelben Pappteller mit ein paar Tütchen Essig gibt. Ich werde zwei Dosen Pepsi aus der Kühltruhe holen, Ches wird aus der Dose, ich werde durch einen dünnen weißen Strohhalm trinken, auf dem ich so lange herumkaue, bis er ganz verbogen ist. Ches wird bezahlen, und ich finde das so toll, dass ich dämlich grinsen muss und Ches mich fragt, was denn so verdammt komisch sei. Wir werden uns an einen wackligen Tisch mit eingetrockneten Ketchupflecken und verstreutem Salz setzen und schweigend essen. Wir werden auf das ferne Johlen der Zuschauer hören, um mitzubekommen, zu wessen Gunsten sich das Spiel entwickelt, und zusehen, wie Familienväter verbrannten Kaffee in Styroporbechern bestellen. Sie werden besonders viel Zucker und Kaffeeweißer hineintun, damit der Kaffee nicht so bitter schmeckt, ihn mit ihren Stäbchen umrühren und sich wärmend auf die Hände hauchen. Wir sind unsichtbar für sie, und ihnen wird auch entgehen, dass ich im sechsten Monat schwanger bin und Ches seine leere Pepsi-Dose zerquetscht, bis die scharfen Metallkanten winzige Kerben in seine Fingerspitzen zeichnen.

An diesem Abend ist auf der Eisbahn sehr viel los, die Besucher stehen an der Bande, trommeln gegen das Glas und brüllen: »Hast du keine Augen im Kopf, Schiri?«, oder: »Mach den Hurensohn alle!« Mein Blick wandert automatisch hinter das Tor, wo der Zamboni abgestellt ist. Mein Herz pocht. Wer jetzt wohl die Maschine fährt? Macht er seinen Job so gut wie Ches? Ich gehe einige Schritte in die Richtung und bleibe abrupt stehen. Ich bin nicht hier, um mit meiner Vergangenheit Frieden zu schließen, sondern um Charlie zu holen.

Mit Trikot und Helm sehen die Spieler alle gleich aus, und ich weiß auch nicht, ob Charlie im roten oder grünen Team ist, ganz zu schweigen davon, welche Nummer er trägt. Ich schlage gegen das Glas und rufe seinen Namen, aber niemand hört mich. Ich wirke wie ein erregter Fan. Ich dränge mich an der Absperrung vorbei, laufe auf das Eis und rufe seinen Namen. Er fährt auf mich zu.

»Scheiße, was machst du denn hier?« Auch durch den Gesichtsschutz seines Helms hindurch sehe ich Charlies entsetzte Miene. Meine Anwesenheit kann nichts Gutes verheißen.

Schweigend fährt er mit mir nach Carbonear. Er trägt noch immer das Hockeytrikot, und im Auto wird der Schweißgeruch so stark, dass ich das Fenster öffnen muss.

»Scheiße, Mann, was ist bloß passiert?«, fragt Charlie zum vierten Mal. Er erwartet keine Antwort, ich habe ihm schon alles berichtet, was ich weiß. Er spricht zu sich selbst, um das Schweigen zu durchbrechen.

Als wir auf die Intensivstation kommen, steht Prissy mitten im Gang. In ihrem roten Schlafanzug und mit dem Pferdeschwanz wirkt sie wie ein Kind. Tränen rinnen ihr übers Gesicht, und sie läuft auf Charlie zu und umarmt ihn.

Ich harre lange mit Charlie und Prissy im Warteraum aus, in der Hoffnung auf nähere Informationen. Es war ein Schlaganfall, so viel wissen wir, aber noch steht nicht fest, ob es Clara schaffen wird, und falls ja, ob es bleibende Schäden gibt. Wir bieten einen grotesken Anblick, wir drei, Charlie in seinem Hockeytrikot, Prissy im Schlafanzug und ich in meiner Kellnerinnenuniform. Wie Schauspieler auf der Bühne eines absurden Dramas.

Gegen vier Uhr morgens sagt Prissy, ich solle nach Hause fahren. Ich stehe kurz davor, dem nachzugeben, schon weil ich in knapp drei Stunden wieder arbeiten muss, aber Prissy wirkt so verwundbar, dass ich ungern gehen will. Sie strahlt eine stille Verzweiflung aus, so wie Ches am Morgen seines Selbstmords. Ich werde Prissy nicht verlassen, aus Angst, auch ihr könnte etwas Schreckliches passieren. Erst gestern habe ich ihr gesagt, alles würde gut, doch es kommt mir vor, als läge eine Ewigkeit dazwischen.

»Eigentlich wollte ich jetzt zum Flughafen aufbrechen«, sagt Prissy. »Er hat mir die Scheidungsklage geschickt«, erklärt sie mit ausdrucksloser Miene.

»Ich kann ihn für dich anrufen«, biete ich an. »Ihm sagen, was passiert ist.«

»Nein«, sagt Prissy entschieden. Sie möchte es wohl vermeiden, dass ich jemals wieder mit Howie spreche.

»Und Quentin?« frage ich. »Sollte er nicht Bescheid wissen, wenn seiner Großmutter etwas zugestoßen ist?«

»Noch ist ihr nichts zugestoßen«, sagt sie nur. Dann schauen ihre Augen in die Ferne, auf das Schild über dem Ausgang, aber sie scheint es kaum wahrzunehmen. »Glaubst du, man kann absichtlich einen Schlaganfall bekommen? Denn falls es jemand kann, dann meine Mutter.«

Ich mustere Prissy, meine Freundin aus Kindertagen, und erkenne sie kaum wieder. Früher leuchtete sie regelrecht. Sie war schön, ihr blondes Haar dick und prachtvoll, ihre blauen Augen funkelten wie die Meereswellen in der Nachmittagssonne. Niemand hätte es ihr verübelt, wenn sie auf uns herabgesehen hätte, aber das tat sie nicht. Prissy war viel schöner als ich und eroberte jedes Herz im Sturm. Dennoch habe ich mich ihr nie unterlegen gefühlt, und sie hat mir dazu niemals Anlass geboten. Prissy hatte mich zur Freundin gewählt, sie hat mir den Rücken gestärkt und mir durch manch schwere Zeit geholfen, besonders als ich jung, schwanger und von Angst gelähmt war.

Nun, unter dem harschen Neonlicht des Krankenhauses, wirkt Prissy wie von Angst gelähmt, regelrecht verheert durch das, was sie in letzter Zeit durchlitten hat. Sie hat in den wenigen Wochen hier in Paradise Bay so viel abgenommen, dass die Knochen unter ihrer straffen Haut hervortreten. Sie ist hohlwangig und hat dunkle Ringe unter den Augen, sie wirkt beinahe geisterhaft. Selbst ihr Haar hat seinen Glanz verloren und ist zu einem faden Gelb verblichen. Ihre Finger sind abgekaut und blutig, spielen am Reißverschluss der Trainingsjacke herum, ziehen den Reißverschluss auf und zu, immer wieder, doch Prissy starrt ins Leere. Ihre Schultern hängen, niedergedrückt von der Last der Geschehnisse. Wenn ich mir Prissy so ansehe, kann ich Claras Handlungsweise nachvollziehen. Wenn jemand Mariannes Flamme auslöschen würde, würde ich womöglich auch behaupten, er sei tot.

»Es tut mir leid«, sage ich, »dass ich es Howie verraten habe.« Die Reue dringt mir aus allen Poren, ein unangenehm vertrautes Gefühl. Reue, so scheint es, begleitet mein Leben.

Prissy sieht mich ausdruckslos an. »Ich wünschte, er wäre wirklich tot.«

Am liebsten würde ich erwidern, *sei vorsichtig mit deinen Wünschen*, aber stattdessen sage ich, dass ich nach Hause gehen und mich für die Arbeit richten muss.

# Kapitel 24

## *Prissy*

Mein Magen knurrt sogar beim Anblick des unappetitlichen Hackbratens, den meine Mutter nicht angerührt hat. Das kalte Fett bildet mittlerweile Klumpen. Ich sollte den Teller zurückgeben, denn Mom darf noch keine feste Nahrung zu sich nehmen, aber ich finde den Pfleger nicht, der das Essen gebracht hat, und die Krankenschwestern will ich damit nicht behelligen. Ich weiß nicht mehr, wann ich zuletzt gegessen habe. Ich erinnere mich, am Vortag eine Tüte Cracker aus dem Snackautomaten weggeknabbert zu haben, aber seither? Ich bin versucht, mich über den widerlichen Hackbraten samt tiefgefrorener Erbsen und Kartoffelbrei herzumachen, aber wenn es dann so aussieht, als hätte Mom das alles vertilgt, bekommt sie womöglich weiterhin das falsche Essen.

Meine Mutter ist auf die Reha-Station des Miller Centre in St. John's verlegt worden. Sie muss vieles wieder lernen. Gehen, Sprechen, selbst Kauen und Schlucken, an allem muss sie arbeiten, doch wie sehr, kann ich nicht sagen, denn sie hat sich bisher zu keiner dieser Tätigkeiten durchgerungen.

»Ich schau mal, ob ich irgendetwas Puddingartiges finde«, verkünde ich mit gespieltem Enthusiasmus. Sie antwortet nicht, und so mache ich weitere Vorschläge: Suppe, Haferschleim, Grießbrei. Ich versuche sogar, sie mit Eis zu locken, wie ein Kind nach einer Mandeloperation.

Mir erscheint das völlig surreal. Der Schlaganfall liegt erst eine Woche zurück, und darum rechne ich noch jeden Augenblick damit, dass alles wie früher wird. Wenn die Krankenschwestern zur Blutabnahme, zum Temperaturmessen oder zur Überprüfung ihrer Infusion kommen, erwarte ich ständig, dass Mom sich aufsetzt und Ärzte und Krankenschwestern wegen all der Piekserei und dem Medizingedöns beschimpft. Sie steht bestimmt jeden Moment auf und bittet mich um eine Zigarette. Dass sie immer wie jetzt bleiben wird, ist undenkbar.

Als die Physiotherapeuten eintreten, gehe ich, denn in meiner Gegenwart weigert sich meine Mutter mitzuarbeiten. Manchmal habe ich heimlich durchs Fenster geschaut, so wie damals, als Quentin im Kindergarten Trennungsprobleme hatte. Die Therapeuten wollen meiner Mutter beibringen, sich alleine aufzusetzen, die Beine zu beugen, einen Pullover anzuziehen oder Zahnpasta aus der Tube zu drücken, aber meine Mutter hat sich mit diesen simplen Übungen so abgeplagt, dass ich bekümmert wegsehen musste. Sie hat noch immer kein Wort gesagt, und ich glaube, sie hat Angst vor dem Laut, der aus ihrer Kehle dringen wird.

Während der Physiotherapie besorge ich Dinge, deren Notwendigkeit mir nie eingefallen wäre: einen Duschhocker, der sich mit Saugnäpfen befestigen lässt, Badewanneneinstiegshilfen, eine Toilettensitzerhöhung, die auf den eigentlichen Toilettensitz kommt, Inkontinenzeinlagen, einen Rollstuhl, aber einen unmotorisierten, denn meine Mutter würde sich bestimmt weigern, etwas unnötig Teures zu benutzen. In einem Anfall von Optimismus kaufe ich auch eine Gehhilfe.

Wie soll ich bloß die nächsten vier bis sechs Wochen überstehen? So lange, sagen die Ärzte und Therapeuten, wird die Reha dauern. In der Zeit wollen sie einen Übungsplan erstellen und mir beibringen, meine Mutter zu pflegen.

Ich weiß nicht, ob ich der Rundumbetreuung gewachsen bin. Ich müsste Mom baden, ihr das Essen in kleine Bissen schneiden und sie füttern, mit ihr auf die Toilette gehen, sie abwischen und umziehen, falls ein Malheur passiert, kontrollieren, ob sie ihre Medikamente nimmt, sie ankleiden und dabei auch noch ihren ganz persönlichen Cheerleader spielen. Sie wäre hilflos wie ein Kleinkind, nur dass ein Kleinkind Fortschritte macht und sich der Zustand meiner Mutter allenfalls verschlechtern wird.

Abends befrage ich sie zu ihrer Physiotherapie, wie ich es jeden Tag in der Reha tue, und wie jeden Tag weigert sie sich zu antworten. Ich plappere unbeeindruckt weiter und erzähle ihr, dass Charlie eine Rollstuhlrampe zur Hintertür baut, damit man sie von der Vordertür aus nicht sieht. So etwas will bedacht sein, denn meine Mutter wäre sicher tief gekränkt, wenn sie nach Hause käme und vor dem Haus eine Rollstuhlrampe warten würde. Ich berichte ihr auch, dass Charlie ihre Sachen ins hintere Schlafzimmer bringt, damit sie keine Treppen mehr steigen muss. Dass Quentin dieses Jahr im Hockeyteam Linksaußen spielt und beim ersten Spiel der Saison gleich zwei Tore erzielte, obwohl er zwei Jahre nicht gespielt hat. Ich zeige ihr die neuen Nachthemden, die ich nachmittags im Wal-Mart gekauft habe, und halte sie zur Begutachtung hoch. Ich blättere durch das *Star Magazine* und *Us Weekly*, um Mom auf den neuesten Stand über Beziehungsdramen und Babyglück zu bringen. Sie sagt nichts, sie zeigt keine Reaktion. Ich habe das Gefühl, zu einer Komapatientin zu sprechen.

Ich bin schon halb im Sessel neben ihrem Bett eingeschlafen, da öffnet sie endlich den Mund. »Wo ist Howie?« Sie klingt wie eine Betrunkene, die um vier Uhr morgens ein Taxi sucht. Ich glaube zumindest, dass sie mich nach Howie gefragt hat, sicher bin ich nicht. Ich bringe es aber auch nicht übers Herz, sie zu bitten, ihre Frage zu wiederholen. Es muss Mom unglaublich viel Kraft gekostet haben, überhaupt einige Worte zu äußern. Die Ärzte haben zwar gesagt, man müsse mit einem gewissen Gedächtnisverlust rechnen, aber niemals hätte ich erwartet, dass ihr ausgerechnet *das* als Erstes in den Sinn kommen und ihr wichtig genug sein könnte, um ihr Schweigen zu brechen.

»Howie?«, wiederhole ich unsicher. Sie nickt erwartungsvoll. Da ich es nicht ertrage, ihr ein zweites Mal zu erzählen, dass er mich verlassen hat, vor allem nicht unter diesen Umständen, und weil ich kaum fassen kann, dass dies dieselbe Frau ist, die alle so raffiniert getäuscht und davon überzeugt hat, er sei tot, lächle ich nur und versichere ihr: »Howie wird kommen. Sehr bald schon.«

## Kapitel 25

# *Georgia*

Ich bin schwanger und verängstigt. Ein Kind bedeutet, wieder einen Menschen in meinem Leben zu haben, den ich lieben kann, doch dieses Geschenk wird durch die Sorge getrübt, dass ich wieder einen geliebten Menschen verlieren könnte. Ich fühle mich so verletzlich wie damals, kurz nach Josephs Tod, dennoch betrachte ich meinen Körper und seine Fähigkeit, Leben hervorzubringen, voller Ehrfurcht.

Ich schließe die Augen. Ich male mir aus, wie mein Bauch ganz leicht schwillt und meine Haut schimmert, wie ich schwerfällig und dick werde. Meine Hände streicheln meinen Bauch. Ich sehe mich auch schon im Krankenhaus, Schweiß tropft mir von der Stirn, ich atme rhythmisch und presse das Kind aus meinem Leib. Und dann sehe ich Joseph an meiner Seite, der mir strahlend und staunend sagt, dass wir eine gesunde Tochter haben. Liegt es an der Morgenübelkeit oder dieser Vorstellung? Jedenfalls drängt es mich, mein Frühstück wieder von mir zu geben. Mit Sicherheit aber hat sich das Schicksal hier eine besondere Laune erlaubt. Ich trage nicht Josephs, sondern Freds Kind in mir. Bei dem Gedanken muss ich gleich wieder ins Badezimmer eilen.

Ich hatte schon vor langer Zeit den Traum aufgegeben, eines Tages Mutter zu werden. Nach Josephs Tod hatte ich gehofft, ich wäre vielleicht doch schwanger, wir hätten uns verrechnet und Joseph bliebe auf diese Weise bei mir. Dann setzte meine Periode aus. Es war mir ein unendlicher Trost, dass Joseph in all den wunderbaren Eigenschaften weiterleben würde, die unser Kind von ihm ererben würde. Sein genetischer Code würde sich in die blaugrünen Augen unserer Tochter oder die athletische Statur unseres Sohnes einschreiben. Und dann, eines Tages, erschien ein hellroter Fleck in meiner Unterhose. Ich war wegen einer Fehlgeburt in die Notaufnahme gefahren, doch der Arzt hatte mir nach der Untersuchung traurig in die Augen gesehen und gesagt, ich sei gar nicht schwanger gewesen. Meine Periode wäre durch den Stress und das traumatische Erlebnis, meinen Mann zu verlieren, ausgeblieben.

Dass ich jetzt schwanger bin, ist ganz und gar erstaunlich. Ich habe den Test drei Mal gemacht, zu unterschiedlichen Tageszeiten, doch das Ergebnis war immer dasselbe. Eine plötzliche Erschöpfung befällt mich, ich krieche ins Bett und schlafe weit über den Morgen hinaus.

Als ich am frühen Nachmittag wach werde, sind meine Sinne plötzlich geschärft. Ich höre das Rauschen des fernen Ozeans. Mein Schlafzimmer ist voller Eindrücke. Der Patchworkquilt erscheint mir in all seiner Farbigkeit, ich spüre die weichen Teppichfasern unter meinen Füßen. Ich weiß, was das bedeutet und was ich zu tun habe.

Ich gehe zu meinem Kleiderschrank und suche auf dem obersten Fach zwischen Decken und Kissen nach der alten hölzernen Schmuckschatulle. Sie schließt nicht mehr, so viele Papiere, Karten und Briefe liegen darin, die meisten in meiner präzisen Handschrift. Es hat am ersten Weihnachtsfest nach Josephs Tod begonnen. Ich war im Drogeriemarkt, hatte Deodorants gesucht, war dabei auf den Ständer mit den Grußkarten gestoßen und stehengeblieben. Mein Blick war auf eine Karte mit der Anrede *Meinem geliebten Mann zu Weihnachten* gefallen … Ich hatte sie in die Hand genommen, die bewegenden Worte im Innern gelesen und sie in meinen Einkaufskorb gelegt, zu einer Flasche Shampoo, einem Rasierer und einem Stück Seife. Zu Hause habe ich so getan, als würde Joseph noch leben, die Karte unterschrieben, den Umschlag mit Spucke zugeklebt, Josephs Namen darauf geschrieben und die Karte in die alte Schmuckschatulle gelegt.

Das Gleiche machte ich am Valentinstag, an seinem Geburtstag, zu Ostern, an unserem Hochzeitstag – und wieder zu Weihnachten. Im folgenden Jahr kaufte ich Karten zum Vatertag, denn mittlerweile hätten wir bestimmt ein Kind gehabt. Manchmal schrieb ich an Joseph so, als würde er noch leben, als wäre unser Leben weitergegangen und jener Tag niemals geschehen. Ein andermal schrieb ich ihm, als wäre er ein Geist oder bloß das Produkt meiner Fantasie.

Manchmal schrieb ich ihm kleine Liebesbriefe und schloss mit Küssen und Umarmungen, manchmal schrieb ich ihm, wie wütend ich auf ihn war, weil er mich alleingelassen hatte. Ich schrieb ihm, wie schwer es mir fiel, die Feiertage zu überstehen, und manchmal fragte ich ihn auch, ob es ihn je gegeben habe.

Ohne diese Briefe hätte ich all diese Tage nicht ertragen können. Wenn niemand bei mir war, stellte ich mir vor, wie Joseph meine Karten las. Manchmal lachte er über meine Worte, meistens schüttelte er nur traurig den Kopf. Was er wohl zu meinem letzten Brief sagen würde? Vielleicht wäre er traurig, aber auch erleichtert.

Ich nehme einen Bogen und beginne meinen letzten Brief

an Joseph. Nachdem ich geendet habe, lege ich das Schreiben in das Kästchen, zu den anderen Karten und Briefen. Ich klemme mir die Schatulle unter den Arm, nehme meinen Mantel zum Schutz gegen die Kälte und fahre zum Friedhof. Es ist Anfang November und über Nacht eisig kalt geworden. Schnee liegt in der Luft. Meine Füße rascheln über trockenes Laub und künden von meinem Nahen, aber außer mir ist niemand da. Ich hole den letzten Brief heraus und lese ihn.

*Lieber Joseph,*
*ich bin nun bereit, mich von Dir zu verabschieden. Lange habe ich dafür gebraucht, aber jemanden wie Dich gehen zu lassen, fällt schwer. Heute Morgen habe ich wieder im Bett gelegen und an Dich gedacht, wie so häufig, aber heute konnte ich mich nicht mehr erinnern, wie Du ausgesehen hast. Ich habe die Augen geschlossen und versucht, Dein Bild heraufzubeschwören, doch es war unscharf und verzerrt, und dann bist Du mir entschwunden, ganz friedlich. Danach habe ich zum ersten Mal alles deutlich wahrgenommen, als hätte sich Nebel gelichtet. Ich verstehe nun, dass ich mich nicht mehr unbedingt an alle Einzelheiten erinnern muss, solange ich mich an das Gefühl erinnere, bei Dir zu sein. Das werde ich immer in mir tragen, was auch geschieht. Ich werde Dich immer lieben.*
*Auf Wiedersehen, Joseph.*
*In Liebe,*
*Georgia*

Ich stecke den Brief zurück in die Schatulle und lege sie auf Josephs Grab. Ich zünde ein Streichholz an. Rasch fängt das Holzkästchen Feuer, die Flammen verschlingen seinen Inhalt. Leichter Schneefall setzt ein, Wind kommt auf und wirbelt die Asche über den Friedhof. Ich wende mich zum Gehen, begleitet vom intensiven Geruch nach Fichte und verbranntem Holz.

# Kapitel 26

## *Prissy*

Ich füttere meine Mutter mit Grießbrei. Er gehört wahrlich nicht zu ihren Lieblingsspeisen, aber seine Konsistenz ist genau richtig, wenn man Essen, Kauen und Schlucken neu lernen muss. Ihre Zunge schiebt die körnige Masse im Mund herum und dann wieder heraus. Dass sie alles wieder ausspuckt, versetzt meinen Magen nicht in solchen Aufruhr, wohl aber der Anblick der sämigen Flüssigkeit, die sich in den Furchen ihrer faltigen Haut absetzt.

Die Wirkung ist die gleiche, die Gerald Cochrane in der vierten Klasse auf mich hatte, während ihm zwei Bäche grünlich-gelber Rotze aus der Nase liefen und auf die Lippe tropften. Doch erst, als er alles wieder hochzog, drehte sich mir der Magen um. Ich musste mich auf dem Schulhof übergeben und wurde wegen Krankheit nach Hause geschickt.

Jahre später baten mich Charlie und seine Freunde, Schiedsrichterin bei einem Spuckwettbewerb zu sein. Ich hätte es wissen müssen, aber ich ließ mich trotzdem darauf ein, denn Charlie wollte dafür abends den Abwasch übernehmen. Ich sollte Geschwindigkeit, Entfernung und Größe beurteilen. Als ein Häufchen Spucke knapp vor meinem Fuß landete, schaumig und durchsichtig, mit einer gelben, schleimigen Mitte, musste ich unwillkürlich an ein rohes Ei denken. Natürlich habe ich mich übergeben, was Charlie und seine Freunde zum Brüllen komisch fanden und noch mehr anspornte, bis sich mir der Magen erneut umdrehte.

Als meiner Mutter der Grießbrei übers Kinn läuft, meldet sich das taube Gefühl im Rachen. Ich bin dagegen machtlos. Ich schaffe es noch rechtzeitig in die Waschräume der Klinik, aber vorher muss ich schon entsetzlich würgen, in Gegenwart meiner Mutter.

Ich blicke kritisch auf mein Spiegelbild. Ich erkenne mich kaum wieder. Im Neonlicht sehen meine Wangen fleckig aus, dunkle Ränder verunstalten meine Augen, die von mir bisher unbekannten Fältchen eingerahmt werden. Meine Lippen sind trocken und eingerissen, und ich wirke erschreckend dünn.

Im Waschraum riecht es nach Erbrochenem. Wie konnte ich so unsensibel sein! Ich hätte beim ersten Anzeichen das Zimmer verlassen, ein Unwohlsein vortäuschen, aber nicht meiner Mutter zeigen sollen, dass ich schon beim Füttern würgen muss. Ich bin so betroffen, dass ich eine Weile im Bad bleiben muss, heule und mit mir selbst schimpfe, ich sei eine furchtbare Tochter, furchtbare Ehefrau und furchtbare Mutter. Ich weine leise in meine Hände, bis sie nass von Tränen, Spucke und Rotze sind.

Als ich endlich wieder ins Zimmer komme, sage ich meiner Mutter, ich hätte mir den Magen verdorben, aber wie soll sie mir glauben, wo ich seit Tagen nichts Richtiges gegessen habe?

Am folgenden Tag beginnt meine Mutter, mit mir zu sprechen. Ich sollte über diesen Durchbruch vor Begeisterung jubeln, doch ich kann nicht. Was nicht daran liegt, wie sie spricht, sondern, was. Sie herrscht mich an. Nicht, weil ich beim Füttern kotzen musste, sondern weil ich nach ihrem Zusammenbruch den Notarzt gerufen habe.

»Warum hast du mich nicht sterben lassen?« Was soll ich darauf antworten?

»Weil ich nicht wollte, dass du stirbst.«

»Mir wäre lieber, tot zu sein, als so zu leben.«

Wenn ich jetzt erwidere, dass ich das ja nicht ahnen konnte, klingt es womöglich noch zustimmend. Mir kommt ein Bild aus Kindertagen in den Sinn. Meine Mutter, mit zwei großen Eimern voller Kapelane in den Händen, dabei trägt sie mich auf dem Rücken, den ganzen Weg vom Strand zum Haus. Und heute muss sie mit ihrem Physiotherapeuten üben, sich im Bett aufzusetzen. Vielleicht hat sie ja recht.

»Es geht doch jeden Tag ein Stück bergauf«, sage ich. Ich verkneife mir den Zusatz, dass sie bald wieder ganz die Alte sein wird, denn die Ärzte haben mir gegenüber eine vollständige Genesung ausgeschlossen.

»Ich will niemandem zur Last fallen. Fahr nach Hause und gib mich in ein Pflegeheim.«

»Du fällst mir nicht zur Last, Mom«, beharre ich, und das meine ich auch so, obwohl die Antwort furchtbar abgedroschen klingt. Ich würde ihr gerne versichern, dass sich ihre Lage bessern wird, aber Mom ist von diesen wenigen undeutlichen Sätzen schon zu erschöpft.

»Wo ist dein Mann?« Wenn ich nur wüsste, was in ihrem Kopf vorgeht. Sie klingt immer noch wie eine Betrunkene, und vermutlich wird sie das Lallen nicht mehr los.

»Er kommt bald«, sage ich ruhig, doch Mom blickt mich so verwirrt an, als hätte sie ihre Frage schon vergessen. Lottie und Georgia warten an der Tür. Sie kommen einmal wöchentlich nach St. John's, in erster Linie meinetwegen, aber sie betüddeln auch meine Mutter, soweit sie es zulässt. Georgia hat wieder eine Tüte Karamell mitgebracht, obwohl Mom es nicht essen darf und wir es den Schwestern mit nach Hause geben. Lottie hat immer Zeitungen dabei, die bei Lawlor's liegenbleiben und aus denen ich meiner Mutter abends vorlese, auch wenn sie meiner Meinung nach gar nicht zuhört.

Lottie gibt meiner Mutter einen Kuss auf die Wange. »Wie geht's dir, altes Haus?«, fragt sie, und Georgia lächelt und drückt meiner Mutter die kalte Hand. Wir reden über dies und das, bis der Physiotherapeut kommt.

Lottie und Georgia überreden mich, das Krankenhaus eine Weile zu verlassen, und so landen wir bei Tim Hortons, zu Kaffee und Donuts. Ich habe ein schlechtes Gewissen, weil meine Mutter im Krankenbett bleiben und sich von Pasten, Brei und ungesalzenem Kartoffelbrei ernähren muss.

»Wie geht's deiner Mutter inzwischen?«, fragt Georgia. Diese Frage stellt sie jedes Mal, wenn wir uns sehen.

»Sie redet wieder«, sage ich und blicke in zwei freudig erregte Mienen.

»Das ist großartig«, sagt Lottie, aber dem muss ich widersprechen.

»Sie redet nur vom Sterben. Sie will, dass ich sie in ein Pflegeheim stecke, und ist wütend, weil ich damals den Notarzt gerufen habe. Und manchmal redet sie nur Unsinn. Aber das ist nicht das Schlimmste.« Georgia und Lottie wechseln einen besorgten Blick. »Sie fragt ständig nach Howie.«

»Und wonach genau?«, fragen Lottie und Georgia im Chor.

»Wann er sie besuchen kommt. Wann er mir helfen kommt.« Beide sehen mich verwirrt an. »Ich glaube, sie erinnert sich nicht mehr«, erkläre ich.

»Sie erinnert sich nicht, dass sie ihn getötet hat?«, fragt Lottie ungläubig. »Eine Todesanzeige aufgesetzt? Eine Gedenkfeier organisiert hat? An gar nichts?«

Ich schüttle den Kopf. »Nicht einmal, dass er mich verlassen hat.«

Georgia legt ihre warme Hand auf meine. »Der Verstand spielt uns Streiche«, sagt sie. »Deine Mutter möchte glauben, dass es dir gut geht, und daher hat sie alles Unangenehme verdrängt. Ich habe lange Zeit für Joseph gekocht und mit dem Essen auf ihn gewartet, bis es dunkel wurde. Dann habe ich seinen Teller mit Folie bedeckt, weil ich allen Ernstes vergessen hatte, dass er tot ist. Deine Mutter sorgt sich um dich.«

»Ein Pflegeheim wäre vielleicht nicht mal das Übelste, Prissy«, wirft Lottie ein. Ich schaue sie so missbilligend an, als hätte sie etwas Anstößiges gesagt. »Nicht alle Heime sind furchtbar«, beharrt sie. »Prissy, irgendwann musst du das tun, erst recht, falls ihr Gedächtnis ganz aussetzt. Seine geistigen Fähigkeiten zu verlieren, ist gar nicht so schrecklich, besonders, wenn man körperlich abbaut. Ich meine, es ist doch besser, in der eigenen Scheiße zu liegen und zu denken, man sei siebzehn und bei einem Tanzabend in der Legion, als in der eigenen Scheiße zu liegen und sich dessen bewusst zu sein.«

Lottie hat die Welt immer mit anderen Augen gesehen, und das liebe ich an ihr, aber in diesem Fall schließe ich mich Georgias Urteil an. Mom verdrängt einfach, was ihr unangenehm ist, doch das macht mir Angst. Wenn sie alles Unangenehme verdrängt, was bleibt dann noch?

## Kapitel 27

# *Lottie*

Fred Bishop erweist sich als einer meiner besten Kunden, und ein vernünftiges Trinkgeld gibt er auch. Jetzt, in der kalten Jahreszeit, wo die Marktsaison zu Ende ist, kommt er regelmäßig zu Lawlor's. Er setzt sich jeden Tag an die Theke und bestellt immer das Gleiche: zwei Spiegeleier mit flüssigem Dotter, Würstchen, zwei Scheiben Speck, besonders knusprig, zwei Scheiben Toast mit Butter und anderthalb Tassen Tee mit Kondensmilch und zwei Tütchen Zucker. Mittwochs kommt er zum Abendessen und nimmt entweder Fish and Chips mit Sauce oder das warme Truthahnsandwich.

Georgia hegt ihm gegenüber zwar eine große Feindseligkeit, aber auf mich wirkt er so harmlos, dass ich mich frage, ob Georgia ihre negativen Gefühle nicht in die falsche Richtung lenkt. Georgia verteufelt Fred wirklich, hält ihn für den Leibhaftigen. Ich kann so gar nichts Düsteres an ihm entdecken, nichts, was mir ein ungutes oder unbehagliches Gefühl vermitteln würde. Er ist durchschnittlich groß und schwer. Er ist fast kahl, was er im Sommer unter einer Baseballkappe und im Winter unter einer Wollmütze verbirgt. Das scheint seine einzige Eitelkeit zu sein. Meist trägt er karierte Flanellhemden über weißen T-Shirts und abgewetzten Jeans. Er begrüßt mich freundlich mit »Hey Lottie« und hält sich ansonsten zurück. Ironischerweise frage ich mich genau aus diesen Gründen, weshalb Georgia mit ihm geschlafen hat.

Ich weiß noch, wie er damals ins Lokal gekommen war, gehetzt und nervös, und mich nach Georgia fragte. Hatte ich sie in letzter Zeit gesehen? Warum nicht? Hatte ich seit Dienstag mit ihr gesprochen? Könnte ich bitte nach ihr sehen? Nein, es gebe keinen besonderen Grund, beharrte er.

»Willst du das Menü von heute hören?«, frage ich Fred, obwohl ich weiß, was er bestellen wird. Er nickt, weil er zu höflich ist, Nein zu sagen. Ich könnte ihm alles Mögliche servieren, er würde es klaglos essen. Ich könnte ihm auch zu wenig Wechselgeld herausgeben und bekäme trotzdem ein Trinkgeld, als hätte ich ihn wie einen König bedient.

»Wie war die Marktsaison?« Er sieht mich überrascht an. Abgesehen von unserem Gespräch über Georgia frage ich sonst immer nur, was er essen möchte und ob er etwas Kleineres als einen Zwanziger hat. Aber Fred hat, so zurückhaltend er auch scheinen mag, aus einem kleinen Regionalmarkt eine Wohltat für die ganze Gemeinde gemacht. Er hat all seine Energie in das Projekt gesteckt. Erst hat er Mittel für die Hinweisschilder aufgetrieben, dann für einen Eintrag in den Touristenführer, und dieses Jahr hat er einen Zuschuss bekommen, um für alle Stände Zelte anzuschaffen. Von ihm verspreche ich mir am meisten Hilfe bei der Beschaffung von Geldern für unseren Witwenclub.

»Gut«, sagt er und schaut wieder in seine Zeitung.

»Kann ich dich etwas fragen?«

»Was denn, Lottie?«, sagt er und legt die Zeitung beiseite. Er spürt, dass ich etwas auf dem Herzen habe, denn er ist schon seit zehn Minuten da, und ich habe ihm seinen Tee noch nicht gebracht.

»Ich brauche deine Hilfe. Ich möchte öffentliche Fördermittel haben und weiß nicht, wie ich sie beantragen soll.«

»Fördermittel? Wozu?«

Sein ungläubiger Ton kränkt mich. Als wäre es unvorstellbar, dass ich noch etwas anderes will, als jeden Tag Gäste zu bedienen. Aber zugegebenermaßen ist es seltsam, so eine Frage aus dem Mund der Frau zu hören, die einem jeden Morgen Tee einschenkt.

»Georgia und ich haben vor, eine Selbsthilfegruppe zu gründen. Für junge Witwen«, füge ich hinzu, als wäre das nicht völlig naheliegend, doch Fred schüttelt schon skeptisch den Kopf. »Ach, komm«, dränge ich. »Du wirst bestimmt Georgia helfen wollen, nach allem, was ihr beide durchgemacht habt.« Es ist nicht die feine Art, Georgia für meine Zwecke zu benutzen, denn sie würde sich niemals um Gelder bemühen, aber letzten Endes ist es auch zu ihrem Besten.

Fred errötet, obwohl ich gar nicht auf ihre Begegnung angespielt habe. Trotz des Tellergeklappers und der Gespräche ringsum höre ich, wie er schluckt. »Was hat sie dir erzählt?«

In seiner Frage schwingt eine winzige Hoffnung mit, und mir ist das furchtbar unangenehm. »Sie hat etwas von einem intimen Moment angedeutet, mehr nicht«, lüge ich. Ich verschweige ihm, dass sie fünf Tage lang im Bett gelegen hat, weil sie krank vor Reue war.

»Hör zu«, sage ich und lenke die Aufmerksamkeit wieder auf wichtigere Themen. »Wir wissen beide, dass Josephs Tod Georgia völlig aus der Bahn geworfen hat. Die Selbsthilfegruppe ist seither das Erste, was bei ihr echtes Interesse weckt. Sie will anderen helfen, die auch in ihrer Lage sind. Darum die Frage, ob du uns helfen kannst, Fördermittel zu bekommen.«

Fred sieht aus, als würde er meine Worte bedenken, aber dann runzelt er die Stirn, als ob ihm etwas eingefallen wäre, was einen bitteren Nachgeschmack hinterlassen hat. »Georgia will meine Hilfe nicht.« Seine Miene verfinstert sich. Ich will ihm gerade widersprechen, da sagt er laut und energisch: »Und jetzt hätte ich gerne einen Tee.«

Er gibt mir sehr deutlich zu verstehen, dass ich eine Grenze übertreten habe. Ich wende mich ab, um seine Bestellung durchzugeben und den Tee zu holen. Fred isst das Frühstück nur zur Hälfte. Ich fürchte, ich habe ihm den Appetit verdorben. Trotzdem ist das Trinkgeld so hoch wie immer.

Doch mir bleibt keine Zeit zum Nachdenken. Dies wird einer der hektischsten Tage, seit ich hier arbeite. Bei dem kalten Wetter verlangt es allen nach etwas Warmem im Bauch. Erst gegen halb vier wird es so ruhig, dass ich meine Mittagspause machen kann. Ich setze mich mit einer Schüssel Erbsensuppe in eine Nische, da kommt Fred zurück. Wahrscheinlich will er etwas essen, weil er nicht richtig gefrühstückt hat, doch er rutscht mir gegenüber auf die Bank, als wären wir verabredet.

»Glaubst du wirklich, dass ihr diese Gruppe eine Hilfe ist?«

Ich nicke entschieden, mit hoffnungsvoll großen Augen. Ich habe nach der Radiosendung so viele Anrufe erhalten. Gerald Gosse hatte netterweise meine Nummer mehrmals im Radio durchgegeben, und mein Telefon hatte zwei Tage lang ununterbrochen geklingelt. Es waren alles junge Frauen aus der Provinz, die den Tod ihres Mannes betrauerten. Es gab zwei Krebsopfer, einen Motorradunfall, einen Jagdunfall, ein Opfer durch Ertrinken, drei Herzinfarkte, zwei Autounfälle und ein Aneurysma. Ich habe das Georgia noch nicht erzählt. Sie wirkt in letzter Zeit so abgelenkt.

»Große Erfolgsaussichten hat das nicht«, sagt Fred. »Ich hab ein paar Freunde bei der Regierung angerufen, aber eure Gruppe umfasst nicht gerade einen großen Prozentsatz der Bevölkerung. Sie meinen, das öffentliche Gesundheitswesen regelt die Betreuung von Witwen.«

»Ach, hör auf, so ein Quatsch«, unterbreche ich. Soll ich etwa im Gesundheitsministerium anrufen, weil mein Mann tot ist und ich eine Sicherung wechseln muss?

»Ich will nicht mit dir streiten. Ich sag dir nur, wie es ist.« Fred holt ein liniertes Blatt Papier aus seiner Tasche. Er hat sich während der Telefonate mit seinen Freunden bei der Regierung Notizen gemacht. Seine Handschrift ist erstaunlich sauber. Ich kenne keinen Mann, der leserlich schreibt. Ausgerechnet der ungeschlachte Fred mit seinen dreckigen Fingernägeln hat eine schöne Schrift mit so perfekten Schnörkeln und Rundungen, als würde er regelmäßig Tagebuch schreiben und nicht Möhren aus dem Ackerboden ziehen.

»Du musst einige dieser Punkte hier erwähnen.« Er liest langsam und ohne jede Gefühlsregung von seinem Zettel vor. »Also … Aufbau einer notwendigen Hilfsstruktur in ländlichen Regionen, Förderung von geistiger Gesundheit und Wohlergehen, Stärkung der Unabhängigkeit von Frauen … all so ein Blödsinn.« Er wirft mir den Zettel hin, als ob ihn seine Worte angewidert hätten. Dann reicht er mir einen weiteren Zettel mit einem Namen und einer Telefonnummer: Dr. Dorothy Dunn aus St. John's. Ich habe keine Ahnung, wer diese Person ist, und beiße mir verwirrt auf die Lippen. Wieso gibt mir Fred die Nummer einer Ärztin? Ich bin doch nicht krank.

»Wer ist Dr. Dunn?«

»Eine Professorin von der Uni. Frauenforschung oder Soziologie, vielleicht auch beides. Sie will dir bei der Antragstellung und den Formulierungen helfen, wenn sie dafür nächstes Jahr in irgendeiner wissenschaftlichen Zeitung, in der sie unbedingt veröffentlichen will, einen Aufsatz über euch schreiben darf.«

Ich öffne den Mund, um ihm zu danken, aber er ist schon aufgesprungen und eilt zur Tür.

## Kapitel 28

# *Prissy*

Nach unserer Rückkehr, in der ersten Nacht alleine mit meiner Mutter, bin ich so nervös wie an dem Tag, als ich mit Quentin aus dem Krankenhaus kam. Ohne die kompetenten Krankenschwestern, die auf den Korridoren der Reha-Station patrouillieren, habe ich Angst. Wenn etwas passieren sollte, kann ich niemanden rufen, der weiß, was zu tun ist.

Das Reha-Programm meiner Mutter gilt als abgeschlossen, allerdings erscheint mir dieses Urteil der Ärzte unbegreiflich, denn meine Mutter kann noch immer nicht gehen, nicht einmal mit einer Gehhilfe, und obwohl sie mittlerweile recht deutlich spricht, verstehe ich sie trotzdem oft genug nicht, oder sie redet sinnloses Zeug. Sie hat eine gewisse Kontrolle über ihre Körperfunktionen, aber es passieren so viele Malheurs, dass sie meist eine Erwachsenenwindel benötigt. Es fällt mir schwer zu akzeptieren, dass meine Mutter entlassen wurde, obwohl sie noch keine Ähnlichkeit mit der Person hat, die vor gut zwei Monaten ins Krankenhaus eingeliefert wurde.

Wenigstens hat Charlie die Rampe zur Hintertür gebaut. Ich betrete sie und prüfe ihre Stabilität, dann erst schiebe ich meine Mutter dort hinauf. Das Haus ist kühl, es hat die ganze Zeit leer gestanden. Ich gehe langsam durch alle Räume und kontrolliere, ob Charlie Moms Sachen in das hintere Schlafzimmer gebracht und die entsprechenden Vorrichtungen im Badezimmer montiert hat. Der Arzneischrank ist mit allem gefüllt, worum ich gebeten habe, und im Kühlschrank und in den Vorratsschränken liegen lauter gesunde Sachen, Obst, Gemüse und Vollkornprodukte.

Ich sollte dem Herrgott für Charlie danken, denn ich wüsste nicht, wie man eine Rampe baut oder in eine Badezimmerkachel bohrt, und ich hätte erst recht nicht die Kommode die Treppe hinunterwuchten können. Trotzdem würde ich Charlie gerne zur Rede stellen, weil er die Krankheit ganz mir überlassen hat. Ich kann seine Besuche im Krankenhaus und in der Reha-Klinik an einer Hand abzählen. Und wenn er sich zu einem Besuch durchgerungen hatte, war er völlig verkrampft und nach einer Viertelstunde wieder fort. Charlie hat nie nach ihren Fortschritten, ihrer Behandlung oder nach Möglichkeiten, ihr die Umstellung zu erleichtern, gefragt.

Ich habe seit Wochen nicht mehr in einem richtigen Bett gelegen, sondern auf den beiden Stühlen im Krankenzimmer meiner Mutter geschlafen. An mir war es hängengeblieben, mir von Ärzten und Krankenschwestern Moms Zustand und die Art der Nachsorge beschreiben zu lassen. Ich war diejenige, die all die Broschüren über Schlaganfall, Inkontinenz, Füttern und Ernährung, Medikation und Depressionen lesen musste.

Es ist seltsam, meine Mutter in ihrem jetzigen Zustand in ihrer Küche zu sehen. Ich hatte zwei Monate lang Zeit, mich an den Gedanken zu gewöhnen, aber es trifft mich unerwartet schwer. Ich konnte den Anblick meiner leidenden Mutter ertragen, solange sie im Krankenhaus und von Ärzten und Schwestern umgeben war, aber ich hatte wohl erwartet, dass sie bei ihrer Rückkehr schlagartig wieder normal würde. Sie schaut geradeaus, doch wenn ich ihrem Blick folge, ist dort nichts, worauf sie schauen könnte, nur der Griff eines Küchenschranks. Wahrscheinlich blickt sie ins Leere, und ich wüsste gerne, was in ihrem Kopf vorgeht.

»Willst du eine Kleinigkeit essen?«, frage ich.

»Rauchen«, antwortet sie. Seit dem Schlaganfall spricht sie so wenig wie möglich und drückt ihre Wünsche meist in einem Wort aus.

»Mom, bitte«, flehe ich. Ich würde alles für sie tun, aber ich kann nicht zulassen, dass sie wieder raucht. »Du weißt, du darfst nicht rauchen.«

Sie zieht, soweit ihr das mit der beschränkten Kontrolle über ihre Gesichtsmuskeln gelingt, eine unglückliche Miene, und daraufhin erwäge ich schon nachzugeben.

»Es ist nur zu deinem Besten«, versuche ich sie zu überzeugen, aber es klingt bevormundend, und bestimmt hasst sie mich deswegen.

Charlie lässt sich erst nach einer Woche blicken. Inzwischen habe ich mich in meine neue Rolle als Pflegerin eingelebt. Ich wechsle ebenso schnell wie gekonnt Windeln und spreche dabei zur Ablenkung die ganze Zeit. Ich entsetze mich nicht mehr, wenn ich meine Mutter füttern muss, und auch mein Magen dreht sich nicht mehr um. Ich helfe ihr beim Duschen und Umziehen, obwohl Mom beinahe rund um die Uhr Nachthemden trägt. Ich hatte erwogen, mit ihr ein wenig nach draußen zu gehen, damit sie an die frische Luft kommt, aber es liegen schon einige Zentimeter Schnee, und ich hatte Angst, der Rollstuhl könnte steckenbleiben oder ich auf Glatteis ausrutschen.

Als Charlie nun Lebensmittel und Medikamente vorbeibringt, fühle ich mich, als wäre ich auf einen fernen Außenposten verbannt und von halbjährlichen Vorratslieferungen abhängig. Ich würde so gerne selbst einmal die Einkäufe erledigen, aber ich habe Angst, meine Mutter alleinzulassen, und Charlie scheint Angst davor zu haben, mit ihr alleine zu sein.

Da Charlie früher täglich zum Frühstücken und zum Abendessen gekommen ist und dabei noch oft seine Schmutzwäsche abgeliefert hat, fällt seine Abwesenheit besonders ins Gewicht. Als er sich nach gerade zehn Minuten zum Gehen wendet, explodiere ich: »Wohin willst du? Mom braucht dich jetzt, und du lässt sie im Stich.«

Das ist ein harter Vorwurf, und seinem Gesichtsausdruck nach zu urteilen, sieht er das ebenso. »Scheiße, was willst du denn von mir, Prissy? Soll ich ihr die Scheißwindeln wechseln? Ihr den Arsch abwischen? Ihr die Scheißbeine rasieren? Ich kann es ja schon nicht ertragen, sie so zu sehen!«

»Ich reiße mich genauso wenig darum wie du, Charlie, aber ich mach's trotzdem«, erwidere ich selbstgefällig. »Gott, Charlie, sie ist auch deine Mutter, aber ich bin diejenige, die alles für sie tut.« Ich flüstere laut, damit Mom uns nicht hört. Sie empfindet sich ohnehin als Last, und ich will ihrer Behauptung, der zu widersprechen mich am Tag neunzig Prozent meiner Zeit kostet, keine Nahrung geben.

»Warum steigst du nicht von deinem scheißhohen Ross und sagst mir, wo verdammte Scheiße du die letzten fünfzehn Jahre warst.« Charlie ist beinahe so wütend auf mich wie ich auf ihn, und das hier entwickelt sich zu einem Streit, wie wir ihn seit Kindertagen nicht mehr hatten.

»Was soll das denn heißen?«

»Du weißt verdammt genau, was das heißt.«

»Wenn du mir was zu sagen hast, dann sag es«, stachle ich ihn auf, denn ein Streit käme mir jetzt gerade recht, um endlich meinen Frust loszuwerden.

»Wer, verdammte Scheiße, glaubst du, hat sich um Mom und Dad gekümmert, nachdem du abgehauen bist?«, speit er mir entgegen. »Ich war das, Scheiße, Mann.«

Ich lache, übertrieben, höhnisch. »Du? Seit wann kümmert man sich um seine Eltern, wenn man zwei Mal am Tag bei ihnen isst und ihnen auch noch die schmutzige Wäsche bringt? Die beiden haben sich um *dich* gekümmert.«

»Du bist eine so blöde Zicke, kein Wunder, dass dein Mann in der Gegend rumgevögelt hat.«

Das sagt Charlie nur, um mir wehzutun. Der Zustand meiner Ehe hat nichts mit unserer Unterhaltung zu tun, und ich versuche, es ihm mit einem ebenso grausamen wie abwegigen Kommentar heimzuzahlen: »Immerhin hab ich geheiratet. Du hast ja kein Mädchen abbekommen, weil du … blöd und hässlich bist.«

Ich klinge wie eine Fünfzehnjährige. Um Charlies Mundwinkel zuckt es, was furchtbar ansteckend ist. Ich bekämpfe den Drang zu lachen, denn inmitten eines hitzigen Wortgefechts ist Gelächter ebenso unangebracht wie in einer Bibliothek oder in der Schule, was den Reiz nur erhöht. Bald schon lächeln wir einander beschämt an und vergeben uns.

»Hör zu, Priss«, sagt Charlie sehr ernst. »Du warst nicht hier, und daher kannst du es nicht wissen. Dad war nicht so krank wie Mom, aber, weiß Gott, er ist schnell gealtert. Ich musste alles für die beiden tun. Weißt du noch, wie es früher war?« Er wartet die Antwort gar nicht ab. »Dad wollte immer nur vor dem Fernseher sitzen, Hockey gucken, Zeitung lesen oder Nachrichten hören, und Mom hat immer in der

Küche rumgewerkelt und ihn angebrüllt, er solle irgendetwas tun.«

Meine Mutter hatte tatsächlich die unheimliche Fähigkeit zu erahnen, wann mein Vater die Augen geschlossen hatte, denn genau in dem Moment verlangte sie von ihm, die Auffahrt freizuschaufeln, den Rasen zu mähen, die Blätter zu harken oder die Einkäufe zu erledigen.

»Sobald Dad pensioniert war, wollte er auf einmal den Rasen mähen, die Läden streichen oder das Leck auf dem Dach flicken. Er wollte wohl allen beweisen, dass er das noch konnte, aber er konnte eben nicht. Er war schon außer Atem, wenn er nur die Treppe raufgegangen ist. Und Mom wollte plötzlich, dass er sich hinlegt. Zwei Jahre lang habe ich jeden Tag den gleichen Anruf bekommen: ›Charlie, dein Vater steigt auf das Dach und will die Regenrinne reinigen. Charlie, dein Vater hebt was Schweres. Dein Vater schaufelt draußen Schnee, und ich hab Angst, dass er ausrutscht und sich den Kopf aufschlägt.‹ Verstehst du allmählich?«

»Ja«, nicke ich mit schlechtem Gewissen, aber Charlie ist noch längst nicht fertig.

»Und seit Dads Tod musste ich die unmöglichsten Botengänge für Mom erledigen. Weizenkleie besorgen, Dollarscheine, weil sie keine Münzen mag, Gelenksalbe, Tylenol gegen ihre Arthritis, nur nicht die Kapseln, Teeblätter, eine 50-Watt-Glühbirne, weil 40 zu schwach und 60 zu hell sind. Dann soll ich bei Marks and Spencer Fleischpastete kaufen, obwohl Marks and Spencer hier vor zwanzig Jahren dichtgemacht hat, aber nein, sagt Mom, Marks and Spencer ist im Einkaufszentrum. Seit Dads Tod war mein Leben eine einzige Scheißschnitzeljagd.«

Ich lache unpassenderweise, aus Verlegenheit.

»Sie ist schon lange nicht mehr klar im Kopf. Wann hat sie dich zuletzt mit deinem Namen angesprochen oder sich halbwegs normal benommen? Glaubst du nicht, das mit der Todesanzeige war ein Zeichen dafür, dass sie langsam durchdreht? Der Schlaganfall ist nur der Anfang vom Ende.«

Mir wird zum ersten Mal bewusst, dass ich Charlie mit unseren alternden Eltern alleingelassen habe. Natürlich nicht absichtlich. Als ich von hier weggegangen bin, waren beide in bester Verfassung. So hatte ich sie in Erinnerung, und so habe ich sie mir immer vorgestellt.

Charlie sieht mich mit einer gewissen Befriedigung an. »Und dann kommst du für eine Scheißwoche im Jahr, und Mom und Dad führen sich auf, als wärst du die Scheißkönigin von England, auf Staatsbesuch. Plötzlich ist alles prima und dreht sich nur um Prissy und ihre Familie, und wenn du weg bist, muss ich wieder den ganzen Mist erledigen.«

»Es tut mir leid«, sage ich. »Das war mir nicht bewusst.«

»Schon okay. Nur die Sache mit Mom jetzt … ich kann nicht tun, was du tust. Ich kann das nicht …«

»Ich tue es. Es macht mir nichts aus.« Und das meine ich ehrlich.

Als Charlie fort ist und ich meiner Mutter ins Bett geholfen habe, klingelt mein Handy. Es ist Howies Nummer, und darum gehe ich nicht ran, wie bei keinem seiner heutigen Anrufe. Zuletzt hatten wir eine Woche nach Mutters Schlaganfall miteinander telefoniert. Ich stand im Sanitätshaus und diskutierte gerade, ob ich den teureren gepolsterten Toilettensitz oder den Plastiksitz kaufen sollte. In dem Moment rief Howie an und fragte, ob ich das Päckchen erhalten hätte. Ich fragte, welches Päckchen, obwohl ich natürlich wusste, dass er die Scheidungspapiere meinte. Er sollte nur endlich die

Dinge beim Namen nennen und nicht Päckchen sagen, als hätte er mir ein Geschenk geschickt. Davon abgesehen war die Frage sowieso dumm, denn er hatte es mir ja persönlich aushändigen lassen. Die Papiere konnten kaum in der Post verloren gehen. Ich fand es furchtbar grausam und unsensibel, mich deshalb anzurufen, wo ich gerade so viel durchmachte, aber dann wurde mir klar, dass er von dem Schlaganfall nichts wissen konnte. Für den Bruchteil einer Sekunde war ich versucht, es ihm zu erzählen, ließ es jedoch. Ich bestätigte ihm den Empfang des Päckchens und legte auf. Die Verkäuferin aus dem Sanitätshaus sah mich eine Träne fortwischen, mit zwei Toilettensitzen und einem Handy jonglierend, und schenkte mir ein warmes Lächeln, als ob so etwas ihr täglicher Anblick wäre. Das Traurige ist, wahrscheinlich stimmt das sogar.

Da ich Howie nicht zurückrufen will, rufe ich Quentin an, um zu hören, ob alles in Ordnung ist. Ich war noch nie länger als zwei Tage von ihm getrennt. Ich vermisse ihn so sehr, dass ich einen ständigen Schmerz in meiner Brust spüre. Dauernd ertappe ich mich dabei, wie ich auf die Uhr schaue und überlege, wo Quentin um diese Zeit wohl ist und was er macht. Mich beschäftigt, ob er wütend ist, weil ich nicht wie angekündigt nach Toronto zurückgekommen bin, aber bei meinen täglichen Anrufen nach der Schule zeigt er niemals feindselige Gefühle.

»Hey, Mom«, sagt er nun, unverdrossen. »Wie geht's?«

»Alles okay?«

»Jo.«

»Wie läuft's in der Schule?«

»Nervt.«

Ich lächle über seine Antwort. »Du fehlst mir«, sage ich.

»Ja, egal. Wie geht's Onkel Charlie und Oma?«

»Gut«, sage ich. Ich habe ihm noch immer nichts von dem Schlaganfall erzählt. »Wie läuft's mit deinem Vater?« Vielleicht kann mich Quentin ja vorwarnen, weshalb mich Howie sprechen will.

»Nervt.«

Die Bemerkung freut mich, obwohl Quentin von mir sicher keine bessere Meinung hat. »Na, ich wollte bloß hören, ob bei dir alles in Ordnung ist.«

»Alles bestens«, seufzt er. »Wir seh'n uns«, sagt er, und in dem Moment denke ich mir nichts dabei.

## Kapitel 29

# *Georgia*

Ich achte aus verschiedenen Gründen sehr darauf, meine Schwangerschaft geheimzuhalten. Zunächst hat mein Zustand etwas Beschämendes – obwohl ich mir das vielleicht bloß einbilde und obwohl ich eine erwachsene Frau bin. Ich habe keinen Ehemann, nicht einmal einen Freund, und wenn bekannt wird, dass ich Freds Kind erwarte, werde ich mit Sicherheit zum Tagesgespräch. Eine größere Rolle aber spielt etwas anderes. Ich habe noch immer nicht in vollem Umfang erfasst, was mein Zustand wirklich bedeutet. Ich wollte es Lottie und Prissy erzählen, nur bringe ich nicht den Mut auf, dabei wissen sie von meiner Begegnung mit Fred und würden sicher nicht über mich urteilen. Ich habe auch daran gedacht, es Fred zu sagen. Natürlich hat er ein Recht, es zu wissen, doch die Sache zwischen uns ist so komisch ausgegangen, dass ich nicht wüsste, wie ich es ansprechen sollte.

Als mich Lottie zum Frühstück bei Lawlor's einlädt, nehme ich mir vor, ihr alles zu erzählen. Aber bei meinem Eintreffen sitzt sie schon in einer der hinteren Nischen einer Frau mit kurzem, grau meliertem Haar und vollen Lippen gegenüber. Sie wird mir als Dr. Dunn vorgestellt. Also weiß Lottie Bescheid. Warum sollte sie sonst eine Ärztin zu unserem Treffen bitten?

»Dr. Dunn ist Professorin für Soziologie und Frauenforschung an der Universität und will uns dabei helfen, öffentliche Mittel für unsere Selbsthilfegruppe zu bekommen«, erklärt Lottie.

Ich gebe vor Erleichterung einen Stoßseufzer von mir, weil Dr. Dunn Professorin für Frauen und keine Frauenärztin ist. Joseph würde sie vermutlich scherzhaft als Männerhasserin bezeichnen, weil sie Frauenstudien lehrt und kurzes Haar hat, obwohl sie dunkelroten Lippenstift und braunen Eyeliner trägt. »Schön, Sie kennenzulernen«, sage ich ruhig und frage mich, wie Lottie von jemandem wie Dr. Dunn überhaupt erfahren konnte.

»Ich glaube«, sagt Dr. Dunn, »dass Ihre Organisation zu einer aufschlussreichen Studie über die sozioökonomischen Auswirkungen führen wird, denen Frauen unter vierzig in ländlichen Kommunen durch den Tod des Ehemannes unterworfen sind.« Dr. Dunn trinkt Kaffee statt Tee und hat sich einen Teller mit frischem Obst und Hüttenkäse bestellt. Die körnige weiße Masse schillert und wabbelt in ihrer Schüssel, als hätte sie ein Eigenleben. Bei dem Anblick, in Kombination mit dem Geruch nach Eiern und gebratenem Fleisch, wird mir übel, und ich muss mich zusammenreißen, mich nicht zu übergeben.

Dr. Dunn zieht einen Stapel Papiere hervor. »Traditionell«, sagt sie mit Autorität, »gehen die Neufundländer Berufen auf sehr gefährlichen Arbeitsfeldern nach, allen voran im Sektor Fischfang, Bergbau und in jüngster Zeit Erdöl- und Gasförderung. Dies führt zu einer überdurchschnittlich hohen Sterberate unter der männlichen Bevölkerung. Hinzukommen die Faktoren Klima, Umgebung und Kultur, die ebenfalls zu einer erhöhten Männersterblichkeit beitragen.«

Hoffentlich ist Dr. Dunn nicht enttäuscht, dass sich der Tod unserer beiden Männer keinem dieser Gründe zuschreiben lässt.

»In Anbetracht all dessen sollten wir kein Problem haben, den Bedarf für eine Organisation wie die Ihre zu begründen«, fährt Dr. Dunn fort. Sie pustet, bevor sie trinkt, auf ihren Kaffee und sucht dann in ihrer Tasche nach einer Schildpattbrille und einem Spiralblock. Sie blättert, bis sie auf eine Seite mit Lotties Namen stößt. Auf der Seite stehen mehrere Notizen. Ich kneife die Augen zusammen, um etwas zu erkennen, aber ich kann nur in Großbuchstaben WIHP lesen, die Abkürzung, um die Lottie so gerungen hat.

Dr. Dunn lässt ihre Brille auf die Nasenspitze rutschen und fährt fort. »Lottie, Sie haben gesagt, es haben schon zehn Frauen Interesse bekundet?«

»Elf«, korrigiert Lottie, und Dr. Dunn macht eine entsprechende Notiz. Ich sehe Lottie erstaunt an. Wo und wie konnte sie elf junge Witwen auftreiben? Dr. Dunn wirkt angesichts dieser Information sehr zufrieden, als ob jeder Todesfall eines jungen Mannes ein gutes Omen für unseren Antrag wäre. Mir widerstrebt der Aufbau einer Selbsthilfegruppe immer mehr, und ich wünsche mir insgeheim, ich wäre niemals auf die Idee gekommen.

»Ich würde gerne mit Ihnen anfangen, Lottie. Wie ist Ihr Mann gestorben?«, fragt Dr. Dunn und rührt ihren Kaffee um.

In Lotties Wangen kriecht Schamesröte. Sie scheint von der Frage peinlich berührt, denkt vielleicht, verglichen mit den von Dr. Dunn angeführten Arbeitsunfällen sei Selbstmord eine weniger ehrenvolle Todesart. »Er hat sich umgebracht«, sagt Lottie leise und glättet sich mit zitternder Hand das Haar am Hinterkopf. »Ich weiß nicht genau, warum, denn er hat keinen Abschiedsbrief hinterlassen, aber Ches hat nie was aufgeschrieben. Wenn ich zum Einkaufen zu Hayward's gegangen bin und Ches bei meiner Rückkehr weg war, hat da nie eine Nachricht gelegen. Er hätte an der Eisbahn, in der Legion oder sonst wo sein können. Ich konnte ihn immer erst fragen, wenn er nach Hause gekommen ist, und dann war es sowieso egal. Vor ein paar Jahren hat sich Ches den Rücken gebrochen. Er konnte zwar noch laufen, aber er hatte starke Schmerzen und war arbeitsunfähig. Er hat viel getrunken, viel geschlafen, und das ist wirklich alles, woran ich mich erinnere.«

Es ist das erste Mal, dass Lottie über Ches gesprochen und dabei keine abfällige Bemerkung gemacht hat. Ich schenke ihr ein ermutigendes Lächeln. Der Elan, mit dem sie sich um öffentliche Gelder bemüht, hat mich von Anfang an verblüfft. Denn Lottie geht es nicht wie mir. Sie hat keine Sehnsucht nach Ches, sie benimmt sich nicht, als würde ihre Welt in Trümmern liegen, sie behauptet sogar, sie hätte Ches nicht einmal besonders gemocht. Ich muss unbedingt wissen, warum diese Gruppe so wichtig für sie ist.

»Warum liegt dir so viel an dieser Sache, Lottie?«, frage ich, als Dr. Dunn gerade selbst eine weitere Frage stellen will.

Lottie holt tief Luft, verschränkt die Hände und legt sie vor sich auf den braun gefleckten Laminattisch. »Ich muss etwas tun. Ches ging es nicht gut, aber ich habe nichts unternommen. Ich habe ihm niemals gesagt, dass ich mir Sorgen um ihn machen würde, denn ich habe mir keine Sorgen gemacht. Ich habe niemals einen Arzt angerufen und gefragt, ob ich etwas tun könnte. Ich war nur wütend, weil Ches ständig geschlafen und getrunken hat. Er hat alle Alarmsignale ausgesendet, und ich habe sie alle übersehen. Teilweise habe ich ein entsetzlich schlechtes Gewissen, weil ich nichts getan, mich nicht um ihn gekümmert habe, und teilweise bin ich einfach wütend, weil er so eine Dummheit begangen hat. Wenn ich diese Selbsthilfegruppe auf den Weg bringe, empfinde ich vielleicht endlich etwas anderes, gibt mir das vielleicht endlich ein gutes Gefühl.«

So emotional habe ich Lottie noch nie erlebt, ihre Wangen haben rote Flecken, und ihre Knöchel und Fingernägel sind weiß, weil sie ihre Hände so fest umklammert.

Die Erkenntnis, dass Lottie diese Gruppe wirklich braucht, vielleicht mehr, als ich sie je gebraucht hätte, überrascht mich. Für sie muss sich vieles grundlegend ändern. In diesem Moment lege ich meine Vorbehalte ab und wachse über mich hinaus, in einem unbeabsichtigten oder sogar unvorstellbaren Maß. Ich erzähle Dr. Dunn alles, von Joseph, seinem Tod und den Auswirkungen auf mein Leben. Ich erzähle ihr, warum ich eine Selbsthilfegruppe für junge Witwen gründen wollte, und betone bewusst meine egoistischen, eigennützigen Gründe. Ich erzähle ihr, wie froh ich war, dass Lottie Witwe wurde, denn so war ich nicht mehr die Einzige. Ich erzähle ihr, was die Gruppe meiner Meinung nach sein, was sie leisten und bewirken sollte.

Nach dem Gespräch mit Dr. Dunn versichert mir Lottie, dass wir es schaffen, wir etwas erreichen werden. Um ihretwillen hoffe ich, dass sie recht hat.

## Kapitel 30

# *Prissy*

Ich warte mit dem Schlafengehen, bis meine Mutter zu Ende geraucht hat. Zumindest vermute ich, dass sie deshalb im Badezimmer ist. Gewöhnlich komme ich ihr leicht auf die Schliche, denn hinterher ist das Badezimmer eiskalt, weil meine Mutter am offenen Fenster raucht, und obwohl sie danach Lufterfrischer versprüht, riecht man die Zigarette immer noch. Außerdem habe ich neulich beim Putzen ein Heftchen Streichhölzer unter der Badematte gefunden. Mit den Beweisen hätte ich sie festnageln können. Aber ich lasse es ihr durchgehen. Ich kann es zwar nicht gutheißen, aber ignorieren.

Mit Charlie habe ich mich deswegen schon gestritten. »Lass sie doch rauchen, verdammte Scheiße. Is' doch das Einzige, was ihr noch Spaß macht.«

»Aber wenn sie wieder mit dem Rauchen anfängt, wird sie sterben«, habe ich erwidert und mit Nachdruck ergänzt: »Das haben die Ärzte alle gesagt.«

»Na, und? Lebendig kann man sie ja nicht gerade nennen.«

Ich war so wütend auf Charlie. Für mich hatte das geklungen, als hätte er sie schon aufgegeben, doch inzwischen schließe ich mich seiner Meinung teilweise an. Ich finde es zwar nicht gut, dass ich sie wie eine Halbwüchsige zur Heimlichtuerei zwinge, aber wenn ich sie in meiner Gegenwart rauchen ließe, hätte ich das Gefühl, ihr aktiv zu schaden. Außerdem hat es etwas seltsam Tröstliches, dass sie zwar angeblich nicht mehr die Geschicklichkeit besitzt, Fleisch zu schneiden oder sich eine Bluse zuzuknöpfen, es allerdings schafft, ein Fenster zu öffnen, ein Streichholz anzuzünden und ein tödliches Karzinogen zu inhalieren. Demnach ist ihre Hilflosigkeit teilweise Theater, zumindest eine Frage der Einstellung.

Ich will gerade nach Mom schauen, da klopft es überraschend an der Tür. Als Quentin vor mir steht, halte ich den Atem an, lege eine Hand auf den Mund, drücke Quentin mit zitternden Händen an die Falten meines Bademantels und umarme ihn, bis Tränen in meinen Augenwinkeln prickeln. Ich habe ihn fast drei Monate lang nicht gesehen, aber mein Kummer heilt bei seinem Anblick im Nu. Dass Quentin mich nicht umarmt, ist unwichtig, immerhin toleriert er meine Gefühlsbekundungen. Er schiebt mich weder weg, noch seufzt er genervt. Das ist womöglich die liebevollste Geste, die ein Vierzehnjähriger zustandebringt.

Auf Quentin folgt Howie und wartet geduldig, bis ich von unserem Sohn ablasse. Howie lehnt sich so entspannt und selbstverständlich an die Küchentheke wie jemand, der hier aufgewachsen ist. Er hat immer besser in meine Welt gepasst als ich in seine, was ich sehr an ihm geliebt habe. Jetzt erfüllt es mich mit Verbitterung.

Er reibt kräftig die Hände aneinander und haucht darauf. Sein Hals ist von der üblichen Kombination aus Hemdkragen und Krawatte befreit und wird von einem lässigen hellbraunen Pullover mit rundem Ausschnitt entblößt. Mich überkommt das starke Verlangen, mein Gesicht dort zu vergraben, ihn zu riechen, die Bartstoppeln auf meinen Wangen zu spüren und mich von aller Last zu befreien. Ich würde mir so gerne von der Seele reden, wie furchtbar die letzten Monate waren. Ich würde ihm so gerne erzählen, dass ich acht Wochen lang auf einem Stuhl geschlafen habe, neben dem Krankenbett meiner Mutter. Ihm alles bis ins kleinste Detail schildern, angefangen mit der Zahl der Tabletten, die meine Mutter täglich nimmt, bis hin zur Konsistenz des Essens, das ich für sie kochen muss. Dass ich Mom auf die Toilette helfen und ihr hinterher davon wieder runterhelfen muss, vorausgesetzt, sie schafft es überhaupt. Dass ihre Haut so dünn wie Papier ist und jede einzelne Ader durchschimmert und dass mich das an die gedünsteten Klößchen erinnert, die wir immer in unserem Restaurant in Chinatown bestellt haben. Ich würde ihm so gerne erzählen, dass auf ihren Schienbeinen überall mysteriöse blaue Flecken erscheinen, obwohl sie nicht herumläuft und sich nicht stoßen kann, und dass es meine ganze Kraft in Anspruch nimmt, ihr allein die gelben Zehennägel zu schneiden. Vor allem aber würde ich ihm so gerne gestehen, wie sehr mich mein schlechtes Gewissen plagt, weil ich manchmal insgeheim und nur ein wenig meiner Mutter darin zustimme, dass sie besser in der Nacht des Schlaganfalls gestorben wäre. Doch ich halte mich zurück.

Georgia und Lottie fallen mir ein. Sie werden ihre Männer niemals wiedersehen, trotzdem glaube ich nicht, dass ich in der glücklicheren Lage bin. Es ist bestimmt leichter, sich seinen Mann vorzustellen, als ihm leibhaftig gegenüberzustehen und dennoch nicht an ihn heranzukommen.

Mein Bekenntnisdrang ist so stark, dass ich mir Howies Betrug ins Gedächtnis rufen muss, bis die Wunde wieder frisch und eitrig ist und der alte Widerwille die plötzliche Sehnsucht verdrängt.

»Was machst du hier?«

Howie seufzt. Ihn nervt schon allein meine Frage. »Wenn du dir die Mühe machen würdest, deine Post zu öffnen oder ans Telefon zu gehen, wüsstest du genau, warum ich hier bin.«

Ich habe nicht nur Howies Anrufe ignoriert, sondern auch seine Nachrichten gelöscht, ohne sie mir anzuhören. Und tatsächlich sind neulich drei Briefe aus Toronto gekommen, aber da der Absender eine Anwaltskanzlei war, habe ich sie zu den Scheidungspapieren gelegt. Ich war noch nicht bereit, sie anzusehen. Noch nicht.

»Ich hatte viel zu tun«, lüge ich. »Was ist denn?« Mein Mund wird trocken. Was mag in diesen Briefen, die ich nicht öffnen konnte, stehen?

Howie räuspert sich. »Morgen findet Quentins Gerichtsverhandlung statt, wegen der Vorfälle an jenem Abend, als er sich betrunken und aus einem Lieferwagen Bier und Chips gestohlen hat. Quentin wird sich der Gnade des Richters ausliefern, sein Vergehen mit teenagertypischer Dämlichkeit begründen und auf schuldig plädieren.«

Quentin wirft seinem Vater einen giftigen Blick zu. »Hoffentlich muss ich ins Gefängnis«, nuschelt er. »Kann nich schlimmer sein als bei dir. Gefangene haben wenigstens einmal am Tag Ausgang.«

Die Gerichtsverhandlung hatte ich vollkommen vergessen. Ich bin so eine unzulängliche Mutter! Hätte ich Quentin nach Carbonear bringen müssen, wäre morgen Nachmittag wahrscheinlich schon ein Haftbefehl für mein Kind ausgestellt worden.

»Es tut mir leid, ich muss es vergessen haben«, sage ich.

Ich spüre Howies Blicke auf mir. Ich muss einen tollen Anblick bieten. Mein Bademantel müsste dringend gewaschen werden. Ich habe seit Wochen, vielleicht Monaten, schon kein Make-up mehr benutzt. Ich trage keine Kontaktlinsen, sondern meine Brille mit dem altmodischen, verbogenen Drahtgestell. Ich kann mich nicht erinnern, ob ich heute überhaupt geduscht habe. Meine Hand befühlt unbewusst meinen Kopf, der fettige Ansatz beantwortet meine Frage. Großartig.

Nicht, dass mich Howie so noch nie gesehen hätte. Im Laufe unserer Ehe hat er mich öfter so gesehen, als ich zugeben mag: als ich die schwere Grippe hatte und vier Tage lang nicht aus dem Bett gekommen bin. Oder als ich mir einen so schlimmen Magenvirus eingefangen hatte, dass ich mich tagelang ununterbrochen übergeben musste und Howie trotz des Kotzegestanks meinen Kopf an seiner Brust ertrug. Aber das war anders. Hier und jetzt fühle ich mich regelrecht entblößt, völlig schutzlos. Nervös schlinge ich den Bademantel um mich, was meinen Gewichtsverlust nur noch betont.

Howie sieht mich an, als würde er erst jetzt meinen Zustand bemerken. »Gott, Prissy, du siehst furchtbar aus. Geht es dir gut?«

Am liebsten würde ich ihm ins Gesicht schleudern: *Nein, mir geht es gar nicht gut, du egoistisches Arschloch!* »Alles bestens. Ich hatte nur viel um die Ohren.«

Offenkundig fragt er sich, was mich so beschäftigt haben mag, dass ich darüber die Körperpflege vernachlässigt habe. In dem Moment ertönt die leise Stimme meiner Mutter aus dem Badezimmer, gedämpft weniger durch die geschlossene Tür als durch den Schlaganfall.

»Prissy, alles in Ordnung? Wer ist denn da?«

»Alles okay, Mom. Ich komme gleich«, rufe ich zurück. »Entschuldige mich einen Moment«, sage ich zu Howie. Ich will die Gelegenheit nutzen, meine Mutter unauffällig ins Bett zu bringen, doch Mom wählt diesen Moment, um sich mit ihrem gesunden Arm in unsere Blickachse zu rollen. Nervös halte ich den Atem an.

Doch als Mom Quentin und Howie erblickt, strahlt sie so selig und unschuldig wie ein Kind, das seine neuen Spielsachen unter dem Weihnachtsbaum entdeckt, und das ist dann wohl der Moment, in dem Mom endgültig den Verstand verliert. Ihre körperlichen Unzulänglichkeiten hatten sich gleich gezeigt, aber der Verlust ihrer geistigen Fähigkeiten ist langwieriger und komplizierter verlaufen. Seit dem Schlaganfall beschränken sich die Ausdrucksmöglichkeiten meiner Mutter auf eine mürrische und eine missbilligende Miene, die jeweils den Grad ihres Grams anzeigen. Ich hatte sogar manchmal vermutet, dass der Schlaganfall die Gesichtsmuskeln, die für das Lächeln zuständig sind, vollständig gelähmt hatte, aber nun erscheint das Gesicht meiner Mutter so jung und entspannt wie seit Monaten nicht.

»Mein kleines Möppelchen«, lallt sie Quentin an. »Komm und gib Omi 'nen Kuss.«

Quentin zögert, seine Großmutter macht ihm Angst. »Was hat Oma denn?«, fragt er, als könnte er sich mit dem, was ihr widerfahren ist, anstecken.

»Schon okay«, ermuntere ich ihn. »Oma war krank und braucht bei manchen Dingen Hilfe, aber sonst geht es ihr gut«, versichere ich ihm. »Sie hat dich sehr vermisst.« Wieder spüre ich Howies Blick auf mir, aber ich weigere mich, ihn anzusehen, und richte meine Aufmerksamkeit auf Quentin und versuche ihn im Geiste zu einer Umarmung zu drängen, was er zu meiner großen Erleichterung schließlich tut.

»Clara«, sagt Howie höflich. »Schön, dich zu sehen.« Er scheint unsicher, wie er seiner Schwiegermutter unter diesen Umständen gegenübertreten soll, und ich kann es ihm nicht verübeln. Das ist schließlich die Frau, die seinen Tod erfunden, eine Gedenkfeier organisiert und ihn mit jedem nur erdenklichen Schimpfwort belegt hat, und nun sitzt sie vor ihm im Rollstuhl, gebrechlich, dünn, bemitleidenswert. Howie scheint sich trotzdem gegen eine weitere Verbalattacke zu wappnen, doch Mom strahlt ihn an.

»Howard, siehst du blendend aus«, sagt sie. »Ich glaubte beinahe schon, du hättest uns im Stich gelassen, aber so was würdest du nicht tun.« Sie lächelt über diese vermeintlich abwegige Unterstellung. »Und jetzt komm her und lass dich umarmen.«

Am liebsten würde ich über Howies verwirrte Miene laut lachen, doch mein Moralkodex verbietet mir, mich über die Demenz meiner Mutter lustig zu machen. Howie ist ebenso wenig auf ihren liebevollen Empfang wie auf ihren körperlichen Verfall vorbereitet. Er sieht mich fragend an, aber ich lächle nur versteckt hinter der Hand. Howie beugt sich zögernd vor und folgt der Bitte seiner Schwiegermutter. Er wirkt steif und argwöhnisch.

»Ich bin heilfroh, dass du hier bist«, flüstert ihm Mom für alle hörbar ins Ohr. »Prissy hat dich so vermisst.«

Howies Blick lässt mich erröten, und ich wünschte, meine Mutter würde ihn wieder als Hurensohn beschimpfen.

Nachdem ich Mom ins Bett gebracht habe und Quentin im Flur auf der alten Couch eingeschlafen ist, winkt mich Howie in die Küche. Ich kann es nicht leiden, wenn er mich auf diese Weise herbeizitiert, folge ihm dennoch.

»Warum hast du mir das nicht erzählt?«, fragt Howie.

»Weil es absolut nicht dein Problem ist«, erwidere ich kühl.

»Ich hätte euch doch helfen können.«

»Wir brauchen deine Hilfe nicht.«

Howie schüttelt ungläubig den Kopf, als könnte er noch immer nicht fassen, was über seine Schwiegermutter gekommen ist. »Was war los?«

»Sie hatte einen Schlaganfall«, antworte ich sachlich. »Ihre linke Körperhälfte ist seither gelähmt, und neben der Beeinträchtigung von Muskulatur und Sprache sind auch Teile ihres Gedächtnisses betroffen. Sie weiß nicht mehr, was zwischen uns vorgefallen ist, und ich habe wirklich keine Lust, es ihr noch einmal zu erzählen, vor allem nicht unter diesen Umständen. Deshalb war sie, tja, nett zu dir. Ich würde es sehr begrüßen, wenn du das so stehenlassen könntest.«

»Natürlich.« Howie nickt einsichtig, während ich weitere Einzelheiten zu Mutters Zustand rezitiere. Ich bleibe distanziert, folge dem Tonfall all der Mediziner, mit denen ich in den letzten Monaten gesprochen habe, und verwende Worte wie ischämisch und Aphasie – Worte, die ich selig Unwissende zuvor nicht gekannt hatte. Und nun bin ich plötzlich Expertin auf diesem Gebiet.

Howie reibt sich mit den Fingern über die Stirn, nur einmal verschränkt er die Hände hinter dem Kopf, als wollte er Sit-ups machen.

»Es tut mir leid, dass du das alleine durchstehen musstest«, sagt er. »Besonders … angesichts all der anderen Sachen. Du hättest es mir sagen sollen.« Er klingt verärgert, weil ich ihn nicht aufgeklärt habe, dabei ist das meine Angelegenheit.

»Du solltest mir wirklich nicht sagen, was ich zu tun habe

und was nicht«, gifte ich zurück. Er ignoriert meine spitze Bemerkung.

»Hör zu, Quentin will bis zur Anhörung hierbleiben, aber ich habe ein Hotel in St. John's. Wir wären viel früher gekommen, leider hatte der Flug zwei Stunden Verspätung, und dann haben auch noch sämtliche Passagiere versucht, ein Auto zu mieten.« Er wendet sich zum Gehen, und ich hasse mich dafür, dass ich ihn nicht gehen lassen will. Es ist fast ein Uhr morgens, und die Fahrt nach St. John's dauert eine gute Stunde.

»Du kannst heute Abend auf der Couch schlafen«, biete ich an. »So dement wie sie ist, wird meine Mutter dich hier sowieso morgen früh erwarten.« Allerdings wäre es auch möglich, dass sie Howies plötzliches Erscheinen beim Aufwachen schon vergessen hat. Ich gehe nach oben und lege mich ins Bett, ohne abzuwarten, ob er bleiben oder ins Hotel fahren will.

## Kapitel 31

# *Prissy*

Am nächsten Morgen werde ich zum ersten Mal seit Wochen von alleine wach. Es ist beinahe halb acht. Ich gerate in Panik. Ich habe meine Mutter nicht gehört. Sonst ruft sie jeden Morgen um sechs Uhr nach mir, damit ich ihr ins Badezimmer helfe. Manchmal meldet sie sich schon um 5.55 Uhr, manchmal wartet sie bis 6.10 Uhr, aber später wird es nie.

Ich renne barfuß die Treppe hinunter. »Mom!« Ich stürze in ihr Schlafzimmer, doch das Bett ist leer, die Laken sind ordentlich zurechtgezupft und unter die Kissen gesteckt. Ich schaue mich verwirrt um. Aus der Küche dringt Gelächter, offenbar von meiner Mutter.

Beim Wachwerden hatte ich den Geruch kaum wahrgenommen, aber jetzt überwältigt er mich. Es duftet so einladend nach Kaffee, Schinken und Ahornsirup, als stünde ich an einem Samstagmorgen vor einem kleinen Frühstückscafé. Ich folge dem Aroma und den Stimmen in die Küche. Mom sitzt mit einer Tasse Tee in ihrem Rollstuhl am Tisch. Howie schneidet ihr einen Pfannkuchen in mundgerechte Häppchen und tropft sämigen Sirup darüber. Er spießt einen Happen auf eine Gabel, und Mom öffnet gierig den Mund. Sie lacht sogar neckisch, als ihr Sirup übers Kinn tropft, und dann wischt Howie zu meiner Erschütterung die klebrige

Flüssigkeit mit einem feuchten Lappen fort. Ich stehe im Türrahmen wie eine Außenseiterin, während mein zukünftiger Exmann und meine invalide Mutter auf eine Art und Weise zusammenfinden, die ich mir niemals hätte träumen lassen.

Als Howie mich entdeckt, lächelt er, winkt mich in die Küche und stellt einen Becher mit bitterem Kaffee an meinen Stammplatz. Ich habe in letzter Zeit fast nur noch Tee getrunken, doch als ich den Duft rieche, merke ich, wie sehr ich meinen Morgenkaffee vermisst habe. Howie macht mir einen Teller Pfannkuchen zurecht, mit einem Löffel Blaubeerkonfitüre und einem Klecks Butter darauf. Ich beobachte das Ganze mit Argwohn, aber meine Mutter stimmt ein Loblied an.

»Der reinste Mustergatte«, sagt Mom, als Howie die Teller abräumt und in der Spüle abwäscht. Ich habe niemals erlebt, dass er spült, nicht einmal, dass er etwas in die Spülmaschine räumt.

»Er kriegt nur Pfannkuchen hin«, wende ich ein. Wie kleinlich von mir. Trotzdem muss ich mich noch ein wenig länger über das Thema auslassen. »Den Speck verbrennt er jedes Mal, und seine Eier sind auch immer zu hart.«

Alles hat sich über Nacht verändert. Meine Mutter wirkt überhaupt nicht mehr depressiv, sie scheint sich aus dem Abgrund der Dunkelheit befreit zu haben – und bloß, weil Howie unangekündigt erschienen ist. Auch das Lallen hat stark nachgelassen. Entweder spricht sie wirklich deutlicher, oder ich habe mich daran gewöhnt. Sie sagt etwas zu mir, aber ich achte nicht auf ihre Worte, nur auf ihr Lallen. Zu meiner Schande muss ich gestehen, ich will es hören.

»Prissy? Hast du das mitbekommen?« Moms Stimme klingt leise und fern.

»Hä?«

»Ich sagte gerade, dass Howie ein richtiger Schatz ist und du ruhig ein bisschen netter sein könntest. Die Pfannkuchen schmecken himmlisch.«

Er hat sie mit einer Backmischung gemacht. Jeder Trottel könnte Milch und Eier hinzugeben, aber den Kommentar verkneife ich mir. Charlies Ankunft erspart mir eine Antwort. Ihn scheint Howies Anblick nicht zu überraschen. Gelassen nimmt er sich einen Stapel Pfannkuchen.

»Na, wie geht's?«, fragt er Howie. Muss das schön sein, wenn man so anpassungsfähig ist wie Charlie! Wenn man in solch eine Situation hineinplatzen und sich vollkommen ungezwungen verhalten kann. »Reichst du mir mal den Scheißsirup, Prissy?«

»Was machst du hier, Charlie?«, frage ich. Es ist acht Uhr morgens, und in letzter Zeit erscheint Charlie selten vor drei Uhr nachmittags.

Er zuckt mit den Schultern. »Dachte, der kleine Scheißer braucht moralische Unterstützung. Ich könnte ja Leumundszeuge sein oder so.«

Kein Wunder, dass er auf Howies Anblick vorbereitet war. Charlie hatte an Quentins Gerichtsverhandlung gedacht. Was bin ich bloß für eine Mutter. Offensichtlich bin ich die Einzige, die von Quentins Termin nichts wusste. Aber Charlies Geste ist rührend, und Quentin freut sich bestimmt.

Als er sich zu uns gesellt, erkenne ich meinen Sohn kaum wieder. Er trägt Anzughose und Hemd, das Haar ist in einem übertrieben akkuraten Scheitel zur Seite gekämmt. Howie hat ihm diese Sachen wohl im Hinblick auf den Gerichtstermin gekauft, denn seit dem Klassenfoto aus der Grundschule habe ich Quentin in keinem Anzug mehr gesehen.

Charlie lacht laut los. »Hey, kleiner Scheißer, wo soll's hingehen? Zur Chorprobe?«

»Halt deine verdammte Klappe, Charlie«, gibt er zurück.

»Pass auf, was du sagst, Quentin.« Das war Howie.

»Aber er hat mich kleiner Scheißer genannt!«

Charlie kann sich das Lachen kaum verkneifen, und Quentin lächelt widerstrebend mit.

»Na komm, kleiner Scheißer, du weißt, dass das ein Zeichen von Respekt ist.«

Mein Sohn sieht bleich und nervös aus, und darum nehme ich ihn in Schutz.

»Ich finde, du siehst gut aus«, sage ich und lächle ihn an.

»Ich seh wie'n Volltrottel aus.«

»Wir müssen erst in einer Stunde aufbrechen«, sage ich. »Warum isst du nicht ein paar Pfannkuchen?«

»Ich kann nicht, sonst muss ich kotzen.«

Ein wenig Schadenfreude empfinde ich schon, wenn ich meinen Sohn derart vom Gesetz eingeschüchtert vor mir sehe, aber der mütterliche Instinkt siegt. Ich fasse ihn an den Schultern, sage ihm, dass alles gut wird und ich die ganze Zeit bei ihm sein werde. Quentin erstarrt unter meiner Umarmung.

»Du kannst nicht kommen«, sagt er. »Nur ich und Dad und Onkel Charlie.«

Ich versuche, meine Kränkung zu überspielen. »Natürlich komme ich.«

»Mom, nimm's mir nicht übel, aber du wirst manchmal echt emotional. Was, wenn der Richter mich in allen Punkten für schuldig hält und mich als besonders abschreckendes Beispiel in Handschellen abführen lässt? Da brauch ich echt nicht auch noch meine Mutter, die ›Neiiiiiiin!‹ schreit und in Ohnmacht fällt.«

Ich muss mir das Lächeln verkneifen. Quentin ist vierzehn, gilt damit als jugendlicher Straftäter, und dies hier ist seine erste und hoffentlich letzte Begegnung mit dem Gesetz. Außerdem wird er keines schweren Verbrechens bezichtigt. Handschellen und Gefängnis sind ausgeschlossen. Im Höchstfall wird es wohl eine Strafaussetzung zur Bewährung geben. Möglicherweise muss er auch einige Stunden Sozialdienst ableisten oder einen Lehrgang über Jugendkriminalität besuchen.

»Na schön, ich warte hier«, sage ich stoisch. »Halt den Kopf oben.«

Meiner Mutter erzähle ich, die Männer würden gemeinsam nach St. John's ins Kino fahren, aber ob sie mir das glaubt? Sie nickt auf eine Weise, dass ich mich frage, wer hier eigentlich wen bei Laune hält.

Nach fünf unerträglich langen Stunden, in denen ich aus lauter Nervosität den Fugenkitt im Badezimmer geschrubbt und den Kühlschrank gereinigt habe, kommen Quentin, Charlie und Howie vom Jugendgericht zurück. Quentin benimmt sich so überschwänglich, als wäre er nach einem langen Mordprozess entlastet worden.

»Mom, ich bin ein freier Mann!«

»Du hättest ihn sehen sollen, Priss«, sagt Charlie und holt sich ein Bier aus dem Kühlschrank. »Er war weiß wie 'ne Scheißwand. Aber er hat's durchgezogen. Hat dem Richter gesagt, dass es ihm furchtbar leid tut.«

Wie erwartet gab es eine Strafaussetzung mit einem Jahr Bewährung. Quentin musste sich von der Richterkanzel wohl auch einige harsche Worte über den Respekt vor dem Eigentum anderer und die Gefahren des Alkoholmissbrauchs anhören. Und er muss in St. John's ein Seminar für schwierige

Jugendliche besuchen. Ich bin schon etwas fassungslos, dass meinem Kind dieser Stempel aufgedrückt wurde. Aus Howies Mund klingt das alles, als wäre er Quentins Anwalt und nicht sein Vater.

»Das Seminar beginnt in zwei Wochen, da macht es wenig Sinn, wieder nach Toronto zu fahren«, fügt er autoritär hinzu. »Ich habe schon mit dem Direktor gesprochen, morgen werden Quentins Unterrichtsmaterialien per Kurier hergeschickt.«

»Gut.« Ich freue mich sehr, Quentin zwei Wochen bei mir zu haben, und bin ihm für den Gesetzesverstoß beinahe dankbar. »Und wann fährst du?«, frage ich. »Du kannst gerne zum Essen bleiben, falls das nicht mit deinem Rückflug kollidiert.« Ich bemühe mich, das Beste aus der Situation zu machen, denn das hat Howie auch getan, besonders im Umgang mit meiner Mutter, und jetzt schenkt er mir sogar zwei Wochen mit meinem Sohn.

»Das wäre toll«, sagt Howie und lächelt mir bis ins Herz. »Ich hatte nämlich vor, mit Quentin zusammen hierzubleiben.«

Ich will gerade Einspruch erheben, doch da ruft Mom nach Howie und bittet ihn, Fish and Chips zu holen. Und auch mein Protest, dass Mom so etwas nicht essen darf, verhallt ungehört, denn Howie ist schon unterwegs.

## Kapitel 32

# *Lottie*

Ich erkenne Roger Parsons in dem Augenblick, als er bei Lawlor's zur Tür hereinkommt. Dabei trägt er nicht einmal einen Anzug, und es begleitet ihn auch kein Assistent oder Reporter. Als Abgeordneter von Paradise Bay und den umgebenden Kommunen ist Roger Parsons eine Lokalberühmtheit. Man weiß, dass er sich unermüdlich für alles engagiert, was den Hiesigen am Herzen liegt – geteerte Straßen, Jobs und eine bezahlbare medizinische Versorgung. Er geht zu Hochzeiten und runden Geburtstagen in die Legion. Er tanzt mit Bräuten und wünscht jungen Paaren Gesundheit und Glück.

Er kommt auch jedes Jahr zur offiziellen Eröffnung der Marktsaison, schlendert an den Ständen vorbei und lobt die Kreativität und den Unternehmergeist der Anwohner. Georgia sagt, dass er bei der Gelegenheit immer zwei Blöcke Karamell kauft und sie in den höchsten Tönen lobt.

Irgendjemand hat gesagt, er sei sogar auf Ches' Beerdigung gewesen, aber ich erinnere mich nicht daran. Allerdings erinnere ich mich an kaum etwas, außer dass es ein schöner Sommertag war und ich mir gewünscht hatte, es wäre bewölkt und regnerisch, passend zu meiner Stimmung. Als ich die hellen Sonnenstrahlen sah, ging mir durch den Kopf, dass sich Gott über Ches' Tod freut, was ich nicht verstehen konnte, denn die Seelen von Selbstmördern sind doch auf ewig dazu verdammt, in der Hölle zu schmoren. Aber die Sonne verhieß mir, dass Ches erlöst wurde, und daraufhin wurde mir viel leichter ums Herz, ich schwebte geradezu.

Beim Anblick von Roger Parsons bekomme ich einen trockenen Mund. Er setzt sich auf einen Hocker an die Theke, ich gehe mit einer Kanne frischen Kaffee zu ihm. Meine Hand zittert ein wenig, vielleicht weil die Kanne randvoll und ungewöhnlich schwer ist, oder weil mein Magen nervös rumort und meine Beine nachgeben. Roger Parsons' unerwartetes Erscheinen, einen Tag, nachdem ich von Dr. Dunn den Antrag auf Fördermittel erhalten habe, muss auch ein Zeichen des Himmels sein. Wieder fühle ich mich schwerelos.

Ich würde Roger Parsons gerne auf das Thema ansprechen, aber ich bin nervös, zweifelnd und unsicher. Ich weiß nicht, warum. Dr. Dunn hat einen wunderbaren Antrag geschrieben. Es stehen all die Floskeln, die auch die Regierung ständig benutzt, darin: Formulierungen wie *verbesserte Koordination zwischen den jeweiligen Behörden, Kommunalarbeit, Steigerung der Lebensqualität von Familien auf dem Land in Übergangssituationen, wirtschaftliche und soziale Unterstützung für Familien in Notlagen* und so weiter. Es sind genau die Sätze, die man von Politikern in den Abendnachrichten hört oder in der Zeitung liest.

Ich habe mir alles eingeprägt und trotzdem Angst, Mr. Parsons anzusprechen. Was, wenn ich etwas Dummes sage und damit meine Chancen ruiniere? So wie die Frau in der Süßwarenfabrik, über die das ganze Land gelacht hat, während des Staatsbesuchs der Königin von England. Als Ihre Majestät die Arbeiterin gefragt hat, was sie machen würde, hat das arme Ding nicht etwa gesagt, Marmeladenkekse oder Pfefferminzbonbons oder Toffees, sondern dass sie sieben Dollar in der Stunde machen würde. Das wurde mit breitem Grinsen überall berichtet.

Ich will gerade Roger Parsons' Bestellung aufnehmen, da betritt Fred das Diner und lässt sich auf einen benachbarten Hocker fallen. Er legt Roger Parsons brüderlich einen Arm auf den Rücken, dann umarmen sie sich wie alte Freunde, die sich nach langer Zeit wiedersehen. Fred hatte mir zwar gesagt, dass er Freunde bei der Regierung hat, aber nicht, dass es einflussreiche Abgeordnete sind.

»Roger«, sagt Fred und zeigt auf mich, »das ist Lottie, von der ich dir erzählt habe.«

»Sie gehören also zu den Witwen, die eine Selbsthilfegruppe gründen wollen«, sagt Mr. Parsons.

Ich starre ihn mit offenem Mund an und versuche zu verstehen, was hier vor sich geht. Offensichtlich hat Fred diesen Besuch arrangiert und nicht das Schicksal seine Hand im Spiel. Ich nicke. »Ja, Sir«, sage ich.

Ich warte widerwillig darauf, dass er mich nach Ches fragt, aber er erspart mir diese Peinlichkeit. »Wie schlägt sich Ihre Tochter?«

Marianne erscheint vor meinem geistigen Auge. Sie ist viel hübscher, als ich in ihrem Alter war, schlank und athletisch, nicht so rund und weich. Manchmal glaube ich, dass sie gut ohne ihren Vater zurechtkommt, doch meistens mache ich mir Sorgen um sie. Ich habe Angst, dass es ein Gen für Depressionen gibt und Marianne es geerbt hat, dass es in ihrem Gehirn schlummert und nur auf den richtigen Moment wartet, sie in den Abgrund zu stürzen. Ich frage sie ständig, ob sie sich traurig oder überfordert fühlt, müde ist und Schlafprobleme hat. Sie seufzt immer, verdreht die Augen und entgegnet, dass sie nicht vorhabe, sich umzubringen. Trotzdem sorge ich mich jedes Mal, wenn Marianne lange schläft, ob dies das typische Verhalten eines Teenagers oder das Vorzeichen für etwas Schlimmeres ist. Und wenn Marianne klagt, dass sie zu viele Hausaufgaben erledigen muss, setze ich mich neben sie an den Küchentisch und rate ihr, eine Pause zu machen.

»Ich mache mir ihretwegen Sorgen«, antworte ich wahrheitsgemäß, »aber sie lässt sich nicht unterkriegen. Sie hat eine eigene Duftlinie entwickelt, Lufterfrischer und Parfums, und wird sie wohl nächstes Jahr auf dem Markt verkaufen. Wer weiß?«

Mr. Parsons lächelt mich herzlich an. »Ich halte dort Ausschau nach ihr. Bei so einer Mutter kann ja nichts schiefgehen!«

Roger Parsons kennt mich nicht, dennoch klingen seine Worte aufrichtig. Deswegen wird er wohl immer wieder gewählt.

»Sie haben etwas für mich?«

»Ich habe Ihre Bestellung noch gar nicht aufgenommen«, sage ich nervös, »aber die Küche ist schnell. Interessieren Sie sich für das Tagesgericht?« Er kichert. Aber warum?

»Ich meinte den Antrag«, klärt mich Roger Parsons auf. »Fred hat gesagt, Sie hätten ihn.«

Ich seufze vor Erleichterung und ziehe den Antrag aus meiner Tasche. Er sieht sehr professionell aus, mit seinem ordentlichen Kartoneinband und den schneeweißen Bögen, die von einer schwarzen Ringbindung zusammengehalten werden. Ich habe schon jetzt das Gefühl, etwas Wichtiges erreicht zu haben, ob wir nun Geld bekommen oder nicht. Mr.

Parsons wechselt noch rasch einige freundliche Worte mit den anderen Gästen und hört sich Klagen über Schlaglöcher, schlechte Straßenbeschilderung und Schneemobilpfade an.

»Ich melde mich bei Ihnen, Lottie«, sagt er. »Drücken Sie uns die Daumen.«

»Ich wusste nicht, dass du Roger Parsons kennst«, sage ich zu Fred, als sich meine Aufregung gelegt hat.

»Roger hat mir damals mit dem Regionalmarkt sehr geholfen. Er ist ein feiner Kerl, er meint es ernst, es geht ihm tatsächlich um unsere Region.«

Ich empfinde Fred gegenüber eine große Dankbarkeit. Er hat so viel für uns getan, aber ich habe ihn ja in die Sache hineingezogen. Ob er erwartet, dass Georgia auf die Knie fällt, wenn sie davon hört? Vor ihrem Heiland und Retter? In Wirklichkeit wird Georgia wohl die Flucht ergreifen, wenn sie erfährt, welch wichtige Rolle Fred bei der Antragstellung gespielt hat.

»Ich hab Georgia noch nicht gesagt, dass du uns mit dem Antrag geholfen hast.«

»Soll mir recht sein«, erwidert Fred lächelnd.

»Ich dachte, du hättest das für Georgia getan. Damit sie glücklich und dankbar ist und ein wenig in deiner Schuld steht.«

»Um Himmels willen, nein.« Er schüttelt den Kopf.

»Für wen dann? Wohl kaum für mich.«

Fred setzt sich seine Wollmütze, die er während des Frühstücks mit Roger Parsons abgenommen hatte, auf den Kopf. Er zuckt mit den Schultern. »Tja, ich schätze, für Joseph. Er hätte gewollt, dass ich mich um seine Frau kümmere, anstatt mir zu wünschen, dass sie sich in Luft auflöst.«

»Und was wirst du jetzt tun?«

»Jetzt warten wir darauf, dass Roger den Ball zum Laufen bringt.« Fred zieht einen zerknitterten Zwanzigdollarschein aus der Tasche. »Es wird wohl ein paar Wochen dauern. Das sollte fürs Frühstück reichen«, sagt er und geht.

Aber meine Frage hatte sich gar nicht auf unseren Antrag oder den zeitlichen Ablauf oder Roger Parsons bezogen, sondern auf Georgia.

# Kapitel 33

## *Prissy*

»Möchtest du Weihnachten mit Quentin verbringen?«, fragt Howie, bevor er ihn zu dem richterlich verordneten Seminar bringt. Der Gerichtstermin scheint Monate her zu sein.

Mir kommt diese Frage so dämlich vor, dass ich eine Falle vermute: Wenn ich wie erwartet antworte, sage ich auch Ja zu etwas Unangenehmem. Mein Zögern verärgert Howie. »Das ist eine simple Frage, Prissy«, seufzt er.

Tatsächlich? Die letzten beiden Wochen mit Howie waren ein einziges Taktieren, als spielten wir eine besonders langwierige Schachpartie. Ich habe seine Züge analysiert, er meine. So bin ich zu dem Schluss gekommen, dass Howie zwar nicht von Schuldgefühlen, aber etwas Ähnlichem, womöglich einem tiefen Pflichtgefühl, durchdrungen ist. Warum sonst meint er, er müsste jeden Tag mit meiner Mutter aufstehen und dafür Sorge tragen, dass sie gewaschen, angezogen und gefüttert wird? Außerdem schaufelt er bei der geringsten Menge Schnee die Auffahrt frei. Er hat meine Rechnungen schon bezahlt, bevor ich sie aus dem Briefkasten holen kann, Vorratskammer und Kühlschrank sind mit Moms Lieblingskeksen, -marmeladen und -gelees gefüllt. Und nachdem meine Mutter von irgendeinem englischen Tee, den es vor vierzig Jahren gab, geschwärmt hatte, wurde er am nächsten

Tag per Kurier geliefert. Howie war im Internet fündig geworden. Es hatte ihn auch nicht beeindruckt, dass Mom nach nur einem Schluck erklärte, der Tee würde nicht wie damals schmecken, und nach einer Tasse Beuteltee verlangte.

Nach dem Abendessen setzt er sich regelmäßig zu meiner Mutter in die Küche und hört sich aufmerksam Geschichten an, die er schon hunderte Male gehört hat. Er weist sie nicht zurecht, wenn sie so tut, als wäre mein Vater noch am Leben oder Quentin ein Baby. Manchmal frage ich mich, ob sie überhaupt weiß, wer Howie ist. Sie ist immer öfter verwirrt, aber diese Phasen gehen auch rasch wieder vorbei. In einem Atemzug fragt sie nach Artie, im nächsten wirkt sie wieder vollkommen klar und präsent. Einzig meine Eheprobleme scheint sie aus dem Gedächtnis gelöscht zu haben, und darum beneide ich sie.

»Natürlich möchte ich Weihnachten mit meinem Sohn verbringen«, sage ich schließlich. »Wo ist der Haken?«

»Du liebe Güte, Prissy, da ist kein Haken. Deine Mutter braucht Pflege, du kannst hier im Moment schlecht weg. Die Ferien beginnen in kaum vierzehn Tagen, wir sind sowieso schon hier, und da dachte ich, könnten wir gleich bis zum Ende der Ferien bleiben.«

»Wir?«, frage ich. »*Du* brauchst nicht zu bleiben, Howie.«

Er wirft mir einen ärgerlichen Blick zu. »Ich würde auch gerne die Feiertage mit meinem Sohn verbringen.«

»Ich verspreche dir, dass er nicht wieder in Schwierigkeiten gerät.«

»Und wie sieht es aus mit deiner Mutter?«

Howies Fürsorge für meine Mutter macht mich wahnsinnig. Natürlich weiß ich seine Mühen zu schätzen, aber was passiert, wenn er wieder nach Hause fährt?

»Sie ist nicht dein Problem, also hör auf so zu tun, als würde es dich berühren. Wir wissen beide, dass du bloß dein schlechtes Gewissen beruhigen willst. Du tust das, damit du dich besser fühlst, und machst damit alles nur noch schlimmer – wenn du irgendwann wieder fährst, muss ich ihr nämlich erklären, warum. Je früher du verschwindest, umso besser.«

Howie zieht eine finstere Miene und ballt die Fäuste, aber er erwidert nichts. Ich war doch nicht zu hart oder undankbar? Nein, ich war aufrichtig.

Als Howie einige Stunden später von Quentins Seminar heimkehrt, bindet er einen Weihnachtsbaum vom Autodach los und lehnt ihn zum Trocknen an die Hauswand. Dann verbringt er anderthalb Stunden auf dem Dachboden und kommt mit Schachteln voller Weihnachtsschmuck wieder nach unten. Er zaubert Zuckerstangen aus Plastik hervor, überdimensionierte Schneemänner, die blinken und winken, einen Weihnachtsmann, der »Ho-Ho-Ho, Merry Christmas« sagen kann, wenn man auf seine Nase drückt, Plastikkränze aus glänzendem Ilex und jede Menge sonstige grellbunte Dekoration. Er bereitet Heiligabend vor, als hätte ich mit Jubel auf seine Ankündigung zu bleiben reagiert und vorgeschlagen, daraufhin ein zünftiges Fest zu feiern.

Und dann will Howie sogar Weihnachtslichter am Hausdach anbringen – ich bin perplex. Bei uns hatte er sich immer furchtbar angestellt, selbst als Quentin noch klein und ganz wild darauf war, zu helfen. Draußen heult der Wind und bläst den Schnee in alle Himmelsrichtungen, selbst im Haus lässt mich der Luftzug, der durch Fenster und Ritzen dringt, schaudern. Beim Gedanken an Howie, draußen in der Kälte, auf der Leiter, überkommt mich ein kurzer Anflug von Mitgefühl. Howie ist die harten Winter von Neufundland nicht gewöhnt. Wir waren meist im Sommer hier, wenn die Luft im Vergleich zu der schwülen Hitze Torontos angenehm erfrischend ist. Howie hat bestimmt schon taube Hände und angefrorene Ohren.

Im Innern, auf der warmen Couch, sitzt Quentin. Vor dem Fernseher, mit einer Zweiliterflasche Soda und einer zerknitterten Tüte Käse-Flips, die seine Finger ganz orange gefärbt haben. Seine Aufmerksamkeit wird von einem Wrestlingmatch gefesselt.

»Oh Mann, das ist doch nur Show! Der hat doch gar nicht getroffen, und der fällt einfach um!«, ruft er empört und wirft die Arme in die Luft.

»Warum steigst du nicht in deine Kampfmontur und hilfst deinem Vater mit den Lichterketten?«, schlage ich vor und lehne mich an den Türrahmen. Quentin schaut mich an, als hätte ich ihm befohlen, den Mount Everest zu besteigen.

»Draußen ist es voll kalt«, sagt er.

»Dann solltest du ihm erst recht helfen«, sage ich diesmal schon bestimmter. »Hol deinen Mantel, und raus zu deinem Vater. Das ist keine Bitte, sondern ein Befehl.«

»Warum kümmert dich Dad überhaupt? Er hat dich doch verlassen.«

Meine Wangen glühen vor Scham. Schlimm genug, dass Quentin recht hat, aber so etwas von seinem eigenen Kind zu hören, tut besonders weh. »Das geht dich nichts an«, fauche ich.

»Nein, klar doch. Ich bin ja nur das Kind, das in einem zerrütteten Heim aufwachsen muss.«

»Mal ernsthaft, Quentin, bist du nicht langsam zu alt, um

die Nummer mit dem zerrütteten Heim abzuziehen? Hast du in dem Seminar denn gar nichts gelernt?«

»Nein, das war so ein Mist, dass ich vor Langeweile fast gestorben bin. Ich wär besser in den Knast gegangen. Was für ein Haufen erbärmlicher Schwachköpfe.«

»Ich möchte jetzt nicht diskutieren«, sage ich, weil fast jedes Gespräch mit Quentin auf eine Konfrontation hinausläuft. »Kannst du bitte rausgehen und deinem Vater helfen?«

Quentin verdreht die Augen und seufzt, aber er verlässt sein Lager trotzdem. »Das ganze Bohei. In ein paar Wochen machst du das sowieso wieder ab«, murrt er, zieht sich die Stiefel an und schließt seinen Mantel. »Und er ist dann auch längst weg. Was für 'ne krasse Zeitverschwendung«, sagt er zu sich selbst und schlägt die Tür hinter sich zu.

Ich schlinge frierend die Arme um mich und pflichte meinem Sohn insgeheim bei. Ich bin nicht in Weihnachtsstimmung und verstehe nicht, warum Howie so viel Wert darauf legt. Da kann er das Haus noch so schön dekorieren, im Innern sitzen trotzdem ein sich entfremdetes Paar, ein widerspenstiger Teenager und eine alte Frau, die von all dem kaum etwas mitbekommt.

Ich werde zur Apotheke gehen und meiner Mutter ihre Medikamente holen. Ich kann es nicht ertragen, nutzlos herumzusitzen, als Zuschauerin, während sich Howie um meine Mutter und den Haushalt kümmert. Ich steige in Mantel und Stiefel und gehe nach draußen. Der Wind wirbelt mir das Haar durcheinander.

»Wohin gehst du?«, brüllt Howie vom Dachfirst herunter.

»Nur kurz zur Apotheke, ich hole Moms Tabletten«, rufe ich in den Wind und ärgere mich, dass ich mich verpflichtet fühle, ihm Auskunft zu geben.

»Ich mach das für dich.« Howie klettert die Leiter herunter.

»Echt süß«, murmelt Quentin, lässt die verknoteten Lichterketten fallen und geht wieder ins Haus.

»Lass mich verdammt noch mal irgendwas tun«, rufe ich über den heulenden Wind hinweg. Howie zögert, dann gibt er nach.

»Aber sei vorsichtig. Es kommt Sturm auf.«

Ich muss lachen. Er hat niemals den Winter hier verbracht und glaubt, er könnte mir Ratschläge erteilen.

In der Apotheke schauen mich alle sehr seltsam an. Nicht nur die anderen Kunden, auch die Angestellten. Ringsum wird geflüstert und gestikuliert. Ich glätte mir das Haar, überprüfe, ob ich ein einheitliches Paar Stiefel trage oder meinen Mantel auf links gedreht habe. Alles ist in Ordnung, doch die Tuschelei geht weiter. Erst als mich die Kassiererin hämisch anlächelt und die Schachtel Metamucil mit unnötig viel Wucht über den Scanner führt, wird mir bewusst, dass irgendetwas nicht stimmt.

»Entschuldigung, gibt es ein Problem?«, frage ich, als meine Einkäufe willkürlich in einen Beutel gestopft werden und das Wechselgeld auf die Ablage geworfen und mir nicht in die Hand gezählt wird.

»Nun, sonst erledigt Ihr Mann das immer«, sagt die Kassiererin.

»Ja, und?«, frage ich verständnislos und verärgert.

»Na, so tot scheint er gar nicht zu sein, oder?«

Ich bin noch nie in Ohnmacht gefallen, aber in diesem Moment stehe ich kurz davor. Ringsum wird es schlagartig still und mir unerträglich heiß. Meine Haut kribbelt, doch mein Körper ist nicht in der Lage, lindernden Schweiß zu produzieren. Ich blinzle dümmlich vor mich hin und versuche, das Geschehen zu verarbeiten. Ich werde dabei beobachtet, alle warten auf meine Reaktion. Der Gedanke, Howie zu verbergen, war mir nicht gekommen. Falsche Todesanzeigen und Irreführung sind Moms Fachgebiet, und sie selbst erinnert sich ja nicht einmal daran, die Anzeige aufgesetzt zu haben. Ich bin unsagbar verstört und beschämt und stürze aus der Apotheke. Das Wechselgeld bleibt liegen. Ich muss wohl an einen Ort ziehen, wo mich niemand kennt, nach St. John's vielleicht, dort geht es geschäftiger zu, und niemand wird sich um meine albernen Angelegenheiten kümmern.

Ich trotte langsam wieder heim. Meine Stiefel knirschen im Schnee. Wut staut sich in mir auf, mein Kopf beginnt zu pochen. Ich hasse meinen Mann und meine Mutter. Ich habe nichts falschgemacht, und trotzdem gelten mein Ehemann, der Betrüger, und meine Mutter, die Täuscherin, als Unschuldslämmer, während ich die Schuldige abgeben muss.

Als ich nach Hause komme, ist es beinahe dunkel. Vom Dach her strahlt es festlich in Rot, Orange, Grün, Gelb und Blau, ein Plastikschneemann winkt mir zu, Zuckerstangen leuchten mir den Weg zur Hintertür. Einen größeren Kontrast zu meiner düsteren Stimmung kann es nicht geben. Wütend schlage ich die Tür hinter mir zu. Ich werde ein ernstes Wort mit meinem Mann reden und verlangen, dass er auf der Stelle verschwindet. Ich stürme ins Wohnzimmer. Howie kauert unter dem Weihnachtsbaum. Mom weist ihn an, den Baum ein paar Zentimeter nach links und dann wieder nach rechts zu schieben, ihn nach vorne und dann wieder nach hinten zu lehnen, um dreißig Grad zu drehen, was er alles pflichtgemäß tut, bis meine Mutter zufrieden ist. Quentin wühlt durch Kisten voller Weihnachtsschmuck, noch original aus der Zeit Christi, wie er dabei mürrisch grummelt. Der Geruch von frischer Tanne vermischt sich mit dem Duft von brennendem Kaminholz. Es sieht nach Weihnachten aus, es riecht nach Weihnachten, aber es scheint mir nicht mein Weihnachten zu sein. Es scheint mir nicht einmal meine Familie zu sein. Mir ist, als wäre ich zufällig in ein fremdes Haus gestolpert.

»Prissy«, sagt Howie fröhlich und kriecht unter dem Baum hervor. Ich habe eine gefühlte Ewigkeit unbemerkt im Raum gestanden. »Du kommst gerade rechtzeitig, um uns beim Schmücken zu helfen.«

»Ich habe Kopfschmerzen«, sage ich ausdruckslos. Die Schneeflocken, die sich in meinem Haar gesammelt hatten, sind zu kleinen Pfützen auf dem Boden geschmolzen.

»Du hättest dir eine Mütze anziehen sollen«, sagt meine Mutter von fern, denn ich steige schon die Treppe hoch.

Als ich wieder nach unten schleiche, um mir einen Tee zu machen, ist es fast Mitternacht. Im Wohnzimmer laufe ich Howie in die Arme. Ich vergesse leicht, dass er auf der Couch schläft, denn er steht immer sehr früh auf und verbirgt alle Spuren seines Schlafarrangements vor Mom, dabei bekommt sie sowieso nicht mehr viel mit.

»Kannst du nicht schlafen?«, fragt er. Er trägt ein schlichtes weißes T-Shirt und eine braun karierte Pyjamahose. Sein Haar ist gewachsen und steht an den Seiten ab. Ich widerstehe dem Drang, es glattzustreichen.

Ich schüttle den Kopf.

»Wie findest du's?«, fragt er und schaltet die Lichter des Weihnachtsbaums ein. An jedem Zweig funkelt es farbig. Es ist schön, wirklich schön, aber das zu sagen bringe ich nicht über die Lippen.

»Was ist los, Priss?«, fragt er, und ich könnte heulen, wenn er meinen Namen nonchalant abkürzt.

Die Frage betrifft so vieles, wo soll ich anfangen? Bei seiner Affäre und seinem Wunsch, sich von mir scheiden zu lassen? Das ist fast schon zu lange her. Ich könnte ihm aber sagen, wie widersprüchlich ich es finde, dass er hier ist, und ich daran fast ersticke, und er mir das Gefühl gibt, in meiner eigenen Familie eine Außenseiterin zu sein, dass ich mich nach seiner Rückkehr wieder alleine um meine senile Mutter kümmern muss, die mir dann Fragen stellen wird, die ich nicht beantworten kann. Ich könnte ihm auch sagen, dass ich meinen Sohn so schrecklich vermissen werde, dass sich jetzt schon eine Leere in meinem Innern auftut. Doch schließlich berichte ich Howie nur von meiner jüngsten unangenehmen Erfahrung.

»Die ganze Stadt weiß, dass du nicht tot bist.«

Ich hatte ein schadenfrohes Grinsen oder einen Geschieht-dir-recht-Blick erwartet, aber zu meinem Erstaunen wirft Howie den Kopf in den Nacken und lacht aus vollem Halse. »Ach deshalb gucken mich alle so komisch an. Scheiße.« Er lacht wieder, offenbar ist ihm gerade etwas sehr Lustiges eingefallen. Ich kann mir vorstellen, wie die Leute reagieren. Wahrscheinlich bekreuzigen sich die älteren Frauen bei seinem Anblick, Kinder zeigen auf ihn, und andere berühren Howie vorsichtig am Arm und prüfen, ob ihre Hand durch ihn hindurchgleitet.

»Wir könnten behaupten, ich sei mein Zwillingsbruder«, schlägt er vor. »Dass wir bei der Geburt getrennt wurden. Und du nichts davon wusstest.«

Wider Willen muss auch ich lachen. Wenn meine Mutter im vollen Besitz ihrer geistigen Kräfte wäre, hätte sie diese Fassung wahrscheinlich längst verbreitet. »Lieber nicht«, sage ich, aber ich lächle.

»Ich war kryotechnisch eingefroren und wurde wiederbelebt?«

Ich schüttle heftig den Kopf. »Äh-äh. Für hier viel zu futuristisch.«

»Ich habe meinen Tod vorgetäuscht, um die Lebensversicherung zu kassieren?«

»Hmm.« Ich lächle und lege einen Finger ans Kinn, als ob ich ernsthaft über seinen Vorschlag nachdenken würde. »Das ist keine schlechte Idee.«

»Hat deine Mutter wirklich rumerzählt, ich hätte Hodenkrebs?«

»Ja, hat sie«, gebe ich zu. »Sie hat allen gesagt, man hätte dir die Eier entfernt.«

Howie lacht wieder lauthals. »Deine Mutter ist echt 'ne Nummer.«

»Allerdings.« Ich unterdrücke ein Gähnen. »Ich glaub, ich leg mich wieder hin«, sage ich und strecke die Arme wie eine Katze über den Kopf.

»Gute Nacht, Liebes«, sagt Howie. Ich erstarre in meiner Bewegung. Das hat so selbstverständlich geklungen, als wären die Monate voller Kummer bloß ein langer Alptraum gewesen.

Dann wird ihm bewusst, was ihm herausgerutscht ist, und er wird rot. »Tut mir leid«, sagt er verlegen. »Das war ganz automatisch … ich …«

Gerne würde auch ich wie früher sagen, *Nacht, Schatz*, aber ich drehe mich wortlos um und gehe nach oben.

## Kapitel 34

# *Georgia*

In den ersten Tagen und Wochen nach Josephs Tod kam weiterhin Post für ihn, als wäre nichts geschehen: Auf dem Esstisch stapelten sich Telefonrechnungen, die Kabel- und Stromrechnung, Kontoauszüge und Kreditkartenabrechnungen. Alles lief auf Josephs Namen. Niemand wusste, dass er tot war, weil ich es niemandem mitgeteilt hatte. Ich genoss es, seinen Namen auf offiziellen Schreiben zu sehen. So konnte ich einen Moment lang vergessen, dass er nicht am Ende eines harten Arbeitstags nach Hause kommen, die Post anschauen und über die vielen Rechnungen klagen würde.

Aber auch die Umstellung auf meinen Namen bedeutete nicht, dass Joseph keine Post mehr bekam, es geschah nur seltener. Er erhielt immer noch Angebote für Kreditkarten, Broschüren über Heizungssysteme und neue Fenster, und am 26. eines jeden Monats lag seine *Hockey News* im Kasten. Als es Zeit war, das Abonnement zu verlängern, füllte ich das Formular aus und schickte es zurück. Das tat ich drei Jahre lang, bis ich die Zeitschrift endlich kündigte. Nach einer Weile kam nur noch kleckerweise an ihn adressierte Post. Der nächste Termin zur Zahnreinigung stand an. Die Werkstatt in Carbonear erinnerte daran, die Winterreifen aufziehen zu lassen. Jedes Mal, wenn ich Post für Joseph aus dem Briefkasten holte, machte mein Herz einen hoffnungsvollen Satz, und eine Sekunde lang dachte ich, er wäre vielleicht doch nicht tot.

Als nun aber ein Schreiben von Avalon Ford kommt, um Joseph ein tolles Angebot für seinen gebrauchten Geländewagen zu machen, bin ich außer mir vor Wut. Gerade der Autohändler sollte doch wissen, dass der Wagen vor fünf Jahren ein Totalschaden war! Führt dort niemand über solche Dinge Buch? Ich erledige den Anruf, den ich schon so oft erledigt habe, und hoffe und bete, es möge der letzte sein. *Joseph Reid ist verstorben. Bitte löschen Sie seinen Namen aus Ihrem Verteiler.*

Der Geländewagen, in dem Joseph starb, war nagelneu, es war sein erster Neuwagen überhaupt. Ich hatte mit Joseph geschimpft, weil das Auto nicht familientauglich war. *Und wo soll ich die Kindersitze hinstellen?*, hatte ich gefragt, als ob zu Hause schon eine Kinderschar darauf wartete, in die Stadt gekarrt zu werden. *Kommt Zeit, kommt Rat*, hatte er mir versichert. Er wollte diesen Geländewagen, um mit Fred durch die Wildnis zu kurven, zum Angeln, Kajakfahren oder Zelten.

Und dann bleibt mir das Herz fast stehen. Mir wird etwas völlig Offensichtliches bewusst, das ich fünf Jahre lang übersehen habe: Es war Josephs Geländewagen, aber Joseph hat nicht am Steuer gesessen. Joseph war an jenem Nachmittag um kurz vor vier aufgebrochen, weil er Fred abholen wollte. Warum ist dann abends Fred gefahren? Joseph ließ niemanden ans Steuer. Selbst ich durfte den Wagen kaum bewegen, wenn er die Auffahrt blockierte. Und Fred durfte ans Steuer und auf den Highway fahren? Ich muss unbedingt wissen, wieso.

Sekunden später schon brause ich zu Fred. Die Straße ist

nicht geteert, aber auf dem gefrorenen Boden gleitet man schnell dahin. Fred hat von seinem Großvater riesige Ländereien geerbt, doch sein Haus ist bescheiden. Der kleine Bungalow wirkt auf dem großen Grund beinahe wie eine Garage.

Er ist zu Hause, sein Wagen steht in der Auffahrt, und im Wohnzimmerfenster spiegelt sich der Fernseher. Ich klopfe an und trete ungebeten ein. Fred sitzt im Wohnzimmer, mit einem Bier in der Hand und einer offenen Pizzaschachtel, in der drei Stücke fehlen und ein Haufen Pilze liegt, auf dem Schoß. Am liebsten würde ich Fred fragen, warum er die Pizza nicht von vornherein ohne Pilze ordert. Aber Lottie sagt, dass er sich auch bei der Bestellung seines Frühstücks benimmt, als würde er ihr zur Last fallen, und sich für seine Anwesenheit entschuldigt, wenn es hektisch oder voll ist. So etwas sieht ihm ähnlich, würde sie sagen. Lieber pickt er die Pilze raus, als darum zu bitten, die Pizza erst gar nicht damit zu belegen.

Fred schaut sich ein Hockeyspiel an. Den Trikots nach zu urteilen, spielt Boston gegen Montreal. Ich verstehe nicht viel von Hockey, aber Joseph hatte mir einmal erzählt, diese beiden Teams würden sich geradezu hassen. Wenn sie gegeneinander angetreten sind, hat Joseph ausnahmsweise die Boston Bruins angefeuert. Fred sieht mich erstaunt an und bietet mir ein Bier und ein Stück Pizza an. Ich lehne ab.

Ich will gleich zur Sache kommen: »Warum bist du an jenem Abend gefahren? Joseph hat niemanden ans Steuer gelassen. Der Wagen war nagelneu.«

Fred stellt sein Bier auf den Tisch und holt tief Luft. »Ich warte seit fünf Jahren darauf, dass du mir diese Frage stellst, und nun weiß ich nicht recht, was ich antworten soll.«

»Er hat nicht getrunken«, sage ich in beherrschtem Ton.

»Bei der Autopsie wurde kein Alkohol in seinem Blut gefunden.«

Fred nickt. »Ich weiß. Wir wollten nach dem Spiel ausgehen und ein Bier trinken. Aber wir haben bloß Wasser und Gatorade getrunken.« Fred holt wieder tief Luft, und ich muss mich sehr beherrschen, ihn nicht anzubrüllen, damit er endlich mit der Sprache rausrückt. »Während des sechsten Innings hat Joseph einen Hechtsprung gemacht, Mitte-rechts. Es war ein toller Fang – alle sind aufgesprungen und haben gejubelt. Aber Joseph ist auf dem rechten Arm aufgeschlagen, und danach hat er nur noch mit dem linken gespielt. Doch es wurde so schlimm, dass er abbrechen und mit einem Eisbeutel auf der Reservebank sitzen musste. Als das Spiel vorbei war, war sein Arm blau geschwollen. Ich wollte ihn zum Röntgen in die Notaufnahme fahren, aber er hat mich bloß aufgezogen, ich sei ja schon wie du, weil ich so ein Trara veranstalten würde.«

Ich lächle traurig, denn das hätte Joseph ähnlich gesehen.

»Er wollte nach Hause, zu dir. Aber es hatte ihn zu übel erwischt, er konnte nicht fahren, darum hat er mich gebeten, ihn nach Hause zu bringen. Ich hab ihm das Versprechen abgenommen, dass er am nächsten Tag zum Arzt geht. Wir haben gelacht und über das Spiel geredet, und dann ist irgendwas vor den Wagen gelaufen, wahrscheinlich ein Tier. Ich hab instinktiv versucht, auszuweichen. Es ging alles so schnell. Ich würde dir gerne erzählen, was danach passiert ist, aber ich erinnere mich nicht. Ich war wohl eine Zeitlang bewusstlos, bis der Krankenwagen kam. Der Rest des Abends war der reinste Horrorfilm, das weißt du ja.«

Auf einmal schäme ich mich, dass ich Fred gegenüber so viel Ablehnung empfunden, dass ich ihn für Josephs Tod verantwortlich gemacht habe. Joseph wäre furchtbar wütend auf mich, wenn er das wüsste. Die Bürde, meinen Mann enttäuscht zu haben, liegt mir schwer im Magen. Ich will keinen Unfrieden zwischen mir und Joseph, und vor allem möchte ich keinen Unfrieden zwischen mir und Fred mehr.

»Joseph war dein Mann, aber er war auch mein bester Freund. Und nicht nur das – er war wie ein Bruder«, ergänzt er. »Ich frage mich jeden Tag, warum Joseph gestorben und mir nichts passiert ist. Wenn ich daran etwas ändern könnte, glaub mir, ich würde es.«

»Ich weiß«, flüstere ich sanft, denn ich glaube ihm. »Habt ihr wenigstens gewonnen?« Der Ausgang des Spiels hat mich nie interessiert, aber nun spielt es eine Rolle. »Wenn ihr gewonnen hättet, wäre er vor seinem Tod wenigstens glücklich, ja, er wäre selig gewesen.«

»Wir haben gewonnen, und er war glücklich, trotz der Schmerzen«, offenbart Fred mit einem angedeuteten Lächeln beim Gedanken an ihre letzten gemeinsamen Augenblicke.

»Ich bin schwanger.« Keine Ahnung, warum ich das in diesem Moment sage. Das ist ein ziemlich radikaler Themenwechsel, von einem erschütternden Ereignis zum nächsten. »Ich bin fast im vierten Monat«, füge ich erklärend hinzu. »Es ist deins«, sage ich schließlich, weil er noch immer nicht reagiert, sondern im Fernsehen verfolgt, wie die Bruins ein Powerplay abwehren, als ob ich gar nicht anwesend wäre. Er muss mich verstanden haben, denn er ist bleich geworden, und auf seiner Glatze bilden sich Schweißtropfen.

»Fred? Alles in Ordnung?«

Er wirkt traurig und wütend zugleich. »Tut mir leid, Georgia«, sagt er kühl. »Ich weiß nicht, was ich sagen soll. Ich kann nicht …«

Er bricht ab. Seine Worte schweben im Raum. Ich bin verwirrt. So eine Reaktion hatte ich nicht erwartet. Eine bevorstehende Vaterschaft sollte von nervöser Vorfreude begleitet werden, von Verheißung und Hoffnung – von allem, was ich empfinde, so unorthodox die Umstände meiner Mutterschaft auch sein mögen. Aber Freds Reaktion nach zu urteilen, wird er mir womöglich gleich anbieten, für die Abtreibung zu zahlen.

»Ich erwarte nichts von dir«, sage ich. »Ich habe es dir gesagt, weil du das Recht hast, es zu wissen. Ich hatte nur gedacht, du würdest dich freuen.«

»Warum verdammt sollte ich mich freuen?« Er schreit beinahe. »Erst töte ich meinen besten Freund, aber das reicht noch nicht, nein, denn dann schlafe ich mit seiner Frau, und jetzt das! Jetzt bekommen wir sogar ein Baby! Warum habe ich so verdammt viel Glück? Warum bekomme ich all das, was Joseph nie bekommen hat?«

Selbsthass schwingt in seinen Worten mit. Dabei hat Fred überhaupt kein Glück. Es muss doch eine ungeheure Last sein, jemanden getötet zu haben, vor allem, wenn man ständig und überall daran erinnert wird. Ich will ihm sagen, dass Joseph ihm vergeben hätte, aber eigentlich liegt mir etwas anderes auf der Seele. Wie oft habe ich schon im Fernsehen gesehen, dass Familien in aller Öffentlichkeit verurteilten Mördern den Tod des Ehemanns, der Frau, der Schwester und des Bruders vergeben, ja sogar des eigenen Kindes. Warum fällt es mir dermaßen schwer, Fred so etwas zu sagen?

»Es tut mir leid, dass ich die ganze Zeit so schrecklich zu dir war«, flüstere ich. »Ich vergebe dir, was an jenem Abend passiert ist.« Der Buzzer verkündet das Ende der zweiten Spielzeit, und ich verlasse das Haus.

## Kapitel 35

# *Lottie*

Roger Parsons hat mich unerwartet früh in sein Büro im Confederation Building bestellt. Ich habe ihm den Antrag doch erst vor zwei Wochen gegeben. Es muss sich lohnen, er würde mich bestimmt nicht bitten, den weiten Weg nach Ottawa anzutreten, wenn er schlechte Nachrichten hätte. Vorsichtshalber mache ich mich dennoch auf alles gefasst.

Am liebsten hätte ich Prissy und Georgia gebeten, zur moralischen Unterstützung mitzureisen. Prissy hätte sicher Zeit. Nachdem sie fast drei Monate lang abgetaucht war und sich nur um ihre Mutter gekümmert hat, kommt sie nun fast täglich zu Lawlor's, immer zwischen zwei und vier, wenn es ruhig ist, um sich über ihren Ehemann zu beklagen. Genauer gesagt, über seine vielen Aufmerksamkeiten. Ich liebe Prissy wie eine Schwester, wirklich, aber wie kann man sich darüber beklagen, dass der Mann alle Rechnungen bezahlt, sich um die Schwiegermutter kümmert, den Schnee vom Auto schaufelt und auch noch sämtliche Einkäufe erledigt? Immer wenn sie wieder damit anfängt, dass Howie ihr das Gefühl gebe, überflüssig zu sein, möchte ich sie am liebsten frustriert anbrüllen. Wenn Prissy mein Leben führen müsste, würde sie dem Schicksal für Howie danken. Affäre hin oder her.

Doch gegen mein Angebot, mit zum Confederation Building zu kommen, protestiert sie schnaubend und erzählt mir daraufhin, wie unangenehm ihr Besuch in der Apotheke verlaufen sei. Ich wusste, dass Howie in der Stadt gesehen wurde, und auch, dass alle über Prissy reden und sich fragen, warum sie gelogen hat. Manche haben sogar behauptet, sie hätten von Anfang an Bescheid gewusst – vermutlich weil sie nicht zugeben wollen, dass man sie aufs Glatteis geführt hat. Ich höre vieles, wenn ich Kaffee einschütte oder die Rechnung bringe, aber ich habe es nicht übers Herz gebracht, es Prissy zu erzählen. Bei allem, was momentan in ihrem Leben passiert, hatte sie Howies »Tod« wohl ganz vergessen. Angeblich schämt sie sich in Grund und Boden und will sich nie wieder in der Stadt blicken lassen, doch sie kommt Tag für Tag hierher, und Lawlor's ist womöglich der öffentlichste Ort in ganz Paradise Bay. Ich habe versucht, sie zu beruhigen. Bald wird sich ein anderes Thema finden, habe ich gesagt. Das Getratsche über Ches hat auch irgendwann aufgehört.

Georgia habe ich am Ende diesen Termin lieber verschwiegen, denn sie weiß nicht einmal von meinem ersten Treffen mit Roger Parsons. Das Risiko ist mir zu groß. Wenn sie auch nur annimmt, dass Fred die Hände im Spiel haben könnte, wird sie womöglich jede Förderung glattweg ablehnen oder sich weigern, bei unserem Projekt mitzumachen. Ich begreife nicht, wieso es Prissy und Georgia nicht ertragen, wenn ihnen jemand helfen will. Ich wünschte, ich könnte mir den Luxus leisten, auf dem Gebiet wählerisch zu sein.

Ich war seit vielen Jahren nicht mehr im Confederation Building, das letzte Mal bei einem Schulausflug in der achten Klasse. Prissy und ich haben auf der Galerie gesessen, einer

Debatte über Schifffahrt zugehört und jedes Mal gekichert, wenn ein Politiker vom anderen Ufer gesprochen hat.

Doch als ich jetzt die offene Lobby betrete, schüchtert mich die Umgebung augenblicklich ein. Frauen und Männer in Anzügen eilen zu Terminen, ordnen Papiere, telefonieren mit ihren Handys und sehen dabei ständig auf die Uhr. Jedes »Verzeihung«, mit dem ich gebeten werde, aus dem Weg zu gehen, ist ein Angriff auf meine Wichtigkeit, und mit jedem zögernden Schritt in Richtung des Informationsschalters schwindet mein Selbstvertrauen. Selten war mir so bewusst, dass meine Schuhe Salzflecken haben und an meinem Mantel zwei Knöpfe fehlen. Es kostet mich viel Überwindung, nicht nach Paradise Bay zurückzueilen und mir die Selbsthilfegruppe aus dem Kopf zu schlagen.

Als ich in Roger Parsons' Büro eintreffe, bin ich längst überzeugt, dass die Regierung kein Geld bewilligt hat. Zur Verteidigung wiederhole ich im Geiste die Argumente für unsere Witwengruppe und zitiere die wesentlichen Stellen, die Dr. Dunn in unseren Antrag geschrieben hat:

*Statistisch gesehen mögen junge Witwen wenig signifikant sein, aber die Gesellschaft kann es sich nicht länger leisten, diese soziale Gruppe zu ignorieren. Trauer ist eine notwendige und natürliche Phase des seelischen Heilungsprozesses, aber gerade bei jungen Witwen muss die Trauer häufig warten, da ein großer Druck auf ihnen lastet. Mit einem Mal sind sie alleinerziehende Mutter, einzige Ernährerin, Pflegekraft für hilfsbedürftige Eltern, und sie müssen Vorbild sein. Diese Gruppe finanziell zu unterstützen, bringt der Gesellschaft langfristigen Nutzen und erlaubt es Frauen und Familien in Notlagen, sich weiterhin als produktive Mitglieder unserer Gemeinschaft zu erweisen.*

Natürlich ist das vergebliche Liebesmüh. Als ob ich irgendetwas davon sagen würde, nachdem ich die schlechte Nachricht bekommen habe. Ich werde Roger Parsons für seine Zeit danken und mich auf den Heimweg machen. Erstaunlicherweise sitzt Dr. Dunn schon im Sitzungszimmer und spricht mit einem jungen Mann mit eckiger Brille und Laptop vor sich. Dr. Dunn lächelt mir zu und winkt mich mit weit ausholender Geste hinein. Ich bleibe auf der Schwelle stehen. Ich bin am richtigen Ort, aber unsicher, ob ich eintreten soll.

»Hallo, alle miteinander«, sagt Roger Parsons enthusiastisch bei seinem großen Auftritt. Er lässt einen dicken Ordner mit lautem Plumps auf den Konferenztisch fallen. »Na, dann … Glückwunsch, Lottie.«

»Verzeihung?« Mein Herz schlägt schneller, neue Hoffnung keimt auf.

»Wir haben das Geld«, sagt Roger Parsons lächelnd. »Das Witwen-Hilfe-Programm wird Gestalt annehmen.« Eine zurückhaltende Reaktion wäre jetzt sicher angebracht. Ich sollte meine Dankbarkeit aufrichtig und respektvoll äußern, doch in diesem Moment kann ich meine Gefühle ebenso wenig unterdrücken wie das Atmen. Ich klatsche in die Hände und hüpfe vor Freude auf und ab, wie ein Kind vor dem Weihnachtsbaum. Dann lege ich die Hände zusammen und halte sie an meine Lippen, als würde ich ein Dankesgebet sprechen.

»Ich danke Ihnen sehr«, flüstere ich und umarme Roger Parsons und Dr. Dunn und sogar den Fremden. Wer immer er sein mag, er hat bestimmt dazu beigetragen, dass wir die Mittel für WIHP bekommen. »Und was machen wir jetzt?«, frage ich und bereue es sogleich. Da ich mich an die Regierung gewandt und um Unterstützung gebeten habe, sollte ich auch genaue Vorstellungen von unserem Projekt haben. Wäre

Georgia doch bei mir! Sie wüsste sicher etwas Wichtiges und Bedeutsames zu sagen.

Glücklicherweise findet niemand meine Frage unangebracht.

»Es ist nicht viel Geld, aber es reicht für eine Vollzeitstelle, für eine Website, für erste Maßnahmen in Sachen Marketing und Öffentlichkeitsarbeit«, sagt Roger Parsons. »Ich kann nicht abschätzen, wie viele in Ihrer Lage sind, denn die Statistiken erwiesen sich als kaum belastbar, doch wenn es Ihnen gelungen ist, allein elf Witwen über das Radio zu finden, muss es viele geben. Leider ist es schwer, sie zu finden, also müssen sie uns finden.«

»Nur wie?« Ich sehe schon jede Menge junge Frauen in Trauerkleidung an sämtliche Türen klopfen auf der Suche nach Georgia und mir.

»Durch das Internet«, erklärt Dr. Dunn. »Social Marketing hat sich bei solchen Projekten als besonders wirksam erwiesen.« Sie geht offenbar davon aus, dass ich jedes Wort verstehe, und darum nicke ich, obwohl ich keine Ahnung habe, was sie meint.

»Das Geld in eine Website zu investieren, die Auskunft über die Organisation und ihre Ressourcen sowie Links zu Trauerberatern und finanziellen Hilfen bietet, erscheint mir am sinnvollsten, zumindest anfangs. Damit sind die Informationen allgemein zugänglich. Auf diesem Weg können Treffen angekündigt werden und vor allem sich junge Witwen, die sich sonst niemals kennengelernt hätten, untereinander vernetzen.«

Das ist das Stichwort für den jungen Mann, der nun den Grund seiner Anwesenheit offenbart. Er zeigt mir verschiedene Webdesigns, verschiedenfarbige Hintergründe mit Texten, in denen steht, was WIHP ist und wann es gegründet wurde. Ich soll mich für einen Vorschlag entscheiden, aber ich verstehe doch nichts von Grafikdesign. Ich verstehe überhaupt nichts von Computern, denn Ches hat sich immer geweigert, einen anzuschaffen. Er hatte wohl Angst, dass er ihn im Notfall nicht reparieren könnte. Er mochte Maschinen, die auf althergebrachte Weise gebaut waren, mit Schrauben und Motoren und nicht mit Chips.

Roger Parsons schlägt vor, das Projekt im Januar offiziell zu starten. Er will zu einer Pressekonferenz laden, auf der die Website vorgestellt werden soll. Frauengruppen, so sagt er, Verbände für psychische Gesundheit und soziale Organisationen werden die Initiative loben und die staatliche Unterstützung unserer Gruppe bejubeln. Nicht einmal die Opposition, so Parsons, könne etwas Negatives über WIHP sagen, schlichtweg niemand. Da aber irrt er sich. Ches hätte allerlei furchtbare Dinge zu sagen gewusst. Wenn er das in der Zeitung gelesen hätte, hätte er die Augen verdreht und darüber geschimpft, dass die Regierung so viel Geld verschwendet, noch dazu an eine Gruppe von Klageweibern, die bloß miteinander tratschen und jammern wollen.

Ich weiß auch, wie ich darauf reagiert hätte. Ich hätte Tee getrunken und erwidert, dass ich sowieso die Letzte wäre, die eine solche Selbsthilfegruppe bräuchte, falls er mir jemals den Gefallen täte, zu sterben. Ich bin sprachlos. Nicht so sehr, weil es mir tatsächlich gelungen ist, eine Selbsthilfegruppe zu gründen, und das auch noch mit öffentlichen Mitteln. Sondern weil ich ihre Dienste offenbar dringend benötige.

## Kapitel 36

# *Prissy*

In der Nacht zu Heiligabend weckt mich ein Rumoren, das schon den Namen Tumult verdient. Ich renne die Treppe hinunter. Meine Mutter und Howie führen eine hitzige Diskussion. Mom ist aufgebracht und hat geweint.

»Was ist los?«, frage ich außer Atem, auch angesichts meiner erregten Mutter. Überall brennt das Licht, ich muss mehrfach zwinkern, um mich an die Helligkeit zu gewöhnen.

»Deine Mom hatte einen Traum.«

»Es war kein Traum.« Howies Auslegung scheint meine Mutter so zu verärgern, dass sie ihn anfährt, das erste Mal seit seiner Rückkehr. »Sie war hier.«

»Wer war hier?«, frage ich verwirrt.

Howie gibt sich geschlagen. »Deine Mutter hat die Heilige Jungfrau gesehen«, seufzt er.

»Die Jungfrau Maria?«

»Ganz genau, die Heilandsgebärerin«, antwortet Howie und wirft die Hände in die Luft.

»Oh«, antworte ich. Was soll man auch anderes sagen, wenn jemand behauptet, die Jungfrau Maria gesehen zu haben? Ich würde meiner Mutter gerne widersprechen und sie daran erinnern, dass sie nicht einmal katholisch ist, denn soweit ich weiß, erscheint die Jungfrau nur Katholiken, und zwar gläubigen.

»Meine Zeit naht«, sagt Mom. Ich bekomme eine Gänsehaut. Weder klingt noch wirkt sie wie sie selbst, und das ist sehr verstörend. Es dauert fast eine Stunde, bis wir sie so weit beruhigt haben, dass wir sie wieder ins Bett bringen können. Danach sind Howie und ich nicht in der Stimmung, schlafen zu gehen, und so setzen wir uns in die Küche und trinken bis vier Uhr morgens Tee.

»Gott, man sollte meinen, die Jungfrau besäße so viel Anstand, zu einer vernünftigen Zeit zu erscheinen«, sagt Howie und reibt sich den Nacken. »Ich hab seit Ewigkeiten nicht mehr richtig geschlafen.«

Natürlich will er mit seinem Scherz bloß die unbehagliche Situation entkrampfen, aber irgendetwas an seinen Worten regt mich auf.

»Es hat dich niemand gebeten zu kommen«, raunze ich ihn an. »Warum fährst du nicht endlich nach Hause und schläfst, so viel du willst?«

Er wirft mir einen wütenden Blick zu. »Na schön«, sagt er kühl. »Wenn du wirklich willst, treffe ich die entsprechenden Vorkehrungen.«

»Das ist wieder typisch. Sobald es schwierig wird, verschwindest du!« Meine Stimme zittert leicht, und ich habe Angst zu weinen, obwohl ich nicht weiß, warum. Die ganze Zeit wollte ich, dass Howie verschwindet. Ich gebe mir alle Mühe, ihm aus dem Weg zu gehen, aber wenn er endlich fort ist, werde ich ihn trotzdem vermissen. Ich bedecke meine Augen und hole zitternd Luft.

Howie sieht mich verzweifelt an. »Herrgott, Prissy, was willst du denn von mir? Ich dachte, ich sollte abhauen.«

»Natürlich sollst du das.«

»Warum bist du dann so aufgebracht?«

»Ich bin nicht aufgebracht.«

»Soll ich bleiben? Sag's mir, und ich bleibe.«

Im Klartext heißt das, er will genau darum gebeten werden, aber den Gefallen erweise ich ihm nicht. »Ich will nur, dass du tust, was du tun willst. So läuft das doch bei dir, oder nicht?« Bemerkungen dieser Art haben ihn schon während unserer Beziehung immer wütend gemacht, und sie provozieren ihn auch heute noch.

»Was soll denn das schon wieder heißen, Prissy?« Er steht auf, geht zur Spüle und schaut aus dem Fenster, obwohl es draußen noch stockdunkel ist und er bei dem Lampenlicht allein sein Spiegelbild sehen kann. »Ich will doch bloß für dich da sein, und du weist mich ständig ab.«

»Du willst nicht für mich da sein. Du fühlst dich verpflichtet, da zu sein, aber du bist nicht … verpflichtet. Du kannst jederzeit gehen«, sage ich schon weniger konfrontativ, denn ich füge mich bereits wieder in das Unvermeidliche.

»Wir könnten sie mit zu uns nehmen«, sagt Howie und dreht sich zu mir. »Wir könnten mein kleines Büro umfunktionieren und meinen Computer und die Sachen nach oben in das leere Schlafzimmer bringen. Ich organisiere ihr eine Pflegekraft, die rund um die Uhr für sie da ist. Ihr wird es an nichts fehlen.«

Ich traue meinen Ohren kaum. »Was hast du gerade gesagt?«, flüstere ich.

»Ich bin mir nicht sicher.« Seine Worte haben ihn offenbar genauso überrascht wie mich. »Vielleicht könnten wir da weitermachen, wo wir aufgehört haben.«

Da, wo wir aufgehört haben, hatte Howie eine Affäre, war

mit einer anderen Frau zusammen und wollte nach eigenem Bekunden nicht länger mein Ehemann sein. Ich bin fassungslos. Nicht nur, weil er vorgeschlagen hat, dass ich mit ihm nach Hause kommen soll, sondern vor allem, weil ich das Angebot nicht auf der Stelle annehme. Monatelang habe ich dafür gebetet und von diesem Moment geträumt, und nun, da Howie mich tatsächlich fragt, wird mir bewusst, dass ich nicht mehr das neunzehnjährige Mädchen bin, das ihm vor so vielen Jahren blind gefolgt ist.

»Warum hattest du eine Affäre?« Der Schmerz und die Traurigkeit in meiner Stimme sind beinahe greifbar. Diese Frage habe ich nie gestellt. Ich habe auch nie gefragt, mit wem Howie geschlafen hat. Ich habe nach allen möglichen quälenden Details gefragt, die ich nicht hören wollte, aber bis jetzt noch nie nach dem Warum.

Howie läuft rot an, die Frage ist ihm sichtlich peinlich, aber er muss gewusst haben, dass ich sie irgendwann stellen würde. Er setzt sich wieder und zeichnet den Umriss einer der Rosen auf seiner Tasse nach. Es sieht albern aus, wie Howie, für mich immer der Inbegriff von Männlichkeit, dort sitzt und Tee aus einer zarten, englischen Tasse trinkt, mit rosaroten Rosen und Goldrand. Er mag Tee nicht einmal. Er hat sich erst jetzt an den Geschmack gewöhnt, seit meine Mutter darauf besteht, dass er welchen mit ihr trinkt.

»Weil ich einen Moment der Schwäche hatte«, sagt er, und ich muss mich sehr beherrschen, nicht zu erwidern, dass das Schwachsinn ist. Einen Moment der Schwäche hat man, wenn man sich einen Eisbecher mit heißer Karamellsauce bestellt oder man ein Paar Schuhe, das man niemals tragen wird, zum regulären Preis kauft.

»Ich hatte das Gefühl, du liebst mich nicht mehr«, fügt er

hinzu. »Ich hatte immer Angst, das würde eines Tages passieren. Du bist viel jünger. Du bist schön und lebensfroh und … ich weiß, es klingt kitschig, aber du bist unwiderstehlich. Ich habe immer darauf gewartet, dass du mich eines Tages mit anderen Augen anschaust, dass ich eines Tages nicht mehr das Glück deines Lebens sein würde. Und zuletzt hat genau das in deinen Augen gestanden, jedes Mal, wenn du mich angeschaut hast.«

Wenn er glaubt, dass ich diese Ansprache rührend und bestechend finde, hat er sich getäuscht. Er hat mir zu viel angetan, um alles mit einer solchen Antwort vom Tisch zu wischen. Typisch Mann, erst betrügen sie und dann machen sie die Ehefrau dafür verantwortlich. »Also soll es meine Schuld sein, dass du eine Affäre hattest?« Ich bin wütend und stehe kurz davor, die Fassung zu verlieren, aber das ist mir egal.

»Gott, Prissy, du konntest ja kaum noch meine Nähe ertragen.« Nun klingt er frustriert und trotzig.

»Und, hat es denn geholfen, eine andere zu vögeln?« Das war nicht als ernsthafte Frage gemeint, doch ich erhalte eine Antwort.

»Anfangs ja«, gibt er zu, und zum ersten Mal gebe ich keine Widerworte, obwohl seine Aussage ungeheuer schmerzhaft ist. »Dann habe ich mich nur noch entsetzlich gefühlt. Ich war nicht glücklich, und du warst es auch nicht, also habe ich getan, was ich glaubte, tun zu müssen. Für uns beide. Ich wusste, dass es anfangs schwer sein würde, aber ich hatte gedacht, mit der Zeit würde es leichter. Das wurde es nicht.« Er seufzt, traurig und deprimiert.

»Hör zu, ich gebe dir ja keine Schuld.« Howie stützt sich auf sein stoppeliges Kinn. »Ich habe Mist gebaut. Ich wünschte, es wäre anders, aber es ist nun einmal geschehen.«

Das reicht nicht. Er hat sich nicht einmal entschuldigt, und vermutlich hätte er niemals ein Wort gesagt, wenn ich nicht mit dem Thema angefangen hätte. Ich will einen weinenden, unrasierten Howie, der auf die Knie geht und mich anfleht, zu ihm zurückzukommen, und das, was ich jetzt vor mir sehe, entspricht meiner Vorstellung nicht. Howie ist wieder ganz ruhig, völlig gefasst. Er lächelt verlegen, als ob er vergessen hätte, den Müll rauszubringen, aber nicht, als hätte er mir das Herz gebrochen.

»Was denkst du? Zum Thema nach Hause kommen?« Howie blickt mich erwartungsvoll an.

Ich muss an meine Mutter denken. Dieses Haus und dieser Ort bedeuten ihr so viel. Sie hat die Insel niemals verlassen, nicht einmal, um uns zu besuchen. Wir sind immer zu ihr gefahren, Jahr um Jahr. Meine Mutter jetzt von hier fortzubringen, damit sie inmitten von namenlosen, gesichtslosen Pflegern stirbt, kommt nicht in Frage. Howie ist sicherlich durchaus sensibel, ihm fehlt bloß das Verständnis.

»Ich denke«, sage ich, »dass ich zu Hause bin.«

Heiligabend wird furchtbar. Meine Mutter hat den ganzen Tag lang von der Erscheinung der Jungfrau gesprochen und behauptet, dass dies ihr letztes Weihnachten sei. Sie erinnert mich an Quentin, der auch ständig sagt, dass er nie wieder zur Schule gehen wird. Nach dem ersten Schock über die sogenannte Vision wirkt sie regelrecht erleichtert angesichts der Perspektive, bald zu sterben. Sie schläft wie ein Säugling erschöpft in ihrem Rollstuhl ein, nur ein kleines Rinnsal Speichel tropft auf ihren Schlafanzug.

Howie nippt, ausgerechnet vor Quentins Augen, im Sessel meines Vaters an einem Scotch, ich blättere durch eine alte Ausgabe der *US Weekly*. Die Spannung, die aus unserem nächtlichen Gespräch herrührt, hat zwischen uns gestanden wie eine unsichtbare, uneinnehmbare Festung. Seine Worte hallen in mir nach. Ob auch er alles immer wieder durchgeht, oder hat er unsere Worte schon vergessen und plant bereits seine Rückreise?

Burl Ives singt im Radio »Holly Jolly Christmas«, im Fernsehen folgt die Wettervorhersage, mit dem Bericht über diese Reise des Weihnachtsmanns. Als es gerade heißt, sein Schlitten sei über den Alpen gesichtet worden, bittet Quentin seinen Vater um ein Glas Scotch.

»Dann bin ich endlich 'n Mann. Bitte, Dad.«

»Nein«, sagt Howie kurz und knapp.

»Ach, Dad, na komm, würdest du den heutigen Abend ohne Alkohol packen?«

Howie lacht, so wie er früher über die drolligen Sprüche gelacht hat, die Quentin als kleiner Junge von sich gegeben hat. »Vermutlich nicht«, gibt er zu.

»Dann hast du ja 'ne Ahnung, wie's mir geht. Ich langweil mich zu Tode. Nur ein Schluck. Ich werd mich nicht betrinken, ehrlich. Wär's dir denn nicht lieber, ich trinke mit meinen Eltern als mit Gott weiß wem?«

Nicht zum ersten Mal an diesem Tag bedaure ich, dass Quentin während der Feiertage hier ist. Was hatte ich denn erwartet? Dass er lachend unter dem Baum sitzen und sich im Glanz der Festtage sonnen würde? Quentin ist kein Kind mehr, der Weihnachtsmann, neue Spielzeuge und Zuckerstangen haben längst ihren Zauber verloren, und damit die Festtage auch für mich.

Als Charlie überraschend erscheint, sind wir alle dankbar, vor allem Quentin. Er strahlt beim Anblick seines Lieblingsonkels.

»Allmächtiger«, sagt Charlie angesichts des dunklen Zimmers. »Ihr macht euch also 'nen echt netten Abend, was? Ich würde mich erschießen, wenn ich die nächsten Tage mit euch verbringen müsste. Holt den Scheißalkohol raus oder meinetwegen die Spielkarten, aber tut was.«

»Charlie!« Ich begrüße meinen Bruder viel zu überschwänglich. »Komm rein, komm rein. Nimm dir was zu trinken. Ich hatte gar nicht mit dir gerechnet.«

»Ich wollte nur kurz Moms Weihnachtsgeschenk vorbeibringen. Es ist draußen in diesem Scheißwagen. Hilfst du mir mal, kleiner Scheißer?« Quentin springt bereitwillig auf.

»Na los, Mann, du auch«, sagt Charlie zu Howie, der langsam und mit argwöhnischer Miene aufsteht. Für welches Weihnachtsgeschenk braucht man zwei starke Männer und einen Teenager?

Als sie einen Sarg samt roter Schleife hereintragen, gebe ich mich geschlagen. Ich würde gerne genügend Wut und Empörung aufbringen, um Charlie eine richtige Abreibung zu verpassen, aber ich bin die Streiterei so leid – mit meinem Bruder, meiner Mutter, meinem Sohn, meinem Ehemann. Ich bin es so leid, Mom zu sagen, dass sie nicht bald sterben wird. Ich habe es ihr heute schon vierzehn Mal gesagt, aber sie beharrt immer noch darauf, dass die Erscheinung der verdammten Jungfrau keinen anderen Schluss zulässt. Charlie sieht mich vorsichtig an, auch Howie. Sie erwarten wohl beide, dass ich tobe, doch ich weigere mich.

Meine Mutter ist von dem Rumoren wach geworden und rollt näher heran. Sie inspiziert den Sarg wie ein großes Möbelstück, dessen Anschaffung sie erwägt. Sie fährt mit der faltigen Hand über das glatte, dunkel gebeizte Holz und klopft mit ihren geschwollenen Knöcheln darauf, prüft seine Stärke und Beständigkeit.

»Er ist wunderschön, Charlie«, sagt sie, als hätte er ihr eine seltene Blume oder einen funkelnden Edelstein überreicht. Sie bittet Charlie, den Sarg zu öffnen, und was sich dann zeigt, raubt sogar mir den Atem: Im Innern ist ein Bild gemalt, der Blick aus dem Küchenfenster, eine wunderschöne Landschaft, mit sanften Hügeln, gewundenen Wegen, Wildblumen und in der Ferne dem Meer. »Wunderschön«, sagt Mom zu Charlie.

»Die Idee stammt vom kleinen Scheißer«, sagt Charlie. »Er hat mir sehr geholfen.«

Alle blicken zu Quentin, dem so viel Aufmerksamkeit peinlich ist. Ich hatte keine Ahnung, dass mein Sohn solches Talent besitzt.

»Jetzt helft mir mal rein«, sagt Mom und sieht mich an.

»Ich helf dir da nicht rein«, sage ich und schüttle den Kopf.

»Wie soll ich denn wissen, ob ich reinpasse?«

»Das ist doch egal, wenn du tot bist«, wirft Charlie ein.

»Ich will nur sichergehen, dass er groß genug ist.«

»Du bist winzig«, weist Charlie sie zurecht. »Du würdest sogar in einen meiner Schuhkartons passen. Natürlich ist er groß genug.«

Quentin bietet an, Probe zu liegen, und bevor ich protestieren kann, legt er sich schon in das Weihnachtsgeschenk meiner Mutter und mimt Dracula. Beim Anblick meines Sohnes in einem Sarg läuft es mir kalt den Rücken hinunter.

»Komm sofort da raus«, sagt Howie unwirsch. Auf ihn hat die Szene offenbar einen ähnlichen Effekt.

»Hier ist es so krass langweilig«, klagt Quentin. »Hier versteht echt niemand Spaß.«

Dabei verstehe ich Spaß. Probleme habe ich nur mit der ernsten Wirklichkeit.

## Kapitel 37

# *Lottie*

An unserem ersten gemeinsamen Weihnachten habe ich Ches gefragt, ob meine Eltern zum Essen kommen könnten. Ich war im sechsten Monat schwanger, und wir wussten bereits, dass wir niemals ein leidenschaftlich verliebtes Paar würden. Dennoch hatten wir versucht, das Beste aus der Situation zu machen, und gehofft, die Liebe werde mit der Geburt unseres Kindes erblühen. Ches hatte geantwortet, dass er lieber einen ruhigen Tag mit mir verbringen würde, da das Baby unser Leben bald auf den Kopf stellen würde, was besser klang als es wurde. Ches lag den ganzen ruhigen Tag dösend auf der Couch vor dem Fernseher, während ich versuchte, mich nicht zu übergeben, während ich den Hals und den Beutel mit den Innereien aus dem Truthahn zog.

An unserem zweiten gemeinsamen Weihnachten begann Marianne gerade zu krabbeln. Ich hatte vorgeschlagen, zu meinen Eltern zu gehen, damit sie den Feiertag mit ihrem einzigen Enkelkind verbringen konnten und ich nicht kochen musste. Unsere Versöhnung lag gerade vier Monate zurück, und Ches versuchte noch, all seine Versprechen zu halten. Meine Eltern machten eine abfällige Bemerkung nach der anderen über ihn, sie lästerten über seinen Job, seine Unfähigkeit als Ernährer, sogar über seine knittrige Kleidung. Das zu kommentieren war wirklich nicht fair, denn ich war ja für das Bügeln zuständig. Ches kochte vor Wut, sagte aber kein einziges Wort zu seiner Verteidigung. An unserem dritten gemeinsamen Weihnachten wagte ich nicht mehr, meine Eltern zu erwähnen, und im Jahr darauf waren sie schon nach Calgary gezogen, zu meiner Schwester und ihrem ach so tollen Jacuzzi.

Jahr um Jahr waren wir an Weihnachten zu dritt: Ches, Marianne und ich. Wir hatten weder Vettern noch Cousinen, keine Tanten, Onkel, Brüder oder Schwestern, die eine festliche Stimmung zaubern konnten, und deshalb habe ich jedes Jahr wohl zu sehr versucht, Weihnachten zu etwas ganz Besonderem werden zu lassen. Es musste ein echter Baum sein, damit Tannenduft durchs Haus zog, ich nippte an selbstgemachtem Glühwein, band um jedes Geschenk eine Schleife, obwohl Ches das für Geldverschwendung hielt, briet jedes Jahr ergeben meinen Truthahn, obwohl ein Huhn gereicht hätte, sprach noch vom Weihnachtsmann, als Marianne schon längst nicht mehr an ihn glaubte, und summte die Lieder aus dem Radio mit, bis Ches brüllte, ich solle verdammt noch mal Ruhe geben, er könne den Fernseher nicht verstehen. Trotz all meiner Anstrengungen hat sich Weihnachten immer entsetzlich in die Länge gezogen, vor allem ohne geladene oder spontane Gäste.

Ohne Ches sehe ich keinen Grund, so zu tun, als sei Weihnachten etwas Besonderes. Ein Weihnachtsbaum kann mir dieses Jahr gestohlen bleiben. Angebote und Rabatte ignoriere ich und meide im Drogeriemarkt den Gang, in dem Dekoration, Geschenkpapier und Schokolade stehen. Es stimmt mich traurig, dass ich nicht einmal mehr die Fassade aufrechterhalte, und genau deshalb beschließe ich in letzter Minute, Prissy und Georgia zum Essen einzuladen. Ich möchte mit Freunden feiern und nicht darüber nachgrübeln, dass Ches nach siebzehn gemeinsamen Weihnachtsfesten nicht mehr da ist und Marianne lieber mit ihren Freunden als mit ihrer Mutter feiern will.

Ich decke den Tisch mit Duftkerzen und meinem edelsten Leinen, ich stelle sogar einen Baum auf, obwohl die guten längst verkauft waren und mein Baum schiefe Äste mit großen Lücken hat. Er nadelt jetzt schon auf den Wohnzimmerteppich, aber das ist mir egal. Ich kaufe einen acht Kilogramm schweren Truthahn, den größten überhaupt, und hoffe, dass ich für so einen gewaltigen Vogel den passenden Topf besitze.

Da ich keinen Mixer habe, muss ich das Brot für die Füllung mühsam mit der Hand in winzige Stückchen zupfen. Meine Gedanken schweifen ab. Was würde Ches von unseren Gästen halten? Würde er aus dem Bett kommen und sich zu uns gesellen? Mit Howie über die Leafs sprechen, das Hockeyteam aus Toronto? Das wäre wahrscheinlich die einzige Gemeinsamkeit der beiden, aber immerhin. Oder würde sich Ches, wie jeden Tag vor seinem Tod, nur wieder bis zur Bewusstlosigkeit betrinken?

Meine Gedanken wandern zu dem Treffen im Confederation Building. Wären doch schon alle hier und könnte ich endlich die gute Nachricht verkünden! Ich freue mich auf die ungläubigen Mienen, wenn sie hören, wie ich das hinbekommen habe! Ich werde bis zum Essen warten, wahrscheinlich bis zum Tischgebet. Bald duftet es im ganzen Haus nach Truthahn.

Prissy kommt als Erste, mit Howie, Quentin und Clara. Charlie verbringt die Feiertage mit einem Mädchen aus Bay Roberts, und das sei auch besser so, sagt Prissy, denn er habe schon den Heiligabend ruiniert. Sie drückt mir eine Flasche Sekt in die Hand und will gleich selbst ein Glas. Sie ist ungewöhnlich flatterig, ich weiß nicht, warum. Sie kippt ihr Glas in zwei Schlucken hinunter und bittet um Nachschub.

»Du musst Nachsicht mit meiner Mutter haben«, sagt sie. »Ich habe ihr für heute ein schönes Kleid gekauft, aber sie besteht darauf, dieses Ding zu tragen.«

Prissy wirkt wie eine verlegene Mutter, die sich entschuldigt, weil ihr Kind den Superheld-Umhang oder die Prinzessinnenkrone partout nicht ablegen will. Erst da fällt mir auf, dass Clara Schlafanzug und Hausmantel trägt.

»Is' doch egal, Prissy«, sage ich. »Solange sie sich wohlfühlt.«

»Sie will ihr neues Kleid nicht anziehen, weil sie darin beerdigt werden will. Ich habe einen ganzen Tag lang nach einem schönen Weihnachtsgeschenk für sie gesucht, und was sagt sie, als sie das Päckchen öffnet? ›Hinreißend, Prissy. Ich fände es schön, wenn du mich darin beerdigen würdest.‹ Und was antwortet sie auf meine Frage, was Quentin ihr zu Weihnachten schenken soll? Ein Paar Einlagen«, sagt Prissy, ehe ich raten kann. Sie trinkt schon das dritte Glas. In einer Stunde ist sie sicher vollkommen blau.

»Ich soll ihr Einlagen besorgen, dabei kann sie gar nicht mehr laufen! Sie trägt ja kaum noch Schuhe.«

Ich schaue zu Clara. An ihren Füßen steckt ein Paar ausgetretener Hausschuhe.

»Da hätte sie sich gleich Schlittschuhe wünschen können, was so oder so ein dämliches Geschenk ist, selbst wenn man laufen kann. Nicht aber ein Sarg. Das ist doch mal ein fantastisches Weihnachtsgeschenk.«

Ich habe schon während ihrer vielen Besuche bei Lawlor's

alles über den gefürchteten Sarg gehört. Prissy sträubt sich gegen die ganze Sache, und ich vermute, dass der Sarg jetzt fertig ist.

Sie kichert und schenkt sich ein weiteres Glas ein.

»Prissy, vielleicht solltest du eine Pause machen, bis du etwas gegessen hast«, wirft Howie ein, aber Prissy weist ihn wütend ab.

»Warum kümmerst du dich nicht um deine Angelegenheiten? Du verschwindest sowieso bald!«

Howie läuft vor Wut rot an. Er macht den Eindruck, dass er seine Frau am liebsten erwürgen würde, doch er schweigt, während Prissy, wie zum Trotz, ein weiteres Glas hinunterkippt. Prissy hat nie viel vertragen, höchstens ein paar Bier, aber keinen anderen Alkohol. Ich habe sie nur wenige Male betrunken erlebt, und schön war das nie. Einmal hatte Ryan Vogel eine Flasche Rum aus dem Alkoholschrank seiner Eltern gemopst. Zuerst hatte Prissy noch gelacht und Ryan umarmt, doch später hatte sie sich ins Gebüsch hinter der Hockeybahn erbrochen. Ich fürchte, der heutige Abend wird ähnlich enden.

Schließlich kommt auch Georgia, mit einer Tüte voller Pfefferminztoffees. Sie entschuldigt sich für ihre Verspätung. Prissy gibt sich alle Mühe, Georgia zum Mittrinken zu verleiten, aber Georgia lehnt kopfschüttelnd ab.

»Ach komm, Georgia, es ist Weihnachten«, drängt Prissy.

Georgia lächelt. »Ich kann nicht, weil… Na ja, es wird ja sowieso bald rauskommen. Also, alle mal herhören, ich hab euch etwas zu verkünden.« Sie machte eine dramatische Pause. »Ich bin schwanger!«

Sie lächelt selig und wartet darauf, dass wir aufspringen und gratulieren, aber niemand rührt sich. Wir sind schockiert. Georgia war in diesem Moment ganz die errötende Braut, die gerade von der Hochzeitsreise heimgekehrt ist, nicht mehr die übliche trauernde Witwe. Ich hatte schon geglaubt, ich hätte sie falsch verstanden, doch dann legt sie die Hände auf den Bauch, auf eine winzige Schwellung.

»Und der Vater?«, frage ich verwirrt. Es wird wohl Fred sein, aber Georgia sieht so glücklich aus – hat sie uns etwa jemanden verschwiegen?

»Was glaubst denn du?«, fragt Georgia schnippisch, als wollte sie auf keinen Fall wiederholen, dass sie mit Fred intim war.

»Vielleicht ist es eine unbefleckte Empfängnis«, kichert Prissy. »Die Jungfrau erscheint hier zur Zeit ja ziemlich oft.«

Georgia sieht Prissy verwirrt an und wirft mir einen fragenden Blick zu, aber ich kann ihr nicht helfen. Offensichtlich regt sich Prissy über Howie, ihre Mutter oder beide auf, und ich weiß nicht, worum es dabei geht. Ich zucke Richtung Georgia mit den Schultern und sehe Howie an, der ja wissen wird, was seine Frau so aus der Fassung bringt. Er schüttelt den Kopf, um uns zu bedeuten, das Thema besser nicht anzusprechen.

»Hast du es Fred gesagt?«, frage ich.

Georgia nickt. »Er braucht noch eine Weile, um sich an den Gedanken zu gewöhnen. Ich glaube, ich habe ihm Angst eingejagt.«

Als ich Ches von meiner Schwangerschaft erzählt habe, war es genauso. Den entsetzten Ausdruck in seinen Augen werde ich nie vergessen, aber auch nicht die Zärtlichkeit, als er Marianne zum ersten Mal in seinen Armen hielt.

»Das wird schon«, versichere ich Georgia.

Ich habe mich selbst übertroffen. Es gibt Truthahn, Pökelfleisch, Kartoffeln, Möhren, Erbsenpüree, Sauce, Mais, Rote Bete und Senfpickles. Alle bewundern die Tafel und loben, wie köstlich es riecht. Nachdem wir alle Schüsseln herumgereicht haben, will Clara einen Toast ausbringen. Ich hätte bei all dem Trubel beinahe meine eigenen Erfolgsnachrichten vergessen und warte unruhig darauf, dass Clara endlich spricht.

»Das ist mein letztes Weihnachten«, beginnt sie und hebt ihr Glas. Ihre Hand zittert, Wein tropft auf die Tischdecke, aber alle tun so, als würden sie es nicht bemerken. »Heute Nacht ist mir die Jungfrau erschienen und hat gesagt, dass meine Zeit gekommen ist. Also, auf das Ende eines langen und glücklichen Lebens.« Clara trinkt einen Schluck Wein.

Prissy plötzlich nicht mehr. »Ich trinke nicht auf deinen Tod.«

»Doch nicht auf meinen Tod, auf mein Leben!«, protestiert Clara.

»Wieso bist du so verdammt sicher, dass du sterben wirst? Nur, weil du von der Scheißjungfrau geträumt hast?« Prissy steht abrupt auf und geht ins Wohnzimmer. Niemand weiß so recht, was tun. Soll ich ihr folgen und nach ihr sehen, oder soll ich sie in Ruhe lassen und weiteressen? Während ich überlege, stochere ich in meinen Kartoffeln herum und fahre mit ihnen durch die Sauce, an Fleisch und Erbsen vorbei. Den anderen geht es wohl ähnlich, alle schauen auf ihre Teller, niemand bringt einen Bissen über die Lippen.

Nach einer Ewigkeit, die in Wirklichkeit wohl kaum länger als eine Minute gedauert hat, erscheint Prissy wieder. Sie hält meine Krippe im Arm und hat große Mühe, alle Keramikfiguren sicher im Stall zu bewahren. Ich habe ein flaues Gefühl in der Magengegend. Prissy nimmt die Figur der Jungfrau und wirft sie auf den Tisch. Sie landet vor Claras Teller. Alle schauen entsetzt auf die kniende Maria mit ihren gefalteten Händen und ihrem ernsten Gesichtsausdruck.

»Da!«, sagt Prissy. »Da hast du deine Scheißjungfrau. Und das Jesuskind gibt's gleich noch dazu! Da hast du's!« Und schon wirft sie die nächste Figur, einen winzigen Christus in blauen Decken. Er landet mit dem Gesicht auf der Füllung. Dann poltern Josef, die Heiligen Drei Könige, ein Kamel und ein Lamm über den Tisch. Prissy wirkt wie irre, in ihren Haaren hat sich Stroh aus der Krippe verfangen, und Clara blickt gen Himmel und bittet die Jungfrau um Vergebung für ihre Tochter. Sie wisse nicht, was sie tut.

»Halt den Mund, Mom!«, brüllt Prissy. »Halt den Mund! Ich weiß genau, was ich tue.«

»Das reicht, Prissy«, sagt Howie scharf. »Hör bitte auf, dich zum Narren zu machen.«

»*Du* machst mich doch zum Narren!«, kreischt sie zurück. »Lass mich einfach in Ruhe«, sagt sie etwas ruhiger. »Tu uns allen den Gefallen und lass mich verdammt noch mal in Ruhe.«

Howie fährt zusammen, er wirkt bleich und verlegen. »Diese Diskussion führen wir später.« Er schluckt heftig und wirft Prissy flehentliche Blicke zu. »Es tut mir leid, Lottie. Danke für deine Gastfreundschaft, aber ich glaube, wir sollten gehen.«

Doch Clara besteht darauf, zu Ende zu essen, weil dies ihr allerletztes Mahl sei. Nachdem sie mit dem Dessert fertig ist, im Badezimmer war und Howie sie ins Auto verfrachtet hat, ist Prissy auf dem Sofa eingeschlafen. Sie protestiert nicht, als Howie sie sanft schüttelt, ihr den Pullover um die Schultern legt und sie ohne Mühe von der Couch hebt. Mir steht ein flüchtiges Bild vor Augen, wie Ches Marianne ins Bett trägt.

Später, während wir in der Küche aufräumen, fragt mich Georgia, ob ich Ches eine Affäre vergeben hätte. Ich muss lächeln, schließlich glaubte ich doch, Ches wäre an dem Tag, an dem er sich das Leben genommen hat, zu seiner Geliebten gefahren.

»Hättest *du*?«, frage ich Georgia, denn Josephs Untreue hätte sie sicher tief getroffen.

Georgia stapelt die Teller übereinander und stellt die angeschlagenen sorgfältig nach unten. »Ich war furchtbar eifersüchtig«, gibt sie zu. »Joseph war früher einmal mit einem Mädchen zusammen, das im Supermarkt gearbeitet hat, und jedes Mal, wenn ich keinen Zucker mehr hatte, musste ich ihren Anblick ertragen. Ich habe mir die beiden immer zusammen vorgestellt, und das hat mich so wahnsinnig gemacht, es war zum Haareraufen.«

Ich persönlich halte Eifersucht für etwas Gutes. Es heißt zwar, wenn man sich in einer Beziehung sicher und aufgehoben fühlen würde, gäbe es keinen Grund zur Eifersucht, und auch bei Hochzeiten kommt immer der Spruch, Liebe bedeute, niemals eifersüchtig oder wütend zu sein. Ich glaube das nicht, denn ich war lange nicht mehr wütend oder eifersüchtig auf Ches. Meistens habe ich gar nichts gefühlt. Nur anfangs, als ich noch am meisten für ihn empfunden habe, war ich auch wütend, wenn er lange wegblieb oder die anderen Mädchen, die ihren Freunden oder Brüdern beim Hockeyspielen zugesehen haben, zu lange gemustert hat. Einmal hat er die Aushilfe bei Dee's Süße genannt, als wäre ich gar nicht da, und sie hat ihm zugezwinkert – da war ich außer mir vor Wut. Aber in den letzten Jahren unserer Ehe gab es keine Eifersucht mehr, keine Wut und auch keine verletzten Gefühle. Wenn man die Eifersucht hinter sich hat und der andere einen nicht mehr wütend machen kann, dann ist eine Beziehung am Tiefpunkt.

»Und, hättest du?«, frage ich Georgia noch einmal.

»Ich hätte niemals gedacht, dass ich darauf Ja sagen würde, aber ich glaube schon«, gibt Georgia zu und fährt mit dem Finger über den Rand ihrer Teetasse. »Ich weiß, dass Howie Prissy betrogen hat, aber die beiden haben noch das ganze Leben vor sich, um wieder zueinanderzufinden, und das ist weit mehr, als andere haben.«

## Kapitel 38

# *Prissy*

Ich werde kurz nach Mitternacht wach, mit hämmernden Kopfschmerzen und einem so trockenen Mund, dass meine Zunge am Gaumen klebt. Ich setze mich auf und halte den Kopf in Händen. Mir kommt mein entsetzliches Benehmen bei Lotties Weihnachtsessen in den Sinn. Auf dem Nachttisch warten ein Glas Wasser und zwei Aspirin. Ich schlucke sie gierig. Wieder eine von Howies Gefälligkeiten, die mich so sehr gegen ihn aufbringen. Vor meinem geistigen Auge flackern Szenen meines weihnachtlichen Wahnsinns auf. Ich durchlebe noch einmal, wie ich meine Mutter anschreie und ihr fromme Gegenstände hinwerfe. Wie ich über Georgias wundersame Verkündigung lache. Es gibt niemanden, bei dem ich mich nicht entschuldigen muss. Schamesröte steigt mir ins Gesicht.

Ich versuche, wieder einzuschlafen, aber nach einer Dreiviertelstunde rastlosen Herumwälzens gebe ich auf. Wie es meiner Mutter wohl geht? Was, wenn sie wirklich sterben muss? Ich stelle sie mir vor, hoffnungslos alleine, tot in ihrem Bett liegend. Das Bild lässt sich nicht mehr abschütteln. Ich schleiche die Treppe hinunter, um nach ihr zu sehen.

Das regelmäßige Heben und Senken ihrer Brust beruhigt mich, aber nicht sehr. Nüchtern betrachtet muss ich mir eingestehen, dass sie wirklich alt, schwach, eingefallen und dem Tod nahe ist. Seit ich vor einem halben Jahr nach Paradise Bay gekommen bin, konnte ich zusehen, wie ihr Haar noch dünner, ihr Gesicht noch faltiger und ihre Statur noch zierlicher wurde. Es ist kaum vorstellbar, dass Charlie und ich einmal vor dieser Frau eine Heidenangst hatten. Meine Mutter war eine imposante Erscheinung, wenn sie uns mit einem Schuh in der einen, der Zeitung in der anderen Hand die Treppe hinaufjagte und auf unsere Kehrseiten eindrosch, die wir mit den Händen zu schützen versuchten.

Ich klettere zu Mom ins Bett, nehme ihre Hand und male mit meinen Fingern Kreise auf ihre Knöchel. Sie riecht nach Lavendel, was gar nicht sein kann, denn sie stäubt sich schon seit Jahren nicht mehr mit Yardley-Puder ein. Ich kämme eine Strähne weißen Haars, und unter meiner Berührung wird es goldblond. Die Falten in ihrem Gesicht verschwinden, ihre Fingernägel sind nicht mehr fleckig gelb von den vielen Zigaretten, sondern zartrosa mit runden, weißen Kuppen.

»Ich will nicht, dass du stirbst«, flüstere ich, und dabei strömen mir die Tränen über die Wangen. »Du bist doch meine Mom. Als meine Welt in Trümmern lag, warst du die Einzige, der ich die Wahrheit sagen konnte. Ohne dich hätte ich niemanden gehabt und nicht gewusst, was ich tun sollte. Wo soll ich denn hin, wenn du stirbst?«

Meine Mutter rührt sich und öffnet die Augen. Zum ersten Mal seit langer Zeit schauen sie klar und deutlich. »Vergib ihm, Prissy. Er liebt dich so sehr.« Ich kann nicht sagen, ob sie einen letzten Moment bei klarem Bewusstsein hatte oder uns die ganze Zeit etwas vorgemacht hat. Sie schläft so plötzlich wieder ein, dass ich schon glaube, ich hätte mir ihre Worte nur eingebildet.

Als ich wach werde, ist der Himmel grau. Es ist fast halb zehn. Seltsam, dass Howie meiner Mutter noch nicht aus dem Bett geholfen hat, denn um diese Zeit ist das Frühstück gewöhnlich längst vorbei, und sie hocken gemeinsam vor dem Fernseher. Wir haben den zweiten Weihnachtstag. Vielleicht sitzt Howie schon in einem Flugzeug über dem Atlantik. Aber er würde doch nicht fahren, ohne mir eine Gelegenheit zu geben, mich von Quentin zu verabschieden, trotz meines schrecklichen Benehmens.

Ich schüttle meine Mutter sanft. »Na komm, Zeit aufzustehen und ins Bad zu gehen.« Ich springe aus dem Bett, denn ich will nach Quentin sehen, aber meine Mutter rührt sich nicht. Ich schüttle sie noch einmal, heftiger, doch sie reagiert noch immer nicht. Ist sie etwa schon tot? Sie ist bleich, aber ihre Haut ist warm und durchblutet. Als sich ihre Brust hebt und senkt, stoße ich einen erleichterten Seufzer aus.

»Na komm, Mom«, sage ich wieder. Sie hält die Augen geschlossen. Irgendetwas stimmt nicht. Instinktiv greife ich zum Telefon und wähle den Notruf, aber als sich die Zentrale meldet, lege ich auf. Meine Mutter hat heute Nacht nach Lavendel gerochen, ihr Haar hat in meinen Händen goldblond geglänzt, ihre Finger waren weich und rosa. Sie hatte recht, ihr Tod naht. Ich gelobe, sie auf ihre Weise sterben zu lassen. Ich will nicht, dass meine Mutter in einem Pflegeheim stirbt, angeschlossen an Schläuche und völlig verwirrt.

Ich lasse sie einen Moment alleine und gehe in die Küche. Howie sitzt dort mit einem Kaffee und liest den zwei Tage alten *Telegram*. Sein Anblick ist eine Erleichterung, besonders jetzt.

»Was macht dein Kopf?«, fragt er leichthin.

Mir geht auf, dass ich immer noch die schwarze Bluse und

die blaue Jacke vom Vortag trage, mein Haar zerzaust und meine Wimperntusche verschmiert ist.

»Gut. Danke für die Aspirin.« Ich hole tief Luft. »Mom wird heute sterben.«

Er soll das erst einmal in Ruhe verarbeiten, doch offenbar hält er mich jetzt ebenfalls für verrückt. Er zieht eine Augenbraue hoch und klammert sich an seine Tasse. »Hattest du etwa auch eine Marienerscheinung?«

»So was in der Art«, erwidere ich ruhig. »Rufst du bitte Charlie an? Er sollte dabei sein. Aber nicht mehr. Nur die engste Familie.« Ich bin sehr zufrieden, dass ich so ruhig bleibe. Ich werde mich nicht wie gestern benehmen und eine sterbende Frau mit Figuren bewerfen, weil ich es nicht ertragen kann, dass sie mich verlassen wird.

Howie sieht mich mit einer Mischung aus Argwohn und Erstaunen an. Sicher zweifelt er an meinem Urteilsvermögen, verkneift sich aber jeden Kommentar. »Okay. Ich sag Charlie Bescheid. Mit dir alles in Ordnung?«

Seltsamerweise ja. »Ähä.« Ich kehre zurück ans Bett meiner Mutter, um meine Wache zu beginnen.

Charlie kommt gegen halb elf, sein langes Haar ist noch feucht von einer eiligen Dusche. Ich hätte mich gerne umgezogen und ärgere mich, dass er sich diesen Luxus gegönnt hat. Aber ich habe zu viel Angst, jetzt zu duschen, weil meine Mutter womöglich genau in dem Moment stirbt oder ein Familiengeheimnis offenbart oder einige letzte weise Worte spricht und ich das verpassen würde, weil ich mir gerade die Haare ausspüle. Charlie wirft seinen Mantel aufs Sofa und zeigt auf den Sarg, der noch neben dem Weihnachtsbaum ruht.

»Hab doch gesagt, das war keine blöde Idee.«

»Natürlich war das eine blöde Idee. Wenn du das dumme Ding nicht gemacht hättest, läg sie jetzt vielleicht nicht im Sterben.« Das ist natürlich lächerlich, aber an der Tatsache, dass die Vollendung des Sargs mit dem nahenden Tod meiner Mutter zusammentrifft, ist nicht zu rütteln.

Charlie bringt nur heraus: »Was für'n Scheiß, Prissy.«

Wir setzen uns und schauen meine Mutter an. Es kommt mir vor, als hielten wir uns schon seit Tagen an jedem einzelnen Atemzug fest, als wäre es ihr letzter, dabei sind erst zwei Stunden vergangen. Manchmal zucken ihre Lider, und sie murmelt Unverständliches im Schlaf. Ob sie weiß, wo sie ist und wer bei ihr ist? Ich fahre sanft über die hervorstehenden blauen Adern auf ihren Händen, glätte ihr weißes Haar und zupfe ihr alle zehn Minuten die Kissen zurecht.

Charlie sitzt in Moms Rollstuhl und bewegt sich darin unablässig vor und zurück. Die ständige Bewegung geht mir auf die Nerven, ich kann mich nicht richtig auf meine Mutter konzentrieren. Ich werfe meinem Bruder einen drohenden Blick zu, den er entweder missversteht oder absichtlich ignoriert, denn er rollt weiterhin über den Holzboden, vor und zurück.

Howie drückt sich in Türnähe herum und bietet uns Tee und Kaffee an. Ihm widerstrebt das Ganze, er hat mehrmals gefragt, ob er nicht doch den Notarzt oder Moms Arzt anrufen soll. Er hat sogar angeboten, meine Mutter selbst ins Krankenhaus zu fahren, wahrscheinlich meint er, dies hier sei anstößig oder gesetzeswidrig.

Quentin sitzt im Schneidersitz auf dem Boden, fühlt sich sichtlich unwohl dabei. Er sollte auch nicht unbedingt hier bleiben und seiner Großmutter beim Sterben zusehen. Er ist schließlich noch ein Kind, obwohl Charlie und ich beim Tod unseres Großvaters deutlich jünger waren.

Wir hatten am Küchentisch gesessen und Karten gespielt, weil es regnete. Ich war zehn, Charlie sieben, ich erteilte ihm gerade eine Lektion, weil er geschummelt hatte, da klingelte das Telefon. Mom hatte gespült und stand am Telefon in der Küche, den einen gelben Gummihandschuh noch übergestreift, den anderen unter den Arm geklemmt. Seifenwasser tropfte auf den Linoleumboden. Als sie leise zu weinen begann, verstand ich, dass etwas Schreckliches geschehen war. Ich hatte sie niemals zuvor weinen sehen, nicht einmal, als sie auf dem Heimweg von Hayward's über einen Stein gestolpert war und sich Ellbogen und Knie aufgeschlagen hatte.

Mom bemerkte das Entsetzen in unseren Augen, lächelte uns an und ging mit uns ein Eis essen. Es würde ein besonderes Fest für unseren Großvater geben, sagte sie. Alle würden kommen, Tanten und Onkel und unsere Vettern und Cousinen.

Einige Jahre später ist mir aufgegangen, wie schwer das für meine Mutter gewesen sein muss, unmittelbar nach diesem Anruf, aber nun sehe ich die Dinge anders. Ich lege Quentin eine Hand auf den Kopf. »Na komm, ich mach dir was zu essen.«

»Jetzt?«, sagt er und schaut mich an, als wäre ich verrückt. Im Gegensatz zu uns damals versteht er genau, was geschieht. »Und wenn Oma stirbt, während ich gerade esse?«

Was soll ich darauf antworten? Aus dem gleichen Grund habe ich mich bisher weder geduscht noch umgezogen. Ich kann nicht ausschließen, dass sie in der Minute sterben wird, in der wir den Raum verlassen, aber ich kann Quentin auch nicht stundenlang auf dem Boden sitzen lassen.

»Nun haut schon ab, verdammt«, sagt Charlie. »Wenn sie

aufwacht und mir verrät, dass 'ne Scheißmillion unter der Matratze liegt, erfahrt ihr's eben nie.«

Die Wache dauert bis in die Abendstunden. Howie wird mit jeder Minute, die meine Mutter durchhält, nervöser. Er sagt nichts, aber er sähe es lieber, wir würden jemanden anrufen, der uns mit der nötigen Autorität versichern kann, dass unser Handeln vertretbar ist. »Nur noch ein paar Stunden«, beharre ich.

Ich konzentriere mich auf die Planung ihrer Beerdigung, damit ich hier nicht nur nutzlos herumsitze und warte. Ich überlege, welches Moms Lieblingslieder und -gebete sind. Ich muss schon ein wenig grinsen, denn ihre Beerdigung wird der Gedenkfeier, die sie für Howie organisiert hatte, ziemlich ähneln. Ich wähle die Sargträger aus, formuliere im Kopf die Todesanzeige und notiere sie dann auf einer Papiertüte der Apotheke. Ich versuche, mich an Mutters Verwandtschaft, die ich seit Jahren nicht gesehen habe, zu erinnern, aber mein Gedächtnis weigert sich. Ich kann weder Namen noch Gesichter heraufbeschwören. Ich habe keine Ahnung, wie ich wen erreichen soll, um die Nachricht von Moms Tod zu überbringen. Wo hat sie bloß ihr Adressbuch? Ich hätte sie das am Vortag fragen sollen, denn ich wusste doch, dass ihr Tod nahte.

»Sollten wir nicht langsam mal jemanden anrufen?«, frage ich in die Stille hinein, richte mich aber an Charlie.

»Wen denn?«

»Ich weiß nicht«, erwidere ich. »Unsere Verwandten. Tante Sade und Onkel Tommy«, schlage ich vor, nachdem mir endlich die Namen der älteren Schwester meiner Mutter und ihres Schwagers eingefallen sind. »Und Tante Eileen und Onkel Ed.«

»Onkel Ted«, verbessert mich Charlie. »Und Tante Sade ist vor drei Jahren gestorben.«

»Ist sie nicht.«

»Ist sie wohl.«

»Woran soll sie denn gestorben sein?« Charlie muss sich irren, Sade war meine Lieblingstante, und an die Nachricht von ihrem Tod würde ich mich erinnern.

»An Krebs.«

»Was für Krebs?«

»Keine Ahnung, Prissy, einer, an dem man stirbt.«

»Du meinst Tante Luce.« Ein verständlicher Irrtum. Die Schwestern sahen sich sehr ähnlich. Ich weiß genau, dass es Luce war, denn meine Mutter hatte auf der Beerdigung meines Vaters gesagt: *Erst Luce, jetzt euer Vater. Als Nächstes bin ich dran.*

Charlie verdreht die Augen, sagt aber nichts mehr. Im Zimmer ist es bis auf den leisen Atem meiner Mutter wieder still.

Gegen Mitternacht langweilen wir uns nur noch, wir sind alle müde, und uns tun die Knochen vom Sitzen weh. Ich habe mich im Schneidersitz neben Quentin auf den Boden gehockt. Quentin ist eingeschlafen, sein Kopf liegt in meinem Schoß. Natürlich will ich jeden Moment von Moms letzten Stunden auf Erden auskosten, aber irgendwie will ich es auch hinter mir haben. Ich würde mich so gerne umziehen und etwas anderes tun, als nur zu warten. Ich muss wieder an die Anrufe denken, die ich zu erledigen habe. Offenbar fühlen sich immer die Töchter dafür verantwortlich – warum eigentlich?

»Weißt du, wie ich Tante Sade erreichen kann?«, frage ich Charlie.

»Ich sagte doch schon, sie ist tot«, erwidert Charlie. »Rufst du bei der Gelegenheit auch gleich Dad an?«

Ich stoße einen wütenden Seufzer aus, verzichte aber darauf, einen Streit anzuzetteln. »Was ist mit Onkel Ted? Irgendjemandem sollten wir Bescheid geben, oder nicht?«

»Was willst du denn sagen?«, fragt Charlie mit kaum verhohlenem Ärger. »Dass Mom im Sterben liegt? Dann musst du, wenn sie tot ist, noch mal anrufen. Warte doch ab und erledige es in einem.«

»Er lebt in Halifax, da sollten wir ihm wenigstens die Gelegenheit geben, schon mal zu planen.«

»Gott, Prissy, bei dem Tempo könnte er auf seinem einen gesunden Bein bis Paradise Bay laufen und wäre trotzdem rechtzeitig hier.« Charlie ist offenkundig genauso frustriert wie ich. »Vielleicht ist das ein Wachkoma, dann bleibt sie noch Jahre am Leben, ohne sich zu rühren.«

»Ohne lebensverlängernde Maßnahmen geht das nicht«, erwidere ich süffisant.

Charlie seufzt und schaut wieder auf die Uhr. »Gott, warum dauert das so scheißlang?«

»Was soll ich denn tun, Charlie? Ihr ein Kissen aufs Gesicht drücken?«

»Ich hab nicht mit dir geredet, klar?«

»Dann halt einfach die Klappe.«

»Halt du sie doch.«

»Arschloch.«

Wenn Mom dazu in der Lage wäre, würde sie sich einmischen und uns beiden befehlen, die Klappe zu halten. Was für ein jämmerliches Benehmen! Da zanken wir uns an ihrem Totenbett. Dabei sollten wir sie feiern, Geschichten aus glücklichen Kinderzeiten erzählen und mit Respekt über ihr

Leben und die Art, wie sie es gelebt hat, sprechen. Ich schiebe Quentin ein Kissen unter den Kopf und stehe auf, um Arme und Beine zu strecken.

»Weißt du noch, wie Mom dich erwischt hat, als du Mr. Hickeys Haus mit Eiern beworfen hast?« Mr. Hickey war Charlies Klassenlehrer im letzten Schuljahr. Er hatte Charlie nicht nur ein Mangelhaft in Englisch gegeben, sondern ihn auch noch zum Nachsitzen verdonnert, weil Charlie lauthals und recht unflätig gegen die Note protestiert hatte.

Charlies Miene wird weich. Er lächelt. »Gott, ja«, nickt er. »Der Hurensohn hatte es verdient. Aber Mom hat mich dafür ordentlich rangenommen.«

Das hatte sie in der Tat. Meine Mutter hatte Charlie mit Unschuldsmiene zu Hayward's geschickt, um ein Dutzend Eier und eine Flasche Glasreiniger zu kaufen. Dann hatte sie ihn in den Garten befohlen, mit den Eiern beworfen und wüst beschimpft. Charlie war darüber so fassungslos, dass er wie gelähmt war und schließlich von Eigelb triefte. Daraufhin hatte Mom ihm den Reiniger in die Hand gedrückt und sich persönlich davon überzeugt, dass Charlie bei Mr. Hickey gründlich saubermachte.

»So wütend, glaub ich, hab ich Mom nie mehr gesehen«, füge ich hinzu und lächle bei der Erinnerung an den Vorfall.

»Ich wohl«, sagt Howie, der in diesem Moment das Zimmer betritt und sich in den leeren Sessel setzt. Howie ist den ganzen Tag hin und her gelaufen, hat uns mit Tee, Snacks und Ratschlägen versorgt, doch meistens hat er auf der Schwelle gelauert und Charlie und mich in Ruhe streiten lassen. Howies Kinn ist voller Stoppeln, so lange dauert unsere Wache schon.

»Ich hatte dir gerade den Antrag gemacht und war hin und weg, dass du mit mir nach Toronto kommen und meine Frau werden wolltest.« Er spricht zu mir, schaut aber auf Mutters bleiche Haut und ihr faltiges Gesicht. »Dir konnte es mit der Hochzeit gar nicht schnell genug gehen. Du bist gleich zu Lottie gerannt und hast sie gefragt, ob sie deine Trauzeugin sein wollte. Nachdem du das Haus verlassen hattest, ist deine Mutter … sie war vollkommen anders. Traurig und aufgewühlt. Sie hat sogar in der Küche geweint, als sie sich unbeobachtet glaubte. Ich habe sie gefragt, was los sei, aber sie wollte nicht mit mir sprechen. Plötzlich hat sie einen Teller mit Marmeladenkeksen, der noch vom Frühstück da stand, in die Spüle geschleudert. Dann hat sie wieder geweint, wie über den Weltuntergang, nur weil sie den Teller zerbrochen hatte. Dein Vater hat mir gesagt, dass es ihr sehr schwergefallen sei, sich für uns zu freuen, weil sie dich damit verlieren würde. Ich hatte ein furchtbar schlechtes Gewissen, aber nichts hätte mich davon abgehalten, dich zu heiraten. Ich habe ihr versichert, dass du bei mir in guten Händen wärst, ich auf dich achtgeben und dich glücklicher machen würde, als du es dir je erträumt hättest.«

Howie beugt sich vor, mit dem Rücken noch immer zu mir. Er schaut weiterhin Mom an. Ich spüre, dass ihm das schwerfällt. Er würde kein Wort herausbringen, wenn er mich dabei ansehen müsste. »Ich weiß nicht, was mit uns geschehen ist. Das einzig Gute daran ist, dass du nach Hause gekommen bist und hier warst, als du gebrauchst wurdest.«

Dann läuft eine Träne Howies Wange hinunter, dann eine weitere, und schließlich füllen sich auch meine Augen mit Tränen.

»Es tut mir leid, Clara, dass ich diese Versprechen gebrochen habe«, sagt Howie mit zitternder Stimme. Er beugt sich vor und küsst ihre Stirn. »Verzeih mir, Mom«, flüstert er.

Das ist die tränenreiche Entschuldigung, nach der ich mich so gesehnt habe. Dass er sie meiner Mutter und nicht mir gegenüber geäußert hat, ist unwesentlich.

## Kapitel 39

# *Georgia*

Fred kommt gleich nach Weihnachten zu mir. Mit einem grün-gelb bestickten Kinderkörbchen und einer rechteckigen Schachtel, in festlichem Geschenkpapier mit roten und weißen Schneeflocken. Ihn hatte ich nicht erwartet. Unsicher, wie ich mit der Situation umgehen soll, empfange ich ihn an der Tür.

»Ich war gestern schon da, aber du warst bestimmt unterwegs«, sagt er und reicht mir nur das Körbchen.

»Es ist wunderschön«, sage ich mit Blick auf das Bettchen. Im Innern liegen Babydecken, Rasseln und ein Stoffteddybär. »Ich danke dir.«

»Ich weiß ja nicht, ob du ein Mädchen oder einen Jungen bekommst, also …«, erklärt er unbeholfen, »ist alles grün oder gelb oder weiß.« Als ich mir vorstelle, wie Fred durch die Babyabteilung eines Kaufhauses geht und mit seinen großen rauen Händen kleine Babykleidchen hochhält, muss ich lächeln. Ich freue mich darauf, dass mein Baby in diesen großen starken Händen gewiegt wird.

»Ich weiß es selbst nicht.« Mir ist sowieso beides recht. »Wenn es ein Junge wird, will ich ihn Joseph nennen, und wenn es ein Mädchen wird, Josephine.«

Auf Freds Lippen zeichnet sich ein kleines Lächeln ab.

»Das klingt schön. Ich habe auch ein Weihnachtsgeschenk für dich.« Er reicht mir die Schachtel, ich setze mich und wickle vorsichtig das Papier ab, um es nicht zu zerreißen. Ich bin so umständlich, weil ich mich vor dem Inhalt der Schachtel fürchte. Ich habe Angst, dass Fred zu viel in unsere Beziehung hineindeutet, und ich weiß nicht, wie ich auf ein persönliches oder frauliches Geschenk wie Schmuck oder Duftseife oder einen Frotteebademantel reagieren soll. Dabei deuten sowohl Größe als auch Form der Schachtel auf nichts dergleichen hin.

Meine Angst erweist sich als ganz unbegründet. Es ist eine gerahmte Fotografie von Fred und Joseph. Auf dem Bild müssen sie neun oder zehn Jahre alt sein, beide tragen Gummistiefel und halten einen Fisch an den Kiemen. Joseph trägt eine Baseballkappe, die sein Gesicht fast vollständig verdeckt, aber sein goldenes Haar ist unübersehbar. Ich betrachte das Bild und kämpfe mit den Tränen. Die beiden Jungen wirken absolut sorglos, und so traurig ist das Wissen darum, wie sich ihr Leben entwickeln sollte.

»Danke«, sage ich. »Das ist wundervoll. Jetzt habe ich ein schlechtes Gewissen, denn ich habe kein Geschenk für dich.«

»Du schenkst mir mehr, als ich mir je hätte träumen lassen«, sagt Fred. »Ich habe viel nachgedacht und bin zu dem Schluss gekommen, dass ich ein richtiger Vater sein will. Joseph hätte mich umgebracht, wenn ich dich und mein Kind im Stich gelassen hätte. Keine Ahnung, wie das gehen soll, aber ich glaube, wir können es schaffen.« Fred blickt mich flehentlich an. Ich weiß nicht, was er will, aber ich weiß, dass ich ihm die Wahrheit schuldig bin, wie schmerzhaft sie auch sein mag.

»Ich kann dich nicht lieben«, sage ich. Das soll kein persönlicher Angriff auf Fred sein, und es fällt mir schwer, ihm das zu sagen, denn er hat sich so große Mühe gegeben, die Dinge wieder ins Lot zu bringen. »Ich habe die Liebe meines Lebens erlebt, und so etwas gibt es kein zweites Mal. Ich bin nicht fähig, jemand anderes so zu lieben wie ihn. Ich kann dir vergeben, was an jenem Abend geschehen ist. Ich kann ein Kind mit dir großziehen. Ich kann mir vorstellen, mit dir in Freundschaft zu leben, vielleicht sogar eines Tages in Gemeinschaft. Aber ich werde dich niemals lieben können.«

Meine Worte klingen kalt, besonders als Erwiderung auf sein Friedensangebot, doch ich möchte keine Erwartungen wecken, die ich später bitter enttäuschen muss.

»Ich bin nicht auf der Suche nach Liebe, Georgia«, sagt er und steckt die Hände in die Taschen. »Ich versuche nur, mich von einem Tag zum nächsten zu hangeln, und das haben wir gemeinsam, oder nicht?«

## Kapitel 40

# *Prissy*

Charlie weckt mich gegen fünf Uhr morgens mit einem sanften Schütteln. Mom ist wach und will mit mir sprechen. Ich springe vom Boden auf, ärgere mich, dass ich eingedöst war. Aber nun bin ich schlagartig wach, der Adrenalinschub hat alle Muskeln und Nerven in Aufruhr versetzt. Auf diesen Moment habe ich gewartet. Aus diesem Grund trage ich seit vierzig Stunden die gleichen Kleider, habe ich eine Laufmasche in der Strumpfhose, die bis hinunter in die verstärkte Zehenspitze gewandert ist. Deshalb sind Wimperntusche und Eyeliner verschmiert und mein Haar zu einem unordentlichen Pferdeschwanz zusammengebunden. Ich konnte nicht beim Tod meines Vaters anwesend sein, aber für meine Mutter bin ich wach und bereit. Ich weiß nicht, ob sie letzte weise Worte sagen oder eine bedeutsame Wahrheit in mein Ohr flüstern will. Ich weiß nur, dass ich in ihren letzten Momenten zugegen sein, ich ihre Hand halten will, wenn sie mich verlässt. Ich setze mich auf die Bettkante, nehme ihre Hände und küsse sie sanft auf die Fingerspitzen.

»Mom«, flüstere ich. »Ich bin da.«

»Prissy«, sagt sie heiser und hustet vor Anstrengung. Eigentlich sollte ich sie nicht sprechen lassen, doch ich will unbedingt hören, was sie zu sagen hat. »Ich bin so froh, dass du nach Hause gekommen bist«, sagt Mom. Ich nicke. Ist Mom immer noch verwirrt und denkt, ich sei eben erst eingetroffen?

»Ich auch«, sage ich und gehe auf ihr Spiel ein.

»Und wann kommst du endgültig nach Hause?«, fragt sie mit einem kleinen Lächeln. Tränen treten mir in die Augen. Diese Frage hat mir meine Mutter bei jedem meiner Besuche gestellt. *Eines schönen Tages, Mom*, habe ich immer erwidert. *Dann bin ich sicher längst tot*, lautete ihre Antwort darauf. *Ach was, du wirst schon sehen*, habe ich ihr immer versichert. Dieser Dialog hatte sich zu einem Ritual entwickelt, einer heiteren Kabbelei, wenn die Koffer mit den Mitbringseln gepackt waren, die Flugtickets bereitlagen und das Handgepäck in der Ecke des Wohnzimmers stand. Es ersparte uns einen langwierigen, tränenreichen Abschied. Wie gewitzt von meiner Mutter, diesen Wortwechsel an ihrem Totenbett aufleben zu lassen, um uns den Schmerz eines endgültigen Abschieds zu ersparen.

Ich will gerade sagen: *Eines schönen Tages, Mom*, da überrascht sie mich mit einem letzten Coup.

»Versprich mir, dass du bleibst«, flüstert sie. »Versprich es mir.«

Darauf war ich nicht gefasst. Ich zögere. Wer weiß, wo ich ankommen werde, wenn alles vorbei ist, wenn meine Mutter von uns gegangen ist und die Einzelheiten meiner Scheidung geklärt sind. Ich spüre, dass mein Schweigen Charlie verstimmt, seine Augen bohren mir geradezu ein Loch in den Hinterkopf, mein Bruder massiert sich hörbar die Hände, als müsste er sich daran hindern, mich an der Schulter zu packen und das Versprechen mit Gewalt aus mir herauszuschütteln. Natürlich wird Mom nicht mehr erfahren, ob ich mein Versprechen halte oder nicht, aber von Charlie wird eine solche Zusage auch nicht verlangt. Er wird nicht in der Hölle schmoren, weil er etwas versprochen hat, das er womöglich gar nicht halten kann.

Ich blicke verstohlen zu Howie. Was suche ich in seinem Gesicht? Ein stilles Flehen vielleicht, mit ihm nach Toronto zurückzukehren, weil er sonst elendig zugrundegehen würde – doch er sitzt mit versteinerter Miene in der Ecke. Ich kann mich, selbst wenn ich etwas anderes wollte, dem letzten Wunsch einer Sterbenden nicht verweigern, und er kann es auch nicht von mir verlangen.

»Ich verspreche es«, sage ich, und eine Woge der Erleichterung rauscht auf mich zu, sie umspielt meine Füße, zieht sich zurück und kehrt wieder, bis ich noch tiefer in ihren Wassern stehe. »Ich verspreche es«, sage ich ein zweites Mal und ohne Zögern, denn nun bin ich mir sicher. An diesem Ort liegt meine Zukunft, wenn ich auch noch nicht weiß, wie sie aussehen wird.

Mom schaut mich an, ihre blauen Augen sind ungewöhnlich hell, wie eine Lieblingsjeans, die vom Waschen und Tragen vollkommen ausgeblichen ist. Sie lächelt mich zufrieden an, dann schließt sie die Augen. Eine halbe Stunde später verliere ich sie. Ihre Brust hebt und senkt sich nicht mehr, ihre Finger erschlaffen in meiner Hand, wenige Momente nur, nachdem Mom ihren letzten Atemzug getan hat. Ich halte ihre Hand, bis Charlie sie aus meiner löst und meiner Mutter die Hände auf die Brust legt.

Ein wenig bin ich erleichtert, dass die Wache endlich vorüber ist. Ich schäme mich dafür, aber ich glaube, Charlie und Howie geht es ebenso. Wir sind alle erschöpft. Howie ruft das Beerdigungsinstitut an und trifft Vorkehrungen, dass Mom abgeholt wird, und zu meiner eigenen Überraschung bitte ich ihn, den Sarg aus dem Wohnzimmer zum Beerdigungsinstitut bringen zu lassen.

»Bist du dir sicher?«, fragt er. Ich nicke. Schließlich war es ihr Wunsch, und im nüchternen Morgenlicht verblasst auch meine Angst. Endlich kann ich Charlies handwerkliches Geschick würdigen: Der Sarg ist eine solide Konstruktion, schlicht und dennoch reich geschmückt. Außerdem hat Quentin das Meer hineingemalt, und meine Mutter würde sich im Grabe umdrehen, wenn ich sie nicht in diesem Sarg beerdigen würde.

»Stimmt es, dass man noch mal scheißt, wenn man tot ist?«, fragt Quentin, nachdem Mom fortgebracht wurde. Ich weiß es nicht, aber gehört habe ich das auch.

»Sie hat sich zu Lebzeiten in die Hose geschissen«, sagt Charlie, »also wird sie im Tod auch nicht mehr Kontrolle über sich haben.« Ich hätte nicht geglaubt, dass Charlie so krass sein kann, aber angesichts der letzten Tage ist das verzeihlich. Quentin lacht, wohl eher aus Pflichtgefühl und nicht, weil er Charlies Bemerkung wirklich komisch findet.

»Was machen die jetzt mit ihr?«, fragt Quentin. »Um sie vorzubereiten?«

Mein Wissen über die Abläufe in Beerdigungsinstituten ist allenfalls lückenhaft. Ich will auch gar nicht so genau wissen, was nun mit ihr geschieht. Ich glaube, ihr Blut wird gegen Formaldehyd ausgetauscht, aber sicher bin ich nicht. »Sie wird geschminkt«, sage ich, als hätte meine Mutter einen Termin bei der Kosmetikerin.

Moms Adressbuch entdecke ich am Telefontisch, oben im Flur, und erledige die ersten Anrufe. Mit jedem Telefonat fällt es mir schwerer, meine Gefühle auszudrücken. Alle stellen die gleichen Fragen und reagieren auf die gleiche Weise. *Wenigstens ist sie im Kreise ihrer Lieben gestorben. So hat sie sich ihren Tod immer gewünscht – ruhig und friedlich.* Ich berichte, wie die Wache verlaufen ist und wann die Beerdigung stattfindet, und rufe dann den Nächsten auf meiner Liste an.

Als Tante Sade abhebt, sage ich ihren Namen besonders laut, für Charlie. »Tante Sade! Hallo!« Ich wiederhole meinen Sermon, berichte, wie lange die Wache gedauert hat, und teile meiner Tante, soweit das schon möglich ist, Einzelheiten zur Beerdigung mit. Doch diesmal erfolgt nicht die übliche Reaktion. Tante Sade gibt einen Triumphschrei von sich.

»Ich wusste es!«, sagt sie mit Nachdruck, noch bevor ich sämtliche Informationen aufzählen konnte. »Meine liebe Schwester ist mir heute Morgen erschienen, und da wusste ich, dass sie gestorben ist.«

Warum bin ich die einzige Frau in dieser Familie, die keine Visionen hat? Ich dachte immer, eine übersinnliche Ader wäre erblich, aber vielleicht muss man bloß alt und verrückt sein.

»Sei stark, Prissy«, sagt Tante Sade. »Es ist sicher schwer für dich, erst deinen Mann und nun deine Mutter zu beerdigen, und all das innerhalb weniger Monate. Wir kommen, sobald es geht, und bis dahin gib gut auf dich acht.«

»Das mach ich«, grunze ich und lege auf. Selbst vom Grab aus sabotiert Mom noch mein Leben. Denn dass Howie nicht an der Beerdigung meiner Mutter teilnimmt, ist undenkbar. Ich gehe zu Charlie und weise ihn darauf hin, dass Tante Sade erstens sehr lebendig ist, aber zweitens Howie für sehr tot hält.

Charlie sitzt am Küchentisch und lacht. »Scheiße, wie willst du das erklären? Er ist einer der Sargträger, oder?«

»Ich hab keine Ahnung, Charlie. Und ich bin zu müde, um darüber nachzudenken.« Ich drücke mir gegen das Nasenbein, um einen aufkeimenden Kopfschmerz zu bekämpfen.

»Und wenn er sich bis Donnerstag einen Bart wachsen lässt? Mit Bart und Sonnenbrille würde ihn vielleicht niemand erkennen. Wir sagen dann, er sei ein Cousin aus Halifax.«

Ich gehe auf Charlies Vorschlag nicht weiter ein, aber er erscheint mir plausibel. Es könnte funktionieren, und das macht mir Angst. Werde ich schon genauso verrückt wie Mom, nur weil ich so etwas in Erwägung ziehe?

»Wo steckt Howie überhaupt?« Seit Mom ins Beerdigungsinstitut gebracht wurde, habe ich weder ihn noch Quentin gesehen.

»Er ist mit Quentin in die Stadt gefahren, um die Todesanzeige aufzugeben. Und danach wollte er zu Hayward's, um irgendwas zu erledigen. Er braucht nur ein paar Stunden, sagt er. Und dass du dich hinlegen sollst, er bringt Abendessen mit.«

Etwa so Banales zu tun wie schlafen, essen, duschen oder spülen, kommt mir seltsam vor, so unmittelbar nach dem Tod meiner Mutter. Es fühlt sich nicht richtig an, an ihrem Küchentisch zu sitzen, wo sie doch ihren Platz niemals mehr einnehmen wird.

»Ich vermisse sie«, sage ich.

»Ich auch.«

Zu meiner Verblüffung sieht Mom gut aus. Ich hatte Angst, man würde sie unter dicken Make-up-Schichten gar nicht erkennen, denn der Beerdigungsunternehmer wusste ja nicht, dass sie sich niemals geschminkt hat. Ich hatte mir schon ausgemalt, wie sie mit rosa Rouge, blauem Lidschatten und grell geschminkten Lippen vor uns liegen würde, aber sie wirkt vollkommen anders. Ich kann kaum fassen, dass dies die Frau ist, die vor anderthalb Tagen aus ihrem Bett geholt wurde. Ihre Wangen glänzen fast natürlich rosa, und die Falten um Augen und Mund sind weicher. Die Hände sind gefaltet, und Mom scheint sogar ein wenig zu lächeln, als ob sie irgendetwas aushecken würde. Ich betrachte sie in Ruhe, bevor alle anderen die Gelegenheit erhalten, sich von meiner Mutter zu verabschieden. Charlie steht wie ein Bodyguard an der Tür, die Beine breit, die Hände hinter dem Rücken verschränkt. Mit schwarzer Anzughose und weißem Hemd ist er kaum wiederzuerkennen. Er trägt einen Pferdeschwanz und hat sich das Ziegenbärtchen abrasiert und sieht im Gesicht nun ganz wie mein altvertrauter Bruder aus. Howie bespricht mit dem Leiter des Beerdigungsinstituts die Einzelheiten von Begräbnis und Messe. Quentin sitzt in den gleichen Kleidern, die er zu seiner Gerichtsverhandlung getragen hatte, in einem Plüschsessel und wirkt, als würde er sich vor dem Leichnam seiner Großmutter zu Tode fürchten.

»Komm und verabschiede dich«, sage ich und winke ihn herbei. Quentin steht widerwillig auf, stellt sich neben den Sarg und schaut hinein.

»Sie sieht gar nicht tot aus«, sagt er und schiebt die Hände in die Taschen.

»Sie haben sie richtig schön gemacht, nicht wahr?«

»Ja, wie 'ne Wachspuppe.«

»Der Sarg sieht gut aus, oder?« Quentin zuckt mit den Schultern.

»Ich finde die Szene, die du gemalt hast, wundervoll. Wirklich schön. Und Mom war begeistert.« Ich hätte es mir nie erträumt, dass ich meinen Sohn einmal dafür loben würde, beim Bau des Sargs meiner Mutter geholfen zu haben, aber der Sarg ist wirklich unvergleichlich. Ich weiß nicht, wie die anderen Trauergäste darauf reagieren werden, denn er ist recht gewagt, aber damit entspricht er dem Wesen meiner Mutter.

Ich bin froh, als die Türen endlich geöffnet werden und die Aufbahrung offiziell beginnt. Georgia und Fred kommen gemeinsam mit Lottie und Marianne. Dann Tante Sade und Onkel Tommy, Tante Eileen und Onkel Ted, der Arzt meiner Mutter, Dr. Ferguson, und mein Lehrer aus der zehnten Klasse, Mr. Newman. Bald schon hat sich ganz Paradise Bay versammelt, redet und lacht, die Gespräche sind so laut, dass ich mich anstrengen muss, wenn ich etwas verstehen will. Ständig fällt der Name meiner Mutter, und jedes Mal wird er von Gelächter begleitet. Die Stimmung im Raum reißt mich mit, ich grüße alte Freunde und Familienmitglieder. Es ist eine Feier des Lebens, und genau das sollte es sein. Ich beobachte, wie Georgia den Kopf nach hinten wirft und über etwas lacht, was Fred ihr ins Ohr flüstert. Dass Georgia innerhalb der Mauern eines Beerdigungsinstituts lachen kann!

Charlie sonnt sich in den Komplimenten für den Sarg. Er gibt sogar mehreren Verwandten und Nachbarn seine Telefonnummer. Ich weiß nicht, was schlimmer ist: sich bei einer Aufbahrung nach einem geeigneten Sarg umzusehen oder auf der Beerdigung seiner eigenen Mutter auf Kundenfang zu gehen. Doch ich verkneife mir einen Kommentar, denn ich habe schon genug über Charlies Vorhaben geschimpft, und er hat sich das Lob redlich verdient.

»Da bist du ja«, sagt Tante Sade und umarmt mich stürmisch. »Wie schlägst du dich?« Sie sieht wie meine Mutter aus, nur etwas kräftiger und mit einer anderen Haarfarbe.

»Mir geht es gut, Tante Sade.« Ich lächle und frage mich, was meine Mutter zu ihrer Totenwache sagen würde, zu all den Menschen, die ihr die letzte Ehre erweisen.

»Ich finde es nur traurig, dass Mom das nicht mitbekommt. Es ist wirklich schade, dass sie nicht sehen und hören kann, wie wir uns alle um sie herum versammeln. Das hätte sie bestimmt sehr genossen.«

»Woher willst du das so genau wissen?«, fragt Tante Sade sanft, und ich zwinge mich zu einem Lächeln.

Jedenfalls zieht der selbstgebaute Sarg, den sich Mom aus ganz praktischen Gründen gewünscht hatte, die meiste Aufmerksamkeit auf sich. »Der Sarg ist wundervoll«, sagt Tante Sade, als könnte sie meine Gedanken lesen, und einen Moment lang glaube ich, dass sie wirklich übersinnliche Fähigkeiten hat. Dann holt sie eine Kamera aus der Tasche und beginnt, Bilder von Moms Leichnam zu machen, wie die Spurensicherung an einem Tatort. Bei jedem Blitz bete ich, dass es der letzte ist, obwohl sich niemand außer mir daran zu stören scheint. Tante Sade stammt noch aus einer anderen Generation, die niemals ohne Kamera zu einer Beerdigung gegangen wäre. Meine Mutter hat beim Begräbnis meines Großvaters einen ganzen Film verschossen und die Bilder sogar in das Fotoalbum zu unseren Schulbildern und Urlaubsfotos geklebt. Aber ironischerweise geht die ältere Generation mit der Zeit, Tante Sade löscht drei Aufnahmen meiner toten Mutter von der Speicherkarte. Irgendwie finde ich das befremdlich, denn Mom hat ja nicht weggeschaut oder vergessen, in die Kamera zu lächeln. Als Tante Sade mich mit meiner Mutter fotografieren will, tue ich ihr den Gefallen, wenn auch widerwillig. Ich weiß nicht, ob ich auf den Leichnam meiner Mutter oder in die Kamera schauen, ob ich trauernd aussehen oder lächeln soll.

Howie beobachtet mich von weitem und wirft mir angesichts meiner Beklommenheit und Verlegenheit ein Lächeln zu. Ich lächle zurück. Ein kurzer, intimer Moment. Als er sich einen Weg durch die Menge bahnt, wird Tante Sade kreidebleich. Sie sieht Howie ebenso schockiert wie fassungslos an, während sich mir der Magen umdreht und ich verzweifelt nach einer Erklärung suche, bei der ich nicht allzu schrecklich dastehe.

»Alles in Ordnung, Tante Sade?« Ich lege ihr eine Hand auf den Arm, um sie zu beruhigen.

»Er wacht über dich.«

»Wer?«, frage ich verwirrt.

»Dein Mann«, sagt Tante Sade in ernstem Tonfall. »Er ist hier. Ich hatte gerade eine Vision. Ich habe ihn ganz deutlich gesehen.«

Ich lächle. »Ich weiß. Ich spüre seine Gegenwart auch.«

# Kapitel 41

## *Lottie*

Eine Woche ist es nun her, dass ich die schönste Nachricht meines Lebens erhalten habe, und ich hatte noch immer keine Gelegenheit, meine Freude zu teilen. Ich platze vor Stolz, seit ich weiß, dass wir Geld für WIHP bekommen. Aber wann soll ich die Neuigkeiten verkünden? An Weihnachten war es nicht möglich, nicht nachdem uns Georgia mit ihrer Schwangerschaft überrascht und Prissy meine Krippe zerstört hat. Und das Beerdigungsinstitut und Claras Totenwache waren auch nicht der richtige Ort und Anlass, es zur Sprache zu bringen.

Doch die Zeit drängt, ich muss es Prissy und Georgia erzählen, denn ich fürchte, wir werden Prissy bald verlieren. Sie sitzt mir gegenüber, in Claras Küche, wir trinken Tee, während Georgia im Kühlschrank und in den Schränken Platz für die Kuchen und Kräcker schafft, die vom Beerdigungsempfang übrig geblieben sind. Georgia räumt einen Schrank leer, um den Inhalt sinnvoller zu ordnen. Sie hält ein großes Glas Metamucil hoch.

»Brauchst du das noch?«

Prissy hat noch immer glasig rote Augen, und deshalb sollte ausgerechnet Georgia ein wenig sensibler sein. Immerhin hat sie fünf Jahre gebraucht, um auch nur ein einziges

Teil von Joseph wegzuwerfen. Die Beerdigung war schwer für Prissy. Ich weiß aus eigener Erfahrung, dass die Endgültigkeit in dem Moment, wenn der Sarg herabgelassen wird, zuschlägt. Prissy schüttelt den Kopf und lächelt. »Ich hoffe nicht.«

»Ich habe gute Neuigkeiten«, sage ich. Georgia kramt unbeirrt im Kühlschrank herum, obwohl sie mehr nascht als wegräumt.

»Wir bekommen die Förderung für unsere Selbsthilfegruppe.«

Georgia hört endlich auf, im Kühlschrank zu rumoren, Prissy sieht mich ungläubig an. »Ist das dein Ernst?«, fragt Georgia.

»Warum sollte ich über so etwas scherzen? Gerade jetzt? Ich habe mich mit Roger Parsons, Dr. Dunn und einem Computerexperten getroffen. Das meiste Geld soll für Internetkram genutzt werden. Für eine Website, Chatrooms und so was alles. Ich verstehe nicht viel von Computern, aber wenn wir behaupten, junge Witwen zu sein, müssen wir uns wohl auch jung benehmen. Marianne hat gesagt, sie will es mir beibringen.«

Georgia kreischt vor Freude und umarmt erst mich, dann Prissy. »Das sind tolle Neuigkeiten«, quietscht sie und löchert mich mit Fragen. Ich bestehe darauf, dass Georgia die Vollzeitstelle nimmt – sie dagegen will, dass ich sie nehme. Am Ende einigen wir uns darauf, die Stelle zu halbieren. Prissy weigert sich ohnehin, mitzumachen.

»Ich bin keine rechtmäßige Witwe«, betont sie, aber ich habe den Eindruck, dass noch etwas anderes im Busch ist.

Prissy wird bald von hier fortgehen, auch wenn sie es selbst noch nicht weiß. Als Clara in die Erde hinabgelassen wurde, hatten Prissys Schultern gezuckt, sie wurde von Schluchzern regelrecht geschüttelt. Howie hatte sie an sich gezogen, sie hatte an seiner Brust geweint, in seinen Wollmantel. Er hatte ihr das Haar glattgestrichen und etwas ins Ohr gewispert und mit den Lippen sanft ihre Stirn gestreift. Howie war so zärtlich und Prissy so offen und vertrauensvoll, dass man kaum glauben mochte, dass sie vor wenigen Wochen noch verwitwet sein wollte. Bei ihrem Anblick hatte sich etwas in meinem Innern geregt, denn Ches hat mich niemals so im Arm gehalten.

Marianne fragt mich ständig, ob ich ihren Vater geliebt hätte, und ich sage immer automatisch Ja, denn das ist die richtige Antwort, vor allem unter diesen Umständen. Wenn ich die Augen schließe und mich sehr konzentriere, sehe ich Ches, wie er früher war, bevor er getrunken, bevor ihn der Unfall wochenlang ans Bett gefesselt und er fast nur noch geschlafen hat. Wir kamen ganz gut miteinander aus. Wir waren auch manchmal eine Gemeinschaft. Aber ich habe ihn nicht so geliebt, wie man sollte, sicher nicht so, wie Georgia ihren Joseph geliebt hat oder Prissy ihren Howie liebt.

Als Marianne mich neulich gefragt hat, warum sich ihr Vater umgebracht hat, ist es mir leichter gefallen, ihr eine ehrliche Antwort zu geben. Ich musste an den Tag denken, an dem ich Ches gesagt habe, dass ich schwanger sei, und er mir durch das hohe Gras gefolgt ist. Ich musste daran denken, wie Ches Marianne einmal auf den Schultern getragen und vor Kälte gezittert hat, damit sie die Weihnachtsparade von St. John's nicht verpasste. Ich erinnere mich, mit welcher Begeisterung er versucht hatte, als Marianne drei war, ein zweites Kind zu bekommen, und ich weiß auch noch, wie ernst es ihm mit der Suche nach einem Nebenjob war, nachdem ich ihn damals mit Marianne verlassen hatte. Es sind wenige, vereinzelte Erinnerungen. Überwiegend habe ich einen unrasierten, ungepflegten Ches vor Augen, der im Bett gelegen hat und den Tag nicht bewältigen konnte. Die Antwort auf Mariannes Frage ist einfach. »Dein Vater wollte ein guter Mann sein. Er wollte es besser machen, aber trotz all seiner Anstrengungen konnte er nicht der Mensch sein, der er sein wollte.« Ich habe ihr versichert, dass Ches sie sehr geliebt hat, dass nur mit ihm etwas nicht in Ordnung und er in seinem Innern sehr traurig war. Das klingt vielleicht zu einfach, aber manchmal sind die scheinbar kompliziertesten Dinge so simpel.

Das alles kommt mir in den Sinn, während ich darüber nachdenke, dass Georgia endlich Frieden mit Fred geschlossen und Prissy die Liebe zu dem Mann, der immer ihre große Liebe war, wiedergefunden hat. Eifersucht durchzuckt mich, aber sie wird von Schuldgefühlen verdrängt, denn ich werde Prissy ganz schrecklich vermissen, wenn sie Paradise Bay verlässt, wahrscheinlich mehr als Ches.

## Kapitel 42

# *Prissy*

Was soll ich bloß mit all dem Müll machen, den meine Mutter im Laufe ihres Lebens angesammelt hat? Um mich herum stapeln sich Kisten, Papierberge, Bündel von *Reader's Digest* und Berge von Klatschblättern. Die Verschiedenartigkeit von Moms Hab und Gut überfordert mich. Zuvor habe ich schon all ihre Kleider zusammengepackt und an den Wohltätigkeitsladen gegeben, sogar die Kaschmirstola, die ich ihr vor vier Jahren zu Weihnachten geschickt hatte. Ich habe sie auf dem obersten Fach in Moms Kleiderschrank entdeckt, noch immer in der Schachtel des Edelkaufhauses Holt Renfrew. Keine Ahnung, was ich mir dabei gedacht hatte, meiner Mutter diese edle Stola zu schenken. Sie hatte niemals etwas so Luxuriöses besessen, und ich fand wohl, sie hätte es verdient, sich in den weichen, warmen Stoff zu schmiegen. Aber das Geschenk war für meine Mutter viel zu übertrieben, denn sie hat es kein einziges Mal aus der Schachtel geholt, obwohl ihre Quilts sämtlich Flicken hatten und ihre Wolljacken vollkommen ausgeleiert waren.

Ich habe drei Stapel gemacht: behalten, wegwerfen, unentschieden. Der Wegwerfen-Stapel ist der größte, mit Stromrechnungen bis zurück in den Mai 1984, einem Supermarktkalender aus dem Jahr 1979 und einem Kalender der

Scotiabank aus dem Jahr 1982. Ich habe mir den Kopf darüber zerbrochen, welche Bedeutung diese Jahre wohl hatten, und dann schnaubend über mich selbst gestaunt. Wie konnte ich annehmen, dass meine Mutter so organisiert gewesen sein sollte! Wahrscheinlich hatte sie die Kalender irgendwann einfach in die Ecke geworfen.

Der Behalten-Stapel ist der kleinste, hier finden sich Bankdokumente, medizinische Unterlagen, Bescheinigungen aus dem Beerdigungsinstitut und einige Zeitungsausschnitte wie meine Hochzeits- und Quentins Geburtsanzeige, Postkarten von längst verstorbenen Verwandten und verblichene Fotografien von Leuten, die ich ohne graues Haar und Falten kaum erkenne.

Der Unentschieden-Stapel bereitet mir den meisten Kummer. Hier liegen meine und Charlies Zeugnisse, eine Makkaroni-Kette, die ich bei den Pfadfindern zu Muttertag gemacht hatte, ein tönerner Aschenbecher, der aus Zeiten stammt, als Aschenbecher noch als annehmbares Schulprojekt galten, und eine Geburtstagskarte, die Quentin seiner Großmutter aus blauem Papier gebastelt hatte. Sie beschwören zwar einen kurzen Moment der Nostalgie herauf, aber ansonsten bedeuten mir diese Dinge nichts. Ich zögere dennoch, sie wegzuwerfen, weil sie Mom etwas bedeutet haben. Ich hebe ja auch Quentins Babysachen auf – die erste Locke, die ich ihm abgeschnitten habe, und den ersten Zahn, der ihm ausgefallen ist – in einer Schachtel, in der auch eine gerahmte Einladung zu unserer Hochzeit und mein Hochzeitsalbum liegen. Beides wurde vor Jahren auf den Dachboden verbannt. Ich stelle mir vor, wie ein erwachsener Quentin nach meinem Tod die Kisten durchstöbert und über alte Erinnerungen lächeln muss.

Die Dielen quietschen. Howie beobachtet mich, lässig an den Türrahmen gelehnt, eine Hand in der Hosentasche, in der anderen einen Umschlag. Seinen Mantel hat er über den Arm gelegt.

»Hey«, sage ich. Seit der Beerdigung gehen wir wieder zurückhaltender miteinander um, als wären wir vom Schmerz der letzten Tage emotional erschöpft. Es hat mich erstaunt, wie selbstverständlich wir wieder zu unseren alten Verhaltensmustern zurückgefunden haben, dass wir Smalltalk halten, über das Wetter oder die Geräte in der Werkstatt meines Vaters diskutieren oder über vollkommen unwesentliche Dinge, etwa, wie lange man für 25 Cent auf der Water Street parken darf.

»Du musst das doch nicht jetzt tun.«

»Ich möchte aber«, sage ich. »Dann habe ich wenigstens etwas zu tun.«

Wir schweigen eine Weile. Ich wühle mich weiter durch die Sachen meiner Mutter, und Howie beobachtet mich dabei.

»Ich nehme den ersten Flug gleich morgen früh«, verkündet er. »Ich bleibe heute Nacht in einem Hotel beim Flughafen, damit ich es pünktlich schaffe.«

»Oh«, macht mein Mund, doch es kommt kein Ton heraus. Ich weiß nicht, was ich sagen soll, obwohl die Situation mit jeder Sekunde, die er im Türrahmen steht, unangenehmer wird. Seine Ankündigung hat mich überrascht, doch das sollte sie nicht. Während der Totenwache oder der Beerdigung gab es zwischen uns keinen Anfall von Leidenschaft, nur etwas tröstlich Vertrautes, als Howie bei alledem meine Hand gehalten hat. Natürlich habe ich erwartet, dass er zu seinem Leben in Toronto zurückkehren würde, nur jetzt noch nicht. Aber als er dort im Türrahmen steht, den Mantel über den Arm gelegt, ist es vollkommen einsichtig: Howie ist ein Pflichtmensch, und nun, wo die Beerdigung meiner Mutter hinter uns liegt, hat er seine Schuldigkeit getan.

»Quentin?«, flüstere ich. Sein Name ist Bitte und Frage zugleich, und ich wage kaum, aufzusehen.

»Quentin fährt nirgendwohin.«

Ist das der Trost für das Ende meiner Ehe und den Tod meiner Mutter? Und muss ich Howie dafür danken? Oder gewährt er mir bloß eine Atempause und erwartet, dass ihm Quentin in einigen Wochen folgt?

»Prissy«, sagt Howie, als würde er zu einer Erklärung ansetzen. Ich will es nicht hören und ihm das aber auch nicht sagen. Ich setze mich im Schneidersitz auf den Boden und starre den Wegwerfen-Stapel an, bis er vor meinen Augen verschwimmt.

»Ich war lange fort und muss mich um vieles kümmern. Ich muss mich mit meinen Geschäftspartnern treffen und eine Lösung finden, und ich muss den Verkauf des Hauses organisieren.«

Er verkauft unser Haus. Hat ihm ein Anwalt dazu geraten, um den Erlös zu teilen? So etwas scheint üblich zu sein, und trotzdem kann ich nur daran denken, wie aufgeregt wir am Tag unseres Einzugs waren. Ich hatte mir niemals träumen lassen, in einem so großartigen Heim zu wohnen.

Howie hockt sich vor mich auf den Boden, so wie früher vor Quentin, als er seine Spielzeugautos und Lkws zu Ministaus aufbaute. Er reicht mir einen Umschlag, und ich nehme ihn mit zitternden Händen entgegen, voller Furcht vor dem Inhalt. Der letzte Umschlag, den ich von Howie bekommen hatte, hatte die Scheidungspapiere enthalten.

»Ich habe dir nach dem Tod deiner Mutter etwas gekauft, aber ich wollte die Beerdigung abwarten, ehe ich es dir gebe.«

Im Innern liegt die Besitzurkunde für ein Gebäude. Ich habe im Laufe der Jahre Hunderte solcher Dokumente auf Howies Schreibtisch gesehen, aber auf diesem steht mein Name. Die Adresse erkenne ich sofort. »Du hast mir Hayward's gekauft?«

»Ja«, sagt er lächelnd. »Hayward, der alte Hurensohn, war ein sehr zäher Verhandlungspartner. Er ahnt wohl, dass wir in seinem Laden rumgemacht haben, und wollte es mir auf diesem Wege heimzahlen.«

Ich bin vollkommen verwirrt. »Aber warum?«

»Weil ich als Fischer grottenschlecht wäre. Weil mir Mr. Hayward bei meinem letzten Einkauf gesagt hat, dass er sich gerne zur Ruhe setzen würde. Weil ich nicht zulassen werde, dass du das Versprechen deiner Mutter gegenüber brichst. Weil ich dich liebe.«

Seine Stimme zittert, und ich habe keine Zeit, seine Worte zu verarbeiten, weil mich Howie schon im Arm hält, mir übers Haar streichelt und in meinen Nacken weint. Ich habe Howie noch nie so unbeherrscht erlebt, und das irritiert mich. Für mich war er immer der unfehlbare, starke, entschiedene, verlässliche Mann, und ihn so aufgelöst zu sehen, bringt mich aus der Fassung. Aber nicht lange. Augenblicke später schon weine ich Tränen der Erleichterung.

Ich spüre seine Lippen auf meinen, mein Mund öffnet sich. Das Gefühl ist vertraut und neu zugleich. Mein Herz schlägt schneller, meine Beine werden weich, doch das macht nichts, denn Howie trägt mich die schmale Treppe hinauf zu meinem Schlafzimmer. Er lässt mich erst los, als er auf mir liegt, sein Körper dicht an mich gedrängt. Mir ist egal, dass ich mir die Zähne nach dem Essen nicht geputzt habe und mein BH und meine Unterhose nicht zusammenpassen. Er liebt mich auf eine dringliche Art. Er hält nicht inne, um lustvoll zu spüren, wie sich unsere Körper nach so langer Zeit wieder berühren, er hat es eilig, er liebt mich, als würde ich jeden Augenblick entschwinden. Genauso hat er mich geliebt, als wir uns bei Hayward's begegnet sind, und einen Augenblick lang bin ich wieder das junge Mädchen, das einem gut aussehenden Fremden erliegt. Ich habe es eilig wie er und genieße die fiebrige Bewegung seines Körpers in meinem. Ich spüre, wie intensiv sein Höhepunkt ist, wie er zuckt und schaudert, bevor er neben mir zusammensinkt.

Wir lieben uns noch einmal, und danach schlafe ich um vier Uhr nachmittags im Arm meines Ehemanns ein. Ich weiß nicht, ob ich beim nächsten Mal daran denken muss, dass er eine andere Frau in seinen Armen gehalten hat. Es schmerzt, und es wird immer schmerzen. Ich weiß nicht, ob es leichter wird, hier in Paradise Bay eine glückliche Ehe zu führen, aber ich weiß, dass wir uns beide größere Mühe geben werden.

Im schwindenden Sonnenlicht eines späten Nachmittags, am ersten Tag des neuen Jahres, habe ich meine erste und einzige Vision. Ich sehe meine Mutter, sie schaut aus dem Küchenfenster, auf die Landschaft, die Charlie und Quentin in ihren Sarg gemalt haben. Sie lächelt. Vor Freude, dass ihre Familie endlich zu ihr heimgefunden hat.

# *Danksagung*

Mein Dank gilt meinem Mann Roberto, der mich zum kreativen Schreiben ermutigt, mich unermüdlich unterstützt und mich schließlich über die Ziellinie geschubst hat, als sie mir noch immer in weiter Ferne erschien.

Annamarie Beckel von Breakwater Books werde ich niemals vergessen, wie herzlich und persönlich sie mich aufgenommen und mit welcher Professionalität sie mich bei jedem Schritt begleitet hat. Ein Dankeschön an Rhonda Molloy für ihr wundervolles Coverdesign und an Alison Carr, der mein Worddokument in ein veritables Buch verwandelt hat. Mein Dank gilt auch all den großartigen Mitarbeitern von Breakwater Books für ihren Enthusiasmus und ihren Einsatz. Und schließlich möchte ich all jenen Einzelpersonen, Organisationen und Agenturen meine Hochachtung aussprechen, die unabhängige Verlage unterstützen.